KB150293

하늘로 가지 못한 선녀씨 이야기

극단 〈예도〉 창단 30주년 기념 창작희곡집

하늘로 가지 못한 선녀씨 이야기

극단 〈예도〉 창단 30주년 기념 창작희곡집

양말복 • 이삼우 • 이선경 • 전혜윤

평민사

차례

극단 '예도' 소개 _ 6
극단 '예도' 창단30주년 기념 창작희곡집 서문 | 단원 일동 _ 8
극단 '예도'와 나 | 백하룡 _ 12

폐왕성 | 양말복 · 전혜윤 _ 15
거제도 | 손영목 원작 · 이삼우 각색 _ 75
주. 인. 공 | 전혜윤 작 · 이삼우 각색 _ 129
선녀씨 이야기 | 이삼우 작 · 이선경 각색 _ 181
놀이와 상상 확장을 위한 공모 컨셉의 쾌거 | 김길수 _ 236
그 사람이 있었습니다 | 이선경 _ 241
어쩌다보니 | 이선경 _ 297
나르는 원더우먼 | 이선경 _ 347
꽃을 피게 하는 것은 | 이선경 _ 397
연극 〈꽃을 피게 하는 것은〉 | 여태전 _ 458

극단 '예도' 정기공연 연보 _ 461

연극예술 발전에 기여하고 지역극단으로서 거제도를 예술의 섬으로 만드는데 일익을 담당하고자 만들어진 극단 [예도]는 1989년 10월에 최태황 외 연극을 사랑하는 여섯 명의 인원으로 시작하여 "예술의 섬"이란 뜻으로 극단명을 [예도]로 정하고 지역 문화예술 발전에 도움이 되고자 시작되었다.

- 1989년 10월 극단 창단 (초대 대표 최태황)
- 91년 4월 13~14일 〈일요일의 불청객〉 창단공연
- 07년 〈흉가에 볕들어라〉 제25회 경상남도연극제 단체최우수상/연출상 /연기대상
- 07년 〈흉가에 볕들어라〉 제25회 전국연극제 금상(행정자치부장관상) /연기상 수상
- 07년 제1회 경상남도 우수문화예술단체상 수상
- 08년 〈9년만의 여름〉 제26회 경남연극제단체 은상 수상
- 09년 〈거제도〉 제27회 경남연극제 대상/연출상/연기상 수상
- 09년 〈거제도〉 제27회 전국연극제 금상/연출상/연기상 수상
- 10년 〈주.인.공(酒.人.空)〉 제28회 경남연극제 대상/연출상/연기상 수상
- 10년 〈주.인.공(酒.人.空)〉 제28회 전국연극제 은상/연기상 수상
- 12년 〈선녀씨이야기〉 제30회 경남연극제 대상/연출상/연기대상 제30회 전국연극제 대상(대통령상)/연출상/희곡상/최우수연기상 /연기상
- 13년 〈선녀씨이야기〉 서울 진출(진선규, 고수희, 임호, 이재은, 한갑수 등 출연)
- 14년 〈선녀씨 이야기〉 춘천국제연극제 메인작. 통영연극예술축제 개막작.
- 15년 〈갯골의 여자들〉 제33회 경남연극제 은상/연기상 수상
- 16년 〈그 사람이 있었습니다〉 제34회 경남연극제 금상/연기대상 수상
- 17년 2대 대표 김진홍 취임
- 17년 〈선녀씨 이야기〉 서울공연 (최수종, 선우용녀, 윤해영, 한갑수 출연)
- 18년 〈나르는 원더우먼〉 제36회 경남연극제 작품대상/연출상 /연기대상 수상
- 18년 〈나르는 원더우먼〉 제3회 대한민국연극제 금상(문광부장관상) 수상
- 18년 영화 〈선녀씨 이야기〉 제작
- 19년 〈꽃을 피게 하는 것은〉 제37회 대한민국연극제 대상(대통령상) 연출상/희곡상

극단 '예도' 창단30주년 기념 창작희곡집 서문

극단 예도 창단 30주년을 만든 것은

2019년은 극단 예도가 창단한 지 30년이 되는 해입니다.

1989년 가을 어느 날 최태황 외 연극을 사랑하는 예인(藝人) 6명이 모여 순수연극을 제작하고, 이 섬에 뿌리 내리겠다는 하나의 공통된 목표를 가지고 '예술의 섬' 이라는 뜻을 가진 연극단 '예도(藝島)' 를 창단하였습니다.

그리고 30년이라는 세월이 흘렀지요.

당시에는 누가 뭐래도 연극동아리였습니다.

일주일에 한번 모여서 연습하고, 사람이 좋아 웃고 떠들고… 술 마시고…

그 시간 속에 많은 만남과 이별을 하게 됩니다.

그렇게 30년이라는 시간이 흘렀습니다.

아마추어극단. 직장인 극단. 배부른 극단. 연극을 모르는 극단.

뭐… 초창기 저희가 들었던 수식어였습니다.

그렇게 30년이라는 시간이 흘렀습니다.

단원 대부분이 직장인들로 구성된, 문화예술과는 거리가 먼 조선의 도시 거제에서, 30년이라는 세월 속에 극단 예도가 자라고 성장해 조금씩 세상의 관심을 받기 시작합니다.

상을 위해 연극을 한 것은 아니지만 상이 그 단체의 수준을 평가하는 사회적 통념에서 창단 초창기 십여 년간 이루지 못했던 결과들을 조금씩 만들어냅니다.2007년 '흉가에 볕들어라' 라는 작품을 시작으로 2019년 '꽃을 피게 하는 것은' 까지 경남연극제 대상 6회, 전국연극제 대상(대통령상) 1회, 금상(장관상) 3회, 은상 1회…

그 외에도 크고 작은 단체상과 셀 수도 없이 많은 개인상을 수상하게 됩니다.

극단의 대표작인 '선녀씨 이야기' 는 대통령상뿐만 아니라 서울에까지 진출하여 많은 유명 배우들과 함께하였으며, 심지어 영화로 직접 제작하여 영화제에도 공식 초청되었습니다.

이것은 위에서 언급된 바와 같이 단원 대부분이 직장인들로 구성된(물론 전업단원들도 지금은 많습니다), 문화예술의 불모지라고 불리는 조선의 도시 거제도에서 태어나 서른 살을 앞 둔 '예도' 가 아직도 현재진행형으로 진행중인 동화 같은 이야기입니다.

어떤 힘이 극단 예도를 이렇게 성장시킬 수 있었나… 하는 질문을 많이 받습니다.

아마도 극단의 성장은 거제문화예술회관의 건립과 결을 같이 한다고 생각합니다.

거제문화예술회관이라는 공간(空間)이 생기고 그 공간을 운영하기 위한 전문 인력(人力)이 거제로 향하게 됩니다.

이 공간이 작업의 터전이 되고 그 터전 위에 기존의 단원들과 외부에서 들어온 전문 인력들이 온갖 창의적인 상상과 행동으로 예도만의 연극이라는 조금 낯설고 생생한 날 것의 세계관을 만듭니다.

내적인 힘은 시간(時間)이라고 생각합니다.
저희(단원들)는 많은 시간을 함께 해 왔고
그 시간 속에서 가족으로 살아 왔습니다.
그 시간이 우리를 훈련하게 했고
무대 위에 서게 합니다.
그 시간은 단원들 간의 관계(關係)를 만들어 줍니다.
그건 우리가 만들라고 만든 것도 아니고
어느 누가 가르쳐서 만들어진 것(관계)도 아닙니다.
그것(시간과 관계)이 신기하게도 공연 안에 녹아나고 관객들이 보게 됩니다.
그 관객의 시선으로 보여지는 우리의 이야기가
감동이 되고 위안이 되고 질문이 되는 것 같습니다.
연기든 연출이든 누구 하나가 뛰어나서라기보다
그 작은 한 방울 한 방울들이 모이게 되어
강을 만들고 바다로 향하고 있습니다.

앞으로도 저희 극단은 전보다 덜할 것도, 더 할 것도 없이 계속 정진할 것입니다.

창단 30주년 기념공연, 창작공연, 극단 창작희곡집 발간, 연극 콘서트, 영화제작 등. 이전에 해오던 작업부터 앞으로 지향해 나갈 장르의 확장까지 저희가 할 수 있는 일은 계속하고자 합니다. 지금까지 그렇게 묵묵히 해왔던 것처럼 새로운 시간과 관계를 만날 것입니다.

저희에게는 빚이 있습니다.

저희가 가장 어려운 시기에, 많은 지역의 예술단체와 경남 연극계의 동지이자 선, 후배님들이 격려와 응원을 해 주셨습니다. 버리지 않았습니다.

항상 그 감사의 마음을 잊지 않고 저희가 할 수 있는 보답을, 그 빚을 갚고자 노력하겠습니다.

이제 우리는 50년, 100년이라는 더 넓은 바다를 바라봅니다.

지난 시간 속에 너무 아픈 시련이 있었기에 결코 오만해지지도 자만하지도 않을 것입니다.항상 지금의 시간에 감사해하며 행복한 작업을 할 것입니다.

바닥을 치고 다시 일어서고 있는 저희의 모습처럼 우리 거제도가 반드시 다시 일어 설 수 있음을 확신하며…

극단예도 단원 일동

극단 '예도'와 나

극작가 백하룡

아마 2006년 봄이라 기억한다. 난생 처음 거제도라는 섬에 닿았던 날 또 극단 예도와 그 식구들을 만났던 날. 나는 여전히 당시를 생생하게 기억하고 있다. 분명 화창하고 따뜻한 봄날이었고 사람들은 친절하고 상냥했다. 그들은 내게 거제도의 역사와 관련한 희곡을 의뢰할 예정이었다. 그때 극단의 이삼우 형은 나를 데리고 답사도 다니고 밥과 술도 사주었다. 갓 등단한 희곡작가로 별 볼일 없던 내게 분명 그것은 호사였다. 다만 서울로 올라온 나는 의뢰받은 희곡을 써주지 않고 잠수를 타 버렸다. 특별한 이유가 있었던 건 아니다. 며칠 고민해보니 못 쓸 것 같았는데 말하기가 좀 미안한 탓이었을 것이다. 딴엔 거제도의 저 사람들을 다시 만날 일 있겠어, 라며 속 편히 생각하자는 심산도 있었다. 하지만 불행인지 다행인지 몇 년 못 가서 이삼우 형을 다시 맞닥뜨리게 되었다. 그러나 형은 내가 잠수 탄 것에 대해서 알지 못하고 있었다. 처음 나를 소개한 극단의 심봉석 형이 에둘러 좋게좋게 말했었다는 것이다. 싸가지 없는 녀석이라 했었어도 괜찮았을 텐데 괜히 더 송구스러운 마음이었다. 그런 탓인지 도리어 이삼우 형과 가까워졌고 또 극단 예도 식구들을 하나둘 알게 되었다. 그리고 당연히 그들의 작품들도 하나둘 접하게 되었다.

내가 본 극단 예도의 작품들의 가장 큰 장점은 유연함이라고 생각한다. 《이 유연함에는 진중함보다는 경쾌함과 자연스러움을, 폼을 잡는 것보다는 재미나 웃음을 택하는 태도도 포함되어 있다.》 서울과 지역을 오가며 작품 활동을 하는 내게 지역연극의 가장 큰 아쉬움은 유연함의 부족이었다. 하지만 극단 예도는 그러한 편견을 가볍게 뛰어넘는 작품들을 계속해서 선보이고 있었다. 아마 연출을 맡고 있는 이삼우 형 개인의 연극관이 무엇보다 크겠지만 전체적인 극단 분위기도 만만찮은 영향으로 있는 듯 보였다.

극단을 창단하고 오래 대표를 맡았던 최태황 선생님부터 심봉석 형, 김진홍 형, 애숙 누님, 현주 누님 등등의 선배들은 누구 하나 권위적이지 않고 수직적이지 않았다. 대영이나 현수 등 중추를 맡은 후배들도 누구 하나 내가 주인공입네 하지 않았다. 그러한 단원들의 태도는 작품에 자연스럽게 스며있어 관객들에게 우리 예술한다 폼을 잡지도 이건 이렇네 어떻네 가르치지 않았다. 그저 그들은 자신들의 이야기를 자신들의 역량 안에서 진솔하게 담담히 그려낼 뿐이었다. 그리고 그 궤적은 점점 더 훌륭해지고 있는 중이다. 나는 내가 아는 15년 정도의 예도의 작품들에 대해 잠시 반추해본다.

〈폐왕성〉 〈거제도〉 등 처음에 그들은 자신들의 지역을 이야기했다. 거제도라는 공간과 그 안의 역사에 대해서 이야기했다. 그리고 〈선녀씨이야기〉로 자신들의 어머니를, 〈나르는 원더우먼〉으로 또래의 여자들의 이야기를 〈꽃을 피게 하는 것은〉으로 자신의 일과 자신을 이야기했다. 때론 약간씩 돌출하는 작업들을 하기도 하지만 전체적으로 이들의 작업의 궤적이 내게는 기쁘고 반갑다. 결국 그들은 점점 더 가장 최전선의 나를 이야기하고 나의 갈등을 발견하며 표출하고 그려내고 있었기 때문이다. 연극은 기실 갈등의 소산이며 그것을 통해 나를 찾는 어떤 시도인 것이기에. 덧붙여 그들과 함께 쉽지 않을 이러한 과정까지 다다른 이선경 작가에게 같은 작가로서 감사한 마음도 적는다.

하지만 그럼에도 내게 극단 예도는 역시 사람과 술이다. 해준 거 하나 없는데 언제나 따뜻하게 맞아주는 사람들이 있는 곳이고, 밤새 술을 사주고도 다음날 꼭 해장을 챙겨주는 바보처럼 착한 형이 있는 곳이다. 어쩌면 내가 아직도 희곡을 쓸 수 있는 것은 아마 이들의 존재도 몇 할은 있지 않을까. 다만 아이러니는 아직도 극단 예도와 내가 같이 한 것이 하나도 없다는 것. 농담조로 '형, 형하고 사이가 좋은 것은 우리가 아직 작업을 같이 안 해서 그래.' 라고 말은 했지만 그래도 조만간 같이 작업으로 만나길 기대해본다. 어엿하게 잘 자란 서른 살이 된 극단 예도에게 축하의 말을 전하고 앞으로의 기대도 숨기지 않는다. 진심으로 축하하고 감사합니다.

폐 왕 성

부제 : 피리 부는 배 목수 이야기

양말복 / 전혜윤

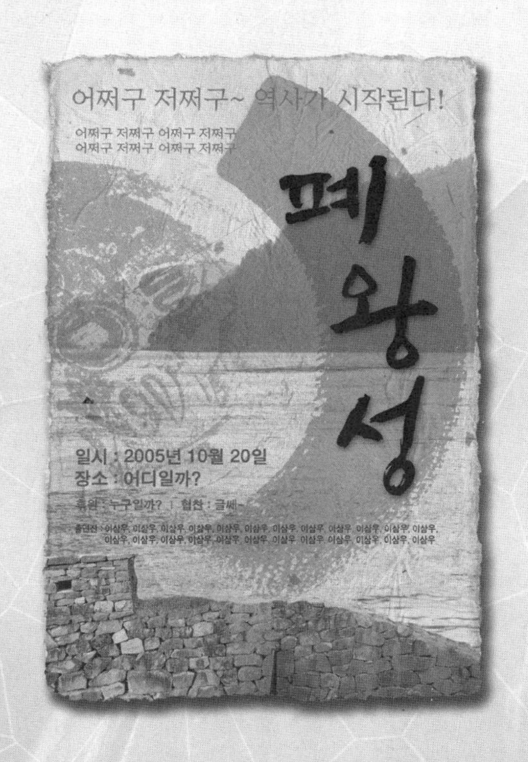

폐허 속 망자의 맥박을 찾아라
산자의 잠든 심장을 뛰게하라
옛 수도의 후예
낳은 배목수와...

· **등장인물**

의종	: 고려 18대 임금, 거제로 유배 옴
무비	: 의종의 애첩
반장군	: 의종의 호위장군
무사 1,2,3	: 의종의 호위무사
아이들	: 호위무사의 아이들
현령	: 거제지역의 호족
살인자들	

현제	: 대한조선 안전보건팀
미영	: 현제의 아내
기태	: 현제의 직장동료
명준	: 대한조선 홍보팀장
진경	: 대한조선 홍보팀
대영	: 대한조선 홍보팀
김반장	: 기태의 직장상사
동료	: 기태의 동료

박봉도	: 도시개발과장
양말복	: 향토사학자
강계자	: 고고학자

토바코 3세	: 외국선주

프롤로그

이의민에게 잔인하게 살해되는 의종.

1막 1장

회의실. 전화벨이 울린다.

명준 (E) (전화 받으며) 네, 홍보부 김명준입니다.

명준 (전화를 귀에 대고) '트리니다드 토바코 공화국'? 뭐? 벤졸리니 떼떼반 3세? 폐왕성호? 뭔 소리야 그게.

명준 한참 짜증내고 있을 때 홍보부 직원 진경과 대영 등장. 대영은 노트북을 끼고 있고 회의실로 들어서면 으레 노트북을 연결하고 자리에 앉는다.

명준 (태도 바뀌며) 얼마요? (표정 바뀐다) … 그럼 지금 팩스로 보내 봐요. 네. (전화를 끊는다. 복잡한 표정이다)

진경 점심 먹으러 가요.

명준 '트리니다드 토바코 공화국' 이라고 알어?

진경 뭐?

대영 노트북을 두드리기 시작한다.

명준 여튼 그 나라에 벤졸라 떼떼 뭐시기라는 사람이….

대영 (노트북 화면을 보며) 벤졸리니 트리포 떼떼 플라티나 반 유스 토바코 3세경.

명준 그래, 야 그거.

대영 (계속 화면을 보며) 크기는 강원도밖에 안 되는 카리브해의 작은 섬 '트리니다드 토바코 공화국' 의 세계적 가구제조업체, 토바코 클래식 컴퍼니의 CEO '벤졸리니 트리포 떼떼 플라티나 반 유스 토바코 3세' 경이 대한조선에 1만 TEU 급 초대형 컨테이너 운반선을 주문했다.

명준 그 배가 열흘 후에 명명식이거든. 근데 그 배 이름을 폐왕성호라고 짓는대.

진경 에? 폐왕성호? 폐왕성이라면… 그게 뭐더라… 들어 본 것 같은데? 별 이름인가? 아! 어떤 왕이 유배 와서 지었다는 산성 말이야? 거제대교 근처 어딘가?

대영 (모니터 보며) 토바코경은 그리스 선박 왕 오나시스에 비견될 정도의 세계적 갑부로서… 한국계라는 설이 있다? (진경 명준 놀란다) 하지만 아무것도 확인된 바는 없다.

진경 특이하네. 근데 우리랑 무슨 상관이야?

명준 그 배의 건조과정 영상에 폐왕성이라는 배 이름에 대한 내용을 추가해서 찍어 달래.

진경,대영 에?

명준 게다가 무슨 수수께끼를 풀어서 영상을 담아 오래.

이때 팩스 소리 들린다. 대영은 그쪽으로 간다.

명준 (팩스를 뺏어든다)
폐허 속 망자의 맥박을 찾아라
산 자의 잠든 심장을 뛰게 하라

함께하라. 옛 수도의 후예, 육지가 낳은 배목수와.

대영 뭔 소리고?

진경 이 괴상한 걸 한다고 했단 말이야?

명준 특별 제작비를 준대.

대영 에?

명준 특별 수당 말이야.

진경 얼만데?

명준 큰 거 한 장.

일동 잠시 정적. 소란을 떨면서 일을 시작한다.

진경 뭐, 뭐야 뭘 찾아오라고? 폐왕성이라고? 찾으면 되지 뭐~

대영 좋았어. 요번 기회에 똥차 바꾼다.

진경 누구 사학자 한 분한테 여쭤보면 금방 풀릴 거야. 하하하 명준 선배 아는 사람 없어요?

명준 어? 알아보지 뭐. 그까이꺼 뭐 (전화번호를 뒤진다)

대영 요새 말이야 인터넷으로 못 찾는 게 어딨노.

진경,명준 그치 그럼….

컴퓨터와 팩스를 들여다보던 대영.

대영 어? 요거는 무슨 힌트 같은데….

진경,명준 ?

대영 함께하라!

진경 옛 수도의 후예, 육지가 낳은 배목수?

명준 옛 수도의 후예?

진경 폐왕성이라면 어느 시대야? 그때 수도가 어디야?

대영 (빠른 인터넷 검색) 개경이요. 지금의 개성

명준 북한이잖아? 거기가 고향인 사람이 있어?

대영 부모님 고향이 거기일 수는 있죠. 아님, 본 적이나….

진경 응, … 거기다 뭍에서 난 사람이고

대영 예?

진경 육지가 낳은 배목수, 섬 출신이 아냐. 뭍에서 나서 이 섬으로 온 사람. 그리고….

명준 배목수라면 배를 만드는 목수 즉, 여기 조선소에서 일하는 사람.

대영 오! 천재네, 천재.

명준 자, 그럼 얼른 찾아! 인맥 총동원해.

진경,대영 옛썰!

소란스러운 가운데 암전.

1막 2장

대한 조선소 안 아침 나절. 직원들이 열을 맞춰 서서는 체조를 하고 있다. 대열에서 빠져 나오는 현제와 기태.

기태 (담배를 권하며) 제수씨가 가만 있드나?

현제 말도 마라. 눈도 안 맞춰.

기태 내 뭐라캤노? 그럴 땐 한 번 화끈하게 안아주라 안카드나?

현제 술 냄새 난다고 옆에 가지도 못하게 하는데 안아주긴 뭘 안아주냐?

기태 작작 좀 마시제… 요새 니 너무 퍼댄대이

현제 집에 들어가 봐야 뭐 재미가 있어야지. 소영인 내 얼굴만 보면 서울 가자고 난린데.

기태 가긴 어딜 가노? 이만한 직장 구하기가 쉽나! 제수씨, 세상 물정을 몰라도 너무 모른다. 제수씨도 참!

현제 이것저것 다 잊고 훌쩍 여행이라도 갔으면 좋겠다.

기태 그래 그거 좋네. 야자수가 늘어진 에메랄드빛 해변을 둘이서… 캬~ 좋다. 근데 돈 있나? 제수씨가 돈 아까워서 안 갈라 할낀데.

현제 야! 근데 너 왜 말끝마다 제수씨냐?

기태 뭐라카노? 내가 니보다 삼일이나 일찍 태어났다. 어따 대고 형수님이고!

현제 주민등록증엔 한 달이나 늦잖아. 이 후라이야!

기태 됐다 됐다. 내가 우예 니한테 뼈아픈 우리 가족사를 풀어 놓기고. 고마 됐다.

현제 가서 물이나 떠와.

기태 (영화 버전으로) 니가 가라, 물 뜨러!

현제 참… 너… 삼만 원 언제 갚을래?

기태 내가 니 시다바리 맞다!

구시렁거리며 나가는 기태와 교차하여 들어오는 의종. 술에 취해 흐느적거리며 들어와 무언가를 찾는다.
현제 담배를 끄려다가 바닥에 있는 피리를 발견한다.
의종과 현제 동시에 피리를 집어 드는 순간, 의종이 낚아챈다.
놀라서 뒷걸음질치는 현제.

의종 (피리에게) 여기 있었구나. 내 너를 한참을 찾았느니라. 남해용왕이 짐에게 피리를 불어 달라 청하길래 옳다구나 좋다구나 너를 찾았더니 너의 모습 뵈지 않아 무척이나 슬펐노라. 금시에 이렇게 다시 보니 짐의 기쁜 맘 한량없다. 어서 어서 가자꾸나. 남해용왕 목을 빼고 기다리고 있노라. 헌데… 여긴 어딘고!

반장군 등장.

반장군 폐하! 어찌 이리 멀리까지 홀로 나오셨사옵니까?

의종 언제나 니가 그림자처럼 찾아드는데 내 못 갈 곳이 어디 있느냐? 헌데 어딘지를 모르겠구나.

반장군 뫼시겠습니다.

의종 그래, 가자. 허허허

피리를 아기 안 듯하고 나가는 의종. 기이한 의종의 모습에 현제는 말이 없다. 의종과 교차하여 들어오는 기태.

기태 폐하! 물 대령이요!

현제 봤어?

기태 뭘?

현제 방금 여기 있던 사람.

기태 김반장 왔다 갔는 갑네? 내 찾드나? 화장실 갔다 했제?

현제 그게 아니라….

기태 우짜꼬. 퍼뜩 마시그라. 내는 간다.

현제 야! 그게 아니라 기태야!!!

기태 달려 나간다. 현제 따라 나간다.

아웃.

1막 3장

홍보부 회의실.

대영 폐왕성은 고려 제18대 임금인 의종(毅宗)의 유배지다. 정중부 이의방 등이 일으킨 무신의 난으로… 무인시대 보셨습니까? 바로 그거죠.

진경 쓸데없는 소리는 빼고….

대영 예, 고려 사료에 의하면 의종은 재임 기간 24년 동안 방탕한 정치를 일삼다 무신들에 의해 쫓겨난 후 거제 섬으로 유배되어 둔덕면 거림리 우두봉에 있는 산성에 터를 잡고 3년을 머무르게 된다. 이게 바로 폐왕성 되겠습니다.

명준 방탕한 정치? 좋은 왕은 아니었다 이거잖아.

대영 예. 정자 짓고 놀기 좋아했다는 말만 있습니다.

진경 어쨌든 그건 무신정권에서 나온 사료니까 좋은 말이 써있겠어요?

명준 하긴….

대영 1173년 동북병마사 김보당이 무신정권에 대항하여 군사를 일으켜 의종을 다시 복위시키려 거제에서 나오게 하였다. 그러나 김보당의 거병은 실패하고, 의종은 무신정권이 보낸 장군 이의민(李義旼)에 의하여 비참하게 살해되어 지금의 경주 곤원사(坤元寺) 북쪽 연못에 던져졌다.,

진경 그러니까 다시 왕에 복위하기 위해 수도로 올라가던 중 경주에서 이의민에게 살해당했다.

대영 예. 1173년 10월 1일의 일로, 그때 의종의 나이 47세였다. 묘효(廟號)는 의종(毅宗), 능은 희릉(禧陵)이며 시호는 장효(莊孝)이다.

명준 …? 그게 다야?

대영 네.

진경 자료가 너무 없어. 어딜 뒤져봐도 이 정도뿐이야. 거제도에서 뭘 했다는 기록도 거의 없고….

명준 뭘 어떻게 찍으라는 거야. 어휴~. 그 수도의 후예 뭍에서 온 배목수는 찾아봤나?

진경 정말 없어요.

대영 하하하. 회사 데이터베이스의 승리….

문을 노크하는 소리.

기태 실례합니다. (기태와 현제 들어온다)

대영 (반갑게) 형님!

대영 이분이 그?

기태 그래 인사해라. 내 친구다.

대영 안녕하세요? 송대영입니다. (명준과 진경에게) 이분이 저희를 도와주실….

명준 아, 이분이 그분? 하하하 안녕하세요? 반갑습니다. 홍보팀장 김명준입니다.

진경 김진경입니다.

현제 네 안전보건팀 차현젭니다. 저 뭘 (기태의 눈치를 보며) 도와드리면 된다고 하던데요. 뭘?

명준 어, 그러니까… 그게 뭐시냐… (재빨리 머리를 굴린다) 뭐였지 진경씨?

진경 하하하 (어색하게 웃으면서) 저… 그러니까 (생각난 듯) 리포터요.

명준,대영 리포터! 그거였지 그게. 맞어 맞어.

현제 네? 그냥 뭘 좀 물어보는 건 줄 알았는데…. (기태를 본다. 다들 기태를 본다)

기태 아니 뭐. (대영에게 동의 구하면서) 그기 어려운건 아니잖아.

대영 그럼요 그럼요.

모두 그럼!

기태 야 너 대학 때 연극부도 했다며. (모두에게) 얘가요 뭐 햄릿을 했다든가 뭐 그렇거든요.

모두 야~ 대단하시네요. (맞장구치느라 정신이 없다)

현제 (당황하며) 내가 언제, (기어들어가는 목소리로 기태에게) 무대장치

날랐다 그랬지… 어쨌든 그런 거면 별로 하고 싶지 않네요. 소질도 없고….

명준 아니에요. 아니에요. 리포터 뭐 어렵지도 않아요.

기태 그럼. 그럼. 카메라 쫌 봐주고, 말 쫌하고….

현제 어쨌든 됐습니다. 시간 내서 이것저것 할 만큼 여유도 없구요.

대영 시간 얼마 안 들어요. 한 열흘쯤?

현제 네? (기막히다는 듯 웃는다. 모두들 뒤로 대영이를 한 대씩 쥐어박는다) 다른 사람 찾아보시는 게… (대영 기태를 쳐다보며 술을 거하게 살 테니 어떻게 해달라는 모션을 취한다) 먼저 간다 기태야. 밖에서 보자.

기태 현, 현제야~ 열흘이 뭐가 기노.

진경 그럼요 사실 편집기간 빼고 그럼 한 일주일밖에 안 돼요. 촬영 중엔 회사업무도 완전히 빼드려요. 이번 기회에 좀 쉬시면서.

기태 그래, 너 좀 쉬어야 돼.

현제 기태를 째려본다.

기태 (시선 돌리며) 아, 그리고 이거 의뢰한 선주가 엄청 부자라믄서요. (명준과 다른 사람들을 쳐다보며) 뭐 뭐 포상인가 뭔가가 있다고 그러던데. 뭐 그런기 하나…. (다들 명준을 본다. 잠시 정적)

명준 아~예. 내가 그 얘길 안했나? 아, 그 '트리니다드 토바코 공화국' 이라고 들어보셨나요?

현제 아뇨.

명준 예 관광객도 잘 받지 않는 카리브해의 작은 섬이죠. 대영아?

대영 그기 아주 쪼끄마해서 지도에도 거의 안 보이는데요. 뜨거운 태양의 열정과 때 묻지 않은 카리브해의 축복 받은 땅! 로빈슨 크루소가 표류했던 바로 그 섬이죠!

명준 네 그 환상의 섬나라로 2인용, 14박 15일의 여름 휴가권이 나옵니다. 예 특별 유급 휴가죠. 모든 경비는 회사 부담입니다.

모두들 놀란 얼굴로 명준을 바라본다. 현제 조금 생각한다.

기태 그런 기 있었습니까. 내도 리포터는 쪼끔….
대영 (기태 입을 막으며) 사모님이랑 다녀 오시믄 되겠네요.
진경 얼마나 기회가 좋아요.

현제 생각에 잠기면 대영, 손을 떼고 기태를 쿡 찌른다. 기태는 마지못해 현제에게 말한다.

기태 그래. 제수씨 요새 기분도 별론데 깜짝 선물하면 되겠다. 내도 가고는 싶지만….
현제 (잠시 생각하다가) 여행에 유급휴가요?
홍보부 (고개를 끄덕이며) 네.
현제 일주일이죠?
홍보부 (고개를 끄덕이며) 그럼요.
기태 뭘 그리 오래 생각하노. 나 같으면 덥썩 잡겠구마는 하튼 너무 생각이 깊어….
현제 그럼… 해볼까요? 한번.
명준 감사합니다.
진경 잘 생각하셨어요. 대영아 자료 좀 드려.
대영 네.

대영 자료를 찾으러 컴퓨터 쪽으로 간다.

기태 아이, 내가 카메라 공포증만 없으면 내 할낀데, 아, 이 외모가 아깝네….

다들 어이없어 한다. 기태 뭐라고 자꾸 떠든다. 진경은 명준을 한쪽으로 데려간다.

진경 여행권요?

명준 (고민에 빠진다) 어떻게 하지? 토바코경한테 부탁해볼까?

진경 얼굴을 봐야 부탁을 하든가 말든가….

대영 (모니터를 보고) 어? 토바코경이 한국에 온대요.

명준 뭐?

대영 '트리니다드 토바코 공화국' 의 세계적 가구제조업체, 토바코 클래식 컴퍼니의 ceo '벤졸리니 트리포 떼떼 플라티나 반 유스 토바코 3세' 경이 폐왕성호의 인수를 위해 일주일 후 한국에 온다.

암전.

2막 1장

나룻배가 닿아있는 견내량.
촬영이 이루어지고 있다. 기태, 옆에서 구경을 하고 있다.

현제 (카메라를 향하여) 1170년 10월 3일. 무신들의 반란으로 왕위에서 쫓겨난 의종은 친위부대와 그들의 가솔을 대동하고 견내량을 건너게 됩니다. 통영과 거제 사이의 가장 가까운 바닷길인 이 견내량 뱃길엔 수많은 사연이 숨겨져 있을 거라 여겨지는데요. 과연 폐위되어 거제로 유배 온 의종은 이 곳을 어떻게 느꼈을까요? 그의 발자국을 따라 걸어 보겠습니다.

명준 컷! 오케이! 오늘은 여기까지.

진경,대영 수고하셨습니다.

기태 와! 잘 하네~~! 니 유인촌보다 훨 낫다 아이가. 인물이 쫌 딸려서 그렇지.

대영 행님. 일 하러 안 가요?

기태 내 오늘부터 휴간데.

대영,현제 허걱!

명준 어이, 빨리 정리들 하지?

기태 예예 갑니다요!

대영 행님! 미치겠네….

촬영 팀은 철수 준비를 하고 옆에서 참견하는 기태.
사이.
현제는 소영과 통화를 한다.

현제 밥 먹었어?

소영 언제 들어와?

현제 곧 갈 거야.

소영 밥 차려 놓을까?

현제 아니 먼저 먹어. 나 외근 나왔어. 집에 가려면 좀 걸릴 거야.

소영 같이 먹으려고 기다리는 거 알잖아. 그리구 외근? 안전보건팀에도 외근이 있어?

현제 그게 저기 기태가 외근 나가는데 잠깐… 어 그래… 운전 좀 해달라고 해서.

소영 기태씨 외근 나가는데 당신이 왜 따라가, 말이 돼? 이제 나한테 거짓말까지 해?

현제 야! 거짓말은 무슨. 그게 아니라… 너 요즘 왜 이래? 좀 심한 거 아냐?

소영 누가? 내가? 허! 누가 할 소린데.

현제 소영아!

소영 됐어! 당신 맘대로 하면서 살아. 마누라가 집에서 기다리든 불이 나 타 죽든 짐 싸서 서울로 가든 상관 말고 그 주정뱅이 친구랑 잘 먹고 잘 살라고! 끊어! (끊는다)

현제 야! 소영아! 김소영!

현제 담배를 피우려다가 꺾어버린다. 대영이 다가온다.

대영 (자료를 내밀며) 읽어 보시구요, 내일 아침 9시까지 사무실로 오시면 됩니더.

기태 (옆에 와서 힐끔거리며) 그 담바꼰가 토바콘가 하는 사람이 내일 온다 카대?

대영 행님! 누가 카데요?

기태 (은근 슬쩍) 홍보실에도 올까? 몇 시라고 했제?

대영 (무시하며) 그럼 내일 뵙겠십더.

진경, 명준, 대영, 인사의 말을 하고 퇴장한다.

기태 아! 뭐 저런 사람들이 다 있노? 크랭크 인을 했으면 축하주가 있어야제 우째 일 끝났다고 쌩까고 가노 말이다.

현제 술 한 잔 하자

기태 좋~~지만서도 니 제수씨한테 촬영 얘기 했나?

현제 아니. 끝나면 하려고.

기태 와! 니 깜짝 선물 주고 감동 줄라 카나? 그라믄 들어가야겠네. 제수씨 기다리잖아.

현제 … 늦는다고 했어.

기태 그라믄, 경치도 죽이는데 여서 한 잔 하까. 술은 내가 사오께.

현제 그래라 카이 기다리꾸마.

기태 (가만히 보다가) 안 된다. 사투리. 그냥 서울말 해라. 댕겨 오꾸마.

기태 휘파람 불며 나가고 현제 핸드폰을 한 번 보더니 다시 주머니에 넣는다.

현제, 배 근처로 가더니 노를 만져 본다.

의종, 들어와 두리번거리더니 노를 만진다.

노를 만지는 순간 둘은 시공을 초월하여 서로를 보게 된다.

의종 (현제를 빤히 쳐다보며) 자넨가?….

현제 …?

의종 자네가 그 배목수인가 말이네.

현제 예? 제가 배 만드는데서 일은 하는데요….

의종 됐네. 그럼. 이제 짐의 말을 새겨서 들어야 하네. 알겠는가?

현제 예?

의종 알겠는가?

현제 예에… 뭐.

의종 짐이 배가 필요하이. 자네가 짐의 배를 만들어 주게. 그리고 이 일은 비밀에 부쳐야 하네. 알겠는가?

현제 배를 만드는 건 조선소서 하는거구요… 그게.

의종 사례는 후하게 쳐줄 테니 염려 말게나.

현제 배를 수주 하실려면 옥포에 있는….

의종 쉿! 누군가 오고 있다. 이틀 후 자시, 거림 숲으로 오라. 짐은 널 기다리고 있겠노라.

의종, 눈치를 보며 나가면 기태 교차하여 들어온다.

기태 술 대령이요!

현제 봤지? 봤어!

기태 (뒤에서 안주를 꺼내며) 귀신이구마이. 옛다. 니 좋아하는 전어 회다.

현제 이 근처에서 사극 촬영 하나?

기태 뭔 소리고? 자 받아라! 묵고 죽어 삐자!

현제 술잔을 받아들고 고개를 절레절레 흔든다.
묵고 죽어 삐자! 외쳐대는 기태.
암전.

2막 2장

홍보부 회의실. 책상과 칠판에는 각종 자료들과 명준이 쓰다만 원고, 대영이의 컴퓨터, 진경의 카메라 등이 널려있다. 그 앞에는 멋진 바바리를 입고 중절모를 눌러쓴 신사가 입에 파이프를 물고 뒷모습만 보이며 서 있다. 이때 옆방에서 홍보부 사람들과 현제의 목소리 들려온다.

대영 와! 행님 카메라 빨 잘 받네요.

진경 생각보다 잘 나온 거 같아요.

명준 그러게 그냥 인서트로 써도 되겠는데?

현제 아유, 비행기 태우지 마세요.

신사는 유유히 사라진다. 반대편에서 일동 등장한다.
대영, 자리로 돌아가다가 탁자 위 토바코경의 편지를 발견한다.

대영 이기 뭐꼬? '여러분의 노고에 깊은 감사를 드립니다. 일정이 바빠 못 뵙고 돌아갑니다. 계속 애써 주시고 그 배목수에게도 안부 전해주세요. - 벤졸리니 트리포 떼떼 플라티나 반 유스 토바코 3세' 뭐꼬? 그라모 이 사람이 왔다 간기가?

진경 그럼 옛 수도의 후예, 육지가 낳은 배목수는 제대로 찾았다는 거네.

명준 한국 사람이라는 거 진짠가? 이거 한글이잖아.

대영 맞네요.

진경 이제 나머진 어떻게 해요? 당장 내일부터 어떤 방향으로 진행시키죠?

대영 자료를 다 뒤지봐도 밸로 진전도 없고….

명준 좀 생각해 봤어?

현제 폐허 속 망자의 맥박을 찾아라. 산자의 잠든 심장을 뛰게 하라.

명준 뭐 생각나는 것 좀 있어?

모두들 고개를 가로젓는다.

진경 명준 선배! 아까 그 향토사학자한테 자료 받으셨잖아요. 뭐 없어요?

명준 신경 쓰지 마. 별 거 아냐.

대영 뭐라 카는데요?

명준 뭐 의종이 거제에서 배를 만들었대나 뭐래나….

현제 (놀라서) 배요?

명준 왜요? 뭐 생각나는 거 있어요?

현제 아, 아뇨.

진경 만들었을 수도 있죠.

명준 대영아~ (대영에게 편지를 던져준다)

대영 (편지를 들어 읽는다) 의종이 만들었던 훌륭한 배의 기운이 지금 거제도에 세계적 조선소가 있게 된 힘의 원천입니다. 고로 '폐허 속 망자의 맥박' 은 성안에 수로가 있었다는 나의 학설을 뒷받침

하는 강력한 증거로 노학자의 마음을 들뜨게 합니다. 의종은 맥박치는 거대한 바다의 물결을 성안으로 끌어들였고 거기에서 수많은 배의 모양을 실험했을 겁니다. 이로서 나의 학설은 금세기 가장 독특하고 설득력 있는… '우와~ 이기 뭐꼬? 소설 쓰나?

명준 산꼭대기까지 바닷물을 끌어올려서 뱃놀이를 해?

진경 뒷부분은 좀 허황되지만 탈출하려고 배를 만들었을 수는 있죠.

현제 (혼잣말처럼) 배를 만들어?

명준 말이 되는 소리를 해. 거제도에 온 후로 매일 밤, 술로 지내던 왕이었고 유배 와서도 피리 불고 술 마시고, 놀고먹었다는데 무슨 배를 만들 틈이 있었겠냐?

현제 피리에, 술, 배? (현제는 책상 위 자료를 슬그머니 가져다 들여다본다)

진경 그건 모르는 일이죠. 일단 토바코경의 수수께끼를 해석할 여지는 있잖아요.

명준 됐어. 수수께끼고 뭐고, 그냥 6시 내 고향처럼 찍어.

진경 만나서 얘길 좀 더 들어보죠. 지금까지 우리에게 유일한 해석이라구요.

명준 쓸데없는데 시간 뺏기지 말자. 그게 말이 되니? 응 대영아~?

대영 (둘의 눈치를 보다) 그기 안 될 수도 있지… 만 될 수도 있고… 현제 형님!

현제, 쳐다보지 않고 자료에 얼굴을 파묻고 있다.

진경 (대영이 가진 편지를 확 낚아채며) 선배가 싫으면 제가 만나서 더 얘기해 볼게요. (바람처럼 나간다)

명준 야, 김진경! 어휴~ 다들 멋대로 해. 회의 쫑. 낼 촬영장에서 봐. (책상을 쾅 치고 나간다)

깜짝 놀란 현제 고개를 든다.

대영 원래 둘이 쫌 그랍니더. 신경 쓰지 마이소. 덕분에 오늘은 푹 쉬겠네. 이건 낼 촬영할 거림 숲 약도고예. 3시까지 오심 됩니다. … 행님!

현제 (자료에 눈을 고정시킨 채) 응? 거림 숲?

2막 3장

거림리 의종의 집터. 수풀 안.
한쪽에는 용도를 알 수 없는 목재들이 조금 쌓여있다.

현제 분명히 여기 어디라고 했는데….

현제 수풀을 헤치고 다니고 의종 반대편에서 목재를 들고 들어온다. 둘 다 '용도를 알 수 없는 목재더미' 쪽으로 가까워진다.
의종은 더미 위에 들고 온 목재를 얹고, 현제는 그 위에 손을 얹고 기댄다. 그 순간 서로가 눈에 띈다. 놀라는 두 사람.

의종 (현제의 손을 덥석 잡으며) 반드시 올 줄 알았다. (현제, 뭐라고 말하려 하자) 쉿! 이쪽으로 오너라.

현제 잠깐만요. 저… 이쪽에 촬영 오신거… 죠?

의종 뭐라 하느냐? (혼잣말) 하긴 저번부터 좀 이상하긴 했다. (현제에게) 쓸데없는 소리 말고 일단 이것부터 옮기자.

의종은 목재들을 가지런히 놓고 이어붙일 모양새를 연구하려는 모습이다. 현제는 어색하게 서 있다.

의종　(현제에게) 뭣 하느냐?

현제, 마지못해 일을 더듬더듬 도와준다.

현제　저….

의종　말하라. 허락한다.

현제　술 좋아하시죠?

의종　그래, 저 바닷물이 다 술이었으면 좋겠구나.

현제　피리도 잘 부시구요.

의종　네게 들려준 적이 있더냐? 신통한지고, 그래, 좀 분다.

현제　설마 유배 오신 건 아니겠죠?

의종　(일손을 멈추고) 짐이 네게 불경을 허락하였느냐? (현제 쫄았다. 의종 한숨을 쉬며) 그래 네게 무슨 죄가 있겠느냐. 무지한 것은 죄가 아니지.

현제　저, 그럼 어르신….

의종　(웃음을 터뜨린다) 어르신? 하하하 왜? 아예 형님이라 부르지 그러느냐. 허허. 그래. 지금 와 폐하는 다 무슨 소용이며 마마는 또 누구 이름이더냐. (현제, 폐하란 말에 놀란다) 그래, 또 뭐가 궁금하느냐?

현제　배는… 왜 만드십니까?

의종　글쎄다. 금나라를 아느냐?

현제, 말이 없다. 자료를 꺼내 그런 말이 있었는지 잠시 생각한다.

의종　하긴, 너처럼 무지렁이 백성이… 허, 보름 후 개경에 짐을 만나러 금나라 사신이 온다. 내, 그의 힘에 기대어 지금의 처지를 바꿔볼 수 있을까 하는 생각이 들어서 그러는구나. (혼잣말) 참 못났구나 일승아. (다시 현제에게) 왜 이리 니가 편한지 모르겠다.

짐에게 뭔가를 기대하지 않아서인가….

이때 현제의 전화벨이 울린다.

의종 (크게 놀라며) 이게 무슨 소리냐. (현제, 핸드폰을 꺼낸다) 아니, 그게 무엇이냐?

현제 아니에요, 아니 위험한건 아니구요. 이게 그러니까….

밖에서 병사들이 의종을 찾는 소리 들린다. "폐하" "폐하"

의종 날 찾는구나. 가야겠구나. 너도 숨거라. 우선 사흘 후에 다시 보자꾸나. (돌아서다가) 참, 여러 모로 특이한지고….

의종 수풀 너머로 사라진다. 반장군 나타난다. 급히 몸을 숨기는 현제. 반장군이 현제 쪽을 돌아본다. 현제는 전화를 끈다.
칼을 빼들고 서서히 접근하는 반장군. 의종의 소리 "반장군 어디 있느냐?" 반장군 현제 쪽을 돌아보더니 나간다. 다시 울리는 전화벨. 현제 깜짝 놀란다.

현제 그, 그래 소영아, 어, 회식 있다고 했잖아.

대영 수풀을 헤치고 나타난다. 다시 놀라는 현제. 같이 놀라는 대영.

대영 형님! 여서 뭐합니까? 한참 찾았다 아입니꺼. 가입시더 퍼뜩.

현제 어 미안, 나중에 얘기하자. (전화를 끊는다)

둘은 수풀을 헤치고 나간다.

2막 4장

조선소 정문 앞. 플래카드에 "누구도 다쳐서는 안 된다 NOBODY GET HURT"가 걸려 있다. 퇴근하는 직원들. 사이에 기태가 끼어 있다.

기태 반장님 한잔 꺾어야지예?

김반장 너 대갈빡에 들어 찬 것이 거시기밖엔 없어 부러? 뭐 하러 사냐 잉? 잉?

기태 에이 반장님도. 서운헙니더. 일 열심히 하고 술 한잔하는 게 뭐가 나빠예…?

김반장 니가 뭔 일을 고로코롬 열심히 했다냐잉? 용접은 안 허고 주접만 거시기 하믄서.

동료1 기태는유. 돈 벌어 술값으로 다 쓴대유. 그게 청춘의 멋이라 하믄서유.

김반장 청춘의 머시기? 거시기가 머시기고 머시기가 거시긴디 참말로 너는 머시기 하다가 거시기 되부린당께.

사이.

현제 뒤에 나오다가 기태를 발견, 부르며 뛰어온다.

현제 기태야… 나랑 얘기 좀 하자.

기태 (동료들 들으란 듯이) 그래? 마이 서울 프렌드가 토크 어바웃 하자니 해야지 허허. 먼저 가시죠.

김반장, 동료1, 기태를 한심스럽게 보며 나간다.

기태 촬영은 잘 되가나?

현제 그게 중요한 게 아니고….

기태 ?

현제 저기… 그, 나도 안 믿어지는데 말야… 거짓말이 아니구….

기태 뭔데? 승질 급한 놈은 벌써 죽어뻤겠네.

현제 나… 의종을 만난 거 같아.

기태 ….

현제 의종 말야! 폐왕!

기태 니 약 묵은나?

현제 정말이야. 어제, 그리고 견내량에서도… 아 그래! 체조하다가 빠져 나와서 담배 피던 그 날도….

기태 알았다. 알았다. 술 내가 사께. 요즘 많이 힘들제?

현제 그게 아니라니까….

사이.

소영이 현제를 마중하러 왔다. 보라색 스카프를 하고 있는 소영.

얘기가 진행되면서 계속 스카프를 만지거나 꼬거나 하는 동작이 불안해 보인다.

소영 현제씨!

기태 제수씨, 왔능교?

소영 예, 안녕하셨어요?

기태 지는 백날 안녕이지예, 제수씨는요?

소영 저두 뭐.

기태 현제랑 데이트 하러 왔는가봐예? 잘 됐네! 이놈 몸보신 좀 시켜 주소. 자꾸 헛소릴.

현제 뭐 하러 나왔어, 몸도 안 좋다면서.

소영 그럼 집에만 틀어 박혀 있을까?

현제 그런 뜻이 아니잖아….

소영 두 분이 어디 가려고 했는데 내가 방해가 됐나보죠?

기태 아니라예. 가긴 어딜 갑니꺼? 일 끝났으믄 집에 가야지예 퍼뜩 가라 현제야.

현제 연락도 없이 불쑥 오면 어떻게? 못 만나면 어쩌려구.

기태 야~! 서울 놈 말 되게 싸가지 없게 하네. 제수씨가 니 보고 싶어서….

소영 왜? 내가 못 올 데라도 온 거야?

현제 상황이 그렇잖아!

소영 상황? 지금 상황이라고 했어? (신경질적으로 스카프를 잡아챈다)

현제 말꼬리 잡고 늘어지려면 집에 가서 해. 여기 회사 앞이야.

소영 (울분을 참지 못하고) 야! 차현제 너 어떻게 나한테 이럴 수 있어! 거제 내려와서 3년 동안 내가 얼마나 지옥 같은 줄 알아! 가족 직장 다 버리고 이 섬 구석에 쳐 박혀서 너 올 때만 목 빠지게 기다리는 게 얼마나 비참한지 아냐구? 넌 어쩜… 어쩜 그렇게 너밖에 모르니? 서울 가잔 소리 안 해! 그래, 니 말대로 현실이 그러니까, 여기 그만두고 너 서울 가봤자 할 거 없으니까. 그럼 넌 여기 있어! 나 혼자 갈게. 안 된다, 나중에, 그딴 말 하면 죽어 버릴 거야! (사이) 너 오늘… 오늘 울 엄마한테 생신 축하한다고 전화했니? (사이) 그럴 줄 알았어. 그까짓 거 잊어버려도 법에 안 걸리니까… (정리 하듯) 이제 어쩌지? 난 그런 너하고는 더 이상 못 살겠는데… 정말 더 이상은 못 하겠어. (소영 스카프를 집어던지고는 나간다)

기태 제수씨!

현제 …. (스카프를 집는다)

기태 안 따라가고 뭐하노?

현제 저러다 말겠지.

기태 뭐?

현제 외지 사람들 여기 오면 다 겪잖아. 나도 처음엔 힘들었어.

기태 야! 니하고 제수씨하고 같나? 니는 벌써 5년이 넘었고 직장도 있고.

현제 그럼 나보고 어쩌라고!

기태 … 아이다. (담배를 내밀며) 필래?

담배를 피는 두 사람.
어느덧 석양이 지고 있다. 플래카드 글씨가 더 선명하다.

3막 1장

점점 지저분해져 가는 회의실. 늦은 밤이다. 전의 회의실보다 더 많은 자료들이 붙어 있거나 흩어져 있다. 조명 들어오면 홍보부 사람들과 현제 피곤하지만 비장한 얼굴이다.

명준 폐허 속 망자,

진경 폐왕성의 의종,

명준 의종의 맥박… 맥박.

대영 의종이 아니라 허준인가? (다들 째려본다. 대영, 찌그러진다)

진경 맥박, 맥박이라… 파도를 말하는 건가?

대영 그럼, 그 사학자 말이 맞는기가?

모두 (사이) 아냐. 아냐. 아냐!

명준 그럼 산 자는?

진경 살아있는 사람, 살아있는 사람은 너무 많지. 의종의 많은 무사들과 그 식솔들.

대영 무사들의 잠든 심장을 뛰게 하라.

명준 전쟁인가?

진경 의종의 어떤 투지가 무사들을 부추겨 전쟁을 준비하게 했단 건가요? 복위?

명준 그래, 그럴 수도 있지. 실제로 의종은 복위하러 올라가던 중 경주에서 살해 당했잖아

진경 유배 오게 된 의종의 심정은 어떤 거였을까?

대영 섬에 갇혀서 답답하고, 힘들고, 고향으로 돌아가고 싶고, 우리 회사 사람들이랑 다를 것도 없지 않겠어요?.

진경 훨씬 불안했겠지. 반란으로 왕권이 넘어간 거니까. 의종은 무신정권에게 항상 꺼지지 않은 위험한 불씨였을 테고 계속 위협에 시달리지 않았을까?

현제 그래도 아주 유쾌한 사람이던데….

모두 뭐?

현제 아니, 저… 그게 피리 불고 술 마시고 놀았다면서요. 그러니까….

대영 오~ 현제형 공부 많이 했네예.

현제 아니 뭐.

진경 그래도 유배된 왕의 암살기도는 늘 있어왔어, 그건 의종에게도 예외가 아니었을 걸?

조명이 스르르 바뀐다.

대영 (갑자기 은밀한 투로) 늦은 저녁나절, 한적한 산길에 우울한 의종이 술통 하나 꿰차고 산보를 나섰을 때쯤.

같은 공간, 한쪽에서 의종이 술병을 들고 등장한다.
현제의 앞쪽 탁자에 앉아 술을 마신다. 아무도 의종을 보지 못하고 의종 또한 그들을 보지 못한다. 대사는 없다.

명준 암살자가 나타나겠군.

뒤쪽으로 두 암살자 지형지물을 이용해 의종에게 접근중이다. 의종과 등장인물들은 회의실의 탁자 의자, 칠판, 그리고 사람들까지도 지형지물로 삼아 숨거나 앉거나 무기로 쓸 수도 있다.
홍보실의 인물들은 자유롭게 움직이도록 한다.

진경 (자료를 훑어보며) 의종의 호위무사 중에는 반장군을 위시한 아주 호의적이고 충정심 강한 무사들이 있었어요.

의종을 아무도 모르게 뒤따르는 호위무사2 등장.

명준 폐위된 왕이니 모든 사람들이 그에게 충성스러운 건 아니었겠지.

한사람은 의종을 보호하고, 반장군으로 보이는 다른 사람은 두 암살자를 상대하여 싸운다. 조금 밀리는듯하다.

현제 하지만 누군가는 목숨을 다해 왕을 구했겠죠. 또….
대영 아, 무비라고 애첩이 있었어요.
명준 무비, 비할 데가 없는 아름다움이라.

한쪽에서 무비 등장.
소란스러워 나와 보았다가 앞의 광경에 놀란다. 의종을 보호하던 무사는 의종을 얼른 무비 손에 맡기고 무대 바깥쪽으로 피신시키고는 암살자와의 격투에 가담한다. 결국 암살자를 처치하는 두 호위무사 돌아서서 의종이 퇴장한 쪽으로 나간다.

진경 가장 힘든 상황에서도 누군가는 곁에 남기 마련이야. 마지막 보루는 남는 법이지.
대영 24년 동안이나 왕이었는데, 남은 건 애첩과 충직한 호위무사 하나라.

명준 자, 너무 늦었습니다. 이만하고, 모레는 반드시 폐왕성 촬영 나가야 되니까 내일까지 오늘 얘기한 것들이랑 정리해서 구체적 촬영계획 짭시다. 하루만 더 생각해 보자구. 일단 대영이는 폐왕성 사전답사 갔다 오구.

모두 네, 수고하셨습니다.

모두들 나가는데, 현제, 잠시 핸드폰을 쳐다본다.
밖에서 대영이가 현제를 부르는 소리가 들린다. 현제, 핸드폰을 집어넣고 대답하면서 퇴장.

3막 2장

달빛이 비추고 무비가 춤을 춘다. 무비는 보라색의 가벼운 천으로 된 의상의 일종을 입었다. (머리에 쓸 수도 있고 어깨에 걸칠 수도 있는 숄 형태의 천이면 좋겠습니다. 춤을 출 수도 있고… 다만 소영의 스카프와 같은 천이어야 하며 크기는 달라도 될 듯합니다) 의종, 단출한 술상을 앞에 두고 피리를 분다.

가을바람에 괴로이 읊나니 (秋風唯苦吟)
세상엔 날 알아주는 이 없네 (世路少知音)
창밖엔 삼경의 빗소리 (窓外三更雨)
등불 앞엔 만리로 내닫는 이 마음 (燈前萬里心)

무비 (술을 따르며) 어찌 하실 겁니까?

의종 (술을 들이키며) 무얼 말이냐.

무비 간밤엔 목숨을 부지하였으나 언제 다시….

의종 달빛이 참으로 곱지 않느냐.

무비 폐하.

의종 무비. 내 그대 심정을 왜 모르겠나. 허나 다 부질 없으이.

무비 소인은 거제에서 죽어도 여한이 없습니다. 하오나 진도에 유배되어 죽은 태자를 잊지 마소서. 생전의 강령하고 의젓한 모습이 아직도 눈에 선합니다. 남은 우리의 자식들도 태자의 뒤를 잇게 하시렵니까?

의종 태자의 장례는… 치렀을까.

무비 쫓겨난 태자의 장례를 누군들 보살폈으리요. 폐하께서 복위하시는 그날까진 태자의 무덤, 이름 모를 풀들로 무성할 것입니다.

의종 짐이 복위한다고 무엇이 달라지겠는가!

무비 왕이시기 전에 아이들의 아비십니다. 무릇 어버이란 자식들의 안위를 위해서라면 분골쇄신도 마다치 않습니다.

의종 하루에도 골백번, 자객들이 날 죽이려 들까봐 두려움에 떨면서, 어찌 아이들의 안위를 생각할 수 있겠는가.

무비 그 두려움을 복위의 칼날을 세우는 초석으로 삼으시라는 말입니다.

의종 허허… 칼날이 무서워 떠는 사람한테 칼날을 세우라니… (한숨) 난 술이나 마시겠네.

무비 폐하!

현제 술에 취해 들어와 술병을 집는다.

의종, 술병을 집다가 현제를 보게 된다.

의종 왔느냐!

현제 여기 계셨네요. 어르신… 어! 소영아!

현제, 무비 서로 보고 놀란다. 무비, 보라색 천으로 얼굴을 가리고 의종 뒤에 숨는다.

반장군, 어느새 들이닥쳐 현제에게 칼을 들이댄다.

무비 뉘, 뉘냐?

의종 허허! 고얀 놈! 무지렁이 눈에도 미인은 들어오느냐. 반장군 됐다. 내 여기 와서 사귄 벗이다. 인사들 하시게나.

무비 (현제를 힐끗 보더니) 폐하. 소인은 물러가겠습니다. (나간다)

의종 (반장군에게) 밤이 늦었다. 가서 뫼시어라.

반장군, 현제를 잠시 쏘아보더니 읍하고 나간다.

의종 자네도 한 잔 하였나 보이.

현제 (무비 나간 쪽을 보고 있다가) 예? 예.

의종 잘 됐네. 술벗이 필요하였는데 받게나.

현제 배는 다 만드셨나요?

의종 허허허 배? 술잔에 띄울 배라면 몰라도 갈 곳 없는 배가 무슨 소용이겠느냐.

현제 … 힘드시죠?

의종 뭐라 했느냐?

현제 죄송합니다. 그냥 느낌이 그래서.

의종 허허허! 니가 날 웃게 하는구나.

현제 저도 웃을 수 있으면 좋겠는데.

의종 넌 왜 웃지 않느냐?

현제 사는 게요… 그냥 살아지는 게 아닌가 봐요.

의종 배 만드는 게 많이 힘든가 보구나.

현제 아뇨, 그런 게 아니라 뭐가 힘든지 모르겠는데 자꾸 숨이 턱턱 막혀서요.

의종 숨을 안 쉬니까 그렇지.

현제 예?

의종 이놈아! 숨을 쉬어야 사람이 살지. 넌 기본도 모르는구나.

현제 어르신… 저 웃으라고 하신 말씀이죠?

의종 눈치 챘느냐?

현제 (피식 웃으며) 개그엔 재능이 없으시네요.

의종 에이그? 이놈! 감히 니가 날 비웃느냐!

현제 (과장하여) 이제 쫌 웃기네요, 하하하!

의종 참 이상한 놈이로세.

현제 어르신, 아무 데도 가지 마시고 여기 거제서 사심이 어떨런지요? 제가 말벗도 되고 술벗도 해드릴 테니 남은 생 유유자적하심이….

의종 좋지! 헌데 여기서 뭐하며 살까. 피리 부는 목수나 되어 볼까?

현제 피리 부는 목수라… 좋은데요! 목수 어르신, 술 한 잔 받으시죠!

의종 오냐 이놈아! 동창이 밝아 올 때까지 흠뻑 취해보자꾸나.

현제 무지랭이 말로는 "묵고 죽어 뻬자!"라고도 하지요.

의종 그래? 묵고 죽어 뻬자!

의종과 현제의 웃음소리, 술잔 부딪히는 소리, 별이 구르는 소리.

3막 3장

회의실.

최고로 어지러운 회의실. 다들 부스스하다. 현제도 숙취로 고생 중. 기태 연설 중이다.

기태 드디어 내일이 대망의 폐왕성지 촬영입니다. 자! 시원한 거 하나

씩 들고, (음료수를 돌린다) 다들 기운내시구요. 끝까지 열심히 촬영해 주시길 부탁드립니다.

다들 황당하다. 현제, 머리를 쥐어뜯다가 기태에게 자료 뭉치를 던진다. 기태 바람처럼 사라지면서 "폐허 속 망자의 맥박을 찾아라, 산 자의 잠든 심장을 뛰게 하라. 함께하라 기태와~"를 외친다.

명준 아이고 머리야, 잰 또 누가 불렀니, 대영아~~?

대영 죄송합니다. 저 형님이 원래 저런 사람이….

현제 저런 놈이야. 어휴~

명준 자, 오늘은 어떻게 해서든 결판을 봐야해. 신경 쓰지 말고 어제 폐왕성 답사는 어떻게 됐어?

대영 말도 마세요. 말 그대로 폐허예요. 그림이 안 나와 그림이.

진경 찍을 만한 거는커녕 카메라 들고 들어갈 수나 있을지 모르겠어요. 온통 키 높이의 풀밭에 흘러내린 돌 더미 투성이야. 뭘 찍으래는 거냐고 대체.

명준 그림도 안 나오고 수수께끼는 오리무중이고.

대영 그래서 제가 생각해 봤습니다.

모두 뭘?

대영 폐허 속 망자의 맥박을 찾아라. 폐허가 된 폐왕성터 밑에 미이라가 묻혀 있는 거예요. 산 자의 잠든 심장을 뛰게 하라. 미이라는 찾은 사람의 심장을 파먹고 살아나는 거죠. 그러니까 토바코경은 유령 해적선 선장인데, 해골이 된 선원을 찾으러 여기 온 거예요. (정적)

진경 대영아, 재밌니? (모두 한숨)

대영 (모두의 반응에 영문을 모르겠다는 듯 당당하다) 아, 진경 누나 전에 그 향토사학자는 뭐래요??

진경 말도 마! (명준의 눈치를 살핀다) 공상과학소설을 쓴다 써. 심장이 무슨 엔진이래나 뭐래나… 나룻배에 무슨 엔진이 있니?

명준 (의기양양하게 웃는다) 하하하.

진경 그래요. 알았어요. 그럼 어떻게 찍죠?

현제 저….

모두들 현제를 돌아본다.

현제 저, '망자의 맥박'은 의종을 뜻하는 어떤 것 아닐까요. 폐왕성에 살았던 의종의 마음의 흔적 같은 거요. 그런 걸 찍으면 어때요. 그 사람이 어떤 사람이었는지, 어떤 절실함을 가졌었는지, 그런 것들이 담겨있다면 폐허가 된 성터라도 절절하지 않나요? 어쩌면 그 사람은 왕이 되고 싶지 않았을지도 몰라요. 여기서 살고 싶어 했을지도….

진경 그럴지도 모르지. 하지만 그는 계림으로 갔어. 왕위를 다시 찾으러 갔다고.

명준 그래, 현제씨 말이 감상적으로 마음을 끌기는 하는데, 그걸 어떻게 찍지? 마음의 흔적 같은 걸? 풀밭을 헤치면 나오나? 그럼 산자의 잠든 심장은…?

현제, 말이 없다.

진경 시청 도시개발과에 연락해 놨어요. 일단 풀이라도 좀 쳐 달라구요. 일단 촬영할 수 있게 도와준다고는 했어요. 연락 받으셨죠?

명준 그래, 거제시에서도 생각보다 호의적이던데. 내일 촬영장에도 나온다고 하더라구 귀찮게시리, 그럼 우선 현실적으로 성벽 중심으로 앵글을 좀 구상해 보고….

이때, 기태 뛰어 들어온다. "토바코경이 저기 있어요." 모두들 소리 지르면 뛰어나간다. "토바코경" 혼자 남은 현제, 잠시 우울한 표정이더니 곧 떨쳐버린다. 전화를 거는 현제.

현제 소영아, 전화 좀 받어 제발. 하루 종일 어디 가 있는 거니. 걱정 좀 시키지 말구… 아니다. 미안, 다시 전화 할게.

사람들 뛰어 들어온다.

명준 봤어? 한국사람 아니잖아.
대영 한국사람 맞다니까요.
현제 이번엔 봤어요?
진경 슬쩍 옆모습만 보려다 말았어요.
대영 엘리베이터가 띵~하고 닫히더라구요.
현제 진짜 궁금하네.
명준 그 사람 옆선이….

다들 토바코경의 얘기로 왁자지껄해진다.

4막 1장

폐왕성터.

진경 (화가 단단히 났다) 일을 하자는 거야 뭐야? 약속은 철석같이 해놓구선. 공무원들은 이래서 안 되는 거야.
대영 누님, 진정 하이소.
현제 좀 심하네요.

명준 기다려보자. 박 과장이 여기로 온다고 했잖아.

진경 지금 오면 뭐하냐구요. 촬영은 오늘 해야 되는데 지금 와서 풀을 벨 거야 어쩔 거야.

박봉도 들어온다.

봉도 아이고, 수고들 하십니더. 거제시 도시개발과장 박봉도입니더.

진경 이봐요.

명준 (진경을 말리며) 아직 수고로울 건 없습니다. 보시다시피 저희가 촬영여건이 좀 어려워서요.

봉도 이를 어쩌나, 쯧쯧. 이 봐라 이 봐. 돌들 굴러 내리고, 풀들 난리 나고, 도대체 뭐가 보이지가 않네요. 그쵸?

진경 그러니까요. 그거 해결해 주시겠단 거 아니셨어요?

봉도 아, 그게요. 아시다시피 저희가 여기를 관광 특구화 시키기 위해서 갖은 노력을 다하고 있어요. 근데 그게 지금 세계로 나갈 여러분들의 필름에 담기면 어떻게 되겄어요. 이건 거제시로선 엄청난 손실인기라.

진경 그래서요.

봉도 딱 3달만 기다려주소. 저희가 이번 관내 유적지 정비사업을 계획하고 있거든요. 여기 도로 쫙~ 깔리고 성벽복구공사 깨끗하게 다 하면 촬영할 것도 얼마나 많겄어요. 이거만 되면 관광수입이~

대영 아저씨! 선주가 다 만들어진 배 놓고 메이킹 테입을 몇 달씩 기다려요? 그걸 말이라고 하능교?.

대영의 "그걸 말이라고 하능교?"와 겹쳐지는 무사1의 대사. 무대 다른 쪽 수풀 안으로 초점 이동된다.

무사1 그걸 말이라고 하능교? 내보고 여기에다 뼈를 묻으라고?

무사2 잘하면 그럴 수도 있지.
무사3 여길 죽으라고 보냈지 살라고 보냈겠냐.
무사1 밖에서 복위를 도모하는 자가 있다든데.

의종 술병을 들고 걷던 중 무사들의 말소리를 듣고 멈춰 선다.

무사3 그것도 어느 정도 세가 있을 때 얘기지.
무사2 그게 맘만 있다고 되는 것도 아니고.
무사1 그렇다고 열흘이 멀다하고 내려오는 암살자고, 보름이 멀다하고 들이치는 왜놈들 상대 하믄서 전전긍긍하고 평생을 살라고 웃기지 말라고 해라. 내는 다시 올라 갈끼다.
무사3 우린 저 하나만 바라보고 있는데 술 마시고 피리 불고 도대체 올라갈 맘이 있는 사람인지….

반장군 들이닥친다.

반장군 어디서 함부로 입을 놀리느냐?

무사들 깜짝 놀라 일어나 열을 갖춘다.
의종 뒤쪽으로 스르륵 사라진다. 반장군 의종이 사라진 쪽을 쳐다본다.

반장군 불경의 죄를 내 직접 물으리라. 따라오라.

반장군 나가고, 무사들 따라 나간다.

무사3 (마지막으로 따라 나가며) 미치겠네.

무사3의 "미치겠네"와 겹쳐지는 명준의 대사. 다시 초점이 이동한다.

명준 미치겠네.

계자 고려사 야사전문연구원 '고려여 세계로' 부설, 경남 사적지 야사 탐구회 '경남이여 아시아로' 거제분과 위원장 강계잡니다.

대영 관계자?

진경 (눈치를 주며) 하~. 그 나룻배 엔진.

대영 에?

봉석 오셨습니까? 강 선생님. (다른 사람에게) 오늘 도움을 좀 주십사 좀 청했습니더.

계자 (놀라며) 진경 양!

봉석 아니 서로 아십니까?

진경 (마지못해) 예. 선생님. 안녕하셨어요?

계자 이런, 제 학설을 아주 잘 이해하고 계신 분입니다. (다른 사람들 진경을 째려본다. 민망한 진경). 이건 대발견이 될 겁니다. 저 수풀 안에 엔진이라 부를 수 있는 구조물을 장착한 나룻배가 있을 거라고 그 누가 짐작이나 하겠습니까?

명준 짐작은커녕 상상도 안 할 겁니다. 예.

계자 그렇지요. 이건 아주 독특한 저만의 학설입니다. (명준은 답답해하고, 대영과 현제는 웃음밖에 안 난다) 대단한 논문이 될 겁니다. 거제도를 발판으로 경남으로, 전국으로 제가 널리 퍼져가는 겁니다. 하하하, 아주 뿌듯합니다. 그렇지 않습니까 진경 양? 진경 양?

진경 아… 예… 예.

대영 미쳤다 미쳤어.

계자 전 학자의 아량으로 이 나룻배를 관광 상품화 하는데 동의했습니다. 여러분도 예술가의 아량을 베풀어 관광특구 개발을 기다려 주시지요. (흐뭇한 미소를 짓고 있는 봉도)

현제 저기요. (모두 돌아본다) 만약 있다 쳐도 그게 남아 있을까요? 나무배가? 천 년 전이거든요? 지금 저긴 돌도 제대로 안 남아 있어요.

잠시 정적. 명준 배를 잡고 웃기 시작한다. 다른 사람들도 조금씩 웃기 시작한다.

계자 (갑자기 폐왕성 쪽으로 무릎을 꿇는다) 폐하~ 정말 위대하십니다. 폐하께서 만드신 건 철선이군요. 폐하~

계자의 "폐하"와 겹쳐지는 현령의 "폐하" 다시 초점 옮겨간다. 의종 앉아있고 밖에서 들리는 소리.

현령 폐하~ 거제현령이옵니다.
의종 들어오너라.

현령 들어선다.

의종 (반갑게) 어서 와라. 그래 오늘은 어떤 소식을 들고 왔느냐?
현령 폐하 오늘은 소인이 폐하의 소식을 듣고자 합니다.
의종 내게? 짐에게 무슨 소식이 있더냐?
현령 김보당이 세를 불리고 있다 들었습니다.
의종 짐의 소식이란 게 고작 그 정도구나.
현령 폐하께서 다시 견내량을 건너시더라도 저희는 보지 못하고 듣지 않을 겁니다.
의종 … 그래서 떠나라?
현령 폐하. 부디 큰 뜻을 다시금 펼치소서.
의종 다시 용상에 올라 너희들을 내 머리 꼭대기에 올려 앉혀 달라 그 소리더냐?
현령 폐하….
의종 물러가라
현령 폐….

의종 물러가라 했다.

현령 일어나 나간다. 무비 비껴 들어온다.

의종 니가 만든 일이냐?
무비 전 그들에겐 아무것도 하지 않았나이다.
의종 그럼 보당이냐? 허, 누구든….
무비 시골 현령도 대세를 봅니다. 정녕 이대로 계실 겁니까?
의종 사면초가, 피할 곳도 더는 없는 게냐?
무비 사지에 몰린 아이들을 두고 자신의 안위만 생각하십니까?
의종 시끄럽다. 너도 그만 물러가라.
무비 복위 말고는 그 아이들의 아비로서 하실 일이 없습니다.
의종 시끄럽다 했다.
무비 시끄러워도 들으셔야 합니다.
의종 … 무겁고 무겁다. 무비야, 너도 그러하냐?
무비 ….
의종 내 눈엔 무거워 보이는구나. 잠시 쉬려무나.
무비 이미 제 어깨는 짓눌리고 무뎌져서 감각이 없습니다.

무비 돌아 나간다. 잠시 있던 의종, 바닥을 쾅 친다. 의종이 바닥을 치는 소리와 카메라 바닥에 떨어지는 소리 겹쳐지며 초점 이동.
진경의 카메라 바닥에 쓰러져 있다. 웬 여자가 카메라를 밀어 쓰러뜨린 것이다.

진경 으악!
말복 아무도 못 들어갑니다. 여긴 아직 발굴이 끝나지 않은 유적이에요.
진경 뭐야 당신 미쳤어?

진경이 달려들 듯하자 현제, 대영 말린다.

명준 저흰 대한조선홍보팀입니다. 이번 건조공정영상제작 때문에 왔습니다. 도대체 누구십니까?

봉도 금남대학교 고고학과 양말복 교숩니더. 3년 전부터 여기 발굴팀장입니더.

진경 기가 막혀서 교수면 다야?

계자 원래 승질이 쌈닭이에요.

말복 뭐야 강계자 당신 한 패거리야? 학회에서 쫓겨 나더니….

현제 말조심하세요. 한 패거리라뇨?

말복 저런 사람들하고 다닐 정도면 당신들도 뻔하네요. 저 성의 가치에 대해 알아요?

진경 알만큼은 알죠.

말복 그래요? 저건 기성이에요. 의종 이전에 이미 있었던 성이라구요. 알고 계시겠죠?

명준 그런데요?

말복 전 지난 3년간의 발굴로 저 성의 연대가 기원전일 거라고 추측하고 있어요. 지금은 자금의 문제로 잠시 중단되고 있지만 그렇다고 당신들이 저 안에 있을지도 모를 유적을 부수게 할 순 없어요. 자, 이제 됐죠? 당신들도 머리가 있으면 이해했을 거예요.

대영 되긴 뭐가 돼요?

말복 당신들 어디 외국선주 비위나 맞추려 들지 말구 좀 더 생산적인 일에 신경쓰라구. (계자에게) 당신도 소설 좀 그만 쓰고 보물찾기 좀 그만 하구, 학계가 그렇게 만만한 줄 알아? (봉도에게) 그리고, 당신! 돈 버는 데만 눈이 벌게가지구, 시청에서 그러면 안 되지. 이건 역사학적 가치가 너무나 높은 유적이라구.

사람들 난리가 났다. 대영은 한 대 칠 것 같은 진경을 진정시키느라 정신이 없다.

현제 함부로 말씀하지 마세요.

말복 함부로? 비싼 연봉에 경치 좋은 섬에 와서 배 두드리고 사는 당신들은 몰라. 당신들 따위한테 주는 연봉보다 고고학 팀의 연구비가 훨씬 중요하다는 걸 알 턱이 없지. 정말 가치 있는 걸 함부로 하는 건 당신들이잖아?

현제 아는 척하지 마세요! 매일매일 반복되는 삶에서 점점 무생물이 되어가는 것 같은 내 기분을 당신이 압니까? 인생을 박탈당하고 저 안에 쳐 박혀서 박제가 되어가는 의종의 심정을 당신이 압니까? 내게도 여기는 빌어먹을 유배지 같다구요. 당신에게 그 일이 그렇게 중요하면 지금 들어가서 그 고고한 유적을 찾으세요.

말복 뭐?

현제 당신들두요. 그렇게 중요하면 저 풀숲으로 지금 들어가서 철선을 찾아보든가 개발을 시작하던가.

봉도 나도 하고 싶지만 일의 계통이라는 게….

말복 발굴 팀이 꾸려지려면 얼마나 많은 돈이 필요한지 알아?

계자 난 저 시청 개발팀과….

현제 핑계만 대지말구 모두 들어가서 공평하게 어두운 숲을 헤매면서 원하는 걸 찾아보자구요. 반드시 '폐허 속 망자의 맥박'을 제일 먼저 찾게될 겁니다.

현제는 풀숲을 헤치며 사라진다.

말복 무슨 소리야 저건….

계자가 설명을 시작하고 서로의 얘기로 시끄러워진다.
대영은 현제를 찾아 수풀로 따라 들어가고, 진경과 명준은 부서진 카메라를 들여다본다.

4막 2장

연못가 의종은 열심히 돌탑을 쌓고 있다. 무사4와 무사1, 반장군이 옆에 서 있다.

무사1 저희가 하겠다니까요. 폐하.

무사4 해거름에 무슨 돌탑을 쌓는다고 이러십니까. 내일 밝을 때 저희가 하겠습니다.

의종 (끙끙대며) 아니다. (돌, 미끄러진다. 무사들 뛰어온다) 됐다. 귀찮다. 내가 하고파 그러는 거니 괘념치 말거라. 다들 물렀거라.

반장군 … 알겠습니다 폐하.

반장군이 퇴장하자 나머지 무사들, 예를 올리고 걱정스레 퇴장.
의종 열심히 돌을 옮긴다. 현제 들어온다. 커다란 돌을 보고 그 위에 잠시 앉는다. 의종, 그 돌을 들려하다가 깜짝 놀란다.

의종 언제나 급작스럽게 찾아오는구나.

현제 뭘 하십니까 폐하?

의종 그 새 갑자기 언문이라도 깨쳤느냐? 항시 하듯 하라.

현제 … 예, 어르신.

의종 기우제를 지내려고 한다. 날이 가물어 백성들 고생이 말이 아니라고 하지 않더냐? 거기 돌 좀 집어라.

현제 말없이 의종과 돌탑을 쌓는다.

의종 묻지 않는구나.
현제 어르신도 묻지 마십시오.

둘은 여기다 놓느니 저걸 집느니 옥신각신 돌탑을 쌓는다. 다 쌓아갈 때쯤 무언가 수풀 속으로 모여드는 듯하더니 아이들의 웃음소리가 들려온다. 무사의 가족들이다. 둘의 모양이 우스웠나 보다.

의종 이리 나오너라.

수풀 조용하다.

의종 혼을 내야 나올 테냐?

아이들 쭈뼛거리며 나온다.

의종 재밌어 보이느냐?
아이들 예.
의종 그럼 할애비는 잠시 피리 불며 쉴 테니 저기 저놈과 마저 쌓거라.

아이들은 환호성을 지르며 좋아하고 현제는 힘들어 죽겠다는 표정이다. 의종은 호탕하게 웃으며 피리를 한 자락 분다. 그 사이 현제와 아이들은 어느 샌가 의종 옆으로 모여들어 피리소리를 듣는다.

의종 오늘은 그만이다. 오늘 일을 아무에게도 말하지 않으면 담에 또 피리를 불어주마, 알겠느냐?

아이들 고개를 끄덕거린다.

의종 그만 돌아들 가거라.

아이들 웃으며 나간다. 의종과 현제 흐뭇하게 바라본다. 의종은 자리를 털고 일어선다.

의종 기분이 좀 나아졌구나.
현제 저두요.
의종 곤하구나. 들어가서 무비의 술상이나 받아야겠다.

의종 사라질 때쯤 대영이 현제를 부르는 소리 들린다. 현제는 소리 쪽으로 나간다.

4막 3장

숲에서 빠져나온 현제, 밖은 아직 시끄럽다. 이제 수수께끼의 내용 가지고 설전이 벌어진 듯하다. 대영이 급하게 현제를 부른다.

대영 형님! 아까부터 계속 전화가 와서 제가 받았는데예, 병원이랍니다. 전화 다시 하신다는데….

마침 전화벨이 울린다. 현제 전화를 받는다.

현제 네, 차현젭니다.
소리 (E) 여긴 거제병원 응급실입니다. 김소영씨 보호자 되십니까?
현제 예, 그런데요?
소리 (E) 김소영씨께서 자살기도를 하셔서 응급실로 호송되셨습니다.

급히….

마른하늘에 천둥이 울린다. 일동 놀라고 현제는 꼿꼿이 서 있다가 뛰기 시작한다.

대영 형님! 현제 형님!

천둥소리에 놀란 다른 사람들은 부랴부랴 하산한다. 진경과 명준은 장비를 챙긴다.

명준 현제는?
대영 전화 받고는 성벽 쪽으로 뛰어 올라 갔습더
진경 얼른 잡아.

명준과 대영은 현제가 나간 쪽으로 뛴다. 진경은 따라갈까 하다가 장비를 들고 반대쪽으로 옮긴다. 다시 무대를 가로질러 뛰는 현제.
갑자기 들려오는 소리 "불이야". 현제가 들어간 쪽에서 이번엔 의종이 뛰쳐나온다. 겁에 질렸다. 현제와 의종이 교차되며 뛰어간다. 이때부터 계속 간헐적으로 들려오는 현제와 의종을 부르는 소리. 현제는 나가고 다시 의종이 혼비백산하여 뛰다가 변복을 하고 보따리를 든 무비와 마주친다.

의종 (반갑게) 무비야, 어딜… 가느냐?
무비 … (포효한다) 왜 살아계십니까?

의종은 얼빠진 얼굴이 된다.

무비 (절규) 그곳에 계시지 않고 왜 이곳에 계십니까? 죽어서라도 아이

들을 살리시지요. 왜? 왜 그런 얼굴을 하십니까? 제가 같이 죽어 드리면 편하게 가시겠습니까? 어차피 약조한 목숨은 하나지만 둘이 된들 어떻겠습니까? (보따리에서 보라색 천을 꺼내든다. 천천히 한쪽 끝을 자신의 목에 두른 다음 다른 쪽 끝을 잡고 의종에게 다가온다. 마치 둘의 목을 한꺼번에 졸라 죽으려는 듯이)

의종 약조한 목숨?

무비 폐하의 목숨이 이 섬 안으로 갈무리 된다면 열하나의 어린 목숨을 구명해 주겠다는 약조를 받았습니다.

이때 현제가 무비를 향해 뛰어 들어온다.

현제 소영아!

현제는 정신이 없다. 의종은 뛰어 들어오는 현제를 막는다. 현제와 의종은 엎치락뒤치락 싸운다. 의종은 현제의 뺨을 갈긴다. 현제는 정신을 차린다. 얼빠진 현제. 무비를 본다. 얼음처럼 굳은 무비.

의종 (현제에게) 보내 주거라.

현제 소영아.

천둥소리 크게 울리며 비가 내리기 시작한다.

무비 전 이제 지아비 잃고, 홀로 남은 어미로 살겠습니다. 당신의 자식들을 지킬 것입니다.

무비 나간다. 빗속에 남은 현제와 의종.
서서히 어두워지는 가운데 현제가 쓰러진다.

5막 1장

병실 안. 창문 밖으로 빗줄기가 흘러내린다.

현제가 침대에 누워 있고 소영, 한손에 붕대를 감고 침대에 기대어 잠들어 있다.

현제 의식이 돌아온다. 소영의 붕대 감긴 팔을 만진다.

소영 (잠에서 깨어나며) 어….

현제 ….

소영, 현제 (거의 동시에) 괜찮아?

두 사람 말없이 바라본다.

사이.

소영 기태 씨가 자기 깨면 같이 먹으라고 죽을 쒀다 놨는데… (하며 일어서 돌아선다)

현제 미안해… 미스코리아 6등.

소영 (돌아보며) 그 소리 오랜만에 듣는다… 항상 나 화나 있을 때만 그렇게 부르지. 어리광 피우지 마. (현제 침대에서 일어서려다 아파하며 도로 주저 앉는다. 신음소리에 순간적으로 놀란 소영 다가가면 현제가 소영을 잡고 고개를 들더니 씩 웃는다. 소영 뿌리친다) 하지 마! 이제 이런 거 안 통해.

현제 (한숨) 미안해 소영아.

소영 이 거제에 교수님 추천으로 취직되어 내려 왔을 때 했던 말 기억나? (현제 말이 없다) 항상 여행 온 것처럼 지내자던 말. 그 말 땜에 천지간에 아는 사람 하나 없는 이 섬엘 따라왔어. 그런데 넌, 바쁘고 난 항상 니 뒤를 보살피기만 했어. 나 언제까지 그래야

돼? 언제까지? 정말 싫어! (불안한 모습을 보인다)

현제 (소영에게 다가간다) 소영아… 나는….

소영 치워! (소영이 팔을 휘두르고 현제 부딪힌다. 아파하는 현제) 미안, 현제야 괜찮아? (현제, 소영을 쳐다보다가 천천히 안아준다. 소영 빠져나오려 애쓰지만 현제가 놔주지 않는다) 제일 싫은 게 뭔 줄 알아? … 이러는 나야. 계속 화가 나 현제야. 그러지 말아야지 하면서 또 대책 없이 짜증이 나. 내가 날 참을 수가 없어. 이러는 내가 너무 싫어 현제야. (현제에게 기대어 운다)

사이.

현제 내가 너무 나 혼자만 힘든 척했나봐. 너 힘들어하는 것도 감당하기 싫어할 만큼….

소영 일하다 쓰러져 실려 오기나 하면서 강한 척하지 마.

현제 (소영의 붕대 맨 손목을 잡으며) 너나 힘들어서 약 먹고 손목 그을 정도면서 강한 척하지 마 (소영이 민망한 듯 손목을 빼려하자. 현제가 다시 손을 꼭 잡으며) 미안해. (소영 손을 마주잡는다) 처음 여행 온 것처럼 다시 시작해. 천천히. 병원에도 다니고….

기태가 문을 벌컥 열고 등장한다.

기태 현제야! (놀라는 세 사람. 기태, 슬금슬금 꽁무니를 빼며) 아이고 이런, 계속하시죠. 이럴 줄 알았나? 니 왜 아픈 제수씨를 울리고 지랄이고, 어이구 우리 제수씨~

현제 (베개를 던지며) 저리 꺼져!

소영 (일어서며) 목, 목마르지? 물 떠올게. (밖으로 나간다)

기태 현제야! 내가 니하고 제수씨 땜에 제 명을 못 채우고 죽을기다. 내 속을 와 이렇게 썩이노 말이다. 에라이 문디 자슥.

현제 오바 그만하고 소영이 저러고 다녀도 괜찮은 거야?

기태 친구보다 마누라가 먼저다 이기제! 흥! 딱 안 죽을 만큼 먹은 기란다. 의사 선생님이 카대. 살라고 알 세려서 딱 고만큼만 묵었다고. 손목도 실핏줄 몇 개 터진 거 빼고는 괘안탄다. 우울증이 문제지. 그거는 병원 쫌 다녀야 될낀데… 아까보이 뭐 괘안컸다. 흥! 뭐꼬! (후략)

홍보실 삼인방 들어온다.

대영 행님! 병실 호수는 가르쳐 주고 가야지예. 한참 찾았심더.

진경 어머! 현제 씨 깨어났네?

명준 괜찮아요?

현제 예. 걱정 끼쳐서 죄송합니다.

진경 와이프도 어디 다쳤다면서요?

기태 흥! 실핏줄 몇 개 터진 게 대숩니꺼? 지는 가심이 다 터졌는데에! 보여 드릴까예?

대영 행님! 참!

대영, 기태를 째려보고 기태 구시렁거린다. 나머지 보고 웃는다.

명준 이제 현제 씨 퇴원하고 라스트씬만 찍으면 만사 오케이네.

현제 다시 찍게 됐어요?

대영 토바코경이 해결 했심더. 야~ 걸물이데예. 고고학팀한텐 고고하게 연구하라고 연구비 좀 주고 도시개발팀은 한 · 토바코 수교 30주년 기념행사 맡기 갖꼬 축제 분위깁니더.

현제 그 강계자 선생은?

기태 그 와사비 선생 말이가? 다 관두고 소설 등단 한다고 절에 드러갑삐따. 뭐라 카드라… 아무도 자신의 학설을 이해 못한다믄서

환타지로 승화시킨다나 뭐라나. 웃긴 사람이데이.

대영 행님만 할까봐!

명준 그건 그렇고 그땐 왜 그렇게 뛰어 다녔어? 현제 씨 잡느라 간만에 운동 좀 했지만.

진경 정말! 절벽으로 안 갔길 망정이지 큰일 날 뻔했어요!

기태 니 또 귀신 봤나?

현제 (주사 바늘을 빼고 뛰어 나간다) 어르신! 어르신!

기태 뭐꼬? 어디 가는데?

대영 뭘 물어? 화장실이 급…. (꽃바구니 발견) 토바코 경이다!

일동 뭐?

대영 배목수의 쾌유를 빌며… 토바코 3세!!!

다들 놀라워하며 꽃을 본다.

5막 2장

폐왕성 안. 동네 아이 1.2가 앞서고 의종 뒤따라 들어온다.

아이1 다 왔스예. 많이 움직이야 빨리 낫는다 카데예.

의종 그만 내려가자꾸나.

아이2 안 되예. 저기까지 가야 해예. 빨리예!

의종 숨이 차지만 애들의 손에 끌려간다.

성안 집 앞. 무사들이 서 있다.

아이들 와! 다 왔으예!

의종 너희들은 예서 뭘 하고 있느냐?
무사1 흠흠, 그게 저.
무사2 불에 타서.
무사3 안전한 곳이.
무사4 성안이 아닐까.
아이들 와! 다 큰 아제들이 말 되게 못하네. 아까 연습한 대로 하라카이.
무사1 흠흠, (집을 가리키며) 지붕만 손 봤심더.
무사2 벽도 조금 손 보고.
무사3 닭도 잡고? 아! 제가 잡은 건 아니고 마을 사람들이 보신하시라고 주길래.
무사4 (짚신을 내밀며) 지붕 이고 남은 걸로 한 번 짜 봤습니다.
의종 … 이걸 다….
반장군 그럼 편히 쉬십시요. 저희들은 물러가겠습니다.

아이들을 어깨에 목마 태우고 나가는 무사들.

의종 … 반장군.
반장군 (돌아서며) 예.
의종 모두에게…. (말을 잇지 못한다)
반장군 … 흡족해하신다 전하겠습니다.

의종 고개를 끄덕이고 반장군은 읍하고 나간다.
의종 댓돌 위에 앉아 짚신을 신어본다. 현제 의종을 찾아 두리번거리다가 댓돌 위에 앉는다.

의종 (짚신을 보며) 딱 맞는구나.
현제 (의종을 발견하고) 어르신! 괜찮으십니까?
의종 편하다. 이렇게 편할 수도 있음을 내 미처 몰랐구나!

현제 어르신!… 우십니까?

의종 무엄하도다. 짐이 언제 울었다고.

현제 어르신…!

의종, 눈가를 훔치더니 일어서 걸어본다. 마치 처음 걸음걸이를 배운 아이처럼.

의종 발바닥에 흙이 느껴지는구나, 퍼석퍼석 밟히는 것이 한여름 모시 같이 시원도 허고.

현제 좋으십니까?

의종 좋기만 할까! 훨훨 어디로든 닿을 수 있음이야!

현제 저도 그 기분 알 거 같습니다.

의종 허! 그놈 ! 또 잘난 척이구나!

현제 하하하!

의종 이젠 잘도 웃는구나. 이놈!

현제 사는 게 뭐 대수라고, 어르신도 웃는데 저라고 못 웃겠습니까! 허허!

의종 (같이 웃다가 노래처럼) 허허! 배목수!

현제 예이!

의종 나 배 한 척 만들어 주게나.

현제 유람이라도 떠나시게요?

의종 짚신도 신었겠다 길을 나서야지 않겠느냐.

현제 (현제는 안다) … 거제를 떠나실 작정입니까?

의종 염려마라, 이놈아! 너와 평생 술잔이나 기울이며 살자는 약조, 반드시 지킬 테니.

현제 어르신!

의종 그만 불러대 이놈아!

의종 짚신 신고 춤추듯 걸으며 마냥 좋아 한다.

5막 3장

폐왕성 터.

마지막 촬영을 위한 준비가 한창이다. 진경은 카메라를 손보고 대영은 현제에게 마이크를 채워주고, 명준은 멘트를 손보며 현제와 대화 중이다.

명준 잠깐 모여 봐. 이렇게 가자. 우리가 수수께끼를 풀어내진 못했지만. 어쨌든 답이 폐왕성에 살았던 주인장의 마음에 닿아 있다는 건 확실하지. 그의 무언가가 이 안에 있는 거야.

다들 고개를 끄덕인다.

진경 음, 다는 모르겠지만 아무래도 산 자는 우리인 거 같아요. 망자가 의종이라면 세월이 흘러 다시 여기서 그걸 찾고 있는 우리가 산 자 아닐까?

대영 육지에서 온 이방인 의종.

현제 그렇다면 지금 거제의 모든 이방인들은 모두 의종의 후예, 지금 살아 있는 자….

진경 응, 그럼 의종이 그의 후예들에게 남겨 놓은 건?

사이.

명준 잘 모르는 걸 짐작하려 애쓰지 말고 있는 사실 그대로만 전하자. 나머진 보는 사람 몫이고. (모두들 무언의 동의) 자 현제 씨 읽어

봐. 카메라.

진경 오케이. 그대로 리허설 갑니다.

현제는 읽고, 진경은 카메라를 돌린다.

현제 폐왕성의 주인 의종이 왜 계림으로 떠났는지 정확하게 알 수는 없습니다. 하지만 가장 가까이서 그를 모셨던 호위무사들은 계림에서 그를 잃은 후에도 여기 거제도로 돌아와….

의종 들어와 카메라 앞을 스쳐지나간다. 모두 이상한 공기를 느낀다.

진경 잠깐만, 지금 뭐가…? 렌즈가 좀 이상한데? 대영아~ 거기 렌즈 박스 좀.

대영 예 갑니다.

대영과 명준, 진경에게로 다가간다.
현제는 의종을 찾는다. 성벽이나 나무 연못가의 돌까지 슬며시 만져보며 그를 마음속으로 불러본다. 의종은 무사들의 정이 담긴 집과 성벽들을 깊은 애정을 담아 손바닥으로 쓸어본다.
현제와는 계속 만날 듯 만날 듯 만나지 않는다. 의종이 집터의 한 주춧돌에 손을 대고 가만히 있는다. 마치 현제를 기다리는 것 같다. 현제의 손이 주춧돌에 닿는다. 편안한 미소를 짓는 의종. 현제는 마지막임을 직감한다. 둘은 천천히 성벽 쪽을 향해 걷는다.

의종 내 심장엔 언제나 집이 필요했다. 저 초가집처럼 따뜻한 집말이다. 집이 있으니 이제 난 어디라도 갈 수가 있구나.

현제 걸음을 멈춘다.

현제 어딜… 가십니까?

의종 저 멀리서 날 다시 왕 만들고파 기다리는 사람들이 있느니라.

현제 왕 이란 거. 이제 필요 없으신 거 아니었습니까?

의종 예끼 이놈. 왕 자리 싫다는 자가 세상에 어디 있느냐.

현제 여기가 좋다하지 않으셨습니까? 저랑 평생 술잔 기울인다 하시지 않으셨습니까? 이렇게 편한 신을 신고 흙바닥을 밟는 것이 편하시다 하셨잖습니까?

의종 배목수… 난 왕 노릇을 참 못했더니라. 그러니 끝맺음이라도 왕답게 해야 하지 않겠느냐?

현제 오늘은 바, 바람이 좋지 않습니다. 배가 뜨기에 좋은 날이 아닙니다. 보세요. 바다색도 좋지 않습니다. 해, 해거름도 가까워 오니, 아니 저, 성에 아이들이….

의종 배목수….

현제 오늘은 안 됩니다. 하여튼 오늘은 나가시면, 나가시면… 젠장!

의종 배목수… 알고 있다. (현제, 고개를 번쩍 든다) 그래도, 내 마지막 왕 노릇을 위해 다녀오마. 그때까지 잘 보관해 주거라.

의종 내 심장엔 언제나 집이 필요했다. 저 초가집처럼 따뜻한 집말이다. 집이 있으니 이제 난 어디라도 갈 수가 있구나.

의종은 피리를 건넨다. 현제 외면한다. 의종은 현제의 손에 피리를 쥐어준다. 고개 숙인 현제, 현제는 의종의 손목 덥석 잡고 놓아주지 않는다. 그리곤 천천히 그의 앞에 무릎을 꿇는다. 의종도 천천히 그의 앞에 앉는다. 의종은 따뜻이 웃으며 현제의 손을 잡는다. 서서히 고개를 드는 현제. 의종은 고개를 끄덕인다.

무대 뒤편에서 무사들이 프롤로그 때와 같은 배를 준비하고 기다린다. 배를 바라보는 의종과 현제, 현제는 의종의 손을 결국 놓아준다. 의종, 천천히 일어서서 몸을 돌려 무대 뒤로 걸어간다. 현제의 어깨가 들썩인다.

현제 (한동안 고개를 숙이고 앉아 있던 현제. 갑자기 의종을 잡을 듯 뛰쳐나가며) 어르신! (의종 돌아본다. 현제 잡지 못하고 선다) … (외친다) 꼭 돌아 오셔야 돼요!

의종 웃으며 천천히 손을 흔들고 배를 타러간다. 현제는 그 자리에 피리를 소중히 묻는다.

진경 이제 괜찮아요.
명준 어이, 현제 씨, 준비됐어?
현제 … 네.

현제는 카메라 앞에 선다.

명준 카메라~
진경 오케이.
명준 음향~
대영 오케이.
명준 좋아. 현제 씨 go~

현제의 등 뒤로 의종이 탄 배가 서서히 거제를 떠난다. 모두 현제를 보고 있지만 의종을 전송하는 것만 같다. 바닥에서 낡디 낡은 피리를 줍는 현제, 잠시 생각하더니 리허설과는 다른 말을 한다.

현제 여기 망자의 맥박이 있습니다. 이것은 여기에 묻힌 의종의 심장입니다. 이곳에 올 때 굳은 심장을 가졌던 왕은 절망의 바닥에서 힘차게 맥박 치는 심장을 건져냈습니다. 그리고 소중히 묻었습니다. 그는 마음의 유배지에서 영원히 떠나 자유로운 영혼이 되어 돌아올 것입니다. 그를 만난 잠자는 저의 심장도… 이젠 다시 뛰기 시작합니다.

에필로그

골리앗 크레인 위에 현제가 서 있다. 바다를 내려다보고 있는 현제.

기태 (E) 니 명준이 행님한테 감사해야 된대이. 골리앗에 올라가 본 사람이 대한민국에 몇이나 될 꺼 같노? 백 명도 안 된다 카이!

소영 (E) 트리니다드토바코? 카리브해? 돈이 어딨어, 안돼! 어? 그래! 짐 쌀게.

소리가 들리는 사이 노신사 한쪽에서 걸어와 현제 옆에 선다.

노신사 자넨 꿈이 뭔가?

현제 웃다가 깜짝 놀라 노신사를 본다. 의종과 닮았다.

노신사 (빙그레 웃으며) 난 피리 부는 목수가 되고 싶네.

현제 어…? 어르… 어?

현제 놀라움에서 서서히 벗어나 함께 바다를 바라본다.
두 사람. 한 곳을 보며 웃고 있다.

끝.

거제도

부제 : 풀꽃처럼 불꽃처럼

손영목 원작 / 이삼우 각색

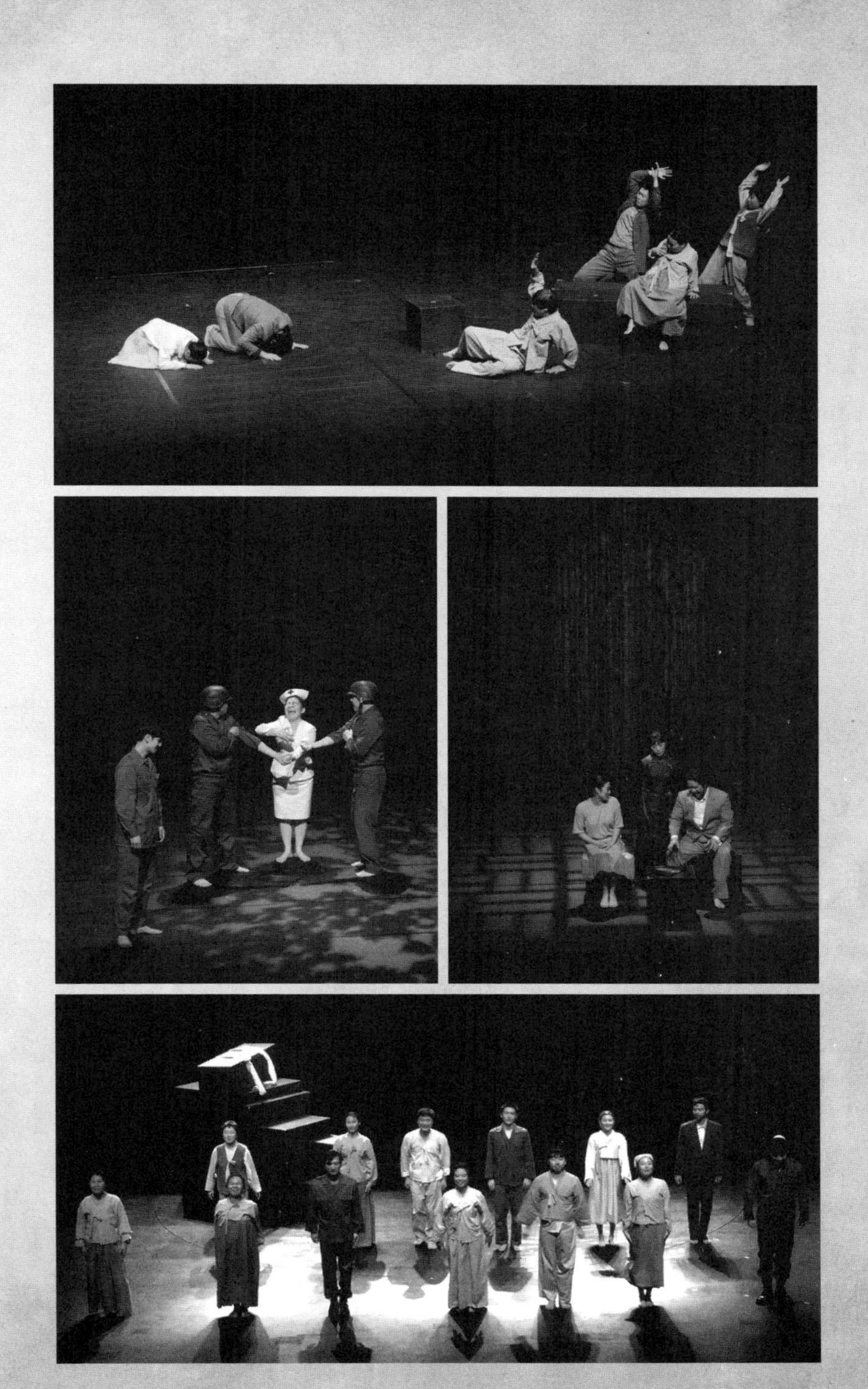

· **등장인물**

옥치조
이옥례
옥상국
옥상은
옥상기
임덕현
마담
김주사
미군
국군
마을사람들 다수

1장. 변화 (1951년 2월)

나레이션 거제도에는 옥씨들이 많다. 고려 왕건 후손들이 이씨조선 생기며 살기 위해 거제로 내려왔다가 왕씨들 씨를 말린다는 이야기에 왕(王) 자에 점 하나 찍어서 옥(玉)씨로 바꿨다는 이야기가 있다. 어쨌든 이래저래 우리 거제도는 옛날부터 유배지로 유명하다. 이 이야기는 1951년 당시 거제도 상동리의 이장이셨던 나의 할아버지 옥치조의 이야기다.

....

마을사람 와! 저기이 뭐꼬?

마을사람 군함은 군함인 것 같은데, 생긴 기 우째 요상하네.

마을사람 그런데, 군함이 가왁중에 여기는 뭐하러 들어올꼬?

마을사람 포로수용소하고 관계가 있는갑지, 뭐.

마을사람 포로수용소? 아니, 그기이 무신 소리요?

마을사람 이 사람 보게. 일본 갔다 왔는 갑네, 소식이 절벽인 거를 보니. 여기다 포로수용소 짓는다는 말 몬 들었나?

마을사람 와아, 저 엄청난 물자 좀 보소. 저렇게 때리 싣고도 배가 안 가라앉은 기 희한하닥하이.

마을사람 참말로! 그나저나 포로수용소를 얼매나 크게 지을락하는고.

마을사람 전장에서 지금꺼정 잡아다 부산에 갖다놓은 포로 숫자가 엄청난 모양이던데, 그거를 몽땅 옮기 온다 치고 상상해 보라모.

마을사람 피란민들만 해도 넘쳐나는데, 포로꺼정 끌어다 보태면 거제사람은 우짜란 말고.

집을 나서다가, 마침 밖에서 돌아오던 아내 이옥례와 마주친다.

옥례 아니, 어데 가요?

치조 고현에.

옥례 고현에는 뭐 하러?

치조 면출장소에 볼일이 있어서.

나레이션 곧이곧대로 말했다가 당시 부쩍 실성기를 보이던 할머니 수다에 발목 잡히고 싶지 않아 애매한 대답으로 피했다. 이 곳 거제도에 큰 포로수용소가 생겨 보리농사 하던 땅을 다 잃어야 한다는 소문에 면출장소에 가 확인하기 위해 길을 나섰다.

문을 열고 들어가자 김주사는 사무실 이전으로 정신이 없다.

치조 김 주사.

김주사 어, 옥 이장. 우짠 일이요?

치조 안녕하십니꺼.

김주사 춥지요.

치조 아인기 아이라 계절이 뒷걸음질 치는 모양이네요. 그나저나 방금 미군들이 공사하는 거를 구경하고 왔는데, 요다 포로수용소를 짓는다는 그거이, 도대체 뭐가 우찌된 깁니꺼?

김주사 안 그래도 그 일 때문에 골치를 앓고 있는데, 부산에 있는 공산군 포로들을 이리로 끌고 올 모양인 갑소.

치조 몽땅 다요?

김주사 아마 그럴 거 같거마는.

치조 아니, 몇 십 만인가 하는 포로를 다 끌어다 풀어 놓으모 우짜란 말이요?

김주사 원래는 제주도가 유력했는데 (서류를 보며) 거제도는 강우량이 풍

부할 뿐 아니라 삼림이 울창하고 하천이 좋아가 생활용수 확보가 용이하고 머 어짜고저짜고 해샀는데, 사실은 임시수도 부산에 있는 한국정부가 최악의 경우 이 섬으로 이전할 가능성이 있기 때문에 미군들이 그 대체지로 거제도를 선택했답니다.

치조 그만한 숫자를 집어 여을락하몬 수용소 규모가 웬만해서는 어림도 없겄네요. 고현 들판을 다 깔아뭉개도 부족할 거 같은데.

김주사 고현 들판만 가지고서야 어디 감당이 되것소. 모리긴 해도 독봉산 양쪽 계곡을 다 징발해 쓴닥고 하지 않으몬 다행이겠거마는.

치조 아니, 그런 얘기가 구체적으로 있었습니꺼? 무신 통보라도 있던가예?

김주사 꼭 그런 거는 아이고, 예측이 그렇다는 기지. 비상전시령(非常戰時令)과 계엄령이 선포된 데다 군사작전권도 유엔군총사령관한테 넘기준 형편이니, 그 매가던가 먼가 시키먼 안경쟁이 양반이 이 거제 섬을 달랑 들어다 제주도 옆에 갖다 놓겄닥해도 우리로서는 속수무책이지 뭐. 그런께, 옥 이장도 마음의 대비를 하고 있어야 할 끼요. 수용소가 상동리 일대꺼정 뻗쳐가지 않으몬 다행이고.

치조 정 그렇담 땅주인한테 최소한 보상은 해줘야 할 거 아이요.

김주사 글쎄. 나중에 무신 조치가 따르몬 다행이지만, 지금으로서는 가망 없는 이야기가 아인가 싶거마는. 아, 전시(戰時)에 무신 놈의 토지수용 보상이 나오겄소.

빚 받으러 갔다가 면박만 당하고 쫓겨난 것 같은 참담한 기분으로 터덜터덜 집으로 향한다.

마을사람 니기미! 와 하필이몬 우리 동네고. 들판에 시퍼렇게 자란 보리를 우찌 하락고.

마을사람 보리가 문젠가. 앞으로는 벼농사도 다 지어묵었거마는. 세상 이런 날벼락이 어딨노. 아이고, 억장이야!

마을사람 아이고, 우찌하꼬! 이 아까운 농사를, 멀쩡한 보리를 갈아엎는 꼴을 내 우찌 눈뜨고 볼꼬!

마을사람 아무리 전쟁이라도 그렇지, 백성부터 살아야 할 거 아이가.

마을사람 그렇고말고, 이래 맨손 맨발로 백성 굶어죽기 맨드는 나라가 무신 놈우 나라고.

옥치조가 옥례에게 설명을 해주니.

옥례 아니, 그라몬 천금 같은 우리 논을 참말로 갈아엎는단 말이요?

치조 확실한 거는 두고 봐야 알겄지만, 십중팔구 그렇게 될 거로 각오하고 있어야겠거마는.

옥례 아이고, 우짤꼬! 이 노릇을 우짜노. 기껏 보리 심어 놓고 말짱 헛농사하게 생겼으니 아이고! 그나저나 당장의 보리농사는 그렇다 손 치고, 올해부터는 벼농사도 못 짓는단 말 아이가?

치조 ….

옥례 아니, 상국 아부지, 말 좀 해보소. 참말로 아무 대책이 없단 말이요?

치조 대책은 무신 놈우 대책. 지금은 전쟁 중이고마는, 미군들이 남의 나라 백성들 사정 봐줄락고 하겠나?

옥례 아무리 그래도 그렇지, 돈 한 푼 안 주고 멀쩡한 남우 땅을 그냥 멋대로 빼앗아 갈락하는 이런 놈우 경오가 세상에 어딨노. 오로지 흙 파묵고 사는 우리 같은 농사꾼들은 앞으로 우떻게 살라꼬. 아이고, 참말로!

치조 그만해라. 당장 닥친 것도 아인 일을 가이꼬 그리 호들갑을 떨어쌋노.

치조는 아내한테 핀잔을 주고 방에 들어가 외출복을 벗는다.

옥례 세상에 이런 어거지 무법이 어디 있노.

옥례가 마을로 향해 뛰어 나간다.
방에서 나온 치조가 그의 딸을 부른다.

치조 상은아! 상은아!
상은 와예?
치조 술병하고 고뿌 좀 내오이라.

상은, 막소주병과 유리잔, 김치보시기가 얹힌 개다리소반을 들고 나와 마루에 걸터앉아 있는 아버지 앞에 조심스럽게 놓는다.

치조 미군들 공사가 임박해 다들 야단인데, 니는 나가도 안 보고 방구석에서 뭐하노?
상은 그거이 무슨 구경거리라도 됩니꺼? 그러는 아부지는 와 집에 계신데예.
치조 뭐?
상은 아부지는 우리 동네 이장 아입니꺼.
치조 허헛, 자슥.

옥례가 마을의 상황을 살피고 뛰어 들어와 낫이든 호미든 뭔가를 챙긴다.

옥례 참말로 속도 편한 사람이네. 이런 날 혼자 홀짝홀짝 술이 들어가요?
치조 지랄 안 하나. 끌탕한다고 뭐가 달라지나? (술병 마개를 닫아 술상을 한쪽으로 슬그머니 밀친다)
옥례 내가 미친닥하이. 여러 말 말고 일어서소, 고마.
치조 와?

옥례 미군들이 들판을 다 둘러보고는 막 내리 가고 있소. 쐬넉가래를 단 차들이 올라와 갈아엎기 전에 보리를 대강이라도 훑어 와야 될 거 아이가.

치조 아직 여물지도 않은 보리를 가져다 뭐할락고?

옥례 복장 터지겄네. 아, 덜 여물었을망정, 그거라도 건지다가 우찌 묵을 방도를 생각해 봐야할 거 아이가. 빨리 준비 하소 마. 상은아! 상은아! 상기야!

상기 와 그렇게 소리 지르고 야단이고, 누가 귀 먹었나.

옥례 잔소리 말고 엄마 따라 들에 좀 나가자. 뼈 빠지게 지어놓은 농사, 반의반이라도 건지몬 여북이나 좋겄나. 아이고! 세상 살다 살다 무신 이런 놈우 세월이 있겄노. 당신도 빨리 일나소.

치조 야이 사람아. 그래도 명색이 이장이라는 사람이 그라고 있으면 남들이 우예 생각하겠노.

옥례 체면이 밥메기 주요. 그라고 다른 집 사람들 벌시로 다 나와 있소. 걱정 마소.

옥례는 연신 호들갑을 떨며 광에서 커다란 마대며 면포대 따위를 있는 대로 찾아내고 대바구니를 챙기는 등 부산을 떤다. 잠시 후, 치조네 네 식구는 집을 나선다.
마을사람들 모두 장비를 챙기고 나온다. 옥치조가 들판으로 들어오며

치조 보소. 보소 아직 여물다 안하는 보리를 이래 잘라다 우짤라고 그랍니까? 예?

마을사람들 (커다란 장비들을 보고 놀라며) 헉!!!

치조 이 사람들이 와 이라노? (보고 같이 놀라며) 아이고 무시라. 뭐시 저렇게 크노!!

2장. 양키시장

마을 아낙들이 쑥과 칡을 캐고 있다.

마을사람2 형님 이야기 들었어요?

마을사람1 무슨 이야기?

마을사람2 옥례 성님이 정신이 오락가락 한다꼬.

마을사람1 나도 들었다. 옥례가 미칬… (옥례가 들어온다)

옥례 벌씨로 이리 다 와있네.

마을사람1 옥례 왔나.

마을사람2 벌씨로가 머꼬. 아침부터 이라고 있다. 머시 당장 끼니꺼리가 있어야 말이제. 이리 쑥이나 칡 아이모 우예 한 끼라도 채우노.

옥례 그러게 말입니더. 이래가 우찌 살것노. 동네에 보이는 거라고는 철조망하고 미군들 밖에 없으니….

마을사람1 옥례 너그 외양간에 소 처분했다문서. 너그도 그서 장사라도 해보라모. 소동댁이 집은 헛간을 고치가 양갈보 장사를 한다는데 그 벌이가 상당히 좋아가 쌀밥 먹고 산다 카더라. 그나저나 너그 상국이는 소식이 있나?

옥례 작년 11월에 마지막 편지가 왔습니더. 그때는 머시 북한군을 쫓아가 북으로 북으로 올라가고 있다고 하던데 그 후로는 소식이 없네예.

마을사람2 그래도 그는 소식이라도 있네. 저기 지세포댁이 할매집 아아는 전사통지 받았다 아이가.

옥례 참말입니꺼? 우짜모 좋노….

마을사람3 옴마! 저기 칡밭이다. 사람들 글로 다 모인다!

마을사람1 그래 그라모 가자. 옥례야 가자.

옥례 먼저 가이소. 난 볼일 좀 보고 갈게예.

마을사람들 그래 퍼뜩 온나. 다른 사람들 다 캐가기 전에.

옥례 예.

옥례 주위를 훑어보고 자리를 잡으려 하는데 이상한 소리가 들린다.
흑인 병사와 양공주가 한바탕 정사를 벌이고 있다. 그것을 지켜보는 옥례.
암전.
무대 밝아지면 치조의 집 외양간 앞.

옥례 아이고! 상국 아버지.

치조 와?

옥례 저기 말이요. 내가 칡 캐러 갔다가 오줌이 마려워 숲에 들어갔더이, 양갈보 가시내캉 시꺼먼 미군 껌딩이가 뺄거벗고 담요 우에서 이상한 짓을 하고 있다 아이요. 세에상에 얼매나 놀래서 가슴이 벌렁거랬는지 모리겠닥하이.

치조 쯧쯧!

옥례 그런 아아들은 몸을 팔 방이 없어서 담요를 가이꼬 산에 들어간닥하데. 상국 아부지, 이 아래 준식이네랑 소동댁 같은 집에서는 뒤곁에 달개를 붙이기도 하고 헛간을 방으로 고치기도 하고 해서 양갈보 장사를 한다 아이요, 그 벌이가 상당히 괜찮은 모양이데. 우리도 이 외양간을….

치조 거 말 같지도 않은 말 그만해라.

옥례 와요. 내가 몬 할 말 했나. 우리도 이러고 있을 기 아이라 뭐든지 해볼 궁리를 해야 할 거 아이가. 소 판 돈 까짓게 얼매나 된닥고. 그나마 이리저리 꿀 찢어 없애고 보이 몇 푼이나 남았소?

치조 그래서 얼굴에 철판 붙이고 그런 장사라도 하자꼬? 에이기, 쯧쯧!

옥례 하몬 하지 몬할 거는 뭐꼬. 체면이 밥 먹이주나. 우리 아이들한테 좀 뭐하다마는….

치조 치아라, 고마. 궁리 궁리 하다가 죽을 궁리 낸닥하더마는, 생각 한다는 기 고작….

옥례 (무안한 듯 한참을 앉아 있더니) 상국 아부지.

치조 와?

옥례 앞으로 우리 우찌 살지요?

치조 쯧! 또 그 소리.

옥례 이녁은 속도 좋아 눈만 감으몬 송장이지마는, 나는 밤에 당최 잠이 안 오요.

치조 말은 그렇게 해도 잠만 들면 코를 골데.

옥례 아무러면 그런 날이 하루도 없으까.

치조 ….

옥례 생각만 하몬 미치겠닥하이. 그 애써 가꾼 아깝은 보리 몬 건지다 묵고, 논은 논대로 뺏기고….

치조 또 시작이네. 기왕 그렇게 된 거를 자꾸 끌탕하몬 뭐 하노. 병만 되지. 그만 잊어삐락하이.

옥례 참, 당신도… 잊을 거를 잊지, 그거를 우찌 잊는단 말고.

치조 안 잊으몬 우짤긴데. 그런닥고 보리하고 논이 되돌아오나?

옥례 모리겠소, 고마.

치조 사람이 명만 붙어 있으몬 우짜든지 산다. 사람 목숨처럼 질긴 기 어딨노. 설마 산 입에 거미줄 치까. 정 뭣 하모 내가 수용소나 부대에 어디 일할 자리 있는지 알아보꺼마.

옥례 그기이 참말이요?

치조 참말이지 않고. 체면이 밥믹이 주는 것도 아이고.

옥례 그렇게라도 된다믄야… (사이) 참, 생각만 해도 소름이 돋는닥하이.

치조 또 뭐가?

옥례 산에 있던 그 가시내 말이요. 몸도 에리에리한 년이 꺼먼 수소 같은 그 인간하고 해도 아래가 성할는지 몰라.

치조 쯧쯧! 에핀네가 되잖은 소리도 하고 있네. 아, 음양의 이치란 짝만 맞추모 다 되게 돼 있는 기라.

상기가 형의 편지를 들고 흥분해서 마을로 들어온다.

상기 아부지! 옴마! 새이한테서 편지 왔어예. 밖에서 우체부 아저씨 만났어예.

옥례 머라꼬. 상국이 한테서… 어디보자.

치조 아이다 내가 먼저 보자.

상기 고마 제가 읽어 드리께예. (읽는다)
아버님 전상서 그동안 아버님, 어머님은 안녕하시옵고, 동생들도 무사히 잘 지내고 있는 지요. 소자는 가족들 염려 덕분에 싸움터에서 무사히 용감히 잘 싸우고 있습니다. 공산오랑캐를 쳐부수기 위하여 열심히 노력하고 있습니다.

상국 남북통일이 될 날도 멀지 않은 것 같습니다. 우리 국군은 참말 잘 싸우고 있습니다. 지금쯤 우리 거제에서도 보리 수확이 한창이겠지요? 소자가 있는 이곳 근처에서도 들에서 농부들이 누런 보리를 베고 있는 것을 봅니다. 그런 것을 보고 있으면 집에 빨리 몹시 가고 싶습니다. 아버님 일하시는 것을 도와드리고 싶습니다. 소자가 집에 있을 때에 별로 말을 잘 듣지 안하고 부모님 속을 상하게 한 것을 생각하면 후회가 많이 됩니다. 용서하여 주십시오. 작년 10월에 소자가 보낸 편지는 받으셨는지요? 전쟁하느라고 바빠서 집에 편지를 자주 쓸 형편이 못되었습니다. 정말 죄송합니다. 용서하여 주십시오. 그리고 소자는 지금 경기도에 있습니다. 있는 데는 병원입니다. 싸우다가 조금 다쳐서 병원에 입원해 있습니다. 그러나 별로 심하지는 않사오니, 너무 걱정하시지 마십시오. 혹시라도 면회를 오실까 봐 있는 곳을 알려드리지 않겠습니다. 죄송합니다. 몸이 나으면 집에 휴가를 가게 될 것 같습니다. 그때에 가서는 아버님 어머님께 꼭 효도하겠습니다. 정말 아무 걱정 마십시오. 소자는 편안히 잘 있습니다.

상기 그러면 오늘은 이만 쓰겠습니다. 내내 안녕히 계시옵소서.
단기 4284년 4월 16일 불효자 상국 올림.

옥례 아니, 병원? 느그 세이가 우찌 됐닥고? 아이고! 상국 아부지, 이기 이 무신 소리요? 우리 아아가 얼매나 다쳤길래 병원에 있닥하노.

치조 이 사람아, 크게 다쳤거나 작게 다쳤거나 병원에 가는 거는 마찬가지 아이가. 편지를 봐 하니 걱정 할 정도는 아인갑거마는.

옥례 어디가 혹시 병신이라도 된 거 아인가 모리겄네. 이 노릇을 우찌 하꼬.

치조 거 쓸데없이 방정떨고 있네. 사정도 정확히 모리면서. 그누마가 부상이 심해 봐라, 편지를 이런 식으로 썼겄나. 하이튼 앞뒤 문맥을 보아하건대, 쪼끔 다치가이꼬 병원치료를 받고 있기는 있는 거 같거마는. 크게 걱정할 거 없다. 상기야 아버지 말이 맞제?

상기 네 맞십니더. 엄마 너무 걱정하지 마이소.

옥례 참말 그러까, 상국 아부지?

치조 아, 그렇닥하이. 전쟁 통에 나가서 손가락 하나 안 다친 군인이 어딨노. 먼데 볼 거 없이 지세포 댁이 아들놈 보라모. 전장에 나갔다가 몇 달 만에 유골로 돌아 안왔나.

옥례 그렇지예.

치조 그래. 그나저나 아침에 장모님 봤나. 장모님 많이 편찮으시더나?

옥례 약 묵고 침 맞고 해서 괜찮던데 뭐. 살살 걸어댕기데. 오빠는 그새 머리가 허옇게 샜더마는. 하기사 낼모래 환갑이 거진 됐으니… 우리 아부지는 종일 어데 가싰는지 안 보이데.

치조 장인어른 돌아가셨다.

옥례 아이고, 내 정신 좀 보래. 깜빡깜빡 한닥하이. 히히히! (뒤꼍으로 나간다)

상기 아까 외할부지 어디 가싰다는 거 말입니더, 외갓집에서 엄마가 또 그런 말을 했다 아입니꺼.

치조 그래?

상기 외삼촌이랑 외숙모랑 어리뺑뺑한 모양입디더. 나 창피해 죽는줄 알았어예. 괜히 따라가서… 아부지, 엄마 참말로 걱정입니더. 포로수용소 생기고부터 옴마가 더 이상해지는데 우짜몬 좋아예?

치조 글쎄 말이다… 상기야.

상기 예?

치조 이럴수록 우리가 잘해야지, 느그 어무이가 저럴 때 막 나무라고 야단을 피우는 거는 오히려 마음에 나쁜 영향을 끼친단 말이야. 우짜든지 좋은 말로 따독거리고 기분 상하지 않게 해서 스스로 마음의 중심을 잡거로 옆에서 도와주야지. 알겄제?

상기 알았어예.

늦은 밤 원피스 차림에 머리까지 살짝 파마를 한 모습으로 까불까불 마당에 들어선 상은.

옥례 니!! 세에상에! 꼬라지가 그기이 뭐꼬.

상은 꼬라지가 우떤데.

옥례 이 가시나 보래. 방구 뀐 년이 썽낸닥 하더니… 니 그 옷 어데서 났노?

상은 와, 도둑질해 입었을까 봐.

치조 니 지금 그거 엄마한테 무신 못된 말버릇이고.

옥례 말해라. 이 옷 어데서 났고, 찌진 머리카락은 또 뭐꼬.

상은 ….

옥례 내가 몬 산다. 못된 송아지 궁뎅이에 뿔 나고, 시락하는 초는 안 시고 촛병마개부터 신닥하더니… 우찌 된 긴지 말 안 할 것까? 확 쥐 뜯기 전에.

상은 나 취직했다.

옥례 뭐라고?

상은 취직….

옥례 어덴데?

상은 연초 시장.

옥례 여언초 시장? 아니, 양키 시장 말 아이가.

상은 ….

옥례 이느무 가시나 보래. 거기서 뭐 하는 덴데?

상은 ….

옥례 (딸의 머리통에다 꿀밤을 먹이며) 이년아, 와 말을 몬하노. 꼬라지를 보아하니 술집이가, 아이몬 양갈보짓 하는 데가?

상은 (그 험한 말에 상처를 입은 상은이 별안간 머리채를 흔들고 발광하며) 아아악!

치조 아아니, 자네 지금 그기이 무신 소리고. 아무리 나무랄 일이라도 말을 가리야 할 거 아이가. 체통머리 없이, 자석한테.

옥례 와요, 내가 몬 할 말 했나. 이기이 집안 망칠 가시나 아인가 보소. 동네 창피한 줄도 모리고.

상은 동네 창피하게 하는 기 누군데!!!

옥례 뭐라고?

상은 옴마 닐로 두고 사람들이 뒤에서 뭐락해쌌는지 아나! 미치….

치조 이놈우 자석! (철썩… 상은 와 울음을 터뜨리며 자기 방이 있는 뒤꼍으로 뛰어 달아난다. 치조 밖으로 나가려는 옥례를 잡으며) 나하고 이야기 좀 하자.

옥례 와 이라요. 놓으소. (집 밖으로 나가버린다)

멍하니 서 있던 치조는 딸의 방으로 간다.

치조 아부지다. 문 열어라. (기척이 없다) 잠시 열어 봐라. 할 이야기가 있다.

울어서 눈이 퉁퉁 부은 상은. 상은이 문을 열어주고 앉으면 타이른다.

치조 얼굴은 게안나? 아부지가 잘못했다. 난생처음이라 놀랬을 기다마는, 그래도 생각해 보레이. 느그 엄마가 저렇기 깜빡깜빡 정신을 놓곤 할수록 누구보다도 가족인 우리가 숨기고 감싸고 해야 할 거 아이가. 포로수용소 때문에 저러 불쌍한 지경이 됐으니, 생각할수록 얼매나 통탄할 노릇이고. 너그 옴마가 얼마나 걱정이 많으모 저리 됐겄노. 하루하루 삼시세끼 때우기에도 급급하제, 니 오래비는 전장에 나가 있제… 우찌 하루 한신들 마음 편할 때가 있겄노.

상은 (훌쩍이며) 제가 잘못했어예.

치조 됐다. 꼭 니를 탓하자는 소리가 아이다. 엄마 마음도 알아주라 그 말이다. 오로지 자석 사랑하고 걱정해서 하는 소리지, 닐로 낳아준 엄마가 무신 억하심이 있겄노. 그러이 니가 용서하고 마음을 풀어라. 엄마도 풀어주고. 알겄나?

상은 예.

치조 그라고, 듣고 보이 아부지도 걱정 안 할 수가 없구나. 네가 가왁중에 취직이니 뭐니 함서 차림새가 달라지니, 대체 무신 영문이고?

상은이 빅토리아 다방으로 이동한다.

상은 (다방 앞에 서서) 아부진 제가 아직도 어린앤 줄 압니꺼. (다방에서 손님이 나온다. 부끄러워하며 몸을 돌리는 상은)

마담 안녕히 가세요. (몸을 돌리고 다방 안으로 들어간다)

상은 저….

마담 예. 무슨 일로 오셨어요?

상은 일자리… 를 구하러 왔는데예….

마담 (한참을 보더니) 너 집이 어디니?

상은 고현 상동리에 삽니더.

마담 집에 부모님은 계시니?

상은 네. 두 분 다 계십니더.

마담 한 번 돌아볼래? (상은 수줍어하며 한 바퀴 돈다) 너 여기가 뭐하는 덴지 아니?

상은 손님들한테 코피 타 주는데 아입니꺼?

마담 (웃으며) 그래 맞다. 손님들한테 커피 맛있게 타 드리는 데다. 근데 너 옷이나 머리는 좀 바꿔야 될 것 같다. 이리 와 봐. (홀 안에서 머리 가발과 옷을 건넨다) 이건 너 한 달 치 급료에서 제하고 주는 거니까 너 가져. 그리고 당장 내일부터 출근해. 출퇴근하기 힘들면 여기서 언니랑 같이 자도 좋아.

상은 네….

마담 너 이름이 뭐니?

상은 상은이라예. 옥상은.

마담 그래, 앞으로는 미스 옥으로 불리게 될 거야.

상은 네…. (치조에게) 생각해 보이소. 농사도 없고, 아부지도 그냥 놀고 계시고… 앞으로 우리 식구 살아갈 일이 막막하지 않습니꺼. 다는 책임 몬 져도 집안 살림에 도움을 줄 수 있는 식구라고 해봐야 저밖에 더 있습니꺼. 남이 우떻게 보겄나 하실지 모르지만, 그 사람들이 우리 믹이 살릴 것도 아인데 신경 쓰지 마이소. 체면이 밥 믹이줍니꺼. 그라고 지금은 시대가 바꼈습니더. 아부지도 한번 양키 시장에 가보이소. 가서 이북사람들 악착같이 살아가는 모습을 보이소. 놀랄 깁니더. 우리 거제 사람들은 그들에 비하몬 우물 안 깨구리라예. 다 제가 알아서 하고, 우짜든지 아부지 어무이 힘 덜 들거로 도울 긴께 걱정 마이소. 두 분 착하신 마음 제가 와 모리겄습니꺼.

치조 그래. 니 마음이 정 그렇다몬 아부지는 더 말 안하꺼마. 우짜든지 단디이 해라.

상은 알았어예.

치조 (방에서 나가다가) 미처 이야기를 몬 했다마는, 낮에 네 오래비한테서 편지 왔다. 쪼끔 다치서 병원에 있는갑더라.

상은 아니, 뭐라예?

치조 큰 부상은 아인갑더라. 너무 걱정하지 마라. 이따 나와서 편지 읽어 보라모.

상은 예. (다방 청소를 시작한다)

3장. 위안

마담 미스 옥.

상은 예?

마담 어때. 일은 할 만해?

상은 아직 잘 모르겠지만, 뭐든 열심히 할께예.

마담 밖에서 임덕현을 불러 억지로 데리고 들어온다.

마담 임 사장님 어디 가세요. 뭘 그렇게 바쁘게 사세요. 저희 가게에 들러서 차도 한 잔 하고 그러세요.

덕현 아임메, 나 디금 무지하게 바쁨메.

마담 임 사장님, 이번에도 피란민 수용소에 돈을 내 놓으셨다구요? 버는 돈 남들한테 다 써버리면 언제 돈 모아요?

덕현 기렇디 않아. 내가 누구 덕분에 돈을 버는데? 그러고 피란민들이 어드렇게 남이가?

마담 알았어요. 근데 새 사업 준비는 잘 되어가세요?
덕현 기럼기럼. 그것 때문에 지금 바쁨메. 나 이만 가보겠소.
마담 뭘 그렇게 서두르세요. 차 한 잔만 하고 가세요. 미스 옥! 미스 옥!
상은 예. 차 뭐를 가지오까예?
덕현 (한참 상은을 쳐다본다) 기럼… 차 한 잔만 하고 갈까?
상은 차 뭐로 드릴까예?
마담 사장님 뭐 하세요.
덕현 어… 꼬피.
상은 뜨거운 거예, 아이몬 냉커피예?
덕현 냉꼬피.
마담 새로 온 애예요. 스무 살이에요.
덕현 누가 물어 봤슴? 이름이 머이가.
마담 그냥 미스 옥이라고 불러요.
덕현 … 아는 어떻슴메?
마담 이런데 어울리지 않게 성실하고 착해요. 아직 때도 안 탔구.

문이 열리며 두 남자가 들어온다. 그러자 마담은 덕현한테 형식적인 양해를 구하고 얼른 일어나 새 손님을 맞이하기 위해 자리를 뜬다.

나레이션 나의 고모부 임덕현이다. 함경도에서 피난 내려오는 중 처와 자식을 모두 잃었다고 한다. 그 후 미친 사람처럼 일만 했다. 그 날도 거제도에 처음 생기게 될 버스회사 개업 준비로 정신이 없는 아침, 그렇게 고모를 만났다.

상은 여기 냉커피 나왔어예.
덕현 어… 여기 앉으라. 미스 옥도 이런 데 일하는 게 좋아서 하는 건

아닐 거 같은데, 그렇디 않네?

상은　….

덕현　뭐 괜티않아. 직업에 귀천 있는 거 아니니깐. 그래도 기왕이문 남들 보기에도 좋고 월급도 많이 받는 그런 직장에서 근무하는 게 낫디 않간?

상은　저한테 그런 기회가 오겠습니꺼.

덕현　아, 그거야 찾아봐야 알고, 또 노력이 따라야 하는 일이지비. 학교는 어디까지 나왔네?

상은　중학교 다니다 그만 뒀어예.

덕현　주판 놓을 줄 아네?

상은　주산예?

덕현　응.

상은　아주 잘 놓지는 못해도 계산 같은 거는 얼마든지 할 수 있어예.

덕현　오, 기래? 나 여기다, 조금 있음 회사르 하나 차릴 꺼고망.

상은　어떤 회삽니꺼?

덕현　버스회사.

상은　빠스가 뭔데예?

덕현　이런 촌뜨기. 하긴 본 적 없으니 알 턱두 없갔디. 버스는 사람이 어디 먼 데 갈 때 타고 다니는 차르 말하는 검메. 그 차가 자기게므 자가용차구, 영업으루 일반인 누구나 차비 몇 푼 내고 이용할 수 있게서리, 여러 사람 타는 거이 버스야.

상은　예에… 언제부터 하는데예?

덕현　마, 곧 하게 될 거구만. 지금 버스로 만들고 있으니까니. 저 삼거리 철공소 알지비? 거기서 만들고 있는 중입메.

상은　아, 본 거 같습니더. 뭔가 했더니, 그기이 버스였구나.

덕현　곧 미스 옥도… 가령, 장승포에 볼일 있어 갈 경우, 지금은 걸어가거나 지나가는 군인 차 같은 거 얻어 타는 수밖에 없지 않안? 기렇디만 곧 버스 타고 편안히 날래 장승포 왔다 갔다할 수 있게 됩꼬망. 어드메 장승포뿐인가. 버스 두 대로, 하나는 장승포에서 옥포 · 연초 · 고현으 거쳐 성포까지, 또 한 대는 장승포에서 지세포 · 구조라 · 학동으 거쳐 저구까지 운행할 계획이니까니, 마, 거제도 사람들 앞으루 내 덕 톡톡히 보게 될 겁메. 어찌 생각했?

상은 (활짝 웃으며) 좋겠네예.

덕현 그래서 하는 말인데, 미스 옥이 우리 사무실에서 일을 해줬으면 하는데 말임메….

상은 제가예? 지는 할 줄 아는 게 아무것도 없는데예?

덕현 괜찮아. 주판을 놓을 줄 안다며. 내가 필요로 하는 사람은 정직하고 성실한 사람임메.

마담 (손님을 보고 들어오며) 아니, 미스 옥을 사장님 사무실에 데려다 쓰겠다구요?

덕현 아, 들었음? 그렇소. 이 마담이 양해르 해줬으므 좋갔꼬망.

마담 얘는 뭐래요?

덕현 아직 답을 하진 않았소.

마담 너 임 사장님 회사에서 일하고 싶니?

상은 아니, 그기이 아이라예….

마담 그게 아니면?

상은 ….

마담 촌닭 같은 걸 거두어 이만큼 세련되게 가꿔 놓았더니, 너 이래도 되는 거니?

덕현 이 마담. 이 아르 탓할 일 앙인 거 같소. 실은 내 미스 옥한테 먼저 제의했거든. 그러니깐 우리 둘 이야기로 해결으 지읍세. 미스 옥은 잠시 나가 있으라. (상은 마담의 눈치를 보고 나간다) 내 이 마담한테 실수하고 있는 거 알갔는데, 가능한 한 기분 풀고 긍정적으루다 내 말으 들어주므 고맙갔소. 우리 회사 낼 모레 개업으 하게 되니 어차피 사람이 필요함메. 마, 가장 급한 거이 경리르 구하는 건데, 그래서 당장 금전 출납 업무르 맡겨야 하는데, 당신도 알다시피 가족 아닌 이상 위험부담 따르는 건 당연지사 아니갔소?

마담 그래도 왜 하필 저 애….

덕현 와 하필 저 에미나이냐고 하갔지만, 여태 다방 들락거리므 보았지만 이 아처럼 순박하고 성실해 보이는 아가 없어.

마담 저 애는 할 줄 아는 게 하나도 없는….

덕현 물어보니까니 주산도 제법 놓을 주르 안다 해서 데려다 쓸까 했던 겁메.

마담 그래도 그렇지. 이렇게 애를 그냥 빼 가시면 우리 가게는….

덕현 앞으로 금전적으로든 뭐로든 이 빚 꼭 갚을 걸루 약속합세. 어떻소, 이 마담?

마담 (사이) 사장님께서 정 그렇다면 할 수 없네요. 결정은 본인한테 맡기죠. 대신 다른 다방에는 절대로 가면 안돼요. 모든 손님들과의 약속은 여기서 하는 걸로 해 주시구요.

덕현 미안하오, 이 마담.

마담 애가 순박하고 성실한 건 틀림없어요. 금고 맡겨 놔도 엉뚱한 짓 같은 건 하지 않을 애예요.

덕현 내가 찍은 거이 바로 그 점입메. 하여튼 고맙소. 이 빚으 꼭 갚을 테니까니.

마담 임 사장님, 지금까지 말씀하신 게 다는 아니죠?

덕현 그거이 무슨 소립메?

마담 방금 말씀하신 건 구실이고, 사실은 걔한테 다른 맘 품고 계신 거 아닐까 싶은데. 그죠?

덕현 그거이 무슨 소립메? 다른 목적이라니.

마담 이를테면 청춘사업.

덕현 아니, 메야? 거 생사람 잡디 마오.

마담 왜 그렇게 펄쩍 뛰세요? 도둑이 제 발 저린 건가요? 호호호!

덕현 쯧쯧! 사람으 어찌 취급하는 게엔가. 누이동생도 한참 막내 동생

같은 애르. 그리구 나 솔딕히 말해 저런 풋과일은 좋아하지도 않소. 이 마담처럼 푹신하고 넉넉한, 과일로 말할 것 같은으 아주 농익은 과일이 좋거든. 아네? (나간다)

마담 (눈을 흘기며) 피! 순 거짓말.

암전.

밝아지면 치조의 집, 모두들 앉아 있다.

치조 그래 출퇴근은 우찌 할라꼬?

상은 집에서 출퇴근하자니 너무 멀어서, 회사 근처에 쪼끄만 방을 하나 구했어예. 사장님이 구해 줍디더. 그라고 이건 선물인데….

치조 뭘… 선물까지나….

상은 엄마 거다.

곱게 싼 비녀를 꺼내 준다.

치조는 그냥 앉는다.

옥례가 좋아서 비녀를 머리에 꽂고 치조에게 자랑한다.

이후 옥례는 상은이가 준 비녀를 항상 손에 쥐고 다닌다.

옥례 여보. 어떻소?

치조 치아라….

상은 아부지….

치조 하하하하. 이삐다. 곱다. 하하하….

옥례 아이고, 느그 사장님 참말로 좋은 사람인갑다. 니한테 그토록 신경써 주는 거를 보니. 그래, 우짜든지 착실히 해서 눈 밖에 안나거로 단디이 해라. 이라고 보니, 그때 닐로 우짜든지 중학교는 마치도록 해 주었어야 하는 긴데. 부모 죄다. 참말로! (훌쩍인다)

상은 옴마….

옥례　사장님이 월급은 얼매나 줄락하더노?

상은　몰라 아직. 첫 달 받아봐야 알지 뭐.

옥례　우짜든지 우짜든지 단디이 해라. 집에 쪼끔만 떼주고 모아서 시집갈 밑천 모으도록 해라. 인자아 농사도 없으니 닐로 뭐 가이꼬 시집을 보내겠노.

상은　아이 참, 옴마는… 내 나이가 몇인데 볼써로 그런 소리를 하노. 참, 그라고 아부지, 상기 말입니더. 자 저렇게 빈둥빈둥 놀리고 있을 기아이라 지 밥벌이라도 하도록 해야 안되겠습니꺼.

치조　그기이 어디 쉽나.

상은　상기 우리 회사 빼스 조수 해보락하는 기 우떨까예?

치조　빼스 조수?

상은　예.

치조　그기이 니 마음대로 되는 일가. 본인 생각이 우떤지도 모리겠고.

옥례　그무마 생각이 우뚷거나 말거나 대수요. 상은아, 그렇게 할 수 있으몬 우짜든지 네 동상 거기 엮어 주라. 그런데 버스 조수가 머꼬?

상은　차에 따라댕김서 운전수가 이것저것 시키는 일 거들고 차비도 받고, 그런 거겠지 뭐. 시운전만 하고 차가 조금 문제가 있는지 며칠째 손을 보고 있는갑던데, 사장님한테 이야기를 할락하몬 지금 해야 하거든.

옥례　아, 그라몬 당장이라도 가서 말씀드리라. 다른 사람 정하기 전에.

상은　상기가 할락고 하겠나. 이따가 물어보고.

옥례　물어볼 기 뭐 있노.

상은　그래도 옴마는 그 고집탱이 성질 모리나. 우쨌든 그래가이꼬 슬슬 따라댕김서 차 기술을 배워 놓으몬 자기한테도 좋을 긴데.

옥례　야야야, 더 말하몬 뭐하노.

상기　다녀 왔습니더… 어, 누나 왔나.

옥례　그래 상기야 니 잘 왔다. 이리 와 바라. (상은이 상기에게 이야기한다)

나레이션 사실… 할아버지도 말하지는 않았지만 상기 삼촌이 그렇게라도 해서 자기한 사람 몫을 해결해 주었으면 싶었다. 농사붙이라고 할 만한 땅도 없어진 가정에 가장 시급하고 절실한 것은 뭐니뭐니해도 생계 문제 해결이었다. 그러니 몇 푼이라도 벌어 자기 입 하나 덜어 주길 바랐다.

치조 하기 싫나?

상기 별롭니더.

치조 와, 달리 생각하는 기 있나?

상기 예.

치조 뭔데?

상기 ….

치조 이야기를 해야 네 뜻을 존중하든지 말든지 할 거 아이가. 아부지 생각에는 자동차 기술 익히는 것도 괜찮을 거 같은데.

상기 미군부대 하우스 보이로 들어갔으면 합니더.

가족 하우스 보이?

상기 포로수용소 근처에 사는 우리 친구들한테는 최고로 인기가 좋습니더. 그거하면 부대 안에 자유롭게 들락거리면서 영어도 배우고예.

치조 그 군복 비슷한 옷 입고 종이배 같은 모자 쓰고 다니는 그 아아들 말이가?

상기 예.

옥례 아니, 뭐라꼬? 하우스 뽀이? 네 그기이 뭔지나 알고 그만 소리 지껄이나?

상기 ….

옥례 군인들 구두나 닦고 잔심부름이나 하고 그러는 갑던데, 평생 묵고 살 기 생기는 일도 아니고, 그기이 그렇게도 부럽더나?

상기 …….

옥례 저 우에 용산마을 누구네 집 아아는 하우스 뽀이 되가이꼬 좋다고 댕기더니, 우찌 된 노릇인지 이상한 성병에 걸렸다 카더라. 니도 그런 꼴 당해야 정신을 차릴래?

상은 참 옴마는 야아한테 무신 그런 흉측한 말을 하노.

치조 상기야.

상기 예?

치조 아부지가 생각하기에는 느그 누야 말을 따르는 기, 지금 우리집 형편으로 보나 니 장래성으로 보나 좋을 성싶다. 운전을 하거나 차 고치는 기술을 배워 놓으몬 이다음에 부산이나 마산 같은 도시로 나가서 살 수도 있고 말이다. 사람 한평생에 기회가 자주 있는 기 아이니라. 아부지 생각에, 지금이 네한테는 기회이지 싶다. 그러니 누야가 말하는 대로 하기로 하자. 알았제?

상기 … 알았습니더.

상은 그래. 잘 생각했다. 네가 집에서 얼마든지 출퇴근할 수 있도록 누야가 자전거 하나 장만 해 주꺼마. 응? (상기를 데리고 나간다)

나레이션 할아버지는 그런 고모의 모습을 보며, 이 아이가 잠깐 사이 부쩍 어른이 되었구나 싶어 흐뭇하면서도 애틋한 감회에 젖었다. 그러다 나의 아버지 상국이 집에 불쑥 들이닥친 것은 7월에 막 접어든 어느 날 저녁이었다. 그날따라 저녁 식사를 조금 늦게 마친 두 분은 평상에 앉아 부채질로 모기도 쫓을 겸 땀도 식힐 겸 고모와 삼촌 두 오뉘에 대한 이야기로 모처럼 흐뭇한 한때를 보내고 있었다.

옥례 여보, 상국 아부지, 저것들 둘이 우짜든지 자기 밥벌이는 할 모양이니 얼매나 다행이요.

치조 그러게 말이네. 우리 상은이가 그런 줄 몰랐더니 보통 똑똑한 아아가 아이거마는.

옥례 우리가 늘그막에 고생은 안 해도 될 모양이요.

치조 다 임자가 잘 거두어 키운 덕이지 뭐. 고맙네.

옥례 히히히, 내가 한 기 뭐 있소. 누구요?

옥례의 뜬금없는 행동에 모두가 의아해 한다.

상국 접니더!

옥례 저?

치조 상국이가!

옥례 아이고, 내 아들! 꿈이 가 생시가. 아이고, 우리 상국아!

치조 조용하이라. 이웃집 듣겄다.

옥례 들으몬 대수가. 아이고 세상에! 야아가 돌아왔네에. 동네사람들아, 내 아들이 돌아왔네에.

옥례는 뛰어 나가 동네사람들에게 상국이가 돌아 온 것을 알린다.

상국 그동안 별 일 없었습니꺼.

치조 별일이야 뭐 있겄노. (보퉁이를 얼른 받아들며 밖의 아내를 나무란다) 거 좀 적당히 해라. 안 그래도 먼 길에 지친 아아를 붙들고.

상국 상은이하고 상기는예?

치조 연초에 새로 생긴 버스회사에 취직해서 댕기고 있다.

상국 뻐스요?

치조 그래. 상은이는 경리로, 상기는 버스 조수로.

상국 잘 됐네예.

옥례 상은이는 그쪽에 방을 얻어 나가 있고, 상기는 곧 올 때가 돼간다.

치조 시장하제? 머 하노? 퍼뜩 밥상 안 채리고.

그럴 즈음 이웃사람들이 하나둘 얼굴을 들이밀며 상국을 반기고, 상국은 불편한 몸을 일으켜 일일이 답례인사를 한다.

마을사람 아이고 상국이가 왔다꼬? 어디 있노, 얼굴 함 보자.

마을사람 아이고야 인자 어른이 다 됐네.

마을사람 근데 다리는 우짜다가?

상국 조금 다쳤습니더.

마을사람 마 게안타. 이 전쟁통에 목숨 건지가 돌아 온 기 어데고.

마을사람 그래. 맞다. 맞다. 아이고 옥 이장 술 한 잔 사야겄다.

치조 술을 따로 살기 뭐있노. 낼 저녁에 고마 우리 집으로 오소. 한잔 받아 줄낀께나.

마을사람 그래? 그라모 와야지. 그 말은 지금은 고마 가란 말이제?

마을사람 두 말하면 잔소리지. 지금 장남하고 얼마나 하고 잡은 이야기가 많겠노.

마을사람 그래. 우리는 인자 갑시다.

마을사람 옥례는 좋겠다. 큰아들도 돌아오고 딸이랑 막내이는 취직도 하고.

마을 사람들은 모두 떠나고 옥례는 상국이의 볼을 연신 만지고 부비고 있다.

치조 어허… 이 사람아, 아직도 밥상 안 차리고 뭐 하노?

옥례 아, 맞다. 내 정신 좀 보래이. 상국아, 조금만 기다리라. 엄마가 얼릉 밥상 채리 주께.

상국 엄마, 나 배고프다. 빨리 밥 도.

치조 상국아. 들어가자. 들어가자.

옥례는 부엌으로 가고 치조와 상국 두 사람, 방 안으로 들어간다.

치조 다리는 그래, 우떴노?
상국 괘않습니더.
치조 많이 다쳤나?
상국 조금예. 죽는 사람도 있는데예 뭐.
치조 그래, 휴가 온 것가?
상국 아입니더.
치조 아이라니?
상국 제대한 깁니더. 의병제대라고 함서 집에 돌아가락합니더.
치조 제대 했닥고? 우쨌든 살아서 돌아왔으니 다행이다. 저어기 지세포 댁 아들은, 작년에 니보다 조금 늦게 입대했는데, 나가자마자 전사통지가 왔다 아이가.
상국 아니, 삼식이가예?
치조 그래. 가아 이름이 삼식이제. 그래서 온통 난리가 났더니라. 거기 비하몬 니는 몸이야 좀 불편할지 몰라도 목숨은 건져 돌아왔으니, 조상님이 도우신 기다.
상국 근데 부대에 있을 때 이야기를 듣기는 들었는데, 와서 보니 포로수용소가 장난이 아이네예. 온 들판이… 우리 논꺼정 다 들어갔데예.
치조 이쪽뿐인 줄 아나. 독봉산 너머 수월하고 양정이랑, 저 위쪽 문동꺼정 포로수용소가 들어차 있다.
상국 그러나저러나 논이 저렇게 됐으니 큰일 아입니꺼.
치조 마, 우짜겄노. 그래도 밭떼기는 남아 있은께 입에 풀칠이야 하겄지. 네 동생들도 자기 밥벌이는 할 모양이니.

상기가 형의 소식을 듣고 소리치며 들어온다.

상기 셍이 왔다고예! 세이 어디 있노!!

상기 문간에 들어서자마자 소리를 치고, 상국은 씁쓸하게 웃으면서 아우를 반긴다. 두 아들이 이야기꽃을 피우는 것을 보고, 치조는 슬그머니 자리를 비켜 마당을 가로 질러 담장 쪽으로 옥례를 데리고 간다.

옥례 아니, 뭐락고요?

치조 쉿! 들리겄다.

옥례 여보, 그라몬 상은이가 아주 다리병신이 됐단 말이요?

치조 상은이가 아이라 상국이가 그렇단 말이다. 어쨋거나 앞으로 저놈 보고 다리가 어쩌니 저쩌니 하는 소리는 절대 입술에 붙이지도 마란 말이다. 알았나?

옥례 아이고! 세상에 이런 얼척 없는 일이 어디 있소, 상국 아부지.

치조 우짜겄노. 운명이거니 하고 받아들이야제. 죽은 거보다는 그래도 안 났나. 지세포댁 봐라.

옥례 하기사… (그러다 갑자기) 아이고! 우리 상은이가 다리병신이 뭐꼬, 조상님들도 무심하지, 우리한테 우찌 이런 일이 일어나노.

치조 상은이가 아니고 상국이라고 몇 번 말하노! 이 에핀네가 참말로 미쳤… (자신의 소리에 놀란 옥례를 달랜다) 임자가 이럴수록 본인이 비관해서 더 자기 감당을 몬하게 된다는 생각을 와 몬하노. 제발 좀 그러지 마라.

옥례 그래도 그렇지…. (그예 흐느끼는 소리가 나온다)

치조 마, 괘않다. 마음 크게 묵자.

암전.

4장. 인연

덕현은 상은을 데리고 중국 식당으로 들어온다.

덕현 꿔다논 보릿자루터럼 어색하게 그러디 말고 앉으라우. 뭐 특별히 먹고 싶은 거 있네?

상은 없어예. 저보다 사장님 잡숫고 싶은 거로 하이소. 저는 아무거나 괜찮아예.

덕현 그래도 모터럼 기횐데, 우리 미스 옥 고급으루 대접해야디.

덕현은 보이를 불러 탕수육이니 라조기니 하며 상은이 구경도 못한 메뉴를 서너 가지 시킨 다음, 집게손가락을 세워 보이며 덧붙여 말한다.

덕현 배갈 큰 걸루 하나. (미리 준비한 봉투를 호주머니에서 꺼내어 앞에 놓는다)

상은 이기이 뭡니꺼?

덕현 상여금이야.

상은 상여금이 뭔데예?

덕현 어허! 뭐든 말든 기냥 받아 넣기나 하라우. 사장님이 미스 옥 예뻐서 주는 거니깐. 고마움의 표시기도 하구.

상은 사장님, 참말로 이러시면 안 돼예. 안그래도 죄송해서 죽겄는데….

덕현 그렇게 생각할 거 없어. 지금까지 해온 대로 착실히 근무해 주기만 하므 되니까니.

상은 사장니임!

덕현 어허, 자꾸 그러므 사장님 진짜루다 화낼 거이다. (음식이 들어온다. 덕현이 술을 권하자, 그녀는 못 마신다며 고개를 젓는다) 이렇게 시리 누구랑 가족테럼 오붓이 음식으 먹어본 게 얼마만인지 모르갔군. 이젠 그럴 가족조차 없으니….

상은 사장님 가족은 우찌 됐어예? 피란 옴서 헤어졌다던가, 그렇게 들은 거 같은데.

덕현 기렇기라도 하므 좋제.

상은 그라몬예?

덕현 폭격에 모두 잃어어. 미군기가 피란민으 인민군이 위장한 줄 잘못 알고서리 오폭했거든.

상은 옴마야! 그기 사실입니꺼?

덕현 사실 아닌데 이런 참담한 소리르 하갔어?

상은 그런데 와 헤어졌다고 하셨어예?

덕현 말대답하기 곤란해서리. 사실대로 니야기하므 지금 미스 옥처럼 놀라면서 또 캐묻고 그러잖네. 마, 그게 싫어서 그러디. 아아라믄 전쟁고아 소리르 듣갔지만, 난 어른이니께니 이런 경우 뭬라 불려지는지 모르갔군. 전쟁 홀아빈가?

상은 저는 사장님이 홀로 사시는 줄은 진작 알았어도 그 정도인 줄은 몰랐어예. 괜한 말을 해서 죄송합니더.

덕현 미스 옥이 모르는 거야 당연하디. 뭐 좋은 일이라고 뉘한테 나발불 일도 아니구… 기러니까니 죄송할 거이 뭐 있네.

상은 그래도….

덕현 사람은 어떤 경우르 당해도 결국은 현실에 순응하게 되어 있는 모앵이야. 기래서 슬픔으 잊자고 사업 벌이구 몰두하지만서두, 이렇게 열심히 돈 벌어봤자 뭐하나, 누굴 호강시키잰가 싶으므, 마. 허탈하고 만사 귀퓌않아. 미스 옥은 내 이런 면은 상상도 못했지?

상은 참말 몰랐어예. 사장님한테 그럼 아픈 사연이 있는 줄은….

덕현 녀관방에서 자구 파는 음식으 사 먹는 것도 지겨워서리, 어떨 때는 다시 가정으 가져보나 궁리도 하지만서두, 아무래도 자신 없어.

상은 와예? 재혼하는 사람도 많지 않습니꺼.

덕현 그게 말같이 어디 쉽네? 미스 옥처럼 참한 여자 나타난다믄 또 모르지만서두.

상은은 자라처럼 목을 끌어들이며 어색한 표정이다.

덕현 흐흐흥, 듣기 거북하네? 그저 기렇다는 내기야. 기래, 내 지금부터 하는 말 절대 너 농락하려고 그런거 앙이야. 오해느 하지 않았으면 좋겠슴. 고러니끼니 말이지…. (주위가 시끄럽다)

상은 예. 말슴 하이소.

덕현 피란 나오믄서리 쓰라린 꼴 호된 꼴 지겹도록 보고 겪은 나야. 나두 남은 인생 좀 아름답고 행복하게 살고 싶구… (주위 시끄럽다) 지금 하는 말이 이 임덕현이란 인간 운명으 좌우한다는 사실으 잊지 말아달란 것입메. (주위 계속 시끄럽다. 짜증나는 임덕현) 주인양반! 아, 거좀 조용히 하라. 여기는 품위 있는 요리집 아이가? 왜 이렇게 시끄럽소? 여기 숙녀께서 힘들어 하능게 안보임메?

상은 사장님예, 저는 아무 말도 안했어예. 괜찮아예. 하시던 말씀이나 하이소.

덕현 우리 살림 차리자우!

놀라는 상은. 말하고도 부끄러운 덕현. 암전.
무대 밝아지면 포로수용소 철조망 앞으로 술에 취한 상국이 지나간다.
철조망 안의 포로들 나오며.

안내방송 포로수용소에서 알려드립니다. 이제 곧 체육활동을 마치고 대청소를 시작하겠습니다.

상국 에이 퉷! 거 아이모 일 할 데가 없는 줄 아나. 내 다리가 뭐 어떻는데. 내 다리가 어쩌다가 이렇게 됐는데. 다 너그들 지키줄라다가 이리됐는데. 에이 잘 먹고 잘 살아라. (철조망 안 포로들을 바라보며) 저것들은 머꼬? 그래 저 새끼들 때문에 내가 이 모양 이 꼴이 된 것 아이가. 야이 자석들아 그 간히가 청소나 열심히 해라.

포 로1 저 친구 국방군 상이병이잖아.

포 로2 그렇네, 다리병신이 돼서 집에 돌아왔나 보네 뭐.

포 로1 어이, 국방군 상이병! 어디서 어쩌다 그 병신꼴이 됐냐?

포로들 그러게 말야.

상국 어떤 새끼고?

포로들 뭐라고?

상국 나 춘천 전투에서 너그들 같은 인민군 빨갱이 새끼들 쏴 죽이다 이리 됐다. 와?

포로들 아니, 저 새끼가.

상국 야이 빨갱이 새끼들아. 여어가 이북인 줄 아나. 우리 민족의 영명한 영도자이며 조선인민군 최고사령관이신 김일성 장군 만세? 하하하! 웃기지 마라. 영명한 지도자 좋아하네. 개새끼라 캐라!

포로들 아니, 저 저놈이.

상국 그라고 그 콧수염 붙인 놈은 뭐꼬. 전 세계 약소민족의 해방자이시며 조선민족의 친군한 벗인 위대한 쓰따린 대원수 만세? 에라, 이 쓸개 빠진 놈들아! 쓰따린 대원수? 김일성이하고 똑같은 개새끼다!

포로들 저놈 죽여라! 죽여라! (돌멩이를 집어들어 상국에게 던진다)

상국 (오른팔을 기역자로 들어 얼굴을 가리고 계속 욕설로 대항한다) 야이 병신같은 놈들아. 너그가 그란다꼬 조선이 해방될 것 같나? 미친 지랄 한다꼬 쳐기어 내려와가지고 요래 간히가꼬 있나. 아이고 병신들아. (돌에 맞아 비틀거리면서도 자세를 가누려고 애쓴다)

포로들 저 새끼 입을 찢어버려!

이때 호각 소리가 들리자, 포로들 도망간다.

5장. 시나브로

한밤중 치조의 방이다.

옥례 아이고, 상국이 아부지!

치조 와? 뭐꼬?

옥례 우리 상은이가 담요를 가이꼬 산에 올라가요!

치조 뭐라꼬?

옥례 여보, 이놈우 가시내가…이 일을 우짜몬 좋노오!

치조 어허! 당신 와 이라노. 정신 차리라.

옥례 와요? 상은이 년이….

치조 쉬이! 지금 한밤중이다. 아랫방 상국이 깨겄다. 안 그래도 몸이 아픈 아아로….

옥례 상국이? 아니, 군대 간 우리 아아가 돌아왔소?

치조 임자 제발 정신 좀 차리라아! (아내의 등을 토닥인다)

옥례 (제정신으로 돌아와) 와 이라요, 와?

치조 됐다 됐다. 그양 자자. 내가 잠꼬대를 했는갑다.

옥례 차암, 이녁도….

치조 그래, 내가 잠을 깨아서 미안하다. 자자.

옥례 상은이 왔다 갔소?

치조 엊그제 안 댕기 갔나.

옥례 상국이는 언제 온닥하요?

치조 언제 오다니?

옥례 다리를 다쳐서 제대한닥 안합디꺼.

아랫방 문이 벌컥 열리며, 얼굴이 일그러진 상국이 마루로 튀어나온다.

상국 엄마!

옥례 와?

상국 정신 좀 차리라. 와 자꾸 헛소리 해쌌느노. 아, 참말 미치고 환장하겠네.

치조가 방안에서 나와 상국을 나무란다.

치조 네 이놈우 새끼! 그기이 무슨 망발이고.

상국 아부지, 안 되겠습니더.

치조 뭐를, 이놈우 자석아!

상국 엄마 가돠서 묶어놓든지 해야지 도저히 안 되겠습니더.

치조 아니, 뭐가 우째?

상국 아버지는 동네사람들 이야기도 안 들었습니꺼? 옴마가 모포를 들고 산에 미군들 찾아 댕기다 미군들 만나면 미친사람처럼 뛰댕긴다 안합니꺼. 이기이 어디 사람이 사는 깁니꺼? 아이몬 엄마랑 함께 우리 다같이 칵 자살하고 맙시더.

치조의 손이 상국을 치려고 올라가지만 술에 취해 있는 아들을 때리지 못한다.

나레이션 실성기가 점점 심해지는 할머니, 술에 찌들어 사는 내 아버지… 할아버지는 그 날 밤 진짜로 다 같이 죽어버렸으면 좋겠다는 생각을 했다고 한다.

암전.

6장. 봄날

그로부터 한 달 후쯤, 저녁 즈음이었다.
상은이가 마당으로 들어온다.

상은 저 왔십니더.
치조 아이고, 우리 상은이 왔나.
옥례 아이고, 상은아! 우리 이것아.
상은 옴마아!
옥례 니가 오데갔다가 인자 오노. 이기 얼마만이고?
상은 겨우 한 달 반밖에 안됐는데 뭐를 그래샀노?
치조 그래도 너그 엄마 정신에는 반 년 턱이나 여겨질 끼다.

아랫방 문이 열리며 상국이 뒤뚱뒤뚱 걸어 나온다. 상기도 반갑게 따라 나온다.

상은 오빠아.
상국 응, 왔나?
치조 자, 앉아라. 앉아라.

가족들은 마당의 평상에 모두 앉는다.

나레이션 고모가 이야기를 꺼낸 건 저녁식사를 다하고 고모가 디저트로 가지고 온 통조림을 따 먹을 때였다.

상은 우리 사장님이 그러데예 대처에 가몬 옴마 같은 환자를 데려다 치료하는 병원이 있답니더. 거기다 입원시키는 기 우떠냐고 말입니더. 병원비는… 돈 걱정은 마이소. 제가 회사에서 빌리께예. 사장님도 허락했습니더. 얼마가 들던지… 그라고예, 이거는 오빠하고 상기한테 관한 이야긴데… 사장님이 그러시데예. 오빠하고 상기를 부산 어느 자동차정비소에 보내서 묵고 자고 하며 기술을 배우도록 하몬 우떡겠느냐고. 아는 데가 있는갑데예. 갈라고만 하몬, 자기 소개장만 들고 가몬 채용이 된닥합니더. (사이) 방금 제가 한 말들은 누구보다 아부지가 잘 판단하시고, 오빠랑 상기 의견도 참작해서 결정하이소. 우짜든지 우리 가족이 이 고비 넘기고 한 번 사는 것같이 살아야 안 되겠습니꺼. 그라고 다시 말하지마는, 돈 문제는 제가 알아서 준비할긴께 걱정 마이소. 들어오이소.

치조 누가 왔나?

임덕현이 부끄러워 어쩔 줄 몰라 하며 들어온다.
가족들은 갑자기 들어오는 덕현의 출현에 허둥지둥 어쩔 줄을 모른다.

상은 사장님입니더.

치조 (당황하며 엉거주춤한 자세로) 이때까지 밖에서 기다리게 했나… 상은아 니 와그라노… 죄송합니다. 죄송합니다.

덕현 아, 아입다. 되려 죄송함다. (매우 당황해서 쩔쩔매며 굽실거린다)

치조 누추하지만, 좀 앉으이소.

덕현 아바님, 오마님 절 받읍쇼!

치조 아이고! (엉겁결에 당한 일이라, 치조는 자기도 모르게 맞절을 한다)

덕현 진작 찾아뵈어 정식인사 올리고 허락으 얻었어야 도리갔습니다마는, 아무튼 무례르 용서 해 줍쇼. 따귀 맞을 각오 하구서 말씀드리갔습다. 앞으루 사위로 받아줍쇼.

치조	아, 아니, 이거 도대체….

덕현	우리 두 사람 이미 부부가 됐슴다. 나잇살 먹은 놈이 어린 사람 꾀어 무슨 망발이네 하실지 모르나, 전 그게 아님다. 이거이 감히 사랑이라 자신있게 말할수 있슴다. 저 피란민으로 이 거제도까지 내려와서 등말 악착같이 살았습네다. 가족은 이북에서 폭격을….

옥례	머시라 폭격? 그래 우리 상국이가 폭격을 맞아가 이래 됐다 아이가!!

옥례가 덕현을 때리려고 하고 상기와 상국이 말린다.
자리가 다시 정리가 되고 나서

치조	(당황하지만 아무 일 없는 듯이) 계속하게….

덕현	나, 네… 정말 따님으 사랑하고, 앞으루다 평생 호강시킬 겁네다. 따님도 그리 리해하구 있슴다. 그러니, 부디 용서하시구 허락해 주십쇼.

치조	상은아.

상은	예.

치조	이 사람 하는 말이 맞나?

상은	….

치조	우떻노. 사실이가?

상은	예.

옥례	무슨 소리고? 우리 상은이가 누구하고 사랑이 머시라?

상국 · 상기 옴마는 가만히 있어라!

치조	… 이거 참 뭐락해야 할지… 잘하는 긴지 몬 하는 긴지는 차차하고, 딸아아가 저렇닥하니… 내 반대는 못하겠네.

덕현	감사함다. 정말 감사함다.

치조	상은아.

상은 예에?

치조 우쨌든 네가 인자아는 명실상부한 어른이다. 어른이 됐다 말이다. 그러니 네가 네 인생 잘 생각해서 단디이 해라. 알겄제?

상은 예, 아부지.

치조 그라고, 임 서방이라 했던가?

덕현 예, 아버님.

치조 사람 한평생 사는 기 복잡하고 우여곡절이 참 많다 싶지마는 우리 상은이를.

옥례 여보 함 잡사 봐요.

치조 잘 잡사 봐요… (모두들 당황한다) 하하하. 지내놓고 보몬 또 그렇지도 않은 기 인생이지. 그래도 우리 상은이는 참말로.

옥례 맛나요.

치조 맛나요… (모두들 당황한다) 우짜든지 우리 자아 잘 부탁하세.

덕현 염려맙쇼, 아바님.

상국 (뜬금없이) … 임 서방!

상기 새이 니는 나이도 많은 사장님한테 무슨 말버릇이고.

덕현 아님메. 아님메. 나 괜티않아, 상기야.

상국 그래. 내 동생 신랑이니까 나한테는 임!서!방! 아이가. 아무리 나이가 많아도 내 손 아랫사람 아이가? 아버지 맞지예?

치조 … 맞다. (모두 웃는다)

옥례 무슨 소리고 우리 집에 새사람이 들어 왔나? 그라모 노래 한 곡 하라캐라.

상은 옴마는 고마 좀….

상국 아이다. 아이다. 새신랑 노래 한 곡 하소.

덕현 … 그럼 제가 노래한 곡 올리갔습니다. (덕현 노래 부르고)

치조 그래 그래.

암전.

7장. 우리를 해치는 사람들이 아니다

가족들의 따듯한 웃음을 뒤로한 채 상은과 덕현은 행복한 마음 가득 안고 중통골 미국군 경비초소 근처를 지나가는 길이다.

상은 뭐라고예? 회사를 팔고 서울로 간닥고예?

덕현 (술에 취해있다) 아니 뭐, 꼭 작정한 건 앙이고, 기럼 어떨까 하는 게야. 무슨 걱정이네? 설마 널 버리구 갈까봐서리? 서울 멋쟁이 만들어주디. 바보. (그녀의 몸을 끌어당기며)

상은 (싫지 않다) 와 이래예. 놔예.

덕현 걱정 말란데두. 내 이런 보물으 와 버리갔네. 뉘기 좋으라구. 흐흐흐!

상은 아이 참! 오늘따라 와 이러까. 사람이… 정말로 나 사랑합니꺼?

덕현 사랑하구말구. 이 세상 뭿보다두. 아니, 여태 그걸 의심하네?

상은 그래도… 나 어디가 그렇게 좋아예?

덕현 다 좋지. 네 안 좋은 데가 어디 있네. 원한다믄 혈서라도 쓰구 맹세하디.

술이 취한 미군들이 나온다.

미군 1 How do you like the girl over there? 저기 오는 여자 어때?

미군 2 There she goes shaking that ass on the floor. 저기 엉덩이를 흔들면서 지나가네.

미군 3 She is awesome, huh? 죽이는데?

미군 4 So cute. 귀여운걸.

미군 1 Hey!

덕현 아 예스, 예스.

상은 대답하지 마이소. 무섭습니더.

덕현 괜티않아, 괜티않아, 미국 사람들 우리를 해치는 사람들 아임메.

미군 1 Is this your wife? 이봐 이 여자 너의 와이프냐?

덕현 예스, 예스.

미군 2 We are now badly bored, can I borrow your girl? 우리가 매우 심심한데 너의 girl을 좀 빌려도 될까?

미군 3 We are sure we can make her happy. 너보다 우리가 그녀를 더 행복하게 해줄 수 있다

덕현 OK! OK~OK~

미군들 상은을 끌고 가고 그제서야 상황을 안 덕현은 달려들지만 여러 명을 이길 수 없다.
암전.

8장. 또 다른 전쟁

마을사람들의 수다. 옥례가 듣고 있다.

마을사람 이야기 들었나. 중통골 경비 초소 앞에서 신혼부부가 신행을 가다가 신부가 미군들한테 끌리가 가지고 못된 짓을 당했다 카던데….

마을사람 나도 들었소. 그래가 신부가 미쳤다꼬 하데.

마을사람 신랑은 뭐하고 있었다요.

마을사람 잤다카데….

마을사람들 하하하하하.

마을사람 그라몬 이이야기는 들었나. 양정 고개 급수장에 곰을 처먹던 구

렁이가 나왔다는 이야기….

마을사람들 에이, 그런 이야기가 어디 있소?

그 소리를 들은 옥례가 뛰어 나가고 무대는 치조의 집 앞 마당으로 바뀐다. 치조가 앞장서고 상국이와 상기가 나온다.

나레이션 상기 삼촌이 부산으로 출발한 것은 그로부터 사흘 후 아침이었다. 아버지는 별로 내키는 기미가 아니어서 나중에 가기로 했고 할머니 정신병원 입원 문제 역시 쉽게 결정을 못 내렸다. 그렇게까지 해서 할머니를 감옥소 같은 데 집어넣을라니 맘이 편칠 않았다.

치조 객지 나가몬 모든 기 낯설고, 누구한테 기댈 데도 없다. 니가 부모 슬하를 떠나서, 태어나 처음으로 니 혼자 스스로를 돌보고, 자기 문제를 결정하고 처리해야 하는 처지가 됐단 말이다. 알겠나?

상기 예.

치조 그러니, 부디 실수하지 말고 단디이 해라. 알겠제?

상기 알았습니더.

옥례가 뛰어 들어온다.

옥례 아이고 상국 아부지. 큰일났소! 저어기 중통골에서 말이요, 신혼부부가 신행을 가다가 신부가 미군한테 끌리 가서 몬됫 짓을 당하고 미쳤다 안카요.

치조 뭐?

옥례 군인들이 신부를 끌고 들어가서 빨가벳기고….

치조 치아라 고마. 어디 가서 쓸데없는 소리 듣고 말 좀 전하지 마라. 그라모 양정 고개 동메골 급수장에 곰을 처먹던 구렁이가 나왔다는 소문도 다 진짜가? 고마 상기하고 인사나 해라.

상기 옴마, 나 가꺼마.

옥례 니가 어데 가는데, 군대에 가나?

상기 아이다, 옴마. 나 취직 돼서 부산 간다 아이가.

옥례 뭐라고? 부산? 느그 셍이도 부산 가서 전장에 나가더라. 아이고, 내 막내이! 이기이 무신 일이고.

상기 차암, 인자 열여섯 살인데 무신 군대를 가노. 곧 휴전이 된닥하던데.

옥례 그런 소리 마라. 뺄개이 포로 보이, 니보다 한참 어린 아아 포로도 있더라. 아아가 뭐락하노. 안 된다!

겨우 어머니를 떼놓은 상기는 눈가가 발그레해져서 아버지한테 절을 꾸뻑 한다.

상기 내가 먼저 가서 보고 편지하꺼마.

상국 그래. 내 생각은 말고, 니나 단디이 잘해라.

상기가 떠나고 옥례는 오열을 한다.

옥례 상기야. 우리 막내이, 니 가면 죽는다. (오열하다가 갑자기) 상은아. 상은아.

암전.

9장. 5월23일.
오퍼레이션 리무벌 디데이

확성기 소리(또는 사람이) 들리고 마을 사람들이 나와서 뿌려진 전단지를 본다.

확성기 주민 여러분께 알려드립니다. 주민 여러분께 알려드립니다. 유엔군총사령부는 한국정부의 동의를 얻어 이곳 포로수용소 주변의 모든 민간인들을 이주시키기로 결정했습니다. 이 조치는 군사작전상의 필요에 의한 것이며, 주민 여러분은 오는 5월 23일과 24일 이틀 안에 현재 살고 있는 곳에서 모두 떠나야만 합니다. 어쨌든 24일 이후에는 단 한 사람도 이곳에 남아 있어서는 안 되며, 그렇지 않을 경우에 발생하는 안전상의 모든 위험 내지 불행한 사고발생의 책임은 전적으로 본인에게 돌아간다는 점을 명심하십시오. 수용시설로 가시는 분들에 대해서는 본 관리당국에서 차편과 구호식량을 제공할 것입니다. 아무쪼록 주민 여러분의 자발적이고 신속한 협조를 부탁드립니다. 이상, 포로수용소 관리당국에서 알려드렸습니다.

마을사람 아니, 내 집에서 떠나라고? 가왁중에 이기이 무신 소리고.

마을사람 논도 밭도 다 빼앗아 포로수용소 짓더니, 인자아 우리꺼정 수용소에 가락고? 우리가 무신 포로가. 와 우리가 수용소에 들어가야 한단 말이고. 세상에 이처럼 기막히고 무도한 노릇이 어딨노.

마을사람 백성이 있어야 정부도 있고 나라도 있는 법이다. 대체 이놈우 정부는 뭐하고 자빠졌노.

마을사람 몬 간다. 나는 몬 하겄다. 쥑이든 살리든 마음대로 하락해라.

옥치조와 상국이가 나온다. 마을 사람들은 옥치조를 둘러싸고.

마을사람 아니, 세상에 이런 법이 어디 있노. 여기가 전쟁터도 아인데 피란을 가라니, 이기이 말이나 되요?

마을사람 관청일 보는 사람들이 아무 말 않고 팔짱 끼고 보고만 있은께 미군들이 우습게 보고 멋대로 저러는 거 아이가.

마을사람 옥 이장이 우리 동네 대변인 아이요. 면사무소에 가서 좀 딱 부러지게 이야기를 하소.

치조 불난 집 부채질하는 것도 아이고, 나한테 찾아와서 이라몬 무신 소용이요. 동네 이장이 무신 힘이 있노. 면사무소고 군청이고, 그 사람들한테도 가서 얘기해 봐야 입만 아플 뿐이요. 아, 포로수용소를 지을 적에도 속수무책, 미군들 즈그 하고 싶은 대로 했는데, 이번인들 이빨이나 들어가겠소? 다들 돌아가서 이삿짐이나 제대로 챙기서 싸소. 그기이 최선의 방법인께. (면박을 안겨 사람들을 보낸다) 제에기, 이럴 때만 이장이지. 오히려 잘됐다. 이 기회에 저 사람들과 헤어져서, 피차 안 보이는 데 따로 가서 사는 것이 속 편하지 않겠나. 너그 옴마 꼬락서니를 남들한테 속속들이 어떻게 보이노. 상국아 니는 어떻게 생각하노?

상국 떠나야 할 판이면 어딘들 무신 상관입니꺼. 아부지 뜻대로 하이소. 저는 상관없으니까예.

조명이 바뀌고 포로수용소 주변 마을들의 부산함이란 마치 무슨 재해위험을 감지하고 이주에 여념이 없는 개미굴 언저리를 방불케 한다.
짐을 싼 치조네 가족들도 나온다.

옥례 아니, 상국 아부지, 지금 어데로 가요?

치조 좋은 데 간다 아이가. 가 보몬 안다.

옥례 싫다. 우리 집에 도로 가입시더.

치조 인자아 임자가 들어갈 우리 집이 없어졌니라.

옥례 와아요? 이 손 놓으소. 나 집에 갈라요.

치조 거 좀 가만 못 있건나!

치조네 부자가 이사 들 새집 대문 앞에다 짐을 부리기에 여념이 없을 때.

옥례 아니, 여어가 어디고? 이 집이 누구네 집이요?

치조 앞으로 우리가 살 집이다. 조용히 해라.

옥례 우리가 와 여어서 사노. 멀쩡한 내 집 놔두고. 싫다 마! 아알란다. 집에 갑시더

치조 야이 사람아. 지금 거는 집도 다 때리 부수고 불로 다 질러나서 아무것도 없다 안하나!

철부지 아이처럼 투정을 부리다가 남편이 들은 척도 않자, 급기야 혼자 집에 가겠다며 온 길로 저만치 성큼성큼 되돌아가기 시작한다. 보다 못한 치조가 달려가 손목을 잡아채 부러지거나 말거나 왁살스럽게 잡아 당기자, 옥례는 아프다고 비명을 지르면서 무참하게 끌려온다.

10장. 터

마을사람 이야기 들었소? 상동리 쪽으로 미친 여자 하나가 뛰어 갔다는 이야기….

마을사람 나도 들었다. 치마도 두르지 않은 속곳차림인데 비녀가 빠져나갔는지 머리를 풀어 헤치고 무슨 야생 짐승처럼 뛰어 다니더라 카던데?

마을사람 우리 국군이 그 여자를 잡아가 눈을 봤는데 무슨 귀신 눈처럼 너

무 무서버가꼬 놓치뻤다 카더라.

마을사람 그 불구덩이 속으로 머 한다꼬 뛰어 들어갔을꼬?

나레이션 할머니가 전에 말했던 신혼부부 이야기가 우리 고모 이야기란 걸 안 건 고모부가 떠난다고 찾아 왔을 때였다. 고모부는 하염없이 울면서 자초지종을 설명하였고 말을 잃었다는 고모는 그 옆에서 진짜 미친 사람처럼 아무 요동 없이 앉아만 있었다.

덕현 지옥으 따로 없었습네다. 그 때 상은이 두 눈을 봤슴다. 그 큰 두 눈으로 말했습네다. 살려달라고, 살려만 달라고 해습네다. 그런데도 저는 아무것도 못했습메다. 죄송합네다. 죄송합네다. 아바님.

치조 버스 회사를 처분했다고?

덕현 예, 지금 수용소를 확장하고 있지만 곧 전쟁이 끝난다는 이야기가 있습메다. 어차피 현재 남은 포로들 다 송환되고, 미군부대 역시 떠나면, 앞으로 이 바닥에서는 어떤 사업이든 별 재미르 못 보게 될 검다. 가장 중요한 거이 이 지옥 같은 기억이 남아있는 거제도에 더 이상 상은이를 데리고 있을 용기가 없습네다. 서울 큰 병원에 가서 상은이 치료도 받아야 하구 말입메다. 기반 잡히는 대루 아바님, 오마님 모시러 오갔슴다.

치조 원 참, 우리가 뭐하러… 고마 임 서방 우야던동 우리 상은이 서울에 가면 좋은 병원에서 치료 받아가지고 지난 일은 다 잊고 건강하게 만들어 주게. 참말로 부탁하네. 인자 우리가 자네밖에 믿을 사람이 없네… 그건 그렇고, 언제 떠나는데?

덕현 오늘 갈 검다. 오늘 부산 가서 처남 일자리 확인하고 저희는 기차타고 올라 갈검다.

치조 그래에… (방에서 나오는 상국에게) 상국이 니는 갈 준비 다 했나?

상국 예.

치조 우옛든동 너그 매부 얼굴 봐서 딴생각 하지 말고 열심히 기술 배아가지고 돌아 오니라.

상국 알았십니더. 걱정하지 마이소. 근데 옴마가 안 보이네예.

치조 걱정하지 말거라. 지금 상은이 모습 보면 더 난리가 날 끼다. 고마 아부지가 알아서 잘 말할낀께 아쉽지만 옴마 없을 때 고마 가거라. 그기 우리 모두를 위하는 일이다.

상국 그럼 아부지 절 받으이소.

치조 절은 무신 절이고 고마 가거라.

덕현 아임다. 언제 올지도 모르는데 절 올리갔습다.

상국과 덕현이 절을 올리고 상은이는 멀뚱멀뚱 그들을 바라보고만 있다.
절을 마치고 치조가 상은이를 덕현의 손에 넘안긴다.
연신 인사를 하며 떠나는 덕현. 그 모습을 보지 못하고 등을 진 아버지를 바라보며.

상국 아부지, 편지 할께예.

치조 그래, 그래. 단디 가거라… (떠나 보내고 돌아서는데) 이러고 돌아서는데 할매, 너그 할매가 아침부터 안 보였던게 생각나는 기라. 혹시 산쪽에 살다가 바다 보는기 신기해서 바닷가 구경 갔지는 않았을까 하는 생각에 조금 걸어나가서 바닷가에 가 봤다. (움직인다) 고현만 바닷물이 찰랑찰랑 밀려오는 그 어디에도 너그 할매 모습이 안보여. 자꾸 심장이 쿵덕쿵덕 뛰는기 불안한 마음을 버릴 수가 없었다. (뛴다. 옆집 사람을 만난다) 내 염치불구하고 부탁 좀 드립시다. 우리 마누라가 몸이 안 좋은데 온데 간데 보이지가 않네예. 좀 같이 찾아 주이소.

마을사람 혹시 그 아지매가 아인가 싶다. 아침에 어떤 여자 하나가 치마도 안 걸치고 속곳 바람으로 머리를 풀어 헤치가 상동리 쪽으로 뛰어갔다 카던데….

치조 이 사람이 전하는 모습과 행동거지에 의하면 옥례, 너그 할매가 틀림없다. 바로 뛰었다. (뛴다) 상동리 근처에 도달했을 때는 이미 마을은 흔적도 없고 연기만 피어오르고 있었고, 후터분한 열기하고 매캐한 숯 냄새만 진동을 하고 있는 기라. 계속 뛰었다. 나이가 들어서 그란가 숨을 쉴 수조차 없을 정도로 뛰었을 때야 우리 집이 있던 터가 보였다.

집으로 가려고 하는데 군인이 나와서 저지한다.

군인 1 더 이상 들어가시면 안 됩니다. 아침에 인사사고가 있어서 이 길은 더 이상 민간인이 다닐 수 없도록 통제를 하고 있습니다.

치조 인사사고라카믄 사람이 죽었다는 말입니꺼.

군인 1 더 이상은 말씀드릴 수 없습니다. 이제 그만 돌아가 주십시오.

치조 잠깐만예. 잠깐만예. 그 죽은 사람이 우리 마누라 같아서 하는 깁니더. 한 번만 확인하게 해주이소.

군인 1 잠깐만 기다리십시오. (어디론가 무전을 날리자 다른 군인이 한 명 나타난다)

군인 2 댁이 어디십니까?

치조 여기서 카도만 돌면 우리집이 있습니다.

군인 2 따라 오시죠.

치조 (집 안으로 들어가며) 국군을 따라가면서도 내 생각이 틀리기를 몇 번이나 빌었는지 모린다. 흔적도 없이 시커먼 페허만 남아있는 집에 가까이 다가갔을 때 군인 하나가 나한테 여자 비녀 하나를 내미는 거야. 상은이가 선물해 준 너그 할매 비녀가 틀림없었다. 이제는 의심할 여지가 없다. 분명 어제까지 평생을 살아 온 내 집을 들어갔을 땐 문간이고 마당이고 집칸이고 아무것도 남아있질 않았다. 아니 정확하게 아무것도 보이지 않았다. (한 곳을 바라보며) 내 눈에 보이는 거라고는 저 앞에 있는 시커먼 관 한 짝이었다.

군인이 관 뚜껑을 열어 확인을 시킨다.
그 아래에 드러난 불에 탄 한 구의 시신. 성별조차 식별할 수 없을 정도로 시커멓게 타서 일그러진 참혹한 인간의 모습이었다.

옥례소리 여보, 와 인자 왔소. 여기가 우리 집 맞지요? 난 죽어도 여서 못 떠나것소.

군인들이 천을 둘둘 말아 아내의 관을 싼다. 들쳐서 치조의 어깨에 메어 준다.
그리고 묵묵히 마을 뒤의 선자산으로 올라가기 시작한다.
그렇게 아내의 시신을 메고 이리 흔들 저리 흔들, 마치 취객이 몸의 중심을 가까스로 가누는 것 같은 걸음걸이로 천천히 산으로 올라가는 중년사내의 뒷모습을, 장병들은 측은하고 불안스러운 듯이 쳐다보고 있다.
자주 걸음을 멈추어 허리를 쭉 펴고 심호흡을 하기도 하며 힘겹게 산줄기를 타고 오른 치조는 서쪽으로 조금 치우친 산등성마루에 마침내 도달한다.
그리고는 숲속 어딘가에 땅을 파기 시작했다. 웃음소리인지 힘겨워서내는 소리인지 알 수 없는 신음소리가 계속해서 나왔다. 마치 치조조차도 미친 사람처럼…
그리고는 그 곳에 아내를 묻었다.

치조 임자 저 쑥대밭 같은 우리 동네 보이나? 지옥이 따로 없제? 하지만 저어는 지옥이 아이다. 누가 뭐래도 우리한테 저 땅은 천국 아이가? 하모, 인자 전쟁이 끝나고 포로수용소가 아주 필요 없게 되면 저 땅을 되찾게 될 끼다. 땅이야 어디 가나. 저것들을 부수고 치우고, 좀 힘이 들어서 그렇지 언젠가는 농사를 지을 수 있을 거 아이가. 내가 아직은 사지육신 멀쩡하니까 땅만 있으면 산다. 살고말고! 정말이지 내 땅이 어디 가나… 시상이고, 전쟁이고, 미국 놈이고 아무리 날로 밟아봐라. 그대로 엎어져 있진 않을 끼다. 보란 듯이 또 일어날 끼다.

막.

주 · 인 · 공(酒 · 人 · 空)

축제 같은 인생에 술에 찌들어 사는 사람들

전혜윤 작 / 이삼우 각색

복수불수(覆水不收)

① 엎질러진 물은 다시 담지 못한다는 뜻
② 한 번 저지른 일은 다시 어찌 할 수 없음을 이름
③ 다시 어떻게 수습(收拾)할 수 없을 만큼 일이 그릇됨

유의어 覆水不返盆 [복수불반분]

① 한번 헤어진 부부(夫婦)가 다시 결합(結合)할 수 없음을 비유(比喩)한 말

도와드
아일랜드

친절•봉
특별지구대

지구대

· **등장인물**

진철홍 : FM 신입 순경. 외모와 안 어울리는 여성스런 이름에 콤플렉스가 있다. 모든 것에서 교과서적으로 대처하고자 하는 자로 잰 듯한 성정.

정아 : 주점 '휴~'를 운영하는 유쾌한 아가씨. 철홍이 특별한 감정을 가진다.

주 경장 : 주여신 경장. 행복한 파출소의 하나뿐인 여경. 거의 모든 업무에 능하며 무술유단자.

박영후 : 경사. 40대 초반의 경찰. 깡패 출신으로 욱하는 성질이 있음. 오지랖 넓고, 따뜻한 마음씨. 설렁설렁 껄렁껄렁한 성격.

태석 모 : 광주리에 김밥이나 떡을 담아 파는 할머니. 파출소 사람들이 여러 가지를 팔아 주곤 한다.

태석 부 : 몸을 거의 움직이지 못하는 할머니의 남편.

태석 : 할머니의 아들. 40대 후반.

신영빈 : 국회의원. 50대. 지저분한 스캔들의 주인공.

오영아 : 신영빈의 부인. 알코올 중독과 도벽이 있다.

보좌관 : 신영빈과 스캔들이 있다.

진대만 : 강초롱의 아버지. 40대 중반. 알코올 중독.

지구대장 : 경위. 50대 후반 아저씨. 비굴함과 아부의 표상. 갈대 같은 성정. 겁 많다

어린 철홍 : 어린 시절의 철홍

면세점 주인 : 오영아의 도벽으로 인한 피해자.

그외 남자. 여자. 공연팀1. 공연팀2. 기자. 취객 등

· **장소**

아트 아일랜드 축제 특별 지구대

· **때**

아트 아일랜드 축제가 펼쳐질 어느 날

프롤로그

축제의 밤. 퍼레이드가 한창이다.

앵커1 1년 내내 각종 축제가 열리는 이 곳, 아트 아일랜드(art island)는 이제 축제의 섬으로 자리를 잡았습니다. 전국 각지의 관광객들이 몰려들어 연간 총관광객이 천만 명을 넘어 섰으며 이 조그만 시골의 섬은….

앵커2 우리나라에는 약 1~2백만 명의 알코올 중독자가 있는 것으로 추산되며, 알코올 중독이 아니더라도 중독 증세를 가진 사람이 천만 명에 달한다는 조사결과가 나왔습니다.

앵커3 특히 아트 아일랜드는 관광객이 많이 몰려드는 만큼 이 곳의 술 소비량은 전국 최고의 수준을 자랑합니다. 또한 술과 관련된 각종 범죄가 늘어 축제 특별 지구대를 증설하여….

축제의 모습. 북춤을 추는 사람들. 무용 공연을 하는 사람들. 공연이 사라질 무렵.

기자1 아트아일랜드 페스티벌 추진위원장 신영빈 의원이 한 시민단체의 제보로 인해 축제 후원금 횡령혐의로 검찰의 조사를 받게 되었습니다. 신영빈 의원은 이미 내방 기자 성추행 및 보좌관과의 스캔들로 곤혹을 치르고 있어 오는 6월의 선거에 치명적인 영향을 미칠 것으로 예상되며 성황리에 치러지는 축제에….

기자2 세계의 거장 로시티니 페르센코의 야외 오페라 투란도트 팀의 분장실 도난 사건이 시일이 지나도 해결되지 않은 채….

퍼레이드의 불빛은 사라지고 커지는 북소리.

1장. 아트 아일랜드 축제 특별 지구대

무대 밝아지면 4명의 여자들 파출소 안에서 시끄럽다.
한쪽 구석에는 많이 맞은 듯한 남자가 앉아있고 여자들을 말리는 주 경장과 박 경사.

주경장 잠깐! 그래서 어떻게 됐다고요?
북 공연 녀 아니, 공연장 앞에 서 있는데 저 사람이 다가와서는 내 엉덩이를 만졌다니까요
북 공연 남 내 북채를 뺏어가지고는 나를 북 때리듯 팼다구요.
벨리녀 제 가슴도 만졌어요.
중국관광 녀 (중국말) 내가 걸어가고 있는데 내 치마 속으로 들어와 가지고는….
중국관광 남 (중국말) 내 아내를 이렇게 더듬었다구 말리는 내 따귀도 때리고….
정아 저는요 머리부터 발끝까지…. (말은 못하고 몸을 훑으며)

여자들 자신들의 상황을 흥분해서 설명한다.

박경사 잠깐만요. 그래서 이 사람을 때렸어요? 안 때렸어요?
여자들 (다시흥분해서) 우리가 때린 게 아니고요…. (모두 한마디씩 하느라 시끄럽다)
박경사 그만! (모두 조용해지면) 도대체 무슨 일이 있었던 거예요.
여자들 그러니까요….

조금 전, 사건의 시간으로 간다.
여자들은 무대 밖으로 나가고 앉아 있던 남자가 술에 취한 듯 서서히 움

직이며 길거리로 나간다. 정아의 가게 앞에서 손님들과 시비가 붙었다.

정아 야! 먹은 술값만 받은 건데 뭐가 바가지란 말이야!

손님1 먹은 것만 좋아하네. 이게 누구를 호구로 아나. 어디서 바가지를 씌우고 있어.

정아 술 잘 먹고 어디서 행패야! 너희들 이런 식으로 나오면 당장 신고한다.

손님2 신고하려면 신고해. 빨리 돈 안 내놔? 가게 불을 확 질러버리기 전에.

어디선가 들려오는 호각소리. 남자들 경찰 소리로 생각하고 도망간다. 철홍이 술에 취한 듯 호각을 불면서 나온다. 그냥 흥에 겨워 부는 호각 소리다.

정아 (아무것도 모르고 호각을 불고 나오는 철홍에게) 고마워요. 지구대에서 나왔으면 시끄러웠을 텐데 쉽게 끝났네요. 어떻게 호각을 불 생각을 하셨어요.

진철홍 네? 아… 제가 며칠 있으면 바로 특별 지구대에….

철홍 갑자기 구토를 하면서 미안하다는 듯 손을 들다가 정아의 가슴을 만진다. 놀라는 정아 남자의 뺨을 때린다. 맞고 뒤로 밀려나가다가 공연을 마치고 돌아오는 북공연녀의 엉덩이에 얼굴을 파묻는다.
놀란 북공연녀 엉덩이로 남자를 밀어낸다. 밀려난 남자는 반대쪽의 중국 관광녀의 치마 속에 얼굴이 들어가고 놀란 관광녀 무릎으로 남자의 얼굴을 때린다. 맞고 튕겨져 나오는 남자는 반대에서 나오던 밸리녀의 다리에 넘어지면서 엉덩이를 잡는다.
놀란 밸리녀 남자의 급소를 발로 찬다. 맞고 나오는 남자 손으로 급소를 잡고 돌아서는데 나무라기 위해 다가오는 정아를 덮친다. 아래에 깔린 정

아. 위에서 누워있는 남자. 여자들 달려들어 남자를 집단 구타한다.

박경사 그만!
여자들 이렇게 됐다니까요!
박경사 알았으니까 다들 들어오세요.

여자들 지구대 안으로 다시 들어온다.

박경사 상황은 알겠는데 나름 도와주려다 그렇게 된 거 같네요. 그리고 여러분들이 알아야 할 게 있습니다. 설사 저 분이 술에 취해 실수를 하였다고 하더라도 피해를 입은 상태를 봐서는 누가 봐도 저 분이 피해자고 여러분들이 가해잡니다. 이런 경우에는 저 사람을 추행범으로 고소한다고 하더라도 여러분들의 폭행 사실도 있다는 걸 알아야 합니다. 이 상황을 가지고 정당방위라는 말을 하기에도 어렵구요.
여자들 아니, 그런 게 어디 있어요. 우리가 당해서 그런 건데….
진철홍 (불쌍한 척 한다)
주경장 저도 같은 여자로서 화는 납니다만 반대로 저 분이 여러분을 집단폭행으로 고소한다면 서로 피해가 커집니다. 특히 야간 폭행은 가중처벌이 적용 될 수도 있어요.
북 공연 녀 가중처벌이 뭐예요?
주경장 감옥에서 2주 살 거 4주 살게 된단 말입니다.
벨리 녀 저 사람이 고소하면… 정말 우리가 감옥을 간다구요?
주경장 그렇다니까요.

여자들 소란스럽다.

주경장 그래서 어떻게 하실 거예요. 고소하실 거예요? 지금 여기서 합의를 하시면 축제 때문에 별 다른 서류 작성 없이 모든 것이 여기서 끝날 수 있습니다. 저 분은 고소할 의향이 없답니다.

북 공연 녀 (따질듯 주 경장에게 다가가다가 공손하게) 안녕히 계세요.

밸리 녀 야, 같이 가!

북공연녀와 밸리녀 서로 팔짱끼고 함께 나간다.

주경장 저 중국 분에게도 설명을 해 드려야 하지 않을까요?

박경사 암… (관광녀에게) 미친개한테 물렸다고 생각하시고… 암 니 하우. 따거… 떠부이치….

관광 녀 알았어요. (나간다)

정아 박 형사님, 다른 사람들은 몰라도 저 변태 자식이 제 몸을 만진 것도 모자라서 제 위에 올라탔어요. 저 변태 자식 아주 어리숙한 척 하면서 할 건 다 했다니까요.

박경사 다 이해합니다. 어쩌겠어요. 그래도 저사람 덕분에 꼴통들을 쫓았다면서요.

주경장 (남자에게) 이봐요. 담부터는 조심하세요. 여기가 축제 특별자치구로 되면서 경미한 오해들은 본서까지 안가고 여기서 해결하니까 이렇게 쉽게 끝나는 거예요. 오늘 운 좋은 줄 아시고요. 그만 돌아가세요.

남자 불쌍하게 인사하고 나간다.

정아 야이 변태 자식아 담에 만나면 너 너… (심한 욕을 하고 싶지만 못 한다) 아휴….

박경사 정아 씨. 속상해도 그만 참아.

정아 아, 진짜… 형사님이 더 미워요.

박경사 이렇게 멋있는 사람을 어떻게 미워하나 그래. (어이가 없다는 듯 웃는 정아) 그리고 형사 아니라니까요. 경삽니다 경사.

정아 몰라요. (나간다. 나가다 지구대장에게 인사하는 소리)

2장. 그 남자 이야기

둘이 웃을 때, 쿠당탕 소리를 내며 대장이 지구대 안으로 들어와 남자 한 명을 패대기친다.

지구대장 잡았어!

박경사 분장실 특수절도범입니까?

지구대장 식당 소란범이야. 현장에서 검거했으니까 지금 조서 받아.

주경장 아무리 그래도 이렇게 사람을 패대기치시면 어쩝니까.

지구대장 이봐. 주 경장. 내가 사복을 입고 있어서 착각하나 본데 나 여기 지구대장이다.

주경장 네. (한걸음 물러선다. 남자에게) 이리로 앉으시죠. 간단하게 신분 조회를 하겠습니다. 주민등록증 주시구요. (등록증을 건네받고) 성함이?

남자 (말이 없다)

주경장 말씀해 주셔야 합니다. 그렇지 않으면 선생님께 어떤 불이익이 갈지도 모릅니다.

남자 이… 광

주경장 이광 씨요. 주민등록번호요. (대답이 없자) 주민등록번호요.

남자 710706-1853516

주경장 주소요.

남자 충청북도 충주시 가금면 산 1번지.

지구대장 전과나 수배 있는지 조회하고 없으면 벌금 처리하고 돌려보내.

박경사 (확인한다)

주경장 충청도에서 어떻게 이 먼 곳까지 오셔서 여기에 오셨어요?

지구대장 왜는 왜야. 그놈의 술이 웬수지.

남자 술 때문에 그런 건 아니구만요.

소장 그럼 왜 식당에서 밥만 먹지 난동을 부린 거야?

남자 안사람이 있었어요.

주경장 안사람이라니요?

남자 마누라 말입니다. 마누라. 마누라가 2년 전에 집을 나갔습니다. 사방으로 찾아다니는데, 한 한달 전에 전화가 왔습니다. 지금 이 섬인데 놀러왔다가 언놈한테 맞아서 죽을 지경이라고요. 화는 났지만 사람을 찾았다는 생각에 부랴부랴 내려 왔습니다. 팔이 부러지고 온 몸이 멍투성이로 엉망이더라고요. 바로 입원을 시켰지요. 이제 찾았으니 돌아오겠지 했더니만….

환자복을 입은 여자, 술을 들고 들어와 이광 앞에 앉으며

여자 이해를 못하는 모양인데 나 2년 전에 당신이라는 사람한테 겨우 해방됐어. 당신과 함께한 모든 시간이 나한테는 고통이야.

남자 뭔 소리여 자꾸. 애들이 많이 기다려. 오늘 엄마 집에 온다고 며칠 전부터 애들이 집 청소하고 당신 좋아하는 음식 지들이 직접 요리한다고 난리가 났어. 작은애도….

여자 사업 핑계로 맨날 술 취해 들어오는 당신 뒤치다꺼리 하느라 내 청춘 다 보냈어. 애들을 이유로 그 감옥 같은 생활 속으로 돌아가고 싶진 않아.

남자 알어, 알어. 당신 나한테 미안해서 이러는 거 다 알어. 집에 애들 볼 낯도 없고 해서 그러는 거지? 안 그래도 돼. 돼. 당신도 애들 많이 보고 싶잖아.

여자 애들 때문에 끔찍한 당신하고 살 수는 없어! 우리, 이혼해.

남자 … 이혼?

여자 그래. 이혼. 위자료는 알아서 챙겨줘. 당신 우리 집에 빚 있는 거 기억하지? 그 공장 일부는 내 돈이니까 알아서 챙겨. 내가 사람 보낼 테니.

남자 ….

여자 당신 찌질이처럼 살 거 생각하면 불쌍하지만 난 자선 사업가가 아냐. 난 그냥 내 삶을 갖길 바라는 것뿐이야. 나, 간다. 위자료 준비되면 전화해. (나간다)

남자 (일어서며) 어떻게, 어떻게 애들이랑 나를 두 번 버리냐. 어떻게….

여자 (멈춰 서서) 당신 복수불수(復水不收)라는 말 알지? 이미 엎질러진 물은 다시 담을 수 없다는 말이야. 우리 관계도 마찬가지야. 당신도 나 같은 년한테 더 이상 미련 갖지 마. (나간다)

남자 내가 나 혼자 잘 먹고 잘 살겠다고 그렇게 싫은 술 먹고 다녔냐. 이 나쁜 년아. 그래, 니 말대로 애들을 위해서라도 전화도 하지 마라. 근처도 오지 말고. 다시 나타나면 아주 간통죄로 집어넣어 버릴라니까! (오열한다)

지구대장 (남자 폭발하려하는데 말리며) 또또또 시작이야. 아까도 이랬다니까. 아, 조용히 안 해?

무언의 행동들. 신원 확인한 듯한 박 경사가 대장에게 보고하고 대장은 주 경장에게 보내주라는 손짓. 남자 조용히 인사하고 나간다. 정아도, 대장도 다시 퇴근하여 돌아간다. 시간의 흐름을 알리는 조명 변화. 사람들의 민원, 취객들, 들락날락거리는 모습들.그렇게 지구대의 밤을 지나 아침이 온다.

3장. 진철홍

어린 철홍이 웅크리고 겁에 질린 듯 앉아 있다.

엄마 우리 철홍이 왜 이러고 있어.

어린 철홍 아빠가 자꾸 쫓아와.

엄마 아빠가?

어린 철홍 눈만 감으면 아빠가 자꾸 칼 들고 쫓아와. 너무 무서워.

엄마 철홍아, 아빠 무서워하지 마. 아빠는 불쌍한 사람이야. 그리고 아빠가 우리를 얼마나 사랑하는데.

어린 철홍 우리를 사랑하는 아빠가 왜 술만 먹으면 엄마랑 날 때려? 그게 사랑이야? 난 그런 사랑 싫어! (엄마 사라진다) 엄마? 엄마! 어디 있어. 나 버리지 마. 무서워.

시간의 흐름을 알리는 조명 변화. 그렇게 지구대의 밤을 지나 아침이 온다.

박경사 아… 피곤하다. 어제는 다른 날보다도 더 피곤했던 것 같다.

주경장 그러게요. 우리나라 사람들 참 술 많이 마시죠.

지구대장 (출근하며) 다들 수고 많았지.

두사람 네….

진철홍 (어색하게 들어오며) 충성.

박경사 누구?

진철홍 순경 진철홍입니다.

주경장 뭐? 초롱?

진철홍 아닙니다. 순경 진철홍입니다.

모두 푸식 터지는 웃음을 감당하기 힘들다.

주경장 그러니까 오늘 온다던 막내가….

진철홍 네 순경 진. 철. 홍! 입니다.

박경사 자네 이름 한번 영롱하구먼. 근데 이 친구 어디서 많이 본 얼굴 아냐?

진철홍 네? 네. (난감하다)

주경장 저도 아주 낯이 익은 얼굴인데요.

지구대장 아는 사람인가?

진철홍 일주일 전에 제가 여기 있었던 것 같습니다.

박경사 아… 그래! 변태!!

주경장 변태? 술 깨니까 아주 멀쩡한데? 자알 생겼다.

진철홍 죄송합니다. 근데 술이 아니라 박카스….

주경장 박카스?

진철홍 네. 술은 원래 안 먹습니다. 술은 몸에 좋지 않습니다.

지구대장 박카스도 좋아보이진 않는군.

박경사 그래 말로만 듣던 박카스 먹고 취한 변태가 우리 초롱초롱 싸리잎에 옥구슬 진초롱 순경이었단 말이지. 하하하. (혼자 웃고 있는 것을 깨닫는다) 흠. 그래 훌륭한 이름과 훌륭한 신고식이었다. 진초롱 순경. 일단… 대장님께 보고하고 주 경장에게 업무를 인계받도록.

진철홍 진. 철. 홍!입니다.

박경사 그래 초롱~

주경장 (나서며) 신체검사서는 제대로 가지고 오셨죠?

진철홍 아, 네? 네.

주경장 잘하셨습니다. 우리 특별지구대를 간단하게 소개하자면 인구 20만도 안 되는 이 작은 섬에 아트아일랜드 페스티벌이라는 예술축제가 만들어집니다. 현재 유명한 지역구 국회의원의 작품이죠. 축제가 대박이 나면서 사람들이 몰려들기 시작하고 크고 작은 사건 사고가 빈번히 발생, 관광객들의 안전과 민생치안을 최우선 목적으로 축제의 중심지에 지구대를 설치, 운영하고 있습니다. 끝으로 존대는 여기까집니다. 전 원칙을 중요시하거든요. 대장님 신고가 끝나는 대로 확인하기로 하죠. 진초롱 순경님. (웃는 모습이 왠지 무섭다)

진철홍 네, 네. 그럼 나중에 뵙겠습니다. (대장실로 들어간다)

할머니 한 분이 짐을 지고 살피며 정아와 같이 들어온다. 모두들 아는 사이인 듯 인사한다.

박경사 오셨어요?

태석모 (정아에게) 넌 그냥 들어가래두?

정아 모르는 사람도 아니고 누군가가 우리 할머니를 괴롭히는데 어떻게 가만히 있어요?

태석모 근데 아까 그 순경은 누군가? 처음 보는 얼굴인데….

박경사 네? 누구?

태석모 아니, 지금 막 들어온….

박경사 ?

주경장 아까 진… 처롱?

박경사 아아, 오늘 처음 출근한 순경이에요. 왜요?

태석모 큰일났네… 아까 여기서 들어가며 여기는 잡상인 출입금지라서 있으면 안 된다고….

주경장 가지가지 한다.

박경사 괜찮아요. 언제 못 오셨다고.

태석모 그래도… 미안해서. 다들 내 사정 봐주시는 거 나도 알지.

박경사 에이 그런 게 어디 있어요. 순찰팀 올 시간 안 됐나?

주경장 거의 다 돼 가네요.

박경사 간식 좀 챙겨놓지 다 같이 먹게.

주경장 (할머니의 광주리를 건너다보며) 김밥, 옥수수 빵, 술떡. 그 정도면 될라나?

박경사 메뉴 기찬데?

태석모 매번 이렇게. 미안해서….

주경장 배고파 기절하시겠는데 꼭 이 시간까지 기다리시더라? 박 선배님은….

태석모는 박 경사를 향해 허리 숙여 인사한다. 박 경사는 헛기침을 하고 주 경장은 광주리 안의 음식을 담고 값을 치르는 동안 한 쪽에서는 정아와 박 경사가 이야기한다.

정아 그럼 해결된 건가요? 근데 어떤 경찰인데 출근 첫날부터 우리 할머니를 쫓아내는 거예요? 신참이 너무 야박하다.

박경사 (웃으며) 모르는 사람이 아닌 것 같은데….

정아 정말요? 제가 알아요?

박경사 네. 일단은. 나중에 만나세요. 당신의 변태….

정아 네? 변태?

이때 문이 열리며, 찬바람 소리와 함께 순찰 나갔던 경찰들이 돌아온다. 좋아하며 간식을 먹는 경찰들. 지구대장실 문이 열리며 진철홍이 나온다.

정아 (안다는 듯) 어?

진철홍 (누구냐는 듯) 예?

북소리와 함께 암전.

4장. 태석이와 어머니 그리고 아버지

병든 태석부가 누워 있고 할머니가 낡은 사진을 하나 꺼내 보여주고 있다. 태석부는 거의 거동을 못하고 풍이 있다.

태석모 역시 자알 생겼죠?

태석부 어. 꺼… 어. (말을 하지만 알아듣기 힘들다)

태석모 당연하지. 그럼 당신 닮아 잘 생긴 줄 알우? (웃는다) 오늘은 무슨 바람이 들어 작은애 사진을 봬 달라고 하시우.

태석부 어. 꺼… 어.

태석모 미국에서 잘 사니까 연락이 없는 거우. 무소식이 희소식인 게지.

태석부 어. 꺼… 어.

태석모 15년 그거 걱정 말아요. 큰애가… 큰애가 문제지.

태석부 (흐느끼며) 어. 꺼… 어.

태석모 (울컥하여) 좀 일찍 정신 좀 차리지 그러셨소. 좀 일찍. 몸 망치고, 애들 망치기 전에, 그 전에 그놈의 술 좀 끊지.

태석부 (흐느끼면) 어. 꺼… 어….

태석모 됐수. 미안하긴 뭐 미안해. 이제 와서. (옷을 챙기며) 나 장사하러 나가요.

밖에서 부르는 소리가 들린다.

정아 할머니! 할머니! (들어온다) 무슨 일 있으세요?

태석부 어. 꺼… 어….

태석모 아녀. 일은 무슨. 웬일이냐?

정아 이거 드세요. (꾸러미를 내민다)

태석모 이게 뭐냐? (풀어본다. 음식이다)

정아 어제 안주 남은 거예요.

태석모 뭘 이렇게 매번… 정아야. 내가 너 덕분에 자식한테도 못 누린 호사를 누린다.

정아 아니에요. 남은 안주에 호사는 무슨… (할머니 태석부를 살피며) 근데 할머니, 할아버지 오늘은 다치신 데는 없어요?

태석모 응? 괜찮아, 응.

정아 근데 왜 이렇게 많이 넘어지세요. 겨울에는 빙판길이라 그렇다 치더라도 봄에도, 여름에도, 가을에도 자꾸 넘어지시는 게 불안해요. 눈이 안 좋으신 건 아녜요? 같이 병원에 한 번 갈까요?

태석모 아냐. 아냐 눈은 아무 문제없어. 우리가 조심성이 없어서 그래. 마음이라도 고맙다.

정아 그럼 몸 조심하시구요 담에 또 올게요.

태석부 어. 꺼… 어….

정아 안녕히 계세요. (나간다)

태석모 아무리 지 부모 생각나서 저런대도 밤에 장사한다고 힘들 텐데 항상 이렇게 챙겨주는 게 요즘 젊은 애들이 아냐.

태석부 어. 꺼… 어….

태석모 그러게… 어린 나이에 부모 잃고 저렇게 잘 자랐으니 얼마나 대견스러워. 혼자 자라면 주위에서 가만 놔두지 않았을 텐데… 인물도 참하고… 우리 며느리 삼았으면….

태석부 어. 꺼… 어….

태석모 알았어요. 알았어요. 욕심 안 부릴게요. 지금 이렇게라도 볼 수 있는 걸 고맙게 생각할게요.

문이 벌컥 열리며 술 취한 40대 남자가 들어온다. 할머니의 큰아들 태석이다.

태석 (털썩 주저앉으며) 이건 또 뭐야 (정아가 싸온 도시락을 풀어헤치며)

진수성찬이네. 뭐야 나만 빼고 두 주둥아리가 모여 잔치를 벌인다 이거야? 자기 자식 건어 먹일 돈은 없어도 니들 주둥이에 넣을 진수성찬은 있다? 이걸 그냥 콱!

태석모 이러지 마. 이러지 마라! 너 먹이려고 놔 둔 거야. 우리는 손도 안 댔어.

할머니가 도시락을 건네려 하자 태석이 손으로 쳐버린다.

태석부 어. 꺼… 어….

몸을 움직일 수 없는 태석부는 아들이 큰소리를 내기 시작하자 천식발작이 온 듯 헉헉거리기만 한다.

태석모 (매달리며) 갈수록 왜 이러냐? 왜 이래 응? 할 일이 없으면 술이라도 먹질 말어.

태석 할 일이 없으니까 마시지. 할 일이 없으니까! 요즘 세상 좋아. 축제니 뭐니 하면서 어딜 가도 공짜 술 주는 데 많아. 이렇게 처먹고 죽으라고 여기저기서 술을 나눠주는데 내가 왜 안 먹어? 먹어야지. 먹고 죽으라는데 먹어야지!

태석모 태석아 엄마가 잘못했다. 엄마가 잘못했어. 미안하다. 미안하다.

태석 (울면서) 엄마가 뭘 잘못해. 뭘 잘못했는데? 왜 엄마는 항상 미안하다고만 해?

태석모 그게….

태석 왜 그러고 살아? 왜 평생을 그러고 살아. 평생 당신 뜯어 먹고사는 남편이나 나 같은 새끼들을 위해서, 그렇게 사니까 행복해? 행복하냐고! (태석부에게) 영감. 평생을 니 마누라 패고 지랄을 떨더니 이제는 거기 누워서 늙은 할마시 떠먹여주는 이런 밥 먹으니까 편하지.

태석모 태석이 이놈아, 그게 무슨 말버릇이냐.

태석 시끄러 이 병신 같은 년아. 넌 조용히 해! (태석부를 발로 툭툭 치며) 그렇게 세상 무서운 줄 모르고 술 처먹고 엄마 패고, 날 패더니 이제 이 모양 이 꼴이야?

지구대 안. 전화를 받고 움직이는 진철홍과 주 경장.

진철홍 선배님 무슨 일입니까? 물론 술을 마셨다고 하지만 무슨 아들이 집에 들어갔다고 동네 사람들이 신고를 하죠?

주경장 잔말 말고 따라와.

태석은 쿠당탕거리며 밖을 뒤진 후 칼을 들고 들어온다.

태석모 태석아 왜 이러냐? 응? 왜 이래?

태석 그래. 그냥 우리 세 식구 궁상떨지 말고 뒈져버리자. 응? (칼을 치켜든다)

태석모 안 돼! (겨우 몸을 굴린 태석부가 필사적으로 아들의 팔을 막고는 매달리듯 쓰러진다)

태석부 어. 꺼… 어….

태석 아버지… 왜 그렇게 사셨어요? 예? 나 당신한테 배운 게 이런 거밖에 없어. (아버지를 팽개치고 칼도 팽개친다. 나간다)

태석모 태석아, 태석아. 어디 가는 거야. 우리 제발 이렇게 살지 말자… (태석부를 자리에 눕힌다) 태석 아버지. 괜찮아요?

태석부 어. 꺼… 어….

태석모 그런 말 하지 말아요. 어차피 내 팔자거니 하고 살았어요. 서방 복 없는 년은 자식 복도 없다고 했어요. 내가 복이 없는 년이지.

진철홍과 주 경장 들어온다.

주경장 할머니! (할머니는 거의 기운이 없어서 축 늘어져 있다)

태석모 안 돼. 안 되어 응? 우리 아들은 잡아가면 안 돼. 응?

주경장 알아요 알아. 잠깐 가만히 계세요.

태석모 아니여! 안 돼. 잡아가면 안 돼.

주경장 잡아가진 않을게요. 대신 기관에 맡기는 거 생각해 보셨어요?

태석모 정신 병원으로 잡혀가나 감옥에 잡혀가나 그게 그거지.

주경장 안 그래요.

태석모 내 죄야. 내 죄니까 내가 감수하면서 살 거여 응?

주경장 (한숨을 쉰다. 기운차게) 알았어. 알았어. 할마씨 하여튼 고집이 쇠심줄이야.

태석모 그래그래. 고마워. 고마워.

진철홍 (평소 이상으로 흥분해 있다) 고맙긴 뭐가 고맙습니까? 그게 사랑입니까? 그게 부모 사랑입니까. 그거 부모의 사랑 아닙니다. 오히려 자식을 더 죽이는 겁니다. 당장 집어넣겠습니다. (태석부 더 흥분해서 숨을 몰아쉰다)

주경장 그만해! 네가 뭘 안다고 나서는 거야! 이 일은 내가 해결할 테니까 나서지 마!

진철홍 저도 알 건 다 압니다….

주경장 조용해 못해 이 자식아!

진철홍 (숨을 거칠게 쉬더니 뛰쳐나간다)

주경장 야! 너 왜 그래! 이리 안 와?

다른 편에서 철홍 어린 시절. 어린 철홍과 엄마를 괴롭히는 아버지.
무대 한쪽. 철홍. 다른 사람들은 정지 상태.

진철홍 악! (귀를 막고 웅크리고 앉는다) 엄마도 신고하지 말랬어. 아버지는 불쌍한 사람이라고… (철홍 괴로워진다) 아버지는 불쌍해. 아버지는 불쌍한 사람이야. 그래도 아빠, 엄마 괴롭히지 마요. 엄마도 불쌍하잖아요. 엄마 때리지 마요. 제가 잘못했어요. (술을 마시더니) 그래도… 내가 제일 불쌍해.

북소리와 함께 암전.

5장. 특수절도 사건

진철홍, 틱 증상을 보인다.
박 경사와 여자 한 명. 면세점 주인이 들어온다.

박경사 아이고 힘들어. 면세점 절도사건이다. 진철홍 진술서 받아.

오영아다. 명품으로 두른듯하지만 불안정해 보이고 뭔가 어울리지 않는다. 손에 술병을 들고 놓지 않는다.
진철홍을 발견한 오영아가 다가간다.

오영아 (진철홍에게) 정훈아… 엄마야 정훈아….
진철홍 사람을 잘못 보신 것 같습니다. 전 아드님이 아닙니다.
오영아 정훈아 엄마라니까. 너 왜 그래.
진철홍 아주머니 전 정훈이라는 사람이 아닙니다. 앉으세요.
오영아 그래요? 미안합니다….
진철홍 이름요.
오영아 ….
진철홍 성함을 말씀해주십시오.
오영아 ….
진철홍 주소는 어디십니까?

오영아 …

면세점주인 아, 말을 해 이 아줌마야. 당신이 훔친 거 내가 모를 줄 알어?

주경장 (면세점 주인을 말리며) 이러지 마세요. 아줌마. 증거도 없잖아요.

면세점주인 증거는 무신 증거? 내 눈으로 똑바로 봤다니까.

박경사 뒷모습만 봤다면서요? 가게 앞에서.

면세점주인 뭐여? 뭐하는 거여 시방? 지금 저 배라먹을 년을 감싸는 거시여?

주경장 아니, 그게 아니구요….

아줌마는 계속 난리를 피우고 사람들은 말리느라 한 무더기가 돼서 전쟁이다. 한쪽에서 박 경사가 아줌마 앞에 앉는다.

박경사 아줌마, 이게 몇 번째에요. 왜 이렇게 술을 드시는 거예요?

오영아 잊으려구….

어린 철홍 (아줌마와 같이) 잊으려구.

박경사 네?

오영아 내가 술 먹는 걸 잊고 싶어서요.

어린 철홍 아빠가 술 먹는 걸 잊으려고….

진철홍. 오영아와 어린 철홍의 그 말을 듣고 멍해진다.

오영아 술, 술 좀 주세요.

박경사 술 좀 고만 자시고. 얘길 좀 해봅시다. 그냥 경찰서로 넘기기 안 돼서 그래요. 보아하니 돈도 많으신 거 같은데 왜 매번 술을 훔쳐 드세요. 한두 번도 아니고… 원래 저 아줌마가 저렇게 팍팍한 사람은 아닌데 그동안 아줌마가 너무했어요.

오영아 (술병을 들며) 술, 술 좀 더 주세요. 이거. 이거 드릴게요. (반지며 목걸이를 풀어 놓는다)

박경사 아, 이 아줌마 병원으로 보내야 되나.

이때 쿠당탕 문을 열고 들어오는 공연팀들.

공연팀1 (씩씩대며) 잡았습니까? 누구예요? (아줌마 가리키며) 저 여잡니까?
진철홍 아닙니다. 진정하세요.
조성미 아니긴 뭐가 아냐?

진철홍 앞을 막고 나서지만 공연팀은 더욱 날뛴다. 주 경장이 나선다.

박경사 아니 세계적인 소프라노 조성미 선생님 아닙니까?
주경장 저분은 분장실 절도 사건과 전혀 상관이 없습니다. 진정하시구요. 저희 본서에서 무슨 연락을 받고 오셨는지 모르겠지만 사실이 아닙니다. 착오가 있었습니다. 차차 설명을 드리겠습니다.
박경사 미안합니다. 뭔가 문제가 생긴 듯한데 제 방에서 말씀드리지요. 자, 가시죠.
공연팀1 아뇨. 얘기를 들어야겠습니다. 며칠이나 지난 겁니까. 대체?
박경사 그 사건은 접수가 되었고 경찰서로 넘어갑니다. 그쪽에서 수사가 진행될 겁니다.
조성미 우리 공연 일정이 다 끝나 갑니다. 끝나면 돌아가야 해요. 이 사건 해결될 때까지 계속 기다리기만 하라 이겁니까? 형사님! 이게 어찌된 겁니까? 범인 잡아준다고 했잖습니까? 우리 돈하고 비싼 소품들 찾아준다고 했어요? 안 했어요? 그게 얼마나 비싼 소품인 줄 알잖아요.

박 경사는 못마땅한 얼굴로 '또 시작이군'이란 표정이다. 다들 괜히 몰리는 분위기.

진철홍 범인을 잡아도 여러분께 피해보상이 확실히 된다고는 보장할 수 없습니다. 경찰은 처벌기관이지 떼인 돈 받아드리는 해결사가 아닙니다. 여기는 엄밀히 말하면 나쁜 짓 하는 그 사람들 찾아서 벌 주는 기관이지 잃은 돈 찾아드리는 기관이 아니라 이겁니다. 그것도 그 보석들을 본 목격자는 여러분들 말고는….

조성미 (열받아서) 뭐예요?

박경사 아, 아니 그게 아니구요, 조성미 씨. 어허! 진철홍! 재가 너무 신참이라. 그러니까….

조성미 (반지를 뺏어들고) 내 반지!

박경사 네?

조성미 내 반지야. 이 목걸이도.

아줌마는 놀라서 도리질을 치고, 모든 사람들이 굳어서 그 모습을 쳐다본다.

암전.

신영빈의 집. 신영빈은 넥타이를 매고 있다. 들어오는 여 보좌관.

보좌관 의원님. 도대체 무슨 일을 하신 겁니까.

신영빈 무슨 일이라니.

보좌관 (주변을 둘러보더니 은밀하게) 사모님을 풀어주라고 전화를 하셨다면서요.

신영빈 내가 전화를 했지.

보좌관 의원님. 이 사건으로 의원님의 모든 혐의들을 덮어야 합니다. 당장 선거를 포기하실 겁니까?

신영빈 알아. 일부러 그런 거야.

보좌관 일부러 그러시다니요? 이 작업을 위해 많은 시간과 돈을 투자했습니다.

신영빈 처음부터 오픈하면 내가 너무 뻔해 보이잖아. 적당히 내가 집사람을 지키려는 그림을 만들어 놔야 우리의 작품이 표시가 안 나지. 마누라 잡혀가자마자 기자들한테 오픈하면 분명히 그 쪽에서도 냄새를 맡을 거 아냐.

보좌관 (사이. 넥타이를 다듬어 주며) 그래도 방심하지 마세요. 일이 잘못 되면 축제까지 잘못될 수 있어요.

신영빈 축제가 위험하면 안 되지. 나의 가장 큰 무긴데. 당신 시나리오는 완벽해. 자네는 아무 걱정 하지 말고 나만 믿게. 믿어.

보좌관 물론이죠, 의원님.

신영빈 여보좌관을 말없이 안아준다. 이 모습을 오영아가 들어오다 바라본다.

오영아를 발견한 두 사람.

떨어지며 보좌관은 가벼운 목례를 하고 나간다.

오영아 제발 이혼해 주세요.

신영빈 돌았어? 지금이 얼마나 중요한 시긴데 이혼을 한단 말이야.

오영아 애들을 위해서라도 우리가 이렇게 사는 건….

신영빈 (오영아의 입을 막으며) 애들이라니? 당신한테 애들이 어디 있어? 네가 언제부터 애들을 걱정했다고 그런 말이야? 네가 그런 말을 할 자격이 있어? 제발 그 더러운 입으로 애들 이야기 하지 마. 너랑 붙어먹다가 죽은 그놈처럼 너도 보내 줄까? 봐주고 살 때, 감사한 마음으로 그냥 좋아하는 술이나 처먹고 살아. (나간다)

오영아 (술을 주머니에서 꺼내 마시고 포기한 것 같은 웃음) 그래, 날 나 술 좋아한다. 니가 술 먹였잖아. 기분이 나아질 거라면서 매일 밤마다 먹였잖아. 날 이 꼴로 만들어 놨으면 버리기라도 해 제발.

홀로 남은 오영아의 공간에 사라지는 불빛.

그리고 다른 축제의 공간에 공연 팀 물밀듯이 들어온다.

6장. 술장사

여기저기서 북춤, 무용 등이 한창이다. 공연의 끝 즈음에 손님과 시비가 붙은 정아.

정아 누가 돈을 더 받는다고 그래? 당신이 먹은 만큼만 돈을 받는 거지. 내가 무슨 사기꾼이야. 그냥 술 잘 먹었으면 돈 내고 곱게 가세요. 안 그러면 무전취식에 내 엉덩이 만진 것까지 성추행으로 경찰서에 신고할 거야!

손님 뭐? 신고? 누가 돈을 안 준대? 깎아 깎아 달라고 그러는 거지. 그러고 누가 어딜, 뭘 만졌다고 그러는 거야. 네가 실실 웃으면서 궁뎅이 흔들고 다녀 놓구선. 술집 년이 그런 걸로 술 팔아먹고 사는 거 아냐? 뭐 대단한 몸 가졌다고 고귀한 척하고 있어. 아무 놈하고 다 붙어 먹고 사는 년이. 창녀 같은 년.

정아 뭐? 창녀? 내가 아무 놈하고 붙어먹는 거 네가 봤어? 네가 봤냐구! (손님에게 달려든다)

주경장과 진철홍이 싸움을 말린다.

주경장 정아 씨, 무슨 일이야? 진정하고 이야기 좀 해 봐.

정아 말리지 마. 저런 술주정뱅이는 아주 입을 찢어 버려야 돼.

손님 뭐라고 이년아. 하여튼 이런 년은 말로 하면 안 된다니까. (정아를 때리려고 한다)

진철홍 (손님을 말리며) 그만 하십시오. 이러시면 지구대로 잡아 갑니다. 기분 좋게 술 드셨으면 그냥 돌아가십시오.

손님 뭐? 내가 왜 잡혀가. 저 엉덩이 흔들고 다니는 화냥년이 잡혀가야지.

정아 내가 엉덩이 흔들고 다니는 거 네가 봤어? 봤냐고.

손님 봐야 아나? 물장사하는 년들이 다 똑같지. 이제는 외국인들도 많이 들어오니까 외국 놈들한테도 엉덩이 흔들고 다니겠구만.

진철홍 그런 인신공격을 삼가 주십시오.

손님 삼가긴 뭘 삼가? 너도 저년하고 붙어먹었냐.

진철홍 (손님의 멱살을 잡으며 강력하게 제압하고 정아에게) 받을 돈이 얼맙니까?

정아 8만 원이요.

진철홍 그냥 8만 원 내고 조용히 집으로 갈래. 아님 나하고 지구대로 갈까.

진 순경의 살기를 느낀 손님은 조용히 돈을 꺼낸다.

진철홍 (손님에게) 술을 처먹으면 곱게 처먹어. 너 기분 좋아서 술 처먹고 왜 남한테 피해를 줘?

주경장 진철홍, 그만해. (손님에게) 다친 데는 없으십니까?

손님 아… 네.

주경장 정아 씨, 술값 받았으니까 그냥 보내도 되지?

정아 네.

주경장 그럼 살펴 들어가십시오. (손님 돌아간다)

정아 하여튼 말로 해선 안 된다니까. 고마워요. 같은 상황에 두 번씩이나 구해 주시네요. 제 몸을 만지지만 않는다면 술 한 잔 살게요. 들어오세요.

진철홍 저 술 싫어합니다.

정아 예?

진철홍 술 마시는 사람도 싫어하지만 술 파는 사람도 싫어합니다. 서민들이 뼈 빠지게 벌어 모은 돈 웃음 팔아서 먹고 사는 거 아닙니까. 가끔 엉덩이도 내주고. 똑같은 사람들이라고 생각합니다. 그

술 먹고 남 힘들게 만드는 사람이나 그 사람에게 술 먹여서 실수하도록 유도하는 사람 모두 경멸합니다. 왜 술을 팝니까? 물장사 따위나 하니까 너도나도 쉽게 보고 화냥년 소리를 하는 거 아닙니까. 그런 소리 들어서 버는 돈 어디에 다 씁니까? 그렇게 돈 많이 벌어서 항상 그렇게 기분이 좋습니까?

정아 (민망하다) 그러게요. 물장사나 하는 년이 이렇게 당하는 거 뻔하지. 술 한 잔 사려다가 쓴 충고 듣네요. 아무튼 고마워요. 잘 새겨들을게요. (가게로 들어간다)

진철홍 (그제서야 너무 심했다는 생각이 든다. 주 경장에게) 아니 제가….

주경장 (툭 치며) 야! 고맙다는 사람을… 네가 심했어. 정아 씨 그런 속물 아냐. 네가 말한 대로 그렇게 돈 열심히 벌어서 어려운 독거노인들 도와주면서 살아. 들어가 봐. 정아 씨 마음 풀지 못하고 돌아오면 알지? (가버린다)

진철홍 선배님. 선배님.

어두워졌다가 다시 밝아지면 정아의 가게 안. 정아는 술을 마시고 있고 진철홍은 거의 차렷 자세로 정아의 이야기를 듣고 있다.

정아 맞아요. 장사하려면 웃음도 팔아야 해요. 알죠? 미인계. 제가 어느 정도 인물이 되니까 그 작전이 먹히는 거예요.

진철홍 예.

정아 뭐야. 이 반응은. 인정하는 거야, 아님 비웃는 거야?

진철홍 비웃는 겁니다.

정아 (웃으며 술을 권한다) 자요. 그러지 말고 한잔하세요. 억지 부리는 손님 보내줘서 고마워서 제가 사는 거예요.

진철홍 (맥주를 내려놓으며) 전 술 안 마십니다.

정아 오늘 근무 끝났잖아요. 그러구 우리 첨 만난 날도 술 취해 있더만….

진철홍 그 날은 박카스 때문에….

정아 헤에, 별종이다. 진짜 있구나. 박카스 먹고 취하는 사람이.

진철홍 있습니다. 제발 믿으십시오.

정아 그럼 술도 안 마시는 사람이 돌아가지 왜 여기 앉아 있어요?

진철홍 주 경장님이 정아 씨 안 풀어주고 돌아오면 죽여 버린다고… 아니… 어쨌든 아까 말은 사과드립니다. 진심은 아니었습니다.

정아 아녀요. 틀린 말도 아닌데 뭘. 그 얘기는 그만해요. 그럼 난 혼자라도 한잔해야겠다.

진철홍 (정아가 술 마시는 걸 보더니) 왜 술을 마십니까?

정아 글쎄요. 기분을 더 좋게 하려고?

진철홍 술 마시면 뭐가 좋아집니까?

정아 글쎄요. 좋은 게 하나는 있지 않을까요?

진철홍 술이 좋은 건 단 하나도 없습니다. 심야에 일어나는 모든 폭력 사건이 다 술 때문에 시작된 사건들입니다. 우리나라 가정폭력 사유 1위가 술입니다. 멀쩡한 사람도 술을 먹으면 길에서건 집에서건 짐승이 되는 거죠. 아무리 술을 미화시키려고 해도 술은 술일뿐입니다.

정아 하지만 이 한잔 술이 외로움을 감싸주기도 하고요, 하늘을 나는 기쁨을 주기도 하고, 내게 사랑 고백을 할 수 있는 용기를 주기도 하고, 평생 원망으로 가득 찬 누군가를 용서해 주기도 하죠.

진철홍 하지만….

정아 진 순경님 사랑하는 사람 있어요? (정아의 얼굴이 다가간다)

진철홍 (당황해서 떨어지며) 그런 거 없습니다.

정아 그런 거라뇨? 사랑하는 가족도 없으세요?

진철홍 어릴 때 부모님 모두 사고로 돌아 가셨습니다.

정아 아… 죄송해요.

진철홍 아닙니다. 잊은 지 오랩니다. 신경 안 써도 됩니다.

정아 (사이) 저하고 비슷하네요. 전 부모님 얼굴도 몰라요. 누군가 버려진 절 안고 파출소에 맡겼다고 하더라구요. 그리고 고아원으로… 뻔한 신파죠… (멋쩍게 웃는다) 근데요 단 한 번만이라도 그분들을 만나고 싶어요. 원망하려는 게 아니라 너무 궁금해요. 왜 버렸는지는 모르겠지만 두 사람이 정말 사랑해서 날 낳았는지… (한잔 마신다)

이때 어린 철홍의 아버지와의 가장 행복한 시간이 지나간다.

아버지 홍아 조심조심 하하하.
어린 철홍 아빠 잘 잡고 있죠? 하하하 신난다.
아버지 그래 그래, 아빠가 잘 잡고 있으니까 넌 걱정하지 마.
엄마 (나오며) 철홍아.
어린 철홍 엄마, 아빠가 자전거 사줬어요. 아빠가 최고야.
엄마 그럼 엄마는?
아버지 엄마는 그 다음이지. 홍아, 홍이는 누구 아들?
어린 철홍 아빠 아들.
엄마 뭐? 다시 말해 봐. 홍이는 누구 아들이야?
어린 철홍 엄마 아들.
아버지 뭐? 다시 말해 봐.
어린 철홍 엄마 아빠 아들이야. (모두 웃는다)
아버지 그래. 우리 홍이는 엄마 아빠 아들이다. 하하하
어린 철홍 엄마, 잘 봐. 나 자전거 잘 타. (나간다)
엄마 철홍아, 조심조심. 너 어디 가는 거야. (따라 나간다)

모두 나가고 아버지가 칼을 꺼내들어 따라 나간다. 진철홍이 벌떡 일어난다.

정아 진 순경님! 왜 그래요?

진철홍 아니에요. 신경쓰지 마십시오. 그럼 다음에 뵙겠습니다.

정아 잠깐만요. (명함 같은 것을 하나 준다)

진철홍 이게 뭐에요?

정아 보세요.

진철홍 뭐든 필요할 때 찾아만 주십쇼. 이정아 1회 사용권?

정아 소원을 말해봐~

진철홍 (부끄러워 당황해 하며) 오우 완전 유치해. 원래 이렇게 유치해요?

정아 원래 이렇게 하는 거거든요?

진철홍 뭐가요?

정아 그런 게 있어요. 하여튼 넣어두세요. 언젠가 요긴하게 쓸 데가 있을 겁니다.

진철홍 별로 그럴 것 같진 않은데…. (마지못해 집어넣는다)

정아를 가만히 바라보는 진철홍.
조금 진정된 듯 미소를 남기고 사라진다.

7장. 같은 트라우마. 같은 피해자

여느 때와 같은 밤의 지구대 12시 종이 울린다.
몇몇의 피의자와 한쪽에서 명품 아줌마가 잠들어 있다. 박 경사는 늘어지게 하품을 하고 주 경장은 박 경사에게 커피를 가져다준다.

박경사 (하품하며) 밤 근무 적응 안 돼 죽겠네.

주경장 그게 10년이 넘었는데 왜 적응이 안 되니, 응?

박경사 아니, 어제까지 낮 근무였잖아.

주경장 낮 근무 때도 항상 하품하시거든요. 그리고 진철홍도 어제까지 낮 근무였다고요.

박경사 쟤는 젊잖아. 초롱초롱 영롱하고 응?

약을 먹는 진철홍. 물을 벌컥벌컥 들이킨다. 캬 소리를 낸다.

박경사 야. 너는 술도 못 마시는 놈이 무슨 물을 술 마시듯 하냐.

주경장 또 두통약이야?

진철홍 네….

주경장 요즘도 잠을 못 자? 걱정이네….

진철홍 괜찮습니다.

주경장 불쌍하네… 젊은 애가.

박경사 나도 좀 불쌍해봐라. 나도 좀, 응?

주경장 됐네요.

박경사 저 아줌마는 여기가 인제 여관인 줄 아나. 그때부터지?

주경장 응, 그때 소매치기 사건에서 풀려난 다음부터 가끔 술 취하면 여기 와서 자더라. 진철홍을 진짜 아들이라고 생각하나?

박경사 그러게. 밖에서 사고치는 것보다 낫지. 야, 이 초롱초롱 싸리 잎에 은구슬.

진철홍 네, 네! (목을 주무르며 일어난다)

주경장 진짜 피곤하가 보네.

박경사 초롱아, 니 어머니 숙직실에 좀 모셔라. 여긴 쫌 그렇다.

진철홍 아 진짜. 놀리지 좀 마십쇼.

박경사 왜? 저 아주머니가 널 아들이라고 생각하잖아. 그리고 이름은 원래 다른 사람이 불러줘야 그 의미를 갖는 거란다. 흐흐, 초롱초롱 싸리 잎에 은구슬.

진철홍 참 끈질기십니다. 제가 선배님만큼 유치한 분 한 명 아는데, 소개해드려요?

박경사 여자냐?

진철홍이 질린다는 듯 도리질을 치며 아줌마를 데리고 나가고, 박 경사는 진철홍이 나간 쪽으로 '여자냐고~'를 외친다. 여신이 제자리로 돌아가는 와중에 쿠당탕 태석 부가 쓰러지듯 기어들어온다. 주 경장은 깜짝 놀라 넘어진다.

태석부 어, 꺼, 어.
주경장 할아버지!
박경사 아는 사람이야?
주경장 김밥 할머니네 할아버지셔!
태석부 어, 꺼, 어!

잔뜩 취한 태석이 칼을 들고 뛰어 들어온다.
지구대 안은 난장판이 된다.

태석 비켜! 저 노인네 내가 오늘 작살을 내준다. 엄마는 어따 빼돌렸어, 어? 당신이 죽였지. 어디 묻었어. 말해! 평생을 그렇게 괴롭히더니 이제는 엄마를 죽여?
태석부 (아니라는 손짓) 어, 꺼, 어!

태석은 발로 차고 때려 부수며 불확실한 동작으로 칼을 휘두른다. 여기저기 비명소리가 울린다. 누구도 쉽게 다가가지 못한다. 때마침 들어선 진철홍이 크게 놀란다. 태석 부 쪽으로 가려하지만 쉽지 않다. 태석이 크게 휘두르며 태석 부에게 덮쳐들고 태석 부와 주 경장의 팔을 스친다. 다시 칼을 든다.
포효를 울리며 달려든 진철홍이 태석에게로 치고 든다.

진철홍 그만해! 술 먹고 사람 패니까 좋아? 내일 되면 잘못했다고 싹싹 빌면 달라질 거 같지. 이 빌어먹을… 당신 어머니는 어떻게 사는

지 알아?

태석 어, 니가 그렇게 우리 엄마를 잘 아냐? 그럼 어디 있는지도 알겠네. 어따 빼돌렸어?

태석이 달려들고 여신은 태석 부를 감싸고 엎드린다. 태석과 진철홍의 몸싸움이 시작된다. 엎치락뒤치락하는 진철홍 때문에 총도 쏠 수 없다. 마침내 진철홍은 칼을 떨구어 내고 태석을 제압한다. 하지만 진철홍은 그칠 줄 모르고 폭발한다. 태석의 목을 조르는 진철홍.

진철홍 에미 애비도 없는 새끼. 너 같은 새끼가 나중에 자식도 패는 거야, 이 빌어먹을 새꺄. (태석의 멱살을 쥐어 올려 씹듯이 말한다) 누구는 거기서 제발 벗어나려고 사력을 다하면서 살거든. 그걸 니가 알아? 죽어, 차라리 죽어! (죽으라고 때린다)

박경사 진철홍!

이때, 밖에서 플래시가 터진다. 진철홍은 깜짝 놀라 얼이 빠지고 주경장이 진철홍을 잡아 뺀다. 박 경사는 재빨리 태석을 체포한다.
온갖 플래시가 터지는 사이로 양복을 차려입은 신사와 그를 따르는 보좌관 등장한다.
모두의 시선이 집중된다.
암전.

8장. 覆水不返盆 [복수불반분]

기자1 속봅니다. 어젯밤 아트아일랜드 페스티벌 추진위원장 신영빈 의원의 부인 오영아 여사가 특수절도 혐의로 긴급 체포되었습니다. 오영아 여사는 이전에도 여러 번 절도 혐의로 체포되었었던 것으로 알려져 충격을 주고 있습니다. 한편 신영빈 의원은 오늘 새벽 오영아 여사의 신변을 보호하고 있는 지구대에 출두했습니다.

무대 한 쪽에서 공연팀 노래. (Basta Vincesti Ah Non Lasciarmi – 모차르트 가곡. 그만두게. 그대는 벌써 나를 이겼다. 나를 버리지 마오)

아나운서1 오영아 여사의 남편 신영빈 의원은 현재 축제 후원금 횡령 혐의로 검찰에 조사를 받고 있으며 보좌관과의 스캔들도 남아 있는 상황이어서 정치적인 생명이 끝날 수도 있다는 조심스런….

기자2 현재 신영빈 의원의 출두 이유는 알려지지 않았으며 지구대 주변은 많은 취재진에 둘러싸여 있으나 모든 통로가 차단된 채 안의 상황은 전혀 알 수가 없습니다. 모든 취재진은 기자회견을 기다리고 있는….

무대 밝아지면 소장실에 오영아와 신영빈 앉아 있다. 신영빈은 찻잔을 들고 있다.

오영아 내가 여기 있는 건 어떻게 알았나요?

신영빈 여기 있는 것만 알 것 같나? 어디서 술을 먹고 누굴 만나고 어디서 자는지 다 알지.

오영아 여기가 제 무덤인가요? 내가 여기서 죽어 주면 되나요?

신영빈 무덤이 될지 요람이 될지는 아무도 몰라. 당신이 어떤 연기를 선택하느냐에 달려있지.

오영아 제가 어떤 연기를 선택해야 하죠?

신영빈 잘 생각해 봐. 무엇이 당신의 죗값을 치르는 최선의 방법인지. 나를 살리고 아이들도 살리고.

오영아 짐승 같은 놈.

신영빈 네가 저지른 일을 먼저 생각해. 네가 그놈하고 붙어먹었을 때 그 놈처럼 죽이지 않은 걸 고맙게 생각 해.

오영아 차라리 그냥 죽여. 술 한 잔 마시고 실수 한 번 한 걸 이렇게 피를 말려? 술도 당신이 먹여 놓구선? 당신은 실수 없어?

신영빈 실수? (차를 오영아의 머리에 붓는다) 이 차를 다시 담아 봐. 담을 수 있나? 한 번 깨진 그릇은 아무리 좋은 풀로 붙여도 그건 그릇이 아냐.

오영아 (울다가) 내가 당신의 모든 비리들을 폭로하면 어쩌려고 이 지구대를 선택한 거죠?

신영빈 글쎄, 과연 이 나라가 알코올 중독에 도벽이 있는 여자의 말을 얼마나 믿어 줄까. 그러기에 술을 좀 적당히 마시지. (사이) 조금 있으면 구급차가 올 거야. 뭘 해야 할지는 잘 생각해. 당신이 아끼는 아이들의 얼굴에 더 이상 먹칠을 하지 않는 무슨 방법이 있을 거야.

신영빈 소장실을 나가 보좌관과 함께 기자들과 인터뷰하러 나간다.
한편 파출소 안에서 주 경장과 할머니. 박 경사와 진철홍 이야기를 나누고 있다.

진철홍 그런데 너무 쉽게 부인의 혐의를 인정하시는 거 아닙니까? 사실 그 목걸이와 반지 외에는 어떤 증거나 목격자도 없거든요. 물론 수사를 계속해봐야 알겠지만.

박경사 수사는 무슨 수사야. 이 작은 지구대에서. 수사를 해도 본서나 검찰에서 할 거야. 쓸데없는 데 에너지 소모하지 마.

진철홍 그래도 우리는 경찰 아닙니까. 아주머니가 불쌍하잖아요. 어려운 사람을 돕는 게 우리 일 아닙니까?

박경사 그래서 넌 불쌍한 할머니 아들한테 그랬냐? 너 어떨 때는 아주 차가운 짐승 같다가도 이럴 때 보면 너무 감성적이야. 아이고 골치야. 결국 술이 원수지. 이 사회에서는 알코올 중독자를 믿어

줄 제도적 장치가 없어. 너라면 알코올 중독자 말을 믿어 주겠냐? 네가 할 수 있는 선의 일이 아니니까 신경 꺼.

진철홍 아, 그건….

반대쪽에서는 주 경장이 할머니와 얘기하고 있다. 팔에 붕대를 감고 있는 주 경장.

태석모 (혼이 빠진 듯) 내가, 내가 왜 오늘 밤 장사를 나가서, 내가 왜?

주경장 할머니 정신 차리세요.

태석모 울 영감은 다친 데는 없나?

주경장 할아버지는 몇 군데 타박상이랑 살짝 베이신 데가 있어서 병원으로 일단 모셨어요.

태석모 태석이, 우리 태석이는….

주경장 흉기를 들었고 다친 사람도 있어서 힘들 거 같아요.

태석모 이를 어째. 이를 어째. 아이고 이를 어쩌나.

주경장 할머니, 언제까지 이렇게 살 수는 없어요. 아무리 아들이라지만 부모에게 상해를 입힌 패륜아예요. 왜 이렇게 감싸는 거예요?

태석모 처음부터 술을 마신 게 아냐. 똑똑한 지 동생 공부 시킬 거라고 중학교만 졸업하고 악착 같이 일만 했어. 그런데 IMF인가 뭔가 터지고 일자리 잃고 다른 데 알아봐도 나이 먹고 그 학벌에 어디에도 취직이 안 되는 거야… 술을 마시더라고… 그러면서 원망을 키웠지. 막일만 전전하다가 술이 늘고, 술이 또 늘고. 내 죄지. 내 죄야. 그렇게 착하던 애가 어떻게 술만 먹으면 젊은 지 애비랑 똑같은지.

주경장 아드님은 많이 아프셔서 그런 거예요. 알코올 중독은 병이에요. 자기가 어떻게 할 수가 없는 거거든요. 그러니까 할머니 잘못도 아드님 잘못도 아니에요.

태석모 (눈물짓는다) ….

주경장　그래서 우리는 아드님이 환자라는 확인을 해달라고 신청했어요. 잘되면 감옥에는 안 가시고 쭉 치료도 받으실 수 있을 거예요.

태석모　그럼 금방 나오나?

주경장　그건….

태석모　미친놈 돼서 갇히나 나쁜 놈 돼서 갇히나 뭐가 달라? 응? 잡아가지 마. 우리 아들 잡아가지 말어.

주 경장은 할머니의 손을 꼭 잡는다.

주경장　진철홍! 황태석 씨 데려와.

태석이 끌려나오고 할머니는 아들의 손을 잡고 눈물짓는다.

태석모　왜 그랬어? 왜 그랬어? 이눔아, 나한테나 그러지 움직이지도 못하는 양반을 왜? 이를 어쩌냐. 이를 어째?

태 석　(멍한 표정이다) ….

진철홍 태석을 데리고 나간다.

태 석　엄마, 제발 그만 좀 울어. 그 눈물 때문에 내가 이렇게 된 거 아냐.

할머니　그래 미안하다. 미안하다.

태석은 이내 떠나고 밖이 웅성거리는 소리가 들린다. 밖에서 앰뷸런스 소리가 들린다. 할머니는 바닥에 주저앉아 눈물을 흘린다. 오영아가 나온다.

오영아　(진철홍에게) 진 순경님. 엄마라고, 엄마라고 한 번만 불러줄래요?

진철홍　사모님….

오영아 역시 안 되겠지요. 죄송합니다.

진철홍 (사이. 어린 시절 엄마가 떠오른다. 눈물이 저도 모르게 흐른다)

어린 철홍 엄마….

오영아 ….

어린 철홍 다 이해해요. 엄마 잘못 없어요. 너무 아프지 마세요.

오영아 그래. 너도.

오영아는 나가고 철홍은 멍하니 서 있다.

신영빈 (오영아를 따라가며) 여보, 위험해!

플래시가 터지고 두 사람의 비명과 교통사고 소리가 들린다.
뉴스소리 들린다.

기자2 속봅니다. 신영빈 의원이 부인 오영아 씨를 구하려다 교통사고를 당했습니다. 목격자에 따르면 앰뷸런스로 뛰어든 부인을 구하려다 이런 사고를 당한….

아나운서1 부인 오영아 씨는 현재 의식불명 상태이며 신영빈 의원은 다행히 특별한 외상은 없어 보이지만 병원 치료도 거부한 채 아직 지구대에 남아 부인 오영아 씨를 대신해서 처분을 기다리고 있는 것으로 알려져….

기자1 신영빈 의원의 눈물 나는 순애보가 드러나 화제입니다. 그동안 알려진 신영빈 의원의 호화 해외여행은 부인의 알코올 중독 치료를 위한 것으로 드러났습니다. 또한 부인의 곁을 잠시라도 더 지키기 위해 그간 많은 인터뷰를 자택에서 비밀리에 진행해왔다는 것이 밝혀져서 그동안 비밀 자택 인터뷰에 따른 여 기자 성추행 관련 루머도 한풀 꺾이게 되었으며 측근에 따르면 신영빈 의원은 그동안 부인의 알코올 중독과 도벽을 철저하게 감추기 위해 많은 수많은 오해와 여론의 질타 속에서도 입을 다물고 있었다고 합니다.

무대 밝아지면 무대 한쪽의 두 사람. 신영빈, 보좌관.

보좌관 수고하셨습니다.

신영빈 정확한 타이밍에 차가 오더군. 조금만 늦었어도 내가 다칠 뻔했어.

보좌관 팔은 어때요?

신영빈 (붕대를 벗는다) 괜찮아.

보좌관 이제 우리 세상이네요.

둘은 가볍게 손을 잡으며 웃는다.
불빛이 사라지고 파출소 안이 밝아진다.

박경사 빌어먹을 정치는 쇼라더니… 이미지 쇄신 한 방에 확실하게 했네.

주경장 봤어?

박경사 뭘?

주경장 웃는 거. 아주 개운하게 웃던데 의원 나리.

박경사 잊혀질 것 같지가 않아요. 진철홍을 안아주던 그 모습.

경찰 1 하여튼 보좌관이랑 의원이랑 많이 이상하다. 서로 바라보는 눈빛이…그치 진철홍.

진철홍 ….

경찰 1 이런 날은 다들 쏘주나 한잔하러 가시죠.

주경장 술 지긋지긋하지도 않니?

경찰 1 적당하면 좋은 거지 뭐든 과한 게 나쁜 거야 과한 게. 그쵸 선배님.

박경사 이 미쳐가는 세상을 술기운 없이 사는 게 가능하긴 하냐?

주경장 그래도 아직 살만하다의 증거를 찾고 싶어요.

박경사 자, 술잔 속에서 찾아봅시다.

모두 움직이는데 진철홍만 자리에 굳은 듯이 섰다. 밖에서 언뜻 움직이는 뭔가를 본 듯하다. 다시 틱증상이 시작된다.

경찰 1 야, 가자!

9장. 어둠 속에서

어둠 속에서 북소리가 울린다.
진철홍의 헉헉대는 소리가 들린다. 어둠 속으로 뛰어 들어가는 한 남자의 그림자. 손을 떨고 있다.
뒤따르는 진철홍. 무대 한쪽에서는 어린 철홍.

어린 철홍 왜 그래!
진철홍 아버지가 나타났어!
어린 철홍 꿈속에서 보이는 아빠?
진철홍 아니! 진짜 아버지.
어린 철홍 진짜 아빠?
진철홍 여기서 보일 리가 없어.
어린 철홍 아빠가 어떻게 여기 나타나?
진철홍 이상해. 무서워.
어린 철홍 잘못 본 거야. 그럴 리가 없어!
진철홍 아냐. 진짜 아버지야.
어린 철홍 정신 차려. 아빠는 우리가 죽였잖아!
진철홍 (힘없이 울먹이며) 그래. 엄마가 죽던 날. 내가 도망치던 그 날. 내가 아버질 죽였어….

철홍이 과거로 돌아가 엄마의 주검 앞에 앉는다.

진철홍 엄마. 일어나. 엄마. 왜 그래. 나 무서워. (운다)

진대만 (술 취해 있다) 나 왔다.

진철홍 아버지. 엄마가. 엄마가….

진대만 뭐, 저년이 미쳤나. 서방님이 돈 벌어서 이렇게 소고기 사왔는데. 어서 밥상 안 차려? (죽은 걸 확인한다. 진정 슬프다) 뭐야. 이 미친년이 안 일어나네. (엄마의 뺨을 때린다) 일어나. 일어나서 밥상 채려. 안 일어나 이년아!

진철홍 아버지. 엄마 죽었잖아요. 그만 괴롭혀요.

진대만 (철홍의 뺨을 때리며) 저리 안 가 이 새끼야. 너도 죽여 버리기 전에. 네가 어미를 잡아먹었지. 니가 죽였지. 너도 죽어 이 새끼야… (마구 때리더니 부엌으로 간다)

철홍 두려움에 떨며 아버지의 봉지 속에 있던 술을 꺼내 먹는다.

진대만 (칼을 들고 들어오며) 너도 죽어 이 자식아. 오늘 우리 모두 죽는 거야!

진철홍 (저항하다가 진대만을 찌른다) 제발 좀 그만 괴롭혀…. (또 찌른다)

아버지 허우적대다가 쓰러진다.
한쪽에서는 지구대 사람들의 술자리가 펼쳐진다. 머리 위로 잔을 쳐드는 건배와 웃음소리. 북소리와 어우러져 축제를 즐기는 사람들처럼 보인다.
가운데서 양쪽의 모습을 다 지켜보며 혼란스러워 하는 철홍.

진철홍 그만!!!

뒤돌아 일어서서 등지는 순간 모든 소리와 움직임이 멈춘다.
철홍이 진대만을 향해 돈 봉투를 던진다.
진대만 일어나 돈 봉투를 줍는다.

진철홍 (두려움과 분노에 가득 차) 다른 거 안 바래. 그냥 평범하게 남들처럼 살고 싶어. 그 맘 알아? 어떻게 살아났는지 모르겠지만 두 번 다시 내 앞에 나타나지 마. 그때는 진짜 죽여 버릴 테니까. 알았어? (진대만 지갑을 들고 나가려 하자) 대답해. 다시는 내 앞에 나타나지 않는다고.

진대만 (고개를 끄덕이고 나간다)

북소리가 울린다. 밤의 공연은 계속 되고….

정아 (들어오며) 진 순경님, 왜 그래요?

진철홍 (정아 품에 쓰러지며) 아뇨, 그냥 꿈을 꿨어요. (안심하는 숨소리)

암전.

10장. 주점 휴~

장사준비를 하는 정아. 민망한 듯 걸어 들어오는 진철홍.

정아 어머나~ 웬일이실까, 진 형사님이?

진철홍 형사 아니라니까요.

정아　그래도 형사가 멋있잖아. 앞으로 형사 안 할래요? 진 순경님?

진철홍　(피식 웃고) 그날은 정말 고마웠습니다.

정아　뭐 언제? 그 얼빠진 허수아비처럼 가게에 와서 푹 쓰러지던 날? 나는 웬일로 초롱초롱 옥구슬 아저씨가 또 박카스 마셨나? 그랬다니까.

진철홍　누가 알려줬습니까? 그건 또….

정아　갚은 걸로 할게요. 전에 나 도와줬던 거. 내 쿠폰 쓴 걸로 합시다.

진철홍　그럴 수는 없습니다.

정아　뭐야아. 뻥 좀 보태면 생명의 은인인데 그것도 안 쳐줘요? 그때 나 아니었음 오빠는 죽었어요.

진철홍　아니 뭐 죽기까지야. 뻥이 좀 쎄시네.

정아　(사이) 진 순경님, 왜 그렇게 쫓기면서 살아요?

진철홍　네?

정아　말하기 곤란하면 말 안 해도 돼요. 왠지 당신의 올바름 속에는 뭔가가 엄청나게 뒤틀려 있다는 생각이 들어서요. 잠꼬대를 심하게 하더라고요.

진철홍　그런 거 없습니다. 그냥 피곤했을 뿐입니다.

정아　(웃으며) 그래요? 이젠 몸은 좀 괜찮아요?

진철홍　네 괜찮습니다.

정아　혹사 시키지 말고 마음 챙겨가며 일하세요. 깊은 상처가 훨씬 더 디게 낫는 법이랍니다. 날도 추운데 차라도 드실래요?

진철홍　차는 됐습니다. …저, 이거. (상자를 내민다) 이자라고 생각하십쇼. 그날은 정말 신세 많이 졌습니다. 그럼 순찰시간이라 이만 가보겠습니다. (빠르게 나가버린다)

정아는 철홍이 남겨둔 상자를 연다. 예쁜 머리띠 하나. 그리고 쿠폰이 하나 들었다.

정아 무엇이든 맡겨만 주십시오, 친절히 모시겠습니다. 변태 1회 사용권?

웃는다. 머리띠가 마음에 든 듯 써본다.

11장. 진철홍 아버지

박경사 아함~

주경장 하여튼 매일 졸려 매일. 거 졸지 말고 일합시다.

박경사 할일 별로 없구만. 축제도 거의 끝나가고 오늘이 마지막이지?

주경장 네. 밤에 불꽃놀이도 하겠네요.

박경사 여튼 너무 잠잠하니까 재미가 없네. 근데 요즘 정아 씨가 안 보인다?

주경장 정아 씨가 박 경사에서 한비광으로 넘어간 지 쫌 되는 거 같은데

박경사 (놀라며) 뭐?

주경장 그게 뭐 놀랄 일이라구. 정아 씨가 그동안 형사님이랑 놀아준 게 대단한 거라구요.

박경사 아, 정아 씨는 영원히 내 팬일 줄 알았는데.

주경장 박 경사님 팬은 관내 아줌마들 아니던가? 완전 팬클럽이잖아.

박경사 그것도 진철홍한테 넘어간 지 꽤 됐지. 축제위원회엔 팬클럽도 있는 것 같던데… 아아, 그놈 때문에 되는 일이 없냐?

만취한 한 부랑자가 손을 떨며 앞치마를 두른 아줌마에게 떠밀려 들어온다.

술집주인 어서 들어가 이 도둑놈아. 술을 먹었으면 돈을 내야 할 것 아냐.

진대만 ….

박경사 무슨 일이십니까?

술집주인 이 아저씨가 하루 종일 술을 퍼먹고는 술값이 없다는 거예요. 내가 미쳤지. 하루 웬종일 퍼마실 때 알아 봤어야 되는 건데… 무슨 수를 써서라도 술값을 달라고 했더니 무조건 지구대에 잡아가라는 거야. 아주 감방에 가고 싶어 환장을 했지.

주경장 어르신 여기는 술값을 내드리는 데가 아니에요.

진대만 ….

주경장 술값이 얼마나 나왔는데요?

술집주인 15만 원. 얼마나 퍼 드시는지 술통인 줄 알았수다.

주경장 여기 연락처 적어 주시고 귀가하세요. 저분 술 깨고 정신 차리시면 술값 치를 수 있게 방법을 찾아보겠습니다.

술집주인 그랴 줄라우? 하여튼 재수 옴 붙었어. (적는다)

진대만은 몰래 품에서 술병을 꺼내 한 모금씩 들이킨다. 좀 긴장한 모습이다.

경찰 1과 진철홍이 들어온다.

경찰 1 충성! 아직도 춥네요.

진철홍 충성!

진대만 홍아….

고개를 돌린 진철홍이 멈칫한다.

박경사 진철홍 혹시 아는 사람이야?

진철홍 (시선을 돌리며) 아니요. (굳은 표정으로 뻣뻣하게 다가선다) 아저씨 지구대에서 소란부리시면 안됩니다.

진대만 홍아. 홍아. 이놈아.

진철홍 누구더러 이놈 저놈입니까?

진대만 홍아 아부지가 잘못했다.

주경장 진철홍 아버지셔?

진대만 내가 홍이 애비….

진철홍 모르는 사람입니다.

진대만 그렇게 모르고 싶냐? 응?

진철홍 아저씨, 여기 이렇게 술주정하라고 있는 곳 아닙니다. 나가시죠.

박경사 야, 진철홍.

진철홍 일어나세요. (질질 잡아끈다 휘청이며 끌려가는 진대만)

진대만 (비틀대다 어깨를 턱 잡으며) 아들아!

진철홍 (강하게 뿌리치며) 손대지 마! (틱증상이 시작된다) 누가 아들이야? 누가 당신 아들이야?

진대만 홍아….

진철홍 입도 뻥긋하지 마! 내가 죽여 버린다고 내 앞에 나타나지 말라고 했지. 왜 나타난 거야? 정말 다 죽자고 이렇게 나타난 거야?

진대만 아냐, 아냐. 수, 술값이 없어서….

진철홍 술값? 술값? 그 말이 목구멍에서 나오지? (대만의 봉지를 마구 뒤져 자신의 돈 봉투를 찾아낸다. 봉투를 열어 돈을 뿌리며) 이걸로는 부족해? 어?

비닐봉지 속의 술통이 떨어진다.

진철홍 (술통을 주우며) 이게 그렇게 좋아. 이게? 이것 때문에 엄마도 죽었잖아. 그런데 아직도 이걸 끼고 살아?

진대만 홍아. 아버지는 그런 게 아니고….

철홍이 땅에 떨어진 가족사진을 줍는다.

진철홍 당신이, 당신이 우리 사진을 왜 가지고 있어? 다 망쳐놓고 부숴 놓고 죽여 놓고 이제 그 끔찍한 가족이 그리워? 너도 사람이다 이거야? (눈물이 차오른다) 나는 어떻게 죽일 거야? 엄마처럼 천천히 말려서 죽일 거야. 응? 나 죽이려고 나타났지! 응?

진대만 … 내일이… 니 엄마 기일인데 너랑 제사상이라도 놓고 술이라도 한잔 따르려고.

진철홍 … 엄마 술 싫어해 아주 지긋지긋해 해. 몰라? 그렇게 괴롭히고도 엄마 얼굴을 보고 싶어?

진대만 한번만 만나려구, 한번만 보고 가려고 했어 진짜야. 한번만.

진철홍 (눈앞에 놓인 대만의 술을 열어 한꺼번에 들이킨다. 놀라는 지구대 사람들)

박경사 야 임마 그거 술이야!

진철홍 선배님 몰랐죠. 사실 저 술 잘 먹어요. 이게 없으면 잠들지 못하고, 취해 겨우 잠들면 저 사람이 칼을 들고 쫓아오는 악몽을 꿔요. (캬 소리를 내며 다시 마신다)

진대만 그만 처먹어 이노무 자식아. 내 꺼야. 내 술이란 말이야. 그래 너 잡으려고 왔다. 니가 애비 등에 칼을 꽂아 놓고 갔잖아. 그 칼 돌려주려고 왔다 이 자식아. (품속에서 칼을 꺼내며) 보세요. 저놈이 어떤 놈인지 알아요? 지 애비를 죽이려고 몇 번씩이나 찌른 놈입니다. (철홍에게) 어떻게 살았는지 궁금하지. 너 나가고 동네 사람들이 신고를 해 주더라. 어떡하냐. 평소에는 구경만 하던 사람들이 날 죽지 말라고 살려줘서? 자. 가져가. 니 거잖아. 이리 와서 가져가. 안 가져. 내가 직접 줄까? (칼로 위협하며 다가가서 철홍을 때린다. 경찰들은 이러지도 저러지도 못하는 상황)

주경장 선배님, 좀 말려 봐요.

박경사 찌를 것 같았으면 벌써 찔렀어. 기다려 봐.

진대만 이 자식아. 여기 이렇게 숨으면 내가 못 찾을 줄 알았지. 내가 너 얼마나 찾아다닌 줄 알아?

한참을 말없이 맞던 진철홍이 총을 빼 겨눈다.

진철홍 손대지 말랬지! 아직도 날 때릴 수 있을 거라고 생각했어?

박경사 진철홍, 너 미쳤어?

주경장 진철홍!

경찰 1 철홍아!

박경사 (막아서며) 정신 차려 이 새끼야!

진철홍 (손을 들어 시끄러운 주변을 잠재운다) 패봐. 어디 패봐! 더 패봐! 더! 그 순간 대갈통을 날려 줄 테니까. 우린 살아 있는 게 서로 지옥이야. 사람이 어떻게 변해? 당신도 나도 안 변해. 이 지긋지긋한 악몽 여기서 그냥… 끝내자.

진대만 (울면서) 홍아. 아버지가 잘못했다. 사실은 너한테 사과하러 온 거다. 아버지가 잘못했다. 용서해다오. 나도 너하고 니 엄마 떠나고 단 하루도 맘 편하게 못살았어. 죽으려고 몇 번을 시도했는지 몰라. 나 죽기 전에 너한테 용서 구하고 죽으려고 여기 왔다. 철홍아, 미안하다. 미안하다.

어린 철홍이 자전거를 타고 지나가고 뒤를 따라 나오는 엄마.

엄마 철홍아, 너 어디 가는 거야.

철홍의 귀에 들리는 많은 사람들의 환청들. 철홍은 귀를 막고 머리를 때려보지만 가라 앉지 않는다.

진철홍 (운다) 아버지, 이렇게 후회할 거면서 왜 그렇게 사셨어요. 나 요즘 누구 때문에 아버지랑 좋았던 시절이 떠올라요. 다 이해해요. 너무 아프지 마요. (결심한 듯 장전한다)

박경사 안 돼! 강 형사!

주경장 진초롱!

탕! 총성이 울리면서 암전.
무대 한 쪽에서는 머리띠를 하고 좋아하는 정아가 보인다.

에필로그

사람들 모두 나와 있다. 진철홍을 바라본다.
엄마와 아빠와 함께 있던 어린 철홍이 진철홍에게 다가간다.

어린 철홍 가자. 집으로. (손을 내민다)

진철홍 어린 철홍을 꼬옥… 안아준다.

막.

하늘로 가지 못한 선녀씨 이야기

이삼우 작 / 이선경 각색

변소

메뉴

Talking to you all night long was my life wish
which is come true.

NEARBY

· **등장인물**

어머니 : 이선녀. 75세에 세상을 떠남
이선녀 : 젊은 시절의 어머니
종우 : 차남. 40세
아버지
정숙 : 큰 딸
정은 : 막내 딸
종석 : 장남
재호 : 정숙의 아들. 고등학생
병훈 : 정숙의 남편
미자, 어린 정숙, 어린외삼촌, 코러스 등

· **무대**

장례식장과 과거의 공간으로 나뉨.
중앙에 후면에 커다란 영정사진 틀이 있고 그 안에 어머니가 서 있다.

· **때**

어머니의 소녀시절부터 현재를 오고 감.

어둠 속에 희미한 불빛, 선녀가 어린 종석에게 책을 읽어주고 있다.

선녀 엄마를 묻고 나서 어느 날 비가 내렸죠. 청개구리는 걱정입니다. 비가 내려 개울가에 있는 엄마의 무덤이 쓸려 내려 갈까봐. 그래서 청개구리는 비만 오면 늘 운답니다. 끝….

어린 종우 청개구리는 바본갑다.

선녀 왜?

어린 종우 엄마 말을 안 들으니까.

선녀 그래. 우리 종우는 얼마나 엄마 말을 잘 듣는데. 그쟈?

어린 종우 응. 종우는 청개구리처럼 안 울 꺼다.

선녀 그래, 우리 종우 이래 아파도 안 울고 얼마나 착하노.

어린 종우 히히히. 엄마, 업어줘.

선녀 (어린 종우를 업고 나서) … 우리 종우, 많이 아프제?

어린 종우 엄마도 청개구리 엄마처럼 떠나나?

선녀 아니, 엄마는 우리 종우랑 평생 행복하게 살 거다. 그러니까 우리 종우 인자 아프지 말고 빨리 나아야 한다.

어린 종우 응…. (엄마의 따뜻한 등에 기대어 잠이 든다)

불빛은 사라지고, 다시 밝아지면 장례식장. 매미소리만 시끄럽다.
영정 사진을 앞에 둔 한산한 풍경, 정은과 정숙은 앉아 있고 재호는 핸드폰을 들여다보고 있다. 따분한 시간이 계속 흐른다.

정숙 아이고 시끄러버라. 재호야 에어컨은 우찌됐다 카드노.

재호 (핸드폰에만 열중)

정숙 뭐하노. 엄마 말 안 들리나.

재호 (여전히 핸드폰)

정숙 쟈가….

정은 (심드렁하게) 고장 났단다.

정숙 고장? 그라믄 언제까지 고치준다 카드노. (대답이 없자) 이 자석니, 엄마가 이야기하는데 그 핸드폰 안 치우나.

재호 에이씨… 심심한테 뭐 우짜라고. 사람도 없구만.

정숙 야가 뭔 소리 하노. 니는 외할매가 돌아가셨는데 심심하다는 말이 나오나?

정은 언니야 그만해라. 쟈 말대로 사람도 없는데 뭐. 그라고 에이에스 기사가 동이 났단다. 텔레비전 몬 봤나. 올해 중에 젤 덥단다.

정숙 날씨도, 에어컨도, 가지가지 지랄한다. (계속 핸드폰을 보고 있는 재호에게) 이자석. 니 진짜 그 핸드폰 때리 뿌사뿐다.

재호 에이씨… (나가며 혼잣말로) 아주 효녀 나셨네… 평소에 잘하지….

정숙 뭐라카노 저노무 자석이. 어디 가노!

재호 오줌 누러! 쌀 건 싸야 될 것 아이가.

정은 그만해라 좀.

정숙 그만하긴 뭘 그만 하노. 이 집에 남자가 누가 있노. 맏상주 노릇을 해야 할 놈이 저래 정신을 못 차리고 있으니. 아이고 저기 누구를 닮아가 저래 말을 안 듣는가 모르겠다. (어이없어 바라보는 정은과 눈 마주치고 뻘쭘 하니) 뭐? 뭐? 내가 틀린 말 했어? 안 그래도 찾아오는 사람도 없어가 엄마한테 미안해 죽겠구만.

사이.

정숙 그래, 너그 신랑은 언제 오는데

정은 말 안했나. 밤 되면 다 알아서 올 끼다. 솔직히 요즘 처부모 초상을 누가 챙기노.

정숙 다른 사람들은 잘만 챙기더라. (곡조로) 의사 사위 보면 대단한 덕 볼 줄 알았더만 이래 가시는 길에 아무 소용없다. 엄마는 이래 될 줄도 모르고 그래 바리바리 싸서 시집보내고

정은 지금 여기서 그 얘기가…. (머리가 아파온다. 바람이라도 쐬려는 듯

일어선다)

정숙 (영정사진을 보며) 박복도 하지 우리 이선녀 씨, 살아생전 그 고생에 죽어서도 이 모양이오. 하늘나라에서 같이 내려 온 날개 단 선녀님들은 다 어데 갔소.

종우 들어온다.

종우 정은아.

정은 오빠

종우 (정숙에게) 누나. 내 왔다.

정숙이 노려본다.

알 수 없는 긴장감이 장례식장을 감싸며

정숙 (날이 선 목소리로) 나가라.

종우 어디로.

정숙 나가라고!

종우 어디로.

정은 언니야 참아라. 아직 엄마도 안 봤다.

정숙 (종우를 때리려 하지만 차마 못하고 나간다)

종우 (정은에게) 따라 가봐라.

정은 엄마나 봐라. 재호야. 재호야!

재호 들어오고 종우는 영정사진의 어머니에게 절한다. 재호가 곡을 하고 절을 마친 종우에게 절하려 하자.

종우 니가 재호가?

재호 네? 네.

종우 많이 컸네. 외삼촌 알겠나?

재호 모르겠는데예.

종우 짜슥… 외삼촌 아이가, 외삼촌. (정은에게) 편안하게 가싰나?

정은 뇌사판정 받으시고 일 년 동안 누워만 있다 그리 가셨다.

병훈 (소리) 뭐라고? 처남이 왔다고? 처남? 처남!! 종우야!!!

술이 잔뜩 취한 병훈이 들어온다.

종우 자형!!

두 사람 손님상 공간 가운데 지점에서 만나 포옹한다.
마침 정숙이 들어오고 정숙의 한 쪽 팔엔 종우를 위한 상복이 들려져 있다.

병훈 아, 이게 무슨 운명의 장난이란 말이고.

병훈이 한참을 종우의 얼굴도 보고 만지더니.

병훈 어디서 살다가 인자 나타났냔 말이다.

종우 네. 속초….

병훈 자네 아는가? 장모님이 어떻게 돌아가싰는지. 저 사람들이 저 나쁜 사람들이 어머니 호, 호…. (호흡기가 생각 안나 손으로만 시늉을 한다)

종우 호흡기예?

병훈 그래 호흡기. 호흡기를 자신의 저주 받을 손으로 뗐단 말이다. 도대체 어디서 살다가 인자 나타났냔 말이다.

종우 네, 속초….

병훈 이게 다 자네가 없어서 그런 거다, 이 불효막심한 사람. 어디 갔다 인자 등장하냔 말이다.

종우 속초….

정은 (또 종우의 말을 끊어먹으며) 형부, 그만 하이소. 사람들 보는데 왜 이러십니꺼.

정숙 형부? 형부는 무슨… 니가 무슨 자격으로 이 난리고?

병훈 내가 왜 자격이 없어. 장모님하고 나하고 얼마나 좋았는데….

갑자기 장모님 생각에 눈물이 난다. 말은 정리가 안 된다.

병훈 그 춥고 외롭던 극장에 밥이며 반찬이며… 배 곯으면 남들 앞에 못 선다고… 언젠간 좋은 일 있을 거라며… 그런 장모님 가는 길을 너그가 뭔데….

정은 엄마가! 엄마가 원하신 겁니더. 엄마 유언이라예. 뇌사 판정 받고 일 년이면 엄마도….

정숙 (정은을 말리며) 나가라. 이렇게 시끄럽게 할 것 같으면 나가라!!

병훈 그래. 내가 사라져야지. 내가 바람처럼 사라져야지.

울면서 나가다가 다시 어머니의 영정 사진 앞으로 간다.

병훈 아이고 장모님… 그렇게 자식들만 위해서 사시던 분이 이게 무슨 꼴입니까….

재호 아빠 그만 좀 해라!

환희 웃는 영정 사진을 보며 계속 운다.

병훈 진정 뭘 알고 이렇게 해맑게 웃고 계신단 말입니까. 재호야 니는 내 호흡기 떼면 안 된다!

그런 병훈의 모습에 정숙은 어이가 없다.

정숙 참말로 미치고 환장하겠네. 누가 보면 진짜 사윈 줄 알겠다야.

재호와 정숙이 상복을 내려두고 기고 있는 병훈의 허리춤을 잡아들고 끌고 나간다.

정숙 좋은 말 할 때 그냥 나가라. 니가 이럴 곳이 아니다.

병훈은 끌려 나가며.

병훈 처남. 처남. 도대체 왜 그 오랜 시간 사라졌단 말인가. 그동안 어디서 뭘 하고 산 건가….

술에 취해 정숙에게 끌려가는 병훈의 뒷모습을 보며.

종우 속초예. 속초에 있다 왔다고예! 속초! 속초! 속초! (다시 분향실 안의 정은에게) 안락산가 존엄산가 그거 말이가?

정은 오빠는 상관할 일도 아니고 자격도 없다. 빠지라.

종우 진짜 엄마가 그리 하길 원했나?

매미 소리만 울려 퍼지고.

정은 됐다. (정숙이 가지고 온 상복을 가리키며) 옷이나 갈아입어라.

정은은 나가고 영정을 바라보는 종우.

종우 (옷 갈아입으면서) 선녀 씨, 이래 곱게 웃고 있는 영정사진은 언제 준비했노? 고생 많았지요. 선녀 씨는 이 세상에서 행복하게 살다 가시는 기가? 무식한 나무꾼에 철없는 자석들 만나서 고생만 하다 가신 거 아이가. 근데 엄마… 내 엄마 기억이 하나도 안 난다….

매미 소리 쟁쟁하다. 재호가 들어와서 병훈이 흔들어 놓고 간 자리를 정리한다.

종우 아따 시끄럽네. 선녀 씨 빈소에 객 없는 줄을 자들이 알아 대신 울어 주는 갑소.

어머니가 긴 시간 동안 영정 속에서의 피로를 스트레칭으로 풀며 나온다.

어머니 자들은 노래하는 기다.

종우 무슨 노래?

어머니 시커먼 땅속에 살다 파아란 하늘에 닿았으니 안 좋겠나. (지그시 하늘을 바라본다)

종우 하긴 땅속에서 칠 년이나 있다가… (돌아서 어머니를 보고) 악!

종우, 놀라 소리 지르며 우스꽝스럽게 엎어진다. 재호, 그 소리에 같이 놀란다.
어머니는 손님상으로 가 앉는다.

재호 아이 씨발 깜짝이야!!

종우 뭐라카노 이 자석이!

재호 갑자기 소리를 지르니까 그러잖아요!

종우 야이 자석아 니는 저 (어머니를 다시 보더니) 악!!

재호 진짜 왜 그래요. 무섭게!!

종우 (놀라서) 선녀 씨 죽은 거 맞나?

재호 네. 어제 저녁에 돌아가셨잖아요.

종우 (어머니를 바라본다) 그런데 엄마 여기 무슨 일입니까?

재호 여기 계신 게 아이고 영안실에 계십니다.

종우 설마 나 데리러 온 거 아이제?

재호 외삼촌을 찾기야 마이 찾았지만….

종우 야이 자석아. 니한테 물은 기 아이다.

재호 씨바, 그럼 누구한테 묻는데. 귀신한테 물었나?

종우 뭐라카노 이 자석이. 니 이리 와.

어머니 종우야….

종우 (어머니를 보더니 재호에게) 니 저기 앉아! 저기 앉으라고 이 자석아! (재호를 어머니와 사이에 앉힌다) 어린놈이 뺀질뺀질 해가지고.

어머니 종우야…, 니하고 한잔하고 갈라고 왔다.

종우 (어색함에) 영정 사진은 언제 준비해 뒀노?

재호 외할매가 십 년 전에 사진관에 가서 찍어 놓고 장롱에 넣어 뒀다 카던데예.

어머니 나는 믿었다. 니가 늦게라도 올 줄을.

종우 편안하게….

재호, 편하게 앉는다.

어머니 죽었냐고? 이노무 손. 십오 년 만에 돌아와서 엄마한테 한다는 소리가 기껏 잘 죽었냔 말이가?

종우 아니 그게 아니고….

재호, 다시 무릎 꿇고 앉는다.

어머니 히히. 아이다. 다 안다. 고마 웃자고 한 소리다. 편히 갔지. 누워만 있다가 갔으니까. 아니다. 지금 여기 있으니까 누워만 있다가

온 건가? 이기 간 기가 온 기가? 종우야 뭐꼬?

재호 (물을 건네며) 정신 좀 차리시지예.

종우 몰라… 고마 치아라.

재호 (물을 본인이 마신다)

어머니 (아들 얼굴을 한참 보더니) 잘 살았나?

종우 예. 그냥 마음은 편했다.

재호, 종우의 혼잣말에 주위를 둘러본다.

어머니 종우야, 내 그날….

종우 내가 잘못했소. 내가 철이 없어가….

어머니 왔으니 됐다, 됐어.

재호, 종우의 알 수 없는 말과 행동에 누구하고 말하나 둘러보다 무서운 생각에 밖으로 뛰어 나간다.

재호 엄마!!!

종우 야. 재호야. 재호야!!!

어머니와 둘만의 자리. 어색하기도 무섭기도 하다. 한참을 어색하게 있다가.

종우 아버지는… 만나 봤습니꺼.

어머니 그 인간 머시 좋다고? 50년 산 것도 지긋지긋한데 뭐 하러 만날끼고. 그라고 내가 안 찾아도 지 발로 찾아 올 끼다. 너그 아부지 의처증 있다 아이가.

종우 (웃음을 참지 못하고) 풉… 의처증….

어머니 내가 저 세상에서 다른 영감 얼굴 쳐다볼까 싶어가 찾아올 끼다.

칠십 먹은 할매한테 의처증이라 카모 세상이 다 웃을 낀데.

종우 (배를 잡고 웃으며) 의처증은 무슨… 하하하….

어머니 (같이 웃으며) 아니다. 그래도 엄마가 젊었을 땐 이뻤다 아이가.

종우 이뻤단다. 엄마가 이뻤단다. 하하하하…. (아예 배를 잡고 웃으며 쓰러진다)

어머니 (정색을 하고 한참을 바라본다)

종우 (어머니의 반응에 놀라 앉는다)

어머니 니는 엄마가 죽었는데 좋나?

종우 (안절부절 못한다) 아니 그게 아니고….

어머니 히히히히….

종우 (어머니의 웃음에 긴장을 풀고) 아이… 깜짝이야….

어머니 하하하. 종우야 니 엄마 살아 온 이야기 한 번 들어 볼래?

종우 마 됐소. 옛날 할매들 살아온 이야기 뻔하지. 뭐 특별할 것도 없고. 마 됐소.

어머니 (시무룩하며) 아이고… 내 한평생 너그 아부지 때매 말 한 번 제대로 못하고 살았는데… 죽어서도 말을 못하네….

종우 알았소. 알았소. 어디 한 번 해 보소.

어머니 옛날 옛날에….

종우 예.

무대 반대편에서 젊은 시절 선녀의 친구 미자가 들어온다.

종우 와, 엄마 젊을 때 진짜 이뻤네예.

선녀 (들어오며) 아이다. 내가 엄마다. 니도 알다시피 엄마는 팔 남매 중에 일곱째로 태어났다. 딸 여섯 밑에 아들 하나 볼라고 그리 기다렸는데 내가 떡하니 나온 기라.

외할배 또 가시나가, 으이. 지금이 몇 번째고, 으이. 인자 가시나는 필요 없다. 고마 문 밖에다 갔다 버리삐라.

선녀 그 추운 겨울에 고 갓난쟁이가 앵앵 울다가 딱 숨이 끊어졌으면 좋았을낀데 이게 명이 얼매나 질긴지, 이 봐라. 칠십오 년이나 연장됐다 아이가. (웃음) 그래가 너그 외할매가….

외할매 (선녀가 외할매의 흉내를 낸다) 아이고, 옥이 아버지. 가시나로 낳은 건 지 잘못이지. 저 핏덩이가 뭔 죄가 있습니꺼. 저래 밖에 놔두면 저거 진짜 죽습니더.

외할배 죽든가 살든가, 내가 무슨 상관이고.

외할매 아무리 그래도 당신 새끼 아닙니꺼. 그래 매정하게 말하지 말고 지가 잘못했으니까 그만 화 풀고 데리고 들어 오입시더. 참말로 다음에는 지가 보란 듯이 고추 하나 만들어 볼께예.

외할배 보란 듯이 좋아하네. 그놈의 보란 듯이 기 나온 가시나가 벌써 몇 번째고. 그라고 내가 뭐 밤낮주야로 새끼만 만들고 있을 끼가.

어머니 밤낮 주야로 새끼만 만들었다 카더라. 이듬해 너그 외삼촌이 났으니까. 어쨌든 너그 외할매가 사정사정 빌어서 태어난 지 반나절 만에 겨우 집안에 들어갔단다. 그래서 내 이름이 선녀다. 아들보다 먼저 나온 딸이라꼬.

종우 시작부터 험난했네예.

선녀 국민학교 입학은 했는데 농사일로 학교를 못 가니까 다른 아아들 글 배우는 걸 못 따라 가겠는기라. 그래도 기를 쓰고 글자를 배웠다. 너그 외삼촌한테 구박 당하믄서도 글자는 꼭 배워 놓을라 캤지. 너그 외삼촌은 동네에서 알아주는 똘똘이였거든.

외삼촌 (들어오며) 누야. 다 썼나 어디 보자. (누나가 써 놓은 글을 읽는다) 오늘은 모내기를 하다가 미자와 머리를 부딧혔습니다… 누야 봐라. 부딪치다 할 때 딪 받침에는 지읒이 들어가야 한다. (선녀가 다시 쓴다) 아니, 그건 시옷이고… (선녀가 다시 쓰니) 그건 치읓이고!! 봐! (양팔을 벌리고 머리를 옆으로 꺾으며) 여기서 이 대가리를 떼란 말이야. 이 대가리를… 그라면 이게 지읒이라고. 자식 할 때 지읒. 자두, 자랑. 진짜. 진지. 지랄. 따라 해봐!

선녀 (외삼촌 따라 한다)

외삼촌 지랄한다. 누구를 닮아가 저래 머리가 나쁘노. 마 공부 때리 치아라. (하고 나간다)

미자 선녀야. 니 동생한테 그래 구박까지 받아가며 뭐 한다꼬 글로 배울라 캐샀노. 고마 농사나 짓지.

선녀가 투덜대며 나간다. 미자도 따라 나간다.

어머니 내는 장사가 그리 하고 싶데. 사람들 많고 시끌시끌한 데가 그리 좋은 기라. 신식 여자들처럼 도시에 나가서 장사하면서 살고 싶었다. 그래서 어릴 때부터 틈만 나면 읍내에 나가서 장사하는 여자들 보면서 저렇게 살아야지, 이 읍내 벗어나서 큰 도시에 가서 장사하면서 멋들어지게 사는 그때, 하늘로 승천하는 바로 그 선녀가 되는 기다.

선녀와 미자 옥수수 서리해서 시장에 나가서 판다. 시장가는 길에 숫자 놀이(덧셈 뺄셈) 한다. 손님이 온다.

미자 (나가는 손님을 바라보며) 참말로 잘 생겼다… 선녀야. 니는 어떤 나무꾼을 만나고 싶노?

선녀 내가 뭐 할라꼬 무능한 나무꾼을 만날 끼고. 평생 나무꾼 따라 산으로 들로 다니면서 나무나 하고 농사나 지으라꼬? 난 싫다. 나는 멋진 왕자님을 만날 끼다.

외할배 (소리) 야 이노무 가시나야!!

선녀의 아버지에게 들켜 쫓겨 다닌다. 쫓겨 다니다 젊은 남자와 부딪치고 눈이 마주친다.

종우 그러다 아부지 만난 깁니꺼.

어머니 아니다. (젊은 남자와 선녀 서로 미안하다고 말하고 헤어진다) 가난해도 농사일 잘하고 심성 착한 사람이 있다고 노루같이 생긴 스님이 중신을 했는데….

아버지 다리 절며 술이 잔뜩 취해서 들어온다.

아버지 들어가, 들어가. 오늘만 날이가. 낼 내일 또 한잔 하면 되지. (눕는다)

선녀 내 평생 그 노루같이 생긴 스님 욕하고 살았다. 육실헐 영감탱이. 군에서 수류탄 사고가 나서 의가사 제대하고 나서부터 저리 고주망태가 됐다 카더라. 첫날밤에 술이 잔뜩 취해 들어온 너그 아부지 뒤통수만 보다가 (아버지 갑자기 일어났다가 다시 눕는다. 선녀가 아버지의 뒤통수를 때리고 나가서 꿀물을 가지고 들어오며) 그 다음 날 아침에 꿀물 타 주면서 얼굴 처음 봤다 아니가.

아버지가 물을 마시고 잔을 주면 선녀가 들고 나간다. 나가는 선녀의 모습을 힐끗 보는 아버지.

어머니 너그 아버지가 죽기 전에 이런 말을 하대.

아버지 내 처음 닐로 봤는데 너무 이쁜 기라. 이기 꿈인가 생신가 했지. 결혼식 하고 니한테 갈라 카이 용기도 안 나고. 술만 냅다 마셨다 아이가. 저 멀쩡한 처자가 뭐가 아십어서 나한테, 병신인 나한테 시집을 올까. 술을 깨고 나니까 꿀물을 타다줘… 심성까지 고운 갑다. 근데 그 고마움이 이상하게 좋게 표현이 안 되고 오히려 화를 내게 되는 기라. 고마움을, 도망갈까 불안함을, 불구인 자격지심이 자꾸자꾸 화로 표현하게 되는 기라. 그렇게 화를 내도 도망도 안가고 또 옆에 붙어 있으니 지가 뭐 진짜 선녀가, 부처가. 그기 더 화가 나고….

어머니 개뿔, 죽기 전에 그런 말 누가 못하노.

아버지 … 그러니까.

어머니 너그 아부지 성질은 동네에서도 유명했다. 배부른 나까지 때린다 카모 말 다했다 아이가.

아버지 가자!!!

어느 봄날. 남편과 임신한 선녀 꽃놀이를 나왔다.

아버지 (꽃구경을 하며) 봐라. 봐라. 좋제? 여가 언제부터 이래 벚꽃이 유명했는지는 잘 모르겠는데, 왜놈들이 심어 놨다는 이야기도 있고….

구경을 하다가 선녀, 어느 남자와 어깨가 부딪친다. 두 사람 서로 가볍게 미안하다는 인사를 하고 지나간다. 아버지, 그 모습 보고.

아버지 니 금방 뭐하는 짓이고?

선녀 예?

아버지 그놈하고 뭔 얘기 나눴냔 말이다.

선녀 무슨….

아버지 금방 저 자석하고 희희덕거리면서 무슨 말 했다아이가!

선녀 아입니더. 부딪쳐서 미안하다고 인사했다 아입니꺼?

아버지 뭐? 인사를 했다꼬? 무슨 사인데 인사를 해!

선녀 무슨 사이라니예. 처음 본 사람인데.

아버지 처음 본 사람한테 인사를 한다꼬? (지팡이로 가슴을 쿡쿡 찌르며)

이기 진짜 화냥년이네. 넘사스럽구로 온 동네 젖티 흔들고 다닐 때 내 알아봤다.

선녀 보이소. 무슨 소리를 그리 하십니꺼? 사람들 듣습니더. 조용히 말하이소.

아버지 와 이년아. 그 못된 짓 하고 돌아다니는 기 부끄럽기는 하나. 니 이 많은 놈들 중에 몇 놈하고나 붙어 먹었노!

선녀 그만 좀 하이소! 몸이 불구라도 마음은 멀쩡해야 할 거 아입니꺼. 하루 이틀도 아이고 정말 와 이랍니꺼.

아버지 (정적) … 아하… 내가 빙신이라서 니가 그러는구나. 그래서 니가 이리 큰소리치고 사는구나… 이년아 내가 빙신인지 모르고 시집 왔나? 진작에 도망가지 와 요서 이라고 앉았노? 오늘 고마 다 죽자. 어? 고마 다 죽는기다.

아버지 지팡이를 들고 선녀를 때리려 하고 선녀는 몸을 움츠리며 일시 정지.

어머니 그렇게 온 동네에 소문이 다 날 정도로 많이 맞았다.

아버지 나간다. 한쪽에서 의사가 나오고.

어머니 나중에 이 왼쪽 귀가 이상해서 병원에 갔더니 고막이 나갔다나 뭐라나… 진료하던 의사선생이 어쩌다가 이렇게 됐냐고 묻길래.

선녀 고마 일하다 다쳐서 그렇습니더.

의사 아주머니. 이게 어떻게 일하다 다친 겁니까. 의사를 뭐로 보고 그러세요? 보니까 아저씨한테 맞은 거 같은데 그 사람하고 같이 살면 안 됩니다. 안 그러면 남은 귀마저 어떻게 될는지 몰라요. 당장 경찰에 신고하고 헤어지세요. (나가며) 신고하세요.

어머니 그 시절에 경찰이 뭐 집안일이라고 해서 그런 일에 신경이나 썼나. 너그, 집에서 테레비 소리 크게 해서 본다꼬 나한테 면박했제. 안 들리는거로 우짜노. 그래가 평생을 너그 말귀도 못 알아들은 기라. 어쨌든 하도 속도 상하고 의사 선생님 말에 용기를 내가 부른 배로 집을 나왔다 아이가. 갈 데가 어디 있노. 너그 외할매한테 찾아 갔다. (어머니, 외할매 방으로 가서 외할매가 된다) 너그 외할매는 이 방구석에 떡하니 버티고 앉아가 있는데.

임신한 선녀가 어머니의 앞에 앉는다.

선녀 엄마, 내 다시는 그 집에 안 간다.

어머니 이 철없는 것아. 다들 그렇게 가슴이 썩어 문드러질 때까지 참으믄서 산다. 니가 뭐 잘난 기 있다고 이래 별시럽게 구노… 이라는 기라.

선녀 별시럽기는 뭐가 별시럽노? 엄마도 눈이 있으면 내 꼬라지를 함 봐라. 내가 이런 꼬라지로 계속 그놈의 인간하고 살아야겠나. 그런 놈이 사는 그 집에 우찌 들어 갈 끼고?

어머니 안 가면 우짤 낀데? 뭐 먹고 살며 니 뱃속에 있는 아아는 우째 키울라카노? 산달이 다 돼서 오늘내일하는데 니가 이러면 우짜노? 니 아부지 오기 전에 빨리 가라. 응? 니 아부지 성질 니도 알제? (보따리를 주며) 가라, 가.

선녀 알았다! 엄마 새끼가 죽든 말든 앞으로 신경 쓰지 마라. 내 다시는 여기 안 온다. 내가 엄마 집 아니면 갈 데가 없는지 아나? (선녀 나간다)

어머니 갈 데가 없더라. 갈 데라곤 너그 아부지가 있는 집밖에 없는데 그 집에 들어가기가 죽기보다 싫더라. 뱃속에 아아는 춥다고 이리 뒹굴 저리 뒹굴. 도저히 무서워서 못 가겠더마는, 내 부른 배에 이슬이 내려 앉아 축축해지는 거 보니까 안 되겠더라. 그런데 이기 무신 일이고?

아버지가 방에서 나오며, 꿈만 같은 분위기.

아버지 누고?

선녀 접니더.

아버지 아이고, 선녀야. 내 잘못했다. 니가 어디 갔다 인자 오노.

선녀 그냥 바람 좀 쐬러예.

아버지 그래, 내가 좀 심했제. 사실 내가 몸이 이래가 조금 마음의 병이 있는 것 같다. 아무것도 아닌 일로 가지고 그래 세상을 삐뚤게 삐뚤게만 바라봐지는 기라. 선녀야. 내가 미안하다 참말로 두 번 다시는 그런 일 없도록 하꾸마.

선녀 참말입니꺼. 참말로 저한테 화 안 났어예?

아버지 화를 내다니 무슨 말도 안 되는 소리를 하노. 내가 니한테 화 낼 자격이라도 있나? 내 새끼를 배고 있는 사람한테 그 짓을 한 내가 죽일 놈이지. 그래도 돌아와 줘서 고맙다. 고맙다. 내 앞으로 니가 원하는 일이라면 무슨 일이든지 다 할게.

선녀 참말로예. 이기 꿈이가 생시가. 참말로 제가 원하는 거 다 들어 줄랍니꺼.

아버지 그라모. 참말이지. 뭐? 뭐 좀 해주꼬?

선녀 지는예, 당신한테 사랑한단 말 한번 듣고 싶습니더.

아버지 아이고 그기 뭐시라꼬. 내 해 주꾸마. 그거 뭐라고, 사….

아버지 방으로 들어간다.

어머니 그 추운 날 그 짧은 시간에 무신 그런 꿈을 꾸겠노.

종우 꿈이라꼬?

방에서 아버지가 나오며.

아버지 누고?

선녀 잘못했다고 빌면 되는데 차마 그 말은 안 나오데?

아버지 뭐할라꼬 다시 기 들어 왔노? 나가라. 니 마음대로 나갔으면 죽든가 살든가 해야지 어디 집구석이라고 기어들어 오노? 니 한 번만 더 내 눈에 띄면 손목댕이 발목댕이 다 잘라서 죽여 버린다. 알았나!! (아버지 때리려 하다가 방으로 들어가 버린다)

어머니 그러면 그렇지 이 인간이 좋은 말로 날 위로해 줄 인간은 아니다. 그래 여기서 끝내는 기다. 두 번 다시 뒤도 돌아보지 말고 떠나자. 절대로 후회 안 할 끼다.

선녀 뒤돌아서 나가려는데 뭔가 몸짓이 이상하다. 진통이 시작되었다.

선녀 그때 비만 안 왔어도 너그 큰 누우 인생도 달라졌을 기다. (비 온다. 선녀 배를 잡고 소리 지른다) 보이소. 지금 애가 나온다니까….

마당에서 문까지 기어가서 문고리를 잡고 늘어지는데도 문은 안 열리고 결국 기어서 변소로 간다. 아버지 허겁지겁 달려 나온다. 아버지 밖으로 나가 동네 산파를 데리고 온다. 아기 울음소리. 산파가 아기를 데리고 나와서 아버지에게 넘긴다.

아버지 (아기를 안고) 변소에서 아를 낳는 년이 어디 있노!

아버지, 아기만 안고 들어간다. 선녀 변소에서 기어 나와 탈진한다.

선녀 내 더러워서 소리도 한 번 안 지르고 정숙이를 낳았다. 나도 독한 년이제. 저런데도 내가 니 아부지 얼굴 보고 싶긋나.

종우 ….
어머니 그래도 다 지난일 아이가. 그 사람도 불쌍한 사람이고. 내, 평생을 그 인간 욕하고 살았다.
종우 아부지예?
어머니 아니, 그 스님….
종우 아….
어머니 정숙이 그년, 너그 누나가 그렇게 나왔다. 그래가 별명이 똥수이 아이가.

정숙. 정은, 재호가 들어온다.

정숙 제사 준비해라. 지금 하는 것은 상복으로 다 갈아입고 올리는 성복제라 카는 기다.

자식들 다시 들어오고 성복제가 진행된다. 유독 정숙이가 많이 운다. 무대 한편에는 식당 테이블 들어온다. 어머니가 일어나 식당으로 발걸음을 옮기며.

어머니 불쌍한 년. 내가 자석들 중에 저년이 제일 마음에 걸린다. 내가 고생만 시키고 너그 뒷바라지만 하게하고. 그래서 저년이 성질이 더 괴팍해졌는가 싶다. 예전에 보험회사 잘 댕길 때는 정숙이 고생 끝났다고 내가 얼매나 좋아했는지 모른다.

식당에 어머니가 앉아 기다리고 정숙이가 들어온다.

정숙 엄마, 내 많이 늦었제?

어머니 아이다. 나도 인자 왔다.

정숙 엄마, 이것 봐라. 이게 다 오늘 계약한 거다. 인숙이 엄마랑 할매 것도 오늘 계약했고 삼촌이랑 숙모는 내가 알아서 넣는다고 통장이랑 도장 받아왔다. 오늘 것만 해도 열다섯 건이다.

어머니 우리 정숙이 장하데이. 회사 들어가서 일도 잘하고 니 얼굴 핀 거 보니까 엄마가 눈물이 다 난다. (소매로 눈물을 닦는다)

정숙 엄마, 웬 청승이고? 오늘은 소고기 마음껏 먹자. 나 이번 달 보험왕 됐다 아이가. 보험왕이라고 보너스도 나왔다.

어머니 야, 그냥 돼지 먹자. 무슨 돈이 있다고. (종업원에게) 그냥 삼겹살 3인분 주이소.

정숙 아니예. 소고기 등심으로 5인분 주이소.

어머니 5인분은 무슨, 그냥 2인분만 주이소.

정숙 내가 많이 먹을 끼다. 5인분예.

어머니 가스나. 진짜 돈 많이 벌었나?

정숙 그라모. 거짓말이가? 엄마 용돈 써라. 그동안 큰딸 노릇도 못해서 마음에 걸렸는데.

어머니 정숙아, 참말로 좋다. 우리 딸이 그렇게 길바닥에 판 펴놓고 고생고생 할 때, 내가 니 못 가르치고 해 준 기 없어서 그런가 싶더만… (목이 멘다) 인자 다 잊아뿟다. 고생 끝났다.

정숙 엄마, 청승맞그로 울기는 와 우노. 엄마 보험도 두 개 들었다. 엄마도 몸이 옛날 같지 않다 아이가. 인자 아프면 참지 말고 병원 가라. 내가 보험료 꼬박꼬박 넣을 테니 걱정 말고.

어머니 뭘 두 개 씩이나 드노, 하나만 하지… 참말로 고맙다. 니가 이리 잘 돼서 내 참말 좋다.

정숙 (서로 두 손 꼭 잡고) 엄마도 인자 고생 끝났다. 내 호강시켜 드릴게.

어머니 내가 이 날이 올라꼬 그리 고생하고 살았는갑다.

어린정숙(인형)과 선녀. 선녀 앞서가고 어린정숙 멀리서 따라 오며 징징거린다.

선녀 정숙아, 빨리 온나.

정숙 엄마, 힘들어, 나 다리 아파서 못 가겠다.

선녀 요 가시나가! 빨리 오라니까!

정숙 안 가. 나 버스 타고 갈 거야.

선녀 버스는 무슨 버스고? 요 산길만 지나가면 집이 코앞인데. 어여 온나!

정숙 동네 사람들 다 버스 타고 갔는데 엄마만 안 타. 엄마 미워!

선녀 정숙이는 엄마가 밉나? 엄마는 정숙이 얼마나 사랑하는데?

정숙 엄마, 나 이 산길 무서워… 깜깜이가 나올 것 같아.

선녀 무섭긴 뭐가 무섭노. 엄마하고 이렇게 같이 가는데.

정숙 저기 나무 뒤에서 바람이가 불어서 내가 하늘나라로 날아갈 것 같단 말이야.

선녀 바람이는 우리 정숙이 무섭게 하는 게 아니야. 우리 정숙이가 걸어가는데 심심하지 말라고 친구하자고 그러는 거야.

정숙 그럼 바람이는 우리 친구야?

선녀 그래. 바람이도 친구고. 저기 우릴 지켜주는 나무님도 친구고 숨어서 바라보고 있는 풀벌레들도 우리 친구지.

정숙 엄마, 바람이 친구 때문에 춥고 다리도 아파. 업어줘.

선녀 (머리에 이고 있는 짐을 내리며) 정숙아 동생 업고 있는 거 안 보이나? 다 큰 기 와 이라노? 빨리 온나. 종석이가 누나 다시 애기 됐다고 놀린다.

정숙 (운다)

선녀 (사이) 안되겠네… 망태할배 보고 우리 정숙이 잡아 가라꼬 시켜야겠네. '망태할배~ 여기 정숙이가 말도 안 듣고 억지 부려요~' (엄마가 할배 목소리) '뭐라고? 정숙이가 엄마 말을 안 듣는다고?

그럼 잡아먹어야지… 정숙이 잡아라~'

정숙 (잡기 놀이가 좋아서 신난다) 정숙이 도망간다.

선녀가 정숙이를 잡으러 가고 정숙이는 재미있는 놀이를 하듯 웃으면서 도망간다.

어머니 (정숙이를 잡고) 정숙이 잡았다.

정숙 엄마, 옛날이야기 해줘.

선녀 옛날이야기? 옛날 옛날에 우리 정숙이처럼 엄마 말 안듣는 청개구리가 살았어요….

정숙 싫어, 싫어. 정숙이 청개구리는 싫어. 그냥 노래 부르자. 뜸북뜸북 뜸북새. (선녀, 같이 부르며 나간다)

어머니 그래도 이때는 좋았지. 돈 버는 재미도 있었고… 내가 일 원 한 푼, 십 원 한 푼 허투루 안 썼다. 그 추운 겨울에 먼 시장 길을 다니면서도, 니 누나 버스 한 번 타보고 싶어 하는 거 알면서도 아끼고 또 아꼈다. 그래도 내가 그리 악착 같이 살아서 니 열한 살 땐가… 그 가게를 안 열었나?

선녀 (반갑게 손님을 맞으며) 어서 오이소!

어머니 전세면 어떻노? 처녀 때 꿈꾸던 신식 여자들처럼 폼나는 가게는 아니더라도 평생을 꿈꾸던 내 가게 아이가. 네댓 평밖에 안 돼도 찌짐도 팔고, 막걸리도 팔고 진짜 꿈만 같더라. 내 생전 내 이름으로 된 뭔가가 생겼다는 기… 선녀가 하늘에 올라갈 때 기분이 이런 게 아닌가 싶더라. (사이) 그런데 그것도 그리 오래 못했다.

아버지 비틀거리며 들어온다. 어머니는 외할머니가 된다.

아버지 어디 갔소. 어디 갔소!!

어머니 김서방, 미안하네, 미안하네. 야가 장사가 많이 늦어지는 갑소.

아버지 이기 장사를 하는지 다른 놈하고 붙어먹는지 알게 뭐요.

어머니 말을 어찌 그리 하는가.

아버지 와요? 장모님도 사위가 애당초에 눈에 차지 않았으면 시집을 안 보냈으면 될 것 아니요? 장모가 사위 알기를 우습게 아니까 밖으로만 돌고 이러는 거 아이요?

어머니 (겁에 질려 두 손을 모아 빌며) 미안하네, 미안하네. 내 이리 비네.

선녀 들어온다. 선녀같이 좋은 옷을 입고 있다.

선녀 엄마, 와 이라노? (어질러진 방 안을 보고) 엄마가 뭐가 미안한데? 엄마가 뭘 잘못했노?

아버지 어디 갔다 이제 왔어? 옷 꼬라지 봐라. 딱 도망 갈라꼬 작정한 옷 아이가. 니도 아아들 다 데리고 어디로 도망갈 끼가. 엉? 이렇게 두 눈 시퍼렇게 뜨고 살아있는데, 내가 모를 줄 알아?

선녀 그만 하소. 지는 잘못 없습니다.

아버지 뭐? 잘못이 없어? 니 잘못은 잘못한 걸 모르는 기, 그기 니 잘못이야. (선녀를 때리려고 한다)

어머니 아이고, 자네 왜 이러나. (앞을 가로막으며) 차라리 나를 죽여, 날 죽이게. 내야 오늘내일하는데 가모 그만이지마는 석이 에미한테 이게 무슨 짓인가, 응? 내 미안하네. 미안해.

아버지 비키소 마.

선녀 엄마가 뭐가 미안하다고 자꾸 미안하다 카노. 엄마 그만해라. 내 팔자가 드러워서 맨날 이러고 사는 기다. 인자 그만할 때도 되지 않았소? 아아들한테 부끄럽지도 않소?

아버지 주둥이 안 닥치나.

선녀 지긋지긋하요. 이러고 사는 것도 지긋지긋하다고!

아버지 이년이 터진 입이라고! 내 그 주둥이 닥치게 해 주께. (선녀의 목을 조른다)

선녀 예. 예. 죽이소. 이년 팔자가 드러워서 오늘 이 지경까지 온 거, 이래 죽든 저래 죽든 상관없습니더.

아버지 오늘 내가 니 찾아서 얼매나 돌아다녔는지 아나? 어디 숨어 있다가 이제 온 기고? 두 번 다시는 그 얼굴 못 들고 다니게 만들어 준다. 이리와!

선녀 악!!

가위를 꺼내 선녀의 머리를 자르는 동작으로 정지. 잠시 후 선녀만 몸을 풀고.

선녀 니도 생각을 해 봐라. 내가 나이가 몇인데 이런 모욕을 당해야 겠노. 그것도 저 늙은 우리 엄마 앞에서 말이다. 너그 외할매 심정이 어땠겠노. 머리카락 하나하나가 면도날처럼 내 얼굴을, 내 마음을 베어버리고 떨어지는데 참말로 그날은 죽고 싶더라.

아버지 에이! 내 니년 죽이기 전에 니하고 붙어먹은 그놈부터 죽이고 온다. 딱 이대로 기다리라. 갔다 와서 보자! (아버지, 가위를 휘두르며 나간다)

선녀 내 우리 엄마 죽고 나서도 제일로 죄송스럽고 속상한 기 이날이다.

선녀도 나간다.

종우 그 옷 입고 훨훨 떠나시지. 와 도망 안 갔노.

어머니 왜 안 갔겠노. 갔다. 수도 없이 갔다… 종우야, 내 따라 와 볼래.

어머니 길을 나선다. 종우 말없이 따라간다.

종우 어디 가는데?

어머니 인자 다 왔다.

종우 여기가 어디고?

어머니 니 기억 안 나나? 저 밑에 우리 옛날 집 보인다 아이가.

종우 아, 기억난다. 요 고개만 넘으면 바닷가 아이가.

선녀가 바닷가에 있는 바위에 앉는다.

어머니 맞다. 어째 죽어도 목 졸려서 죽는 것보다는 낫겠다 싶데.

종우 (선녀를 보며) 죽을라고 했나?

어머니 바다에 빠져서 온 몸이 퉁퉁 불어도, 물고기 밥이 돼서 뜯겨도 너그 외할매 앞에서 죽는 것보다는 낫겠다 싶어서 바다가 시커매지도록 저러고 있었다. 사람들한테 발견되모 혹시 다시 살릴까 싶어서.

선녀 천천히 바다에 들어간다. 다시 나온다.

종우 왜 다시 나오노.

어머니 겨울이었다. 너그 낳고 몸조리를 못해 가 뼈가 너무 쑤셔서. 저 날도 못 죽고 그 다음날도 못 죽고. 너그 얼굴이 밟히데. 너그 아부지한테 맞고 나모 여기로 도망 와서 울었다.

종우 저기 배 타는 데도 보이네.

선녀 이 언덕만 나려가면 저기서 배 타고 도망가 뻴끼라고 골백번도 더 생각했다. 진짜 내 어릴 때 꿈처럼 떡하니 여사장이 돼가꼬 나타나모 아아들도 다 찾을 수 있다. 그때 배불리 먹이모 된다.

종우 근데 왜 안 갔노?

어머니 그리 생각하고 울다가도 너그 사 남매 생각하모 못 가겠는기라. 선녀와 나무꾼 이야기 알제? 그으는 아 둘을 낳아서 양손에 붙들고 하늘로 도망 가제? 요오는 너그 사 남매가 있었던 기라. 아 넷을 낳으면.

어머니 · 선녀 도망 못 간다.

종우 엄마가 하늘로 못간 선녀가?

선녀 여기 울고 앉아 있다가도 우리 아아들 저녁 밥 먹을 시간이다 싶어서 또 눈물 닦고 내려가곤 했다. 너그 다 크모 저 배 타고 꼭 이 바다를 건널끼다. 지긋지긋한 섬을 떠날 끼다….

어머니 여기 앉아서 그 생각만 했지. 내 인생이 이리 추운데 바다는 왜 안 어는고. 바다가 얼모 걸어서 저 바다를 건널 낀데….

유치장 안에 아버지.

아버지 빨리 꺼내도라. 가서 빨리 합의보고 온나 카이.

선녀 죄도 없는 사람을 때려서 난리가 났는데 합의는 무슨 합의라예. 합의 안 해준다 카데예. 이게 무슨 꼴입니꺼.

아버지 내 배고프다.

선녀 참말로 밉다, 밉다 카이 일부러 더 그라나. 지금 배고프다는 소리가 나옵니꺼.

아버지 이기 또 맞아야 정신을 차릴라꼬 눈을 그래가 있나. 이번엔 내가 못 잡아서 이래 됐지만 다음에 니 제대로 걸리면 진짜 죽는 줄 알아라….

경찰 (소리) 조용히 하세요. 뭘 잘했다고 큰 소립니까.

아버지 내가 뭘 잘못했다고 이래라저래라 카노, 죄 없는 사람, 이래 가둬 놓고 말이다!! 젊은 놈우 자석이 콱마.

경찰 뭐라고요!

아버지 경찰 선생님. 내 잘못했으니까 일단 좀 꺼내주소. 아니모 밥이라도 먹고 다시 들어오면 안될까예?

경찰 뭐라카노!!

경찰이 나가고, 아버지와 선녀가 따라 나간다.

종우와 어머니 다시 장례식장으로 가며.

어머니 평생 사랑한단 말 한 번 안하면서 무슨 의심이 그리 많노. 결국 가게 보증금 빼서 합의 봤다.

종우 엄마 평생이 담긴 가겐데 그리 쉽게 접었습니꺼.

어머니 안 접으면 우짤끼고. 이 좁은 동네에 소문 다 났는데 무슨 장사를 하겠노. 합의 보고 나니까 돈이 쫴금 남데. 그 돈은 안 쓰고 통장에 넣어뒀던 기라. 너그 학교 가면 등록금이라도 할라꼬. 그라니까 내 꿈은 접었지마는 그걸 너그 꿈하고 맞바꾼기라.

정숙과 재호가 수박을 가지고 들어온다.

정숙 날도 덥고 사람도 없고, 우리 수박이나 먹자. 다 먹고 살자꼬 하는 짓인데. (밖의 정은을 부르며) 정은아, 빨리 와봐라. 재호는 외삼촌한테 인사했나.

재호 (종우를 슬쩍 봤다가 핸드폰을 보며) 응. 했다.

정숙 핸드폰!!!! 니는 핸드폰 치우고 에프킬라나 좀 뿌리라.

재호는 정숙이 먹여주는 수박 한 조각 입에 물고 에프킬라 들고 나간다. 정은이 들어온다.

정숙 사람도 없으니 너그는 나하고 의논 좀 하자.

정은 여기서 수박을 먹자고?

정숙 그럼, 아무도 없는데 저가서 자르고 앉아 있을래? 고마 여기서 묵자. 엄마도 한입 드리고. 설마 엄마가 우리 먹는다고 서운하다꼬 하시겠나.

어머니 서운하다 이 가시나야. 너그 엄마가 죽었는데 목구멍에 수박이

들어가나.

정숙　　날이 너무 더운 거로 우짜노. 여기 에어컨도 고장이라는데. 엄마 이해하제? (정숙, 어머니 흉내) 오냐. 야들아 엄마는 개안타. 너그만 좋으면 엄마는 다 개안타. 그라이 마이 무라… (다시 정숙으로) 예. 엄마 그라모 좀 묵겠습니더.

어머니　아주 쇼를 하네.

정숙　　최 서방은 아직 안 왔나? 이런 날도 일하나? 아무리 병원이 바빠도 그렇지.
정은　　급한 일만 끝내고 얼른 온다 캤는데….
정숙　　너그도 알다시피 엄마 병원비에 장례비에 들어갈 돈이 한두 푼이 아니다. 당장 발인 전에 여기 장례식장 정산도 해 줘야 하고. 그렇다고 엄마가 남겨 놓은 재산이 어디 있노. 다 우리 똥구멍 닦다가 끝난 세월에. 그래서 하는 말인데 너그 오해 없이 듣거라.

어머니　이기 돈 이야기 할낀갑다. 뭐시 얼굴에 돈 걱정이 가득 하네. 에고 엄마는 잠시 피해야겠다. 뭐로 너그한테 남가 줄 끼 있어야 할낀데… 종우야 욕봐라. (나간다)

종우, 어머니의 말에 웃는다.

정숙　　종우 이 자석아, 웃을 일이 아이다.
종우　　누가 내 맘을 알겠노….
정숙　　너그 돈 좀 내놔 봐라. 종우 니는 객지 생활하면서 얼마나 벌었는가 잘 모르겠는데 내 엄마 쓰러지시고 아버지 보내면서 저 재호 키우랴, 엄마 아버지 돌보랴 생활이 보통 힘든 게 아니다. 뭐

구체적인 건 알 것도 없지만 다른 건 몰라도 너그도 마지막으로 자식의 도리는 해야 할 거 아이가? 응? 응? 응? 특히 정은이 니는 그 잘난 사위 볼라고 엄마가 그래 등골 빠지게 고생했는데 당연히 해야 할 일 아이가. 장모가 갔다 캐도 올 생각을 안 하는 바쁘신 사위지만서도.

정은 언니, 왜 말을 그렇게 하노? 내가 언제 엄마 등골 빠지게 시집갔노?

정숙 이 가시나가 와 이라노? 뭐 내가 틀린 말 했나?

정은 언니, 설마 지금 나 시집 잘 갔다고 배 아파서 그러는 기가? 그래, 내가 좀 무리해서 시집갔다 치자. 그런 언니는? 엄마가 언니 때문에 합의금을 얼마나 물어줬는지 알기나 하나? 보험 한다고 여기저기 들쑤셔서 엄마가 한꺼번에 터지는 둑 막느라 몇 달 동안 새우잠 자고 일하다 쓰러지신 건 알고 있나?

정숙 그래, 니 말 잘했다. 니는 엄마가 니 혼수 비용 댄다고 엄마 집 팔고 전세로 나앉은 건 아나? 그 집이 어떤 집이고?

정은 말은 바로 해야지. 그거 언니 보험 빚 갚느라 그런 거다.

정숙 뭐라고?

종우 조용히 해라. 똑같은 것들끼리.

정숙/정은 니나 조용히 해라.

정숙 니 이자석아. 닌 말을 아직 안 해서 그렇지 우리 중에 젤로 나쁜 놈이 니다. 아나!

재호 (들어오며) 엄마, 뭐 하는 기고? 외할매 앞에서 이래도 되는 기가!

정은이 먼저 나가버린다.

정숙 (정적) 그래. 그만하자. 우리 이런 날 이러는 거 꼴사납다.

정숙 나간다. 재호 외삼촌과 둘만 있기 불편해서 나가려고 한다.

종우 재호.

재호 예?

종우 여 앉아서 수박 무라.

재호 (주춤주춤하다가) 예….

어머니와 같은 소복을 입은 선녀가 장례식장에 들어온다.

선녀 아이고 우리 손주. 멋지다. 이 자석이 그래도 어릴 때부터 지 할 말은 다 했던 놈이다. 아아때 하도 밥을 안 처먹어서 '야이노무 손아, 딴 짓 고마하고 밥이나 처무라.' 그라이 이기 다 묵고 나더만 '할매, 다 처 묵었다' 이란다 아이가.

종우 (재호에게) 와… 이 자석 상 남자네, 상 남자.

재호, 그 말에 보란 듯이 수박을 껍질 채 씹어 먹어 버린다.

선녀 (웃으며) 미친년들. 다 지난 일로 와 그라노. 수박이나 마저 처먹지.

무대 반대편에서 어머니와 정은이가 나와 앉는다.

어머니 정은아 무슨 일이고?

정은 ….

어머니 가스나야, 말을 해라. 에미 속 터진다.

정은 엄마, 나 결혼 안 할란다.

어머니 와? 최 서방하고 뭔 일 있나?

정은 아이다. 일은 무슨… 내가 아직 시집 갈 준비가 안 된 것 같아서….

어머니 야가 무슨 소리를 하노. 니가 뭐가 부족해서 시집 갈 준비가 안 됐단 말이고. 결혼 날짜까지 받아 놓고 와 이라노.

정은 (사이, 종이 한 장을 내민다)

어머니 (놀라며) 이기 다 머꼬?

정은 엄마, 예단이랑 혼수 리스트다. 우리 집안 형편 뻔히 아는데 내가 무슨 염치가 있어서 이런 거 준비해 달라고 하겠노. 엄마, 내 고마 조금 있다가 결혼할란다. 나도 돈 버니까 몇 년 더 엄마처럼 악착같이 모으면 시집갈 수 있을 끼다.

어머니 니… 최 서방 잊고 살 수 있나? 그리 둘이 죽고 못 살면서. 남녀관계라는기 때를 놓치면 남이 될 수도 있는데 니 그럴 수 있나?

정은 잊을라 하면 잊지, 왜 못 잊노? (사이, 그러다 갑자기 북받쳐) 아니… 엄마 나 그 사람 못 잊을 거 같다. 나 어떡하노.

어머니 (종이를 본다) 시아버지 양복, 시계, 한복… 시어머니 밍크코트, 명품 핸드백, 진주 가락지, 형제들, 삼촌들 양복… 이거면 되나?

정은 어?

어머니 니 결혼할라면 이것만 있으면 되냔 말이다.

정은 (놀란 눈으로 쳐다본다)

어머니 이거 엄마가 다 해 줄게, 걱정하지 마라. 다른 것도 아니고 돈 때문에 니가 결혼 못한다는 기 말이 되나? 엄마는 그리 아무것도 모르고 너그 아버지랑 우째우째 억지로 살았지마는 내 새끼는 지가 사랑하는 사람하고 살게 해 줄 끼다. 걱정하지마라. 엄마가 다 해 줄게.

정은 엄마가 무슨 돈이 있다고 그라노. 괜히 해 주지도 못할 거면서 큰소리치지 마라.

어머니 가스나가! 엄마가 해 준다 카모 해 준다. 땡빚을 내서라도 다 해 준다.

정은 엄마, 이건 안 되는 결혼이다.

어머니 걱정마라. 경호 엄마한테 받을 돈도 쫴매 있고….

정은 엄마… 진짜 괜찮나?

어머니 그래, 걱정하지 마라. 엄마가 다 알아서 한다. 그 대신에 니.

정은 응, 엄마.

어머니 절대로 시댁에 가서도 기죽지 마라. 해 갈 거 다 해 가고, 시댁 들어가서도 당당하게 행동해라. 니 할 말 딱 하고! 두 번 다시 이런 일로 울지도 말고 기 죽지도 마라. 알았제!

정은 알았다. 내다 내. 고맙다 엄마. 잘 살게.

어머니 그라고 너그 아부지한테는 입도 뻥긋 하지 마라.

정은 알았다. 알았다. 내 엄마 호강시켜 줄게.

영호 (소리) 정은아.

정은 영호 씨 왔는갑다.

정은이 나가고 어머니도 혼수 리스트를 한 번 보고 따라 나간다.

종우 정은이 시집 밑천 장만한다고 또 고생하셨겠네예.

선녀 아이다. 그나마 정은이라도 번듯하게 시집가고 잘 살아줘서 엄마가 살아 지냈다 아이가.

정은의 집 앞. 이것저것 잔뜩 들고 어머니가 들어온다. 초인종 소리.

정은 (집에서 나와 입구에 서서) 어? 엄마. 엄마가 우짠 일이고. 전화라도 하고 오시지. 또 술 먹었나.

어머니 자석 집에 오는데 에미가 전화는 무슨 전화. (들어가려는데 정은이 막아선다) 와… 무슨 일 있나? 엄마가 좀 들어가면 안되나.

정은 영호 씨 일 마치고 와서 자고 있다. 엄마, 아무리 자식 집이라도 나도 사생활이라는 게 있다 아이가. 지킬 건 지키주야 할 거 아이가.

어머니 아… 그렇나. 너그는 부모한테 다 잘 지키주고 있어서 그런 말 하는구나. 내 미안하다. 엄마가 딸년 집에 찾아오는데 연락도 안 하고 불쑥 찾아와서. 내는 고마 너그 오빠 소식 있는가 싶어서, 니하고 이야기나 좀 하고 싶어서 왔더만 그것도 예약을 하고 와야 하는 갑네….

정은 연락도 안 되는 오빠 소식을 나한테 와서 찾으면 뭐 하노… 그만 잊어라. 집구석 싫다고 떠난 자식을 뭐 한다꼬 그리 애 닳아가 찾노….

어머니 그래. 너그는 참 편하네. 고마 잊어뿐다카면 다 잊을 수 있는갑네. 이 매정한 년아, 우찌 니 오래비가 몇 년을 소식도 없이, 살았는가 죽었는가 모르는데 그런 소리를 할 수가 있노. 너그는 형제간의 우애가 그래 없나?

정은 우애? 우리가 언제부터 우애가 있었는데. 우리 가족이 언제부터 가족애 같은 기 있었는데. 우리 다 남처럼 살았다 아이가. 우리가 무슨 남들처럼 사랑 같은 기 있어가 가족이니 우애를 찾노. 우리가 단 한 번이라도 남들처럼 화목하게 살은 적이 있나?

어머니 … 미안하다. 엄마가 오늘은 잘못 찾아 왔는갑다. 아이고 딸년 무서버서 찾아오지도 못하겠다이… 이거나 처무라. (밭에서 직접 만든 채소들을 준다)

정은 (채소들을 밀어내며) 엄마! 나 이런 거 싫다고 했잖아! 이거 마트에 가면 얼마 하지도 않는다. 왜 엄마 무릎, 허리 아파서 죽는다 카면서 이런 거 하노 말이다. 제발 좀 몸 생각해서라도 밭일하지 말라고 했다 아이가. 또 버스 타고 왔제? 이 무거운 것들을 들고 또 버스 타고 왔제? 제발 그래 궁상 좀 떨지 말라고 안하나. 그 택시비 얼마 한다고 그라노 말이다.

어머니 (땅에 떨어진 채소들을 주워 담으며) 얼마 안 해도 그거는 돈 아이가. 땅을 파 봐라. 십 원짜리가 나오나. 자, 처 묵던가 말던가 알아서 해라. 간다.

떠나는 어머니. 따라가는 정은.

선녀 (웃으며) 니도 다음에 자식 키아가 가아 집에 갈 때는 꼭 연락 먼저 하고 가야 한다이.

종우 내 저노무 가시나를.

일어서자 핸드폰 보던 재호가 놀란다.

선녀 아이다. 저 정도는 일도 아니다. 그맘때 바로 더 큰일이 생겼다.

무대 한쪽 철창 속의 정숙.

정숙 엄마, 나 좀 도와주라. 엄마 아이모 내 죽는다. 내 좀 구해주라.

선녀 가시나가 보험왕이라 하더마는 그기… 글 모르는 친척들한테, 이웃들한테 좋은 상품 나왔다고, 알아서 넣어준다고 신분증이랑 도장 받아가지고 보험을 두 개, 세 개씩 넣은 기라. 실적은 그렇게 높아도 지 돈으로 보험료 넣는다고 여기저기 돈도 빌리고… 우짜겠노. 일단 사람부터 빼내고 봐야지. 아는 사람 모르는 사람 다 찾아다니면서 합의보고, 돈 갚아주고 해서 니 누나는 겨우 풀려 나왔다.

정숙 엄마, 내 때문에…. (울면서 나간다)

선녀 가시나가 혹시라도 나쁜 마음 먹을까봐 얼매나 걱정했는지 모른다. 다행히 마음 다잡고 식당일도 나가면서 열심히 살더라. 지 새끼 놔두고 감옥소 들어 가보이 정신이 번쩍 안 들었겠나. 불쌍한 똥순이 가시나, 팔자도 똥 같은 년이… 이혼까지 하고….

종우 누나가 이혼을 했다고예?

재호 예. 저는 잘 모르겠는데 그때… 엄마하고 아빠하고 막 싸우다가 누가 먼저 하라 캤는지 정확히는 잘 모르겠지만….

선녀 내가 하라 캤다.

종우 선녀 씨가?

재호 선녀 씨가 하라캤습니다. (본인의 말에 본인도 놀라서 주위를 말없이 둘러보고) 아… 시바… 나는 누구하고 이야기 하노… (일어나며) 더 안 드실 거면 이 수박 치울게예… (나가다 말고 서서) 여기 몇 분이나 계신지 모르겠지만 말씀 많이 나누이소. (나간다) 엄마. 아아아아!!!!

선녀 (재호의 모습을 보고 웃으며) 딸년은 엄마 팔자 닮는다 카더라마는 어떻게 그럴 수가 있노. 내가 잘한 긴지 못한 긴지는 모르겠지만 내가 하라 캤다. 아마도 보험 사고 터지고 나서부터 저그 신랑한테 눈치가 많이 보였겠지… 그래도 지 빚을 갚을 끼라고 그리 열심히 사는데, 불쌍한 년. 우찌 사람을 만나도 너그 아부지하고 똑같은 놈을 만났을꼬. 하여튼 연극인가 뭔가 하는 놈들은 안 되는 기라. 아이고, 그 또라이 자석….

코러스 (확성기 들고) 레디! 액션!

정숙의 집. 시끄럽다.

어머니 이보게. 김 서방. 무슨 오해가 있는 것 같은데 자네가 조금 참게.

병훈 오해. 정녕 오해란 말입니까? 그것이 그저 나의 오해에서 시작된 것이라면 내 두 눈과 귀를 잘라버리겠습니다. 그러나 이것은 차디찬 겨울의 얼음보다 더 시리게 내 가슴속을 후벼 파는 독약과도 같은 사실이란 것을 아셔야 합니다. (정숙 들어온다) 니 말해라. 지금까지 어디 돌아다니다 이제 들어오는 기고?

정숙 … 식당 일 마치고 바로 온 건데.

병훈 아… 나를 속이는구나. 이제 내 눈을 덮어라. 내 귀를 덮어라. 산 사람과 죽은 사람의 머리 위에 똑같이 흙을 덮어라. 언제부터 우리나라 식당이 노래방으로 바뀌었지? 요즘은 노래방에서도 밥 하나? 말해라. 내가 틀렸다면 니 저주가 독이 되가 나의 오장육부를 다 썩어 문드러지게 할 끼다. 네가 입이 있으면 말해봐. 왜 말을 못해. 언놈하고 붙어먹는지 내가 다 말해 볼까!

정숙 붙어먹기는 뭘 붙어먹어. 그냥 일도 힘들고 외롭고 해서 기분 전환 삼아 혼자 노래방 가서 딱 30분 있다가 왔다. 진짜다. 혼자 갔다 온 기다.

병훈 아… 끝까지 거짓말을 하는구나. 사느냐 이혼하느냐 이것이 문제로다. 어느 것이 사나이다운 행동인가. 그래 나에게 주어진 선택은 이것 밖에 없구나. 맞아라! (정숙을 때리려 한다. 막아서는 어머니)

어머니 이 사람이 장모 앞에서 뭐하는 짓인가. 내가 사과하네. 미안하네.

정숙 내가 뭘 잘못했다고 엄마가 미안하노. 나 잘못한 거 하나도 없다.

병훈 잘못한 게 없다면, 그렇다면 잠들어라. 잠이 들어 만사가 끝나 가슴 쓰린 온갖 심뇌와, 육체가 받는 모든 고통이 사라질 것이다.

선녀 나는 지금도 저 자석은 미친놈이라꼬 확신을 한다. 뭔 소린지는 하나도 모르겠는데 한마디는 확실히 내 귀에 들어오데.

병훈 아! 바람아 불어라. 태풍아 몰아쳐라. 이 고통이, 이 괴로움이 30배의 저주가 되어 이 걸레 같은 년의 머리 위로 쏟아져라.

병훈이 정숙을 때리려고 하자 어머니가 병훈의 머리채를 잡아 꺾는다. 모두 일시 정지.

선녀 (자리를 박차고 일어나며) 야이, 짐승만도 못한 놈아!!!! 아무리 우리 딸이 죽을 잘못을 저질렀어도 지 애미 앞에서 이리 매질을 하는 경우가 어디 있노. 니가 내 눈 앞에서 어찌 이럴 수가 있냔 말이다. 그래, 내가 저 걸레 같은 년 애미다. 어디 나도 같이 때리 봐라. 정숙이 이년아. 니는 와 맞고만 있노. 니 말대로 잘못 없으면 대들기라도 해야 할 것 아이가. 니가 빙신처럼 맞고만 있으니까 니가 잘못한 것 같다 아이가. 엄마 봐라. 평생을 매 맞고 살았다 아이가. 니는 엄마처럼 살지 마라. 내가 우리 딸을 우찌 키았는데 이래 살아야 하노 말이다. 지가 니 사고 터졌을 때 해준 게 뭐 있다고 저래 유세고. 연극인가 지랄인가 한다꼬 조선팔도를 돌아다니며 집에도 없었으면서. 지금 당장 가슴 아플지 모르겠지만 지나고 나면 오히려 잘했다고 생각할 끼다. 재호는 내가 다 키우꾸마. 한 번뿐인 인생 뭐할라꼬 매 맞고 참아가며 살기고 말이다… (다시 앉는다. 웃으며) 하믄서 너그 누나보고 이혼하라꼬 캤다.

종우 엄마 새끼들은 커서도 도움이 안 되네예.

선녀 아이다. 그래도 지나고 나니까 언제 그런 일 있었던가 싶다. 지나온 길이 자박자박 걷기 수월한 길만 있었으면 좋았겠지만, 자갈길도 있고 진흙탕에 구르는 날도 있고, 강물에 발 담그고 건너온 날, 산비탈 기어 넘던 날도 그냥저냥 다 괜찮았다 싶다. 너그들 얼굴 보면서 쉬엄쉬엄 왔으니까.

이야기 중 작업복을 입은 조문객들이 들어온다.

종우 재호야!

재호가 뛰어 들어와 종우와 함께 곡을 하고 조문객들 절하고 나가는데.

종우 (여자 조문객을 포옹하며) 와주셔서 감사합니다. 해장국이라도 드시고 가시지예? 국물이 따뜻하니 좋습니다. 아님 소주라도 한잔 하시든지….

조문객들 사양하고 가버린다.

재호 아시는 분입니까?
종우 몰라.
재호 아… 씨….
종우 뭐?
재호 아입니다.

재호는 짜증나서 할머니의 영정 앞에 그냥 앉고, 종우는 선녀의 옆으로 같다.

선녀 종우야…, 너그 행님 얼굴 기억나나?
종우 벌써 20년이 지났네. 어렴풋하다. 형님 생각 많이 나나.
선녀 우리 종석이가 있었다면 우리가 이리 살았을까? 그 착하고 바른 종석이만 있었다면….
종우 모르지. 나도 행님 죽고 나서부터 이래 쓰레기가 됐으니까.

종우가 일어나 무대 반대편에 가 종석이 되어 책을 읽는다.

정은 (손을 흔들며) 종석이 오빠!!!
종석 어, 정은아.
정은 (종석의 등에 업히며) 또 길에서 책 읽고 있나. 책이 그래 좋나?
종석 정은아 니 오늘 밥 세 그릇 먹었나?
정은 아니. 네 그릇.
종석 우하하하. 인자 오빠가 나이가 있어가.
정은 겨우 스무네 살이 뭐가 많다고 그라노. 오빠! 나 자랑할 거 있다.
종석 내려와서 자랑하면 안 되나?
정은 싫다 싫다.

종석 알았다. 빨리 해봐라.

정은 나 또 일등했다!

종석 (정은을 던지듯 내려놓으며) 우와 우리 막내이 최고네! 오빠가 저녁에 맛있는 거 사줄게.

정은 와!!!

종석 엄마 아버지도 나오시라고 해라.

정은 (급 실망하며) 싫다. 고마 오빠하고 둘이서만 먹으면 안 되나?

종석 정은아. 싫어도 우리는 가족이다. 우리가 모두 먹고 사는 게 바빠서 이렇게 자기 삶만 살고 있지만 언젠가는 가족이라는 울타리가 우리 모두를 지켜 줄 끼다. 지금은 니가 어려서 잘 몰라도 나중에 크면 다 안다. 그 소중함을.

정은 에이, 또 선생님 같은 말. 네네 알겠습니다. 김 선생님.

종석 역시 우리 막내이는 똑똑하니까 빨리 알아듣네.

정은 오빠, 나 가야 되니까 저녁에 봐.

종석 그래. (떠나는 정은을 바라보다가) 그라고 종우 이자석도 꼭 오라캐라. 이노무 자석, 행님이 할 말이 있다고.

정은 네. 김 선생님 그렇게 전하지요.

선녀 인자는 한 번 만날랑가는 모르겄다. 만나믄 한 번 물어봐야겠다. 지가 뭘 안다고 데모하는 사람들 틈에 끼어서 그라고 가노 말이다.

시위대, 소리와 함께 몰려나온다. 혼란 속에 종석이 경찰에게 머리 맞고.

종석 엄마….

종석은 쓰러진다. 어머니가 정지된 시위대 속으로 나오며 종석을 찾아, 소리 없는 오열을 하기 시작한다.

선녀 서방 복 없는 년은 자석복도 없다 카드만 이노무 자석아. 그기 엄마 가슴에 대못 박을 만큼 그리 중한 일이가. 개뿔 아무 것도 모르는 기 돌멩이 들고 길거리에 나간다 카모 누가 알아주나? 미친놈이라 카지. 우리 착한 종석이. 니가 우야다가 그래 개죽음이고?

종석(종우)은 일어나 장례식장으로 향하고 어머니는 오열을 하다가 술을 마시고 혼잣말을 하고 있다. 정숙이 들어온다.

정숙 엄마 내 병훈 씨 만나고 올게. (어머니의 모습을 보고) 엄마, 그만 마시라. 이런다고 종석이가 살아 돌아오나? 엄마까지 이러면 우짜노?

어머니 아이다. 내가 이 술이라도 안 마시모 가슴이 녹아내리다가 터질 것 같아서 마신다.

정숙 마시지도 못하는 술을, 왜 이라노, 엄마?

어머니 내 자석을 내가 우찌 가슴에 묻노, 종석아, 이 자슥아. (통곡한다)

정숙 아… 미치겠다.

어머니 니도 미치겠나. 엄마도 그렇다. 정숙아 엄마 이야기 좀 들어봐라.

정숙 나 빨리 나가봐야 한다. 술 그만 드시고 좀 주무시이소. (나가고 학생인 정은이 들어온다)

정은 엄마. 또 술 마시나.

어머니 아이고 우리 이쁜 막내 딸 왔나? 오늘 공부한다고 고생 많았제?

정은 엄마. 하루이틀도 아니고 왜 이래 폐인처럼 사노.

어머니 폐인? 그래 엄마는 폐인 맞다. 엄마는 원래 폐인이었다. 니 애비 만나고부터 폐인이었다. 정은아 엄마 살아온 이야기 한 번 들어볼래? 소설을 써도 몇 권을 쓸 끼고 이야기로 하모 날 밤을 새도 다 못한다.

정은 엄마 살아 온 이야기 한두 번 듣나. 다 알고 있다. 인자 술 좀 그만 마시고 정신이나 차리라.

어머니 니가 언제 엄마 이야기를 들어 줬단 말이고. 니 언니도, 니 오빠도 누가 내 이야기를 다 들어 줬단 말이고.

정은 엄마 술만 취하면 하는 소린데 왜 안 들어. 엄마 나 독서실 가야 하니까 밥 챙겨 드시고 정신 차리세요. 나 가요.

어머니 … (혼잣말) 이 매정한 년들아. 우찌 너그 형제가 저 세상으로 갔는데 그렇게 무심한 듯 정신을 차리고 산단 말이고. 너그는 정말 아무렇지도 않단 말이가….

아버지가 들어온다.

어머니 아이고 이게 누고. 우리 서방님 아이가? (비틀거리고 일어선다) 사랑하는 우리 서방님. 평생을 살면서 사랑한다, 미안하단 말 한번 안 해주시는 대단하신 우리 서방님.

아버지 또 술 마셨나… 미쳤나.

어머니 그래. 미쳤다. 너무 기분 좋아서 미쳤다. 잘난 서방님하고 춤 한번 춰보자. (엄마 노래를 부르며 아버지 손을 잡고 춤을 춘다)

아버지 (엄마를 뿌리치며) 그만해. 니만 힘드나. 술 처먹었으면 곱게 자빠지 자!

어머니 곱게 자빠지 자라꼬? 니는 좋겠다. 곱게 자빠지자고 싶을 때 자빠지 잘 수 있어서. 누워도, 서도, 눈을 떠도, 감아도 커다란 송곳 하나가 이 가슴을 이래 쑤시고 저래 쑤시고 가슴 속까지 후벼 파는데 우찌 곱게 자빠지 자노, 어? 그래! 이기 다 니 때문이다. 니가 대학이 뭔 소용이고. 기술 배아가 공장에 들어가라고 니가 시켰다 아이가. 니가 공장 보내가꼬 고마 저승길로 보내뻤다 아이가!

아버지 이게 진짜 죽을라꼬 환장했나. (손을 든다)

어머니 그래. 죽을라꼬 환장 했다. 제발 날 좀 죽이 주라. 니가 여서 날로 죽여만 준다면 니 평생 나한테 젤로 잘 한 일이 될 끼다. 죽여 만 준다면 내 죽어서도 니한테 감사한 마음으로 원망 안하면서 살게. 제발 날 좀 재워주라.

아버지와 어머니는 팽팽한 긴장감으로 정지.

종우 그날도 많이 당하셨겠네예.

선녀 아이다, 못 때리더라. 너그 아버지가 그리 기가 센 사람은 아닌 기라. 오히려 강하게 나가니까 뒷걸음질치더라.

아버지 뒷걸음질치며 나간다.

선녀 (소주 한잔 하며) 내 너그 형 가고 나서 이래 술을 입에 댔다. 그전에는 너그 아부지 때문이라도 술이라면 지긋지긋해서 입에라도 댔나. 그런데 술이 위로가 되더라. 니도 엄마 술 마신다꼬 많이 싫어했제?

종우 전 그냥 엄마가 술을 마시기 시작하면 밥도 안 먹고 며칠을 술만 드시니까 몸 상할까봐….

정숙과 정은이 들어온다.

재호 (잠꼬대) 엄마… 저 자석은 도대체 누구하고 이야기 하노….

정숙이는 새우잠을 자고 있는 재호에게 부채질을 해주며.

정숙 야가 뭐라카노. 날이 너무 더버가 그라는갑다. 그나저나 에어컨은 언제 고칠라꼬 이라노.

선녀 너그 누이 빚 갚느라고 엄마가 또 노가다하러 안 나갔나. 그때도 술이 위로가 되더라. 일이 힘들어서 집에 오면 밥이고 뭐고 술이나 한잔 마시면 딱 좋겠는 기라. 술 한잔 마시모 그 힘든 몸이 사르르 녹아내리고 설움도 같이 녹아내리고 죽은 너그 외할매 생각도 나고… 그날 같이 추운 날 술 한 잔 마시모 몸이 녹는다, 녹아. 이 나라는 사계절이라 카더만 내 인생에 반절은 겨울이었다.

종우 엄마는 겨울 속에서만 살았네예. 엄마 인생에 봄날이 하루라도 있었습니까?

선녀 와, 많았다. 너그들 내 배에 품고 살던 날도 기뻤고 너그들 세상에 나온 날도 기뻤다. 너그가 마당에서 꼬물꼬물 거리는 모습 보는 것도, 안 아프고 건강하게 자라 줄 때도, 학교 들어갈 때도, 다 커서 대견하게 시집가던 날도, 내 새끼들이 엄마 앞에 서 있기만 해도 항상 기뻤다. 그라고 오늘도 니가 돌아와서 고맙고 기쁘다 아이가. 그기 봄날이지 머꼬.

울음을 참으려 종우가 일어난다. 그 모습을 바라보던 정은.

정은 오빠.

종우 응.

정은 그동안 어디서 뭐하면서 살았노?

종우 그냥 여기저기 세상 구경한다고….

정숙 팔자 편한 소리 하네, 세상 구경은 무슨. 그래 세상 구경 많이 했나?

종우 속초 가 있었다. 어판장에서 허드렛일부터 시작해서 시장에, 식당 일도 하고 야채 리어카도 끌었다. 사람 구경 많이 했다.

정은 근데 신용불량자는 왜 됐노?

종우 그기… 다 그렇다 아이가. 능력도 없는 놈한테 카드 만들어 줘가 한도 올려주고 이 카드 저 카드 다시 만들어서 돌려 막게 하고…

내가 병신이지 뭐….

정은 엄마… 수술하기 전에 오빠 많이 찾았다. 그때 왔으면 참 좋았을 낀데.

종우 내가 죽일 놈이지. 아부지는 왜 돌아가셨노?

정숙 니도 참… 일찍도 물어본다. 남자는 여자 죽으면 못 산다 카더만 엄마 정신 잃으시고 여섯 달 만에 갑자기 돌아가셨다. 그래 밉다, 밉다 카면서 살아도 아옹다옹 할 할마시 없으니까 살 낙이 없었는가 그렇게 가시데. 니한테 아무리 연락을 할라 캐도 연락처가 있어야지. 근데 이번에는 어찌 알고 왔노.

종우 (참는 울음 때문에 발음이 정확하지 않다) 엄마가 보고 싶어서.

정숙 뭐라카노. 뭐?

종우 엄마가 보고 싶어서!!! (참고 참았던 울음을 터뜨린다)

정숙 … 종우야. 엄마가 니 나가고 나서 이 섬 전체를 다 찾아다녔다. 밥도 안 먹고 실성한 사람처럼 해 뜨면 나가고 해 지면 들어오고….

선녀 가시나가, 왜 없는 이야기를 지어 내노. 밥도 다 먹고 다녔는데.

정숙 그리고 집에 날아오던 신용불량 고지서, 그거 엄마가 다 갚았다. 내가 사는 게 빠듯해서 십 원 한 푼 못 보태 주는 마당에 말리지는 못했는데, 엄마는 그거 갚으면서 니가 어딘가 살아있다고 믿으면서 위안이 된다고 했다. 엄마가 아파트 공사장에서 벽돌 나르고, 청소하고, 밥하고… 또….

선녀 동사무소.

정숙 그래, 동사무소 공공 근로사업에….

선녀 벽지.

정숙 벽지 붙이는 일당직에 나중에는 나이 때문에 써 주는 데가 없으니까 동네에 텃밭 만들어서 밭 매고 거름 이고 날라 가 시장 통에 앉아 채소 팔고, 짬나는 대로 길거리 박스 주워다 팔아서 니 빚 다 갚더라. 그라고 그 해 누우셨고.

종우 엄마….

선녀 가시나. 그런 얘기는 뭐하러 하노. 엄마는 괜찮다. 내 새끼 배 골고 다닐까 싶어 걱정했지, 나는 괜찮다.

종우 엄마….

한쪽에서 아버지, 어머니를 때리며 끌고 들어온다.

아버지 이리와. 이리와! 이기 술만 처먹으면….

종우 아부지! 인자 좀 그만 하이소!

아버지 니가 뭘 안다고 나서노? 나가 있그라!

종우 엄마가 식당일하고 술 한 잔 먹고 온기 그리 큰 죕니꺼?

아버지 나가 있으라카이!

종우 이놈의 집구석 꼬라지 함 보이소. 이기 사람 사는 집입니꺼! 머가 그래 잘한 기 많아가 엄마한테 이라냐 말입니더. (종우가 아버지를 툭툭 친다)

아버지 니 이노무 자석…. (종우를 때린다)

종우 (아버지의 몽둥이를 뺏어 들고 차마 때리지 못하니 허공을 향해 휘두르고) 아버지 노릇이나 똑바로 하고 술주정을 하든지 말든지 하란 말이야!

어머니 종우야, 니 이기 무슨 짓이고!

종우 상관하지 마라! (어머니를 밀어낸다)

종우 엄마도, 엄마도 이러니까 평생 아부지한테 맞고 사는 기다. 평생을 참고 사니까 이렇게 늙어서도 대접 못 받고 사는 거 아이가.

어머니 내는 대접 안 받아도 된다. 너그만 잘 살면 된다. 그라이 그만 해라.

종우 뭐가 우리만 잘 살면 돼! 우리가 어떻게 살아야 잘 사는 건데? 큰아들 데모판에 목숨 잃고 딸들 저그 살기 바쁘다고 외로워서 죽겠다는 엄마 얼굴 한 번 안 쳐다보고 사는 이기… 씨발 이기

사람새끼들이 사는 기가!

어머니 이노무 자석이 무슨 소리 하노!

종우 이기 다 엄마 탓이다. 아나!

어머니 내가 누구 때문에 이래 참고 살았는데. 그래, 니 애미 탓이다.

종우 우리 때문에 참고 살았다고? 왜 참았는데? 그렇게 참아서 우리한테 뭐가 남았냐고.

아버지 종우… 고마해!

종우 나서지 마소! 아버지는 말할 자격 없다. 책임지지도 못할 거면서 온통 싸질러 낳아가 그것도 부모랍시고 대접받고 싶나? 먹여주고 입혀주고 재워줬으니까 그걸로 감사한 마음으로 공경하라고? 조까라고 그래!

어머니 이노무 자석이 미쳤나! (종우를 때린다)

종우 (어머니를 밀쳐내고) 내가 이 집에 들어올 때마다 무슨 생각하는 줄 아나? 오늘은 아버지 술주정이, 엄마의 비명소리가, 울음소리가 없기를, 집 안에 들어설 때마다 심장이 요동을 친다. 행여 작은 소리 하나만 들려도 심장이 떨어지는 것 같은 그 기분, 엄마가 아나?

어머니 나가라, 이 싸가지 없는 놈아. 다 필요 없다.

종우 그래, 나간다. 나가.

어머니 니 그라고 나가모 인자 우리 식구도 아이다.

종우 식구? 우리가 그런 게 어디 있노? 진짜 밥만 같이 먹으면 다 식구가? 한 번도 단란했던 적도, 행복한 적도 없는 그기 뭐 대단한 식구라고….

어머니 니도 필요 없다. 필요 없어.

종우 그래 나간다. (종우 떠나고)

어머니 종우 이 새끼야….

종우 장례식장의 선녀에게 온다.

선녀 괜찮다. 인자 왔으이 된 거 아이가. 니 무사하고 몸 건강하니까 나는 됐다. 나는 다 괜찮다….

종우 그런데 엄마, 호흡기 왜 떼 달라고 했습니꺼?

선녀 (아무 말 없이 웃으며 자리를 옮긴다)

종우 엄마… 정은아, 유언 테이프 들을 수 있나?

정은 지금 와서 그건 왜?

종우 그냥. 엄마 목소리 한번 듣고 싶다.

정숙 그래. 오는 사람도 없는데 여기 한번 틀어봐라. 종우는 못 들었다 아니가?

정은 형부한테는 없다 캤는데….

정숙 형부는 개뿔…. (정은이 카세트 꺼내서 튼다)

어머니 (소리) 정숙아, 정은아, 그라고 지금은 없지만 나중에서라도 듣겄제, 우리 종우야. 엄마 내일 수술 한다카네. 의사 선상님 말이 수술이 뭐가 잘 안돼서, 나중에 내가 자꾸 잠만 자고, 삼 일이고 사 일이고, 한 달이고 일 년이고 안 일어나면….

병실의 아버지와 많이 초췌한 어머니가 보인다. 어머니, 그래도 밝은 목소리로.

어머니 호흡기 떼라, 고마. 나도 오래 누워 있기 싫다. 혹시라도 너그들 위해서라 넘겨짚지 말고, 내가 싫다. 내 몸뚱아리도 못 가누고 정신도 없는데, 너그 얼굴 봐도 반가운 줄 모르는데 그기 사는 기가. 딱 일 년만 기다리다가 안 되면 그냥 보내라. 내는 살만큼 살았으니까 너무 슬퍼하지 말고. 꼭 약속이다이.

녹음을 다했다는 손짓을 하면 아버지가 카세트를 끄고 어머니는 숨 가쁜 듯 눕는다.

어머니 참말로 나 이 수술 끝나면 우찌 되는 거 아이요?

아버지 뭔 소리 하노. 아무 수술도 아니란다. 걱정하지마라. 뭐라카더라 그냥 맹장수술 같은 기란다. 사람 앞일 우찌 될지 모르는 기니까 녹음은 미리 해 두는 기고. 아아들한테 짐 되는 기 좋나.

어머니 (어머니 한참을 웃는다)

아버지 와이라노. 미쳤나….

어머니 아이고 아아들 걱정 일찍도 한다. 그래 아아들 걱정 되면 당신이 먼저 죽으소. 고마.

아버지 걱정하지 마라. 니보다는 먼저 죽을끼니까. (기침한다)

어머니 저 봐라. 내 그것도 밉다. 와 당신이 먼저 죽노. 내보고 당신 초상 치르라꼬? 싫다. 내 먼저 갈 끼니까 내 초상 치르고 오소. 그기 당신 도리다.

아버지 알았다, 알았다. 참 말 많네….

어머니 내 뭔 말만 하면 말 많다 칸다. 들어주지도 않으면서… 그것도 일이라고 목이 마르네. 물 한 사발 갖다 주소.

아버지 나간다. 어머니는 힘든 듯 다시 침대에 눕고.

선녀 너그 아버지도 니 가고 나서부터는 많이 변했다. 나한테 오히려 욕 듣고 살아도 성질은 내지만 내 몸에 손 한 번 안 대더라.

물을 떠오는 아버지, 누워 있는 어머니의 모습을 보니 후회와 미안함이 밀려온다. 어머니에게 등을 지고 울다가 힘없이 나간다.

정숙 그러고 보이. 우리는 진짜 청개구리 자석들이다….

정은 마지막 엄마 죽는 날 잡아 준 거. 그거 하나 정확하게 들었네….

종우 엄마….

선녀 아니다. 나도 지금 잘했다 생각한다. 후회 안 한다. 너그도 잘했다. 고맙다.

종우 엄마, 미안합니다. 엄마 살아 온 인생에 제가 한 기 엄마 가슴에 못 박고 집 떠난 거 말고는 아무 것도 없네예. 한 번만 기회가 된다면 다시 돌아 갈 수만 있다면….

선녀 다시 기회가 주어진다고 우리 살아온 게 달라지겠나? 엄마의 삶도 니 삶도 다시 기회를 준다면 달라질까? 종우야, 엄마는 인자 기회가 끝났지만 니한테는 지금부터가 다시 주어지는 기회가 아인가 싶다. 아직 니한테는 기회가 많다. 알겠제?

종우 엄마가 평생을 그렇게 외롭게 사셨는데 제가 한 게 아무것도 없습니다.

선녀 와 이라노? 개안타 엄마는. 우리 아들, 울지 마라. 사람은 누구나 다 외로운 기다. 우리 종우 힘내고, 아프지 마라. 나는 우리 종우하고 이렇게 밤새도록 수다 한 번 떨어 보는 게 소원이었다. 엄마는 인자 소원 풀었다. 이야기도 다 풀고, 속도 풀고, 소원도 풀었으이 인자는 갈란다. 정숙아, 종우야, 정은아 엄마 간다.

선녀는 떠나고 정숙과 정은이 우는 종우를 안아준다.

종우 엄마!! 살피 가이소!!

불빛은 사라지고….

막.

놀이와 상상 확장을 향한 공모 컨셉의 쾌거
–극단 예도의 〈선녀씨 이야기〉를 보고

김길수(연극평론가 국립순천대 문예창작학과 교수)

1.

전국연극제 최우수상 수상작 경남 거제 극단 예도의 〈선녀씨 이야기〉(이삼우 작, 연출)는 연극 서사가 우리만의 감칠 맛 나는 무대 놀이이자 공모 놀이의 무한한 상상 예술임을 극명하게 일깨워주고 있다.

장례식장 죽은 자의 영정, 공연은 그러나 현실 복제를 거부한다. 영정 속의 사진은 죽은 자의 복제 사진 영상 대신 실제 실물 배우가 대형 액자 안에서 포즈를 취하고 있다. 연극적 상상력을 부추기는 작업, 화이트를 블랙으로 꾸며내는 코미디 전략이 공연 초반부터 선을 보인다.

죽은 영정 속의 사진 인물이 그곳에서 빠져 나와 산 자와 이야기를 나눈다는 발상, 아들이 얼마나 보고 싶었으면 죽은 자가 다시 살아나와 산 자와 소통할 수 있다는 발상, 이는 쓰스미 야시유끼의 〈연기가 눈앞을 가릴 때〉 설정과 비슷하다. 죽은 어머니가 아들 앞에서만 산 자처럼 행동한다. 어머니가 극해설자가 되어 자신의 한 많은 삶을 15년 만에 돌아온 아들을 향해 이야기를 하기 시작한다. 아들의 눈에만 보이는 어머니, 이 사실을 아들과 어머니와 관객만이 알고 있다. 공모 컨셉으로 작동하기 시작하면서 재미있는 일들이 터져 나온다. 다른 가족들의 눈에 오랜만에 돌아온 아들 종우가 무언가 혼자 주절거리는 것으로 보인다. 주절거림이 아님에도 이를 주절거림으로 보게 해나가는 발상, 왕따 구도, 소외 구도가 발생하면서 일순간 해방 쾌감, 우월 쾌감이 야기된다.

죽은 자와 산 자와의 대화, 사랑했던 아들이 오자 이들만의 은밀한 대화와 친밀한 교제가 시작된다. 이 같은 발상은 예측 불허의 희극성을 자아내기 시작한다. 먼저 당사자인 아들 종우가 먼저 놀란다. 그리고 그 종우라는 아들이 모친과 대화를 나눌 때 주변 사람들이 그가 이상해졌다며 기이한 반응, 놀라는 반응, 도망치는 반응을 통해 희극성이 우러나온다.

어머니의 환영, 그 현존에 대한 정보를 아는 자와 모르는 자, 관객을 아는 자 편에 설정하게 하는 공모놀이 전략이 빛을 발하면서 극 전체는 텐션이 약화될 무렵 적절하게 놀이성이란 생명 에너지가 창출되기 시작한다.

2.

죽은 혼령 어머니가 전체적인 극 진행 내지 극 해설을 해나가게 하는 발상, 심지어 그런 그가 극중극을 객관적으로 이야기하는 선으로 머무르지 않고 극중극 안으로 들어와 또 다른 인물 즉 선녀의 어머니 역할을 하기까지 한다.

틀극과 극중극의 교차 구도가 반복적임에도 지루하지 않은 이유가 있다. 놀이를 위한 기호 연극화 컨셉이 공연 내내 신선한 감흥과 즐거움을 선사한다. 꿈속 장면을 마치 진짜 현실처럼 속여 무대화하기도 하고, 한글을 배우는 과정 역시 배우들의 몸 자체가 글자 기호로 설정, 기호학적 놀이 무대가 빚어지기도 한다.

현재의 죽은 어머니 선녀, 과거 젊을 적 어머니 선녀, 두 인물 역할의 배우 고현주와 김현수가 심지어 물에 투신하려던 절박정서를 드러낼 때 동시다발적으로 대사를 쏟아내고 연기 그림을 놀이화, 상징화하여 나간다. 멋진 기호학적 연극 놀이 무대라 할 수 있다.

선녀와 나무꾼 동화 컨셉, 자식들이 너무 많아 하늘나라로 올라갈 수 없도 없는 발상, 엄마 말을 듣지 않아 엄마 사후 통곡하는 청개구리 동화 컨셉, 이게 동화 꼭두놀이 그림으로 펼쳐진다.

아픈 어린 아들 종우와 선녀라는 이름의 엄마, 아들을 사랑하는 지순하고 애틋한 모성애 주제가 미리 암시되는 대목이다.

죽은 선녀 씨가 돌아온 아들에게 모습을 드러내 자신 속 가슴앓이 사연을 들려주는 이야기가 극화된다. 이야기를 들려주는 자, 그 이야기 속의 그림이 극중극으로 펼쳐진다. 이게 연대기 순으로 진행되기보다는 상황과 정조의 극대화 시점에 맞추어 전혀 예상치 않는 가슴속 묻어둔 삽화가 무대화된다.

이야기를 하는 자가 극중극 안으로 직접 들어가 다른 인물 역할을 대역하기도 한다. 두 딸을 위해 희생해 나가는 선녀 씨 이야기, 운동권 큰아들을 잃고 절망하는 선녀 씨, 무엇보다도 문제 남편으로 인해 어이없는 고초와 한 많은 삶을 살아가야 하는 상황이 펼쳐진다.

가슴이 미어지는 사연, 연민을 자아내는 사연, 문제 남편에 대한 강한 적대 정서를 유발시키는 사연, 이는 그 자체로써 강한 관심과 호기심을 유발시킨다.

그녀가 펼쳐가는 극중극 삽화가 어떤 경우 세익스피어 삽화 언어가 패러디되어 무대화될 때 실소와 조소 유발 과정이 빚어지면서 관객은 충분히 우월적 정서로 이 패러디의 맛깔을 객관자적 구경꾼으로서 즐기기 시작한다.

또 어떤 경우 완벽하게 관객을 속이는 코미디 꿈놀이 그림이 펼쳐진다. 문제 남편이 개과천선하였던 탓일까. 아내 선녀에 사죄하는 자, 애틋한 사랑 장면이 스포츠 댄스 그림으로 펼쳐진다. 행복감이 최고조에 이를 즈음, 이 모든 게 꿈이라 하면서 김을 빼는 코미디 놀이 전략이 기발하고 재치있다.

3.

문제 남편의 구타와 폭력, 잔혹적인 폭력 장면은 재연 그림과 생략 전략이 교차하면서 지나친 아나로그식 나열 그림의 진부성이 자연스레 희석된다. 선녀 씨가 바닷속으로 자살하려는 절박한 상황 역시 극중극 선녀와 현실 속 어머니가 동시에 동일 대사와 장면을 함께 펼쳐가는 연기 연출 컨셉은 그 자체로서 신선한 서사이자 상징 연극의 발상이라 할 수 있다.

어머니 마지막 유언을 담은 마지막 녹음테이프, 이를 다시 듣는 그림 역시 틀극의 현실이 먼저 펼쳐보여지고, 곧바로 극중극 속 장면으로 들어가 당시 선녀 씨가 병상 침대 위에서 펼치는 유언이란 구체적인 그림 장면으로 변용, 전이된다.

틀극과 극중극을 넘나드는 서사 연극 형상화가 그 자체로서 보는 맛깔, 연극 만들기 그 자체가 놀이성을 유발시킨다는 발상으로 인해 신선한 관극 체험이 유발된다.

무엇보다도 어머니의 죽음 장면 연출은 이 연극의 최대 매력에 속한다. 극중극 침대에서 실제 재연 죽음 장면이 펼쳐지다가 상상력을 유도할 상징 그림이 연출된다. 틀극 속 인물인 어머니가 영정 사진 위치로 돌아가 상징 연기 그림을 펼친다. 저 세상으로 떠나가는 포즈가 연출된다.

마치 꽃상여를 타고 하늘나라로 떠나가는 것을 연상케 할 조명 및 무대 배경 구도 역시 신선한 연출 발상이라 할 수 있다. 음악 역시 어머니 사랑을 깨달아가게 하는 선율, 그리고 이를 거리를 두고 진지하게 사유하고 관조하게 하는 의도적 빈 공간 설정 전략 역시 관조 연극 무대로서의 미덕이라 할 수 있다.

공연장 전체가 장례식장화 하는 컨셉 역시 기발하고 재미 넘치는 발상이다. 극중 상주 역할의 외삼촌 역할의 배우가 공연장을 정리한다. 휴대폰 꺼달라는 말 이전에 그는 공연장 객석 이곳 저곳을 오가면서 관객을 문상객으로 설정, 그와 수다를 떨거나 와주어서 고맙다하며 관객의 반응과 호응으로 공연이 이루어짐을 예고하기 시작한다.

관객은 늘 우월적 시선으로, 그리고 객관적 시선으로 극 놀이를 접하고 즐긴다. 그리고 그 기호 안에 숨겨진 비유 의미를 능동적으로 발견하여 이를 사유하는 쾌감에 젖기까지 한다.

그 사람이 있었습니다

이선경

· 등장인물

연출 : 47세, 진석. 오래 쉬었다가 무대로 돌아옴.
목소리만 등장.

진석 : 20대부터 40대까지 단원들이 번갈아 가며 역할을 맡음.

은수 : 진석의 첫사랑. 역시 단원들이 역할을 맡음.

단원들 : 코러스들. 진석을 기준으로 과거에 같이 연극을 했던 선후배들과 현재 연극을 같이 하는 동료, 후배들로 분류됨. 코러스들은 과거와 현재의 다양한 인물들로 변함.

· 배경

1987년부터 현재까지.
과거의 연극 동아리 방 및 현재의 극단 연습실.

· 무대

무대 한쪽의 피아노는 코러스들이 라이브로 피아노를 연주하기 위한 것이다. 의상, 다양한 소품들도 세팅되어 있다.
출연 배우들(코러스)은 평소 극단의 모습처럼 몸을 풀기도 하고 각자의 움직임을 한다.

1장. 일개 코러스

연출 (소리) 모여 보세요. 오늘은 '이러고 돌아서는데' 장면부터 갑니다. 준비되면 시작하겠습니다. 다들 준비되셨습니까.

코러스들 준비됐습니다.

연출 (소리) 자… 조명… (조명 바뀌고) 음악… (음악 시작) 옥치조 나온다….

코러스1 이러고 돌아서는데 옥례, 너그 할매가 아침부터 안 보였던 게 생각나는 기라. 혹시 산 쪽에 살다가 바다 보는 기 신기해서 바닷가 구경 갔지는 않았을까 하는 생각에 조금 걸어 나가서 바닷가에 가 봤다. 고현만 바닷물이 찰랑찰랑 밀려오는 그 어디에도 마누라 모습은 보이지 않는 기라. 자꾸 심장이 쿵덕쿵덕 뛰는 기 불안한 마음을 버릴 수가 없었다. (뛰어서 집으로 돌아가다 옆집 사람을 만난다) 아이고 아지매, 우리 마누라 옥례가 아침부터 안 보이네예. 혹시 못 봤습니꺼?

코러스2 혹시 그 아지매가 아인가 싶다. 아침에 어떤 여자 하나가 치마도 안 걸치고 속곳 바람으로 머리를 풀어 헤치가 상동리 쪽으로 뛰어갔다 카던데… 나도 찾아보꾸마.

코러스1 (관객에게) 저 사람이 전하는 모습과 행동거지에 의하면 옥례가 틀림없다. 바로 뛰었다. 나이가 들어서 그란가 숨을 쉴 수조차 없을 정도로 뛰었을 때야 우리 집이 있던 터가 보였다.

옥치조(코러스1)가 뛰어다닐 때 다른 코러스들 반대 방향으로 왔다갔다 대칭의 구조를 만들며 옥치조(코러스1)가 설 때마다 같이 정지한다. 뭔가 잘 맞질 않는다.

코러스4 더이상 들어가시면 안 됩니다. 아침에 인사사고가 있어서 이 길은 더 이상 민간인이 다닐 수 없도록 통제를 하고 있습니다.

코러스1 인사사고라 카믄 사람이 죽었다는 말입니꺼.

코러스4 더 이상은 말씀드릴 수 없습니다. 이제 그만 돌아가 주십시오.

코러스1 잠깐만예. 잠깐만예. 그 죽은 사람이 우리 마누라 같아서 카는 깁니더. 한 번만 확인하게 해주이소.

코러스4 잠깐만 기다리십시오.

군인(코러스3,4)들이 관을 들고 나와 뚜껑을 열어 확인을 시킨다.
옥치조(코러스1) 오열하고

코러스4 (관과 옥치조의 얼굴을 번갈아 본다)

코러스3과 4, 서로 눈이 마주치자 웃음이 터져 버린다.

연출 (소리) 야!!! 두 사람 지금 뭐하는 거야!! 불에 타 죽은 아내의 주검 앞에서 웃음이 나와? 장난쳐? 코러스들도 나오세요. 옥치조가 서면 같이 서세요. 어떤 사람은 돌아서면서 서고 어떤 사람은 서고 돌아서는데 정하세요. 바보들도 아니고 말이야. 그리고 송대영이. 너 미쳤어? 왜 거기서 관 안을 쳐다보고 지랄이야!!!

코러스4 고마… 그 군인이라면 보고 싶을 거 같다는 생각이 들어서….

연출 (소리) 일개 코러스 따위가 그런 창의적인 생각은 하지 마. 코러스는 말 그대로 코러스니까 언제 나왔는지 언제 들어갔는지 모르게 그 장면이 요구하는 그림만 만들어주고 빠지란 말이야.

코러스4 지금 너무 올드한 연출하는 건 압니까?

코러스1 그만해라….

코러스4 말이 나와서 하는 말이지만 그 옛날 전쟁 났는데 사람 죽었다고 군에서 관을 만들어 줬다는 게 말이 됩니까? 말도 안 되는 디렉션이나 주지 마이소. 이상한 연출을 하니까 배우가 그 상황에 맞는 뭔가를 찾아보려고 한 걸 가지고 일개 코러스니 뭐니 하는 건 좀 아니잖아요.

전원 침묵, 침묵 꽤 오래 계속되고.

연출 (소리) 좀 쉬었다 갑시다.

코러스3 쉬세요.

코러스1 쉬긴 뭘 쉬어? (코러스4에게) 야, 할 말만 해라, 좀.

코러스4 뭐? 내가 틀린 말 했나? 코러스 따위가 어쩌네 하는 게 틀려먹은 거 아이가?

코러스2 연습 분위기 우짤 낀데.

코러스4 뭐, 내가 그랬나?

코러스2 니 너무했다. 안 그래도 오랜만에 돌아와서 자신감도 없을 낀데.

코러스4 그러니까 오랜만에 와가지고 분위기도 모르면서 선배랍시고 저런 소리를 해싸니까 우리 후배들이 불만이 생긴다 아이가.

코러스1 어떤 놈들이 불만인데?

다른 후배 코러스들 한걸음 물러난다.

코러스4 그기 아이고…. (다른 코러스 뒤로 숨는다)

코러스3 저는 불만은 없고예. 궁금한 게 있습니다.

코러스2 됐다. 정리나 해라.

코러스3 연출 샘은 왜 그렇게 긴 시간 동안 연극을 안 했습니까?

코러스8 네, 그기 진짜 궁금합니다. 합천에서 태어나서 진주에서 연극했다면서요. 근데 왜 여기 거제에서 연극을 다시 시작하는지.

코러스3 저 인물에 결혼은 왜 안했는지.

코러스4 어쩌다 올드해지셨는지?

코러스3·8 그건 궁금하지 않습니다.

코러스8 오자마자 바로 연출하고.

코러스3 빽이 좋나 봐요.

코러스8 옛날에 공연 직전에 여자하고 도망갔다는 건 뭔데요?

코러스3 저도 들었어요.

코러스6 말해주세요.

코러스8 말해주세요.

코러스7 그거? 고마 시간이 지나모 자연스레 알게 된다.

코러스8 에이 말해주세요.

코러스2 몰라 몰라.

코러스3 대학교 때 극회 한 거는 맞지요?

코러스5 유명했다 아이가.

코러스7 뭐가 유명했는데요?

코러스2 그기 뭐시 그리 궁금하노?

코러스5 그 이야기 다 할라모 오늘 연습 못 한다.

코러스3 그라니까 더 궁금한데예.

코러스8 듣고 싶습니다!

코러스4 그래. 이왕 이렇게 된 거 옛날이야기나 해 봅시다.

코러스7 그래 재미있겠다.

코러스들 해주세요. 해주세요.

정적.

코러스2 그기… 긴데… 20대 진석, 은수. 위치로!!!

코러스들 위치로!!!

경쾌한 음악과 함께 코러스들 코러스3에게 안경을 씌워준다. 지금부터 코러스3이 신입생 진석의 역할을 한다.

2장. 외사랑

코러스5 때는 바야흐로 1987년, 합천의 아들 심진석이가 진주에 있는 국립대에 합격을 하면서! 이 슬프고도 뻔한 드라마는 시작된다. (다른 코러스들 '경축 합천의 아들 진주국립대학교 합격'이라는 플래카드 들고 지나간다)

코러스2 합천의 촌놈이 대학에 진학했으니 캠퍼스의 꽃, 동아리 활동을 제일 하고 싶었겠재?

극예술연극회 동아리 면접의 순간.

선배4 니 고향 어디야.

진석 합천입니다.

선배7 으아, 출세했네. 그 깡촌에서 국립 경상대를… 니 합천에서 쭉 1등만 했제.

진석 꼴찌하다가 갈 데가 없어서 여기 왔는데예. 그라고 합천 깡촌 아닙니다!

선배2 하하. 그래 그건 됐고 니 연극 알아?

진석 실은 잘 모립니다.

선배5 그런데 와 들어왔어?

진석 여기가 우리 학교에서 젤 이쁜 여자가 많다 캐서… (여자 선배들의 얼굴을 보고) 죄송합니다. 잘못된 정보….

선배4 (나가려는 진석을 잡고) 우쨌든 연애할라고 온 기네. 와, 임마 이거 패기 좋네. 아무튼 열심히 해 보자.

코러스들은 각자 그 시절, 그 연극의 배우로서 대본을 외우고 몸을 푼다. 진석, 자리에 앉아 심각하게 대본을 읽고 일어서서 움직여 가며 연습을 하고 있다.

선배5 카리스마 울트라 캡숑짱 연출선배 등장한다.
연출선배 (등장하며) 비키라.
진석 (어리버리하게) 예.
선배2 신입이었다.
선배5 · 6 일개 코러스.
선배2 입회하고 1년이 지나도.
선배5 · 6 일개 코러스.

진석, 소품과 의상 챙기느라 정신없다. 다른 코러스들 어느 사랑의 신을 연습하고 있다.

선배4 첫사랑 그 사람은.
선배7 입맞춤 다음엔 고개를 못 들었네.
선배4 비단올 머리칼, 하늘 속에 햇미역 냄새를 흘리고.
선배7 그 냄새 어느덧 마음 아파라, 내 손에도 묻어있었네.
연출선배 작가 어디 갔냐? (일동 침묵)
진석 오늘… 좀 늦는다고….
연출선배 작가 어디 갔냐고.
진석 아, 예. 집에 갔다 온다고….
연출선배 이 새끼가… 없으면 니가 그 집에 가서라도 데리고 와야 될 거 아냐! 누가 말하면 그 안의 글을 좀 읽어라, 이 멍충아!
진석 예….
연출선배 한 남자의 순애보가 뭐? 첫사랑 때문에 학교도 포기하고 운동도 포기한다고? 글은 뭣 같이 써놓고 어딜 갔어?
은수 뭐 같은데요?
연출선배 잘하는 짓이다. 집에 갔다가 연습을 늦어? (대본 얼굴에 던지며)

다시 써.

은수 뭐가 어때서요? (긴장감 팽팽하다)

연출선배 너는 광주에서 왔다는 놈이 무슨 이야기를 써야 되는지 몰라? 차라리 네가 겪은 일을 써. 기껏 사랑이야기나 하려고 대학물 처먹고 있는지 알아? 겉멋만 들어가지고.

은수 광주에서 왔다고 광주 이야기만 써야 돼요? 그럼 미국에서 글 쓰는 한국 사람은 다 한국 전쟁만 써요? 그리고 선배가 광주에 대해서 얼마나 안다고 시대정신 운운하세요!!

연출선배 뭐?

팽팽한 긴장감. 진석이 용기를 내어 나선다.

진석 선배님 제가 한 말씀 드려도 되겠습니까?

연출선배 나서지 마!

진석 네….

은수 그리고 선배가 사랑을 알아? 니가 사랑을 모르니까 사랑이 유치하지.

연출선배 이 자식이 미쳤나!

연출선배 은수를 때리려 손을 들고 선배들이 말리고 엉망인 상태로 정지.

선배2 진석이는 저렇게 세상에 당당한 은수가 좋았단다.

선배5 무슨 배짱으로 저 어렵고 무서운 선배한테 대들 수 있을까.

은수 안하면 되잖아.

연출선배 뭐?

은수 끝내자고. (돌아서서 나간다)

연출선배 야! 너 이리 안 와?

선배4 아… 형, 제발 좀 참으세요.
선배7 (진석에게) 야, 재 빨리 안 데려 오고 뭐해?
진석 예? 예!
선배4 형님, 오늘 연습 안 되겠다. 그냥 술이나 한 잔 합시다. 예?
선배7 그래, 그래. 가자 호프 한 잔하러!
선배5 그냥 연습실에서 막걸리 마셨습니다.
선배들 아!

코러스들 다시 막걸리 세팅 완료.

선배4 그 누나가 내를 차고 갔다는 기 도저히 안 믿기는 기라.
선배5 엄청 취했을 때! (다들 취한다)
선배4 그래서 술을 진탕 마시고 찾아 갔다 아이가. 한여름 밤에 소나기도 억수로 오데. 비바람에 바지도 반이나 다 젖어 가지고 누나 자취방 방문을 똑똑… (한 잔 마시고) 그래, 내가 방문을 똑똑… (안주 하나 먹고) 그러다가! 내가 누나 방문을 똑똑….
선배7 야, 와 자꾸 똑똑만 하고 있노? 안 들어가나.
선배4 문이 슥 열렸는데. 아, 그 누나가 그 잠자리 날개 같은 잠옷을 입고… (다들 집중) 잠깐만, 오줌 누고 와서….

연출선배와 은수는 아무 말 없이 술만 마시고 있다. 진석은 어쨌든 은수에게 다가가 보려고 코러스4가 자리를 비운 걸 보고 그쪽에 앉으려고 하는데

연출선배 어이 심진석이, 담배가 없네.
진석 (은수를 한 번 보고) 예. 담배 사오겠습니다.
선배7 (연출에게) 선배, 아무리 그래도 오늘은 은수한테 너무했다. 그라고 대학 연극에서 사랑 이야기 하모 안 되나? 그라모 뭐, 잡혀가나?

진석 (나가려다가) 그… 그러니까요. 시대가 아무리 무서워도 사랑 안 하고 삽니꺼.

선배4 (소리만 들린다) 아직 안 갔냐? 빨리 사와, 임마.

진석 지금 갈라고예.

선배4 (들어와서) 그렇지! 시대가 아무리 뭐 같아도 사랑! 그기 답이다! 맞재? (본인의 자리에 앉으려고 하자 진석이 못 앉게 확 밀어낸다. 넘어지는 코러스, 진석을 째려보더니) 요오가 내 자리가 아닌가? (원래 진석의 자리에 앉는다)

연출선배 어이 심진석이, 연극이 뭐야?

진석 네! 저는 연극은 바로 사랑이라고 생각합니다.

연출선배 (한참을 보더니) 이 새끼가… 그러면 니 연극을 왜 하는데?

진석 그것은 제 청춘의 목적과도 같은 것으로 바로 운명과도 같은….

선배4 담배!

진석 담배… 다녀오겠습니다. (일부러 다른 사람들 못 앉게 의자 위에 가방을 올려놓는다)

선배4 (다시 자리로 돌아와 진석의 가방을 깔고 앉으며) 형님은 맨날 뭐가 그리 심각하노? 얼마나 대단한 예술을 하실라꼬 그리 깨깡시럽게 구노?

연출선배 (대본을 보며) 대단한 예술을 한다는 게 아니고 최소한 연극하는 사람으로서의 사명감, 그리고 시대정신은 있어야 할 거 아냐? 남들 다 하는 사랑 이야기나 할 것 같으면 관객들이 뭐 하러 극장에 오냐. 집에서 드라마나 보지. 사랑과 야망! 얼마나 재미있냐?

은수 계몽 연극이라도 만들어야 그게 시대정신이에요?

연출선배 너 같은 안일한 생각과 무관심 때문에 세상이 안 변한다고. 그래, 계몽이라도 해야지. 약자가 약자로 살아가는 이딴 세상을 바꿀 수 있다면 계몽연극이라도 만들자고!

은수 지랄하네. 그래서 니가 계몽한 게 나냐? 넌 뭐가 그렇게 잘났는데?

은수 자리에서 일어나 옆으로 나가고 연출선배 그 옆으로 가 다가간다.

연출선배 은수야, 작가는 딱 두 가지야. 하고 싶은 이야기를 하거나, 해야 할 이야기를 하거나. 그런데 이런 암흑 같은 시대에는 말이야, 해야 할 이야기를 해야 하는 게 작가의 소명이다. 그런데 사랑 타령이나 하는 네 글은 너무 지겹고….

은수 내가 지겨워?

연출선배 아니, 이 이야기가 너무 지겨워. 답답하고….

은수 답답하면 그냥 헤어지자고 말해. 구질구질하게 굴지 않을 테니까.

연출선배 … 그래. 답답하다. 헤어지자 그만…. (그 말에 우는 은수를 안아준다)

진석, 들어오다가 그 모습을 보고 구석에 숨어 앉는다.

코러스2 아, 외사랑이라고 했던가….

코러스5 나의 마음을 모르는 그녀의 손은 이미 그 남자의 허리를 안고 있고.

코러스2 늦은 밤 흐릿한 백열등 밑의 남자는 그렇게 좌절감만을 가지니….

코러스5 아 가슴 아픈 외사랑이여.

코러스2 속으로 얼마나 외쳤을까. 은수야, 그 선배 안 만나면 안 돼?

진석, 힘든 몸을 일으켜 밖으로 나간다. 바로 은수, 선배의 팔을 풀고 뺨을 때리고 나간다.

코러스2 그날 이후, 은수는 동아리 방에 발길을 끊었다.

코러스5 뿐이가, 휴학을 했다 카더라.

코러스2 첫사랑의 추억은 그녀의 가슴을 찢고.

코러스5 그녀의 추억은 또 한 남자의 가슴을 찢으니.

코러스2 이제는 그녀를 볼 수 없다!

코러스5 결국 진석이는 결심한다!

코러스2 해병대! 해병대에 가서, 죽을 만큼 고생하고 널 잊고 말겠다! 그래서 해병대에 지원해서.

해병대 복장을 하고 있는 진석. 군가를 부르며 나온다.

진석 멋있는 해병대 많고 많지만 바로 내가 해병대 멋진 해병대. 필! 승!!!

코러스5 취사병 했다 하더라.

밥하는 진석.

코러스5 제대할 때까지 총 한 번 잡아본 적이 없단다. 어쨌든 휴가를 명! 받았습니다.

3장. 폭풍우 치는 밤에

태풍이 몰아치는 날이다.

진석 행님! 잘 있었습니까?

선배1 또 휴가가, 뭔 놈의 휴가를 한 달에 한 번 나오는 것 같노.

진석 행님. 그 있으면 1년에 한 번 나오는 기분입니다.

선배1 앉아라.

진석 예… 그런데 오늘 날씨가 그래서 그런가 사람이 없네예 말입니다.

선배1 바람 봐라. 태풍 온다꼬 다 보냈다. 니 올 줄 알았으모 아들 좀 있었을낀데….

진석 행님 봤으모 됐습니다.

선배1 그래, 임마. 고마 우리끼리 술이나 한잔 하자. (바람 소리) 아이고, 고마 오늘 여기서 자자.

진석 예? 예.

선배1 (주머니에서 소주병과 잔 꺼내고) 한 잔 해라.

진석 예. 한 잔 받겠습니다.

선배1 해병대 이야기 좀 해 봐라. 진짜 귀신 잡으러 다니나?

진석 세상에 귀신이 어디 있습니까. 그만큼 용감하다는 거지. 그라고 천리행군에 수중침투훈련에 대테러작전하며….

선배1 취사병이라며?

진석 … 네. (한참 있다가) 그래도 취사병이라도 용감한 건 똑같습니다. 한 번 해병은 영원한 해병!!! (깡으로 부르는 군가) 물새 날아가는 그곳으로….

천둥이 치고 잠시 정전. 코러스 한 명 서 있다. 그 모습을 보고 군가를 부르던 진석 놀란다.

진석 악!

선배4 휴가 나왔나 보네.

진석 네! 형님 반갑습니다.

선배1 니 진석이 온 거 우째 알고 이 태풍을 뚫고 왔노? 바람이 이래 부는데….

선배4 마, 바람만 부는 기 아이다. 길에 나무 다 쓰러져가 뿌리 뽑히고, 후문에 신호등도 하나 넘어졌다. 몇 십 년만의 태풍이라 카드만, 야, 장난 아이데.

선배1 너그 집은 괜찮나?

선배4 방에 유리창 다 터졌다. 유리만 대충 치우고 왔는데… 전에 포스터

싸고 남은 비닐 있재. 테이프하고. (비닐이랑 테이프 챙긴다)

선배1 이 태풍을 뚫고 우찌 갈 끼고. 고마 요 자라.

선배4 그라까, 모르긋다. 다 귀찮다 마.

선배1 다른 집은?

선배4 다 마찬가지지. 동네에 온통 유리 터지는 소리다. 여기서 팡, 저기서 팡! 인명 사고는 없어야 될 낀데.

선배1 히야, 큰일이네… 너그 옆 집에 은수 산다 아이가. 좀 데리고 오지….

진석 예? 은수요? 우리 은수… 아니 우리 동아리 은수 말하는 겁니까?

선배4 (사이) 응. 이번에 다시 복학 했다 아이가.

진석 은수가 형님 옆집에 산다고예? (벌떡 일어서며) 한 번 해병은 영원한 해병!

선배1 야! 뭐하는데.

진석 제가 구해 오겠습니다.

선배4 니가 은수를 왜 구해, 임마! 이 태풍에 나갔다가 큰일 당한다.

진석 수중침투훈련에 천리행군으로 단련된 용감한 해병입니다!

선배1 취사병이라면서!!!

진석 특공 취사병입니다!!!

진석 나가려다가 코러스에게 테이프와 비닐, 미친 듯이 찾아 챙긴다.

코러스2 다 잊었다고 생각했는데.

코러스7 다시 내 안에 꿈틀대는 뜨거움이.

코러스2 그녀가 혼자 있을지도 몰라.

코러스7 그녀에게 가는 길이 멀고 험할지라도

코러스2 태풍이 불고 가로등이 넘어지고, 가로수가 쓰러져도

코러스7 너에게로 가는 길을 내가 만들게.

코러스2 특공취사병정신으로 내가 간다!!!

함께 은수가 들어온다. 다시 놀라는 진석.

진석 귀신이다!!!!

은수 아. 깜짝이야!

진석 (까무러쳤다가) 아, 안녕? 은수야?

은수 깜짝 놀랬잖아. 어머? 너 군대 갔다는 말은 들었는데 휴가 나왔나 보네.

진석 어? 어….

선배4 야… 누구 구하러 간다고 안했나?

진석 아… 네. 구하러 갈라고….

나가기가 싫다. 우물쭈물하고 있는데, 여자선배(들)가 들어온다. 이미 군대 말투는 잊은 지 오래다.

진석 아! 누나. 괜찮아요? 보고 싶었어요.

선배5 어? 진석이 아니가? 그래 반갑다야. 애 왜 이리 지나치게 반가워하노?

진석 누나 자취방에 비닐이랑 테이프라도 붙여 드릴라고 갈라고 했는데….

선배5 어? 자취방?

진석 네.

선배5 나 기숙사 사는데?

진석 예? 아… 언제부터….

선배5 처음부터. 니가 입학하기 전부터….

진석 네… 기숙사가 안전하다니까 다행이네요….

선배5 무슨 소리고… 어쨌든 반갑다. 은수도 와 있네?

은수 네. 집이 무서워서….

선배1 다 잘 왔다. 이왕 이래 된 거. 이 폭풍우 치는 밤에 빠리삐리 빨아보자.

사람들 술자리를 만들기 시작한다. 술을 마시기 시작하는데

코러스2 진석이는 은수만 바라본다.

코러스7 닳겠다. 고마 봐라.

코러스2 은수야. 잘 지냈어?

코러스7 하나도 안 변했네?

코러스2 아직… 혼자야?

코러스7 그렇게 무서운 이야기도 하고, 게임도 하고.

선배1 자, 진실만 말해야 된다. 아니모 원샷이다.

선배4 (진석에게) 좋아하는 이성이 있습니까?

진석 … 네.

선배5 내가? (다른 사람들 웃는다)

진석 아닙니다.

은수 이 방에 있습니까?

진석 (벌주로 술을 마신다)

선배5 내 맞네!!

진석 아니라고! 누가 봐도 아니라고!!

선배1 오… 묵비권을 행사하겠다… 군대에서 그 사람에게 편지를 썼습니까?

진석 네.

선배4 얼마나 썼습니까?

진석 매일 씁니다.

선배들 오….

선배5 시간 가는 줄 모르고 밤새도록 수다를 떨었지. 선배들은 하나 둘 씩 잠이 들고.

선배들 잠이 들고. (선배들은 잠이 든다)

진석 (술이 취해 주정을 한다) 저는요, 정말 세상을 똑바로 살 거예요. 남들이 다 변해도 저는 변하지 않을 거고요. 알겠어요, 저 심진석은 언제나 청춘일 거라고요. 나는 변하지 않아. 나는요, 그러니까 나 심진석은요….

노래를 부르는 진석과 은수만 오도카니 앉아 있다.
은수는 눈을 감고 몸을 아주 조금씩 흔들며 진석의 노래 소리에 귀를 기울이고 있고 진석이 주정을 늘어놓고 잠시 졸다가 머리를 흔들며 눈을 뜬다. 흔들리고 있는 은수를 가만히 바라본다. 은수 눈을 감은 채.

은수 뭘 보니?

진석 응?

은수 너, 나 본 거 알아. 오래오래 나 바라봤잖아.

진석 눈 감고 어떻게 아노?

은수 알지. 내가 왜 모르겠니. (은수가 이제야 눈을 뜬다) 나는 알아.

진석 또 뭘 알아?

은수 다.

진석 에이, 그런 기 어딨노.

은수 그런 게 있어.

진석 뭘 보노?

은수 짜식, 겁은 나면서.

진석 내가 뭐가 겁나. 나 귀신 잡는.

은수 취사병.

진석 취사병… 취사병은 해병대 아닌가….

은수 칫.

진석 아, 진짜 보여 줄 수도 없고.

은수 보여줘 봐.

진석 나박 썰기. 송송 썰기. 깍뚝 썰기. 마당 쓸기….

은수 그런 거 말고.

진석 뭐?

은수 아냐.

진석 말해 봐.

은수 용기.

진석 용기?

은수 그래 용기. (사이) 바보. (다가가 입맞춤한다) 용기.

진석 (잠시 어안이 벙벙하다)

은수 나, 간다. (은수 퇴장)

진석은 멍하니 앉아 있고 선배들은 하나둘씩 일어난다.

코러스5 뭐야. 그날 밤 뽀뽀를 한 거야? 은수가?

코러스7 가능성 있다.

코러스2 아니… 뭐… 그러지는 않았을까… 하는… 뭐랄까… 전지적 작가 시점에서… 상상을 해 보는 거지 뭐….

코러스5 진실을 왜곡하는 주관적인 상상이나 추측은 삼갑시다.

코러스2 그림만 좋구만… 뭐….

다음 날 은수, 국밥이 든 솥을 들고 들어온다.

은수 선배, 내일 진석이 부대 복귀한다고 해서 시래기 국밥 좀 끓여왔는데….

선배1 시래기 국밥? 부대를 복귀하면 부대찌개를 가지고 와야지 시래기를….

은수가 들고 나가려고 하니 선배1이 얼른 솥을 받아든다.

진석 은수야!
은수 집에 재료가 조금 남아서… 저 갈게요.
진석 어. (아쉽다)
코러스 (국물 맛을 보더니) 어우 야. 해장된다 해장 돼.
진석 우와, 나 시래기 국밥 제일 좋아하는데…. (허겁지겁 먹는다)
코러스5 그날 진석이 체했다 카드라.

선배4 진석아, 게임 끝났네.
선배1 그래, 임마. 지금이다. 지금이야. 저렇게 혼자일 때 대시하는 기다.
진석 근데… 그 선배가 자꾸 마음에 걸리네예. 은수가 얼마나 좋아했는데….
선배들 그 선배?

선배들, 서로 마주본다.

선배1 야, 졸업했다.
진석 그래도예.
선배4 그… 결혼했다 카드라.
선배1 가능성 있다.
진석 그래도 마음에 걸려서….
선배1 야, 죽었어, 죽었어!
선배4 아… 그 자석. 뭐 그리 가리는 게 많노. 머리로 연애하나, 가슴으로 해야지, 가슴으로! 여자들이 아무한테나 이래 밥을 해다 바치고 그러는 줄 아나!! 가 봐, 임마! 돌격 앞으로!

진석 예! (뛰어 나간다)

선배4 뭐 어쨌든 여차저차 군대를 졸업하고

선배1 군대가 무슨 대학이냐? 졸업을 하게… 제대를 하고!!!

코러스3 잠깐만요. 그럼 국밥 먹고 나서는 아무 일이 없었대요? 가보라고 해서 뛰어 나갔잖아요.

코러스5 그 길로 바로 부대 복귀했단다. 계속 그랬지. 휴가 나오면 은수 근처에서 어기적거리기만 하다가 복귀하고….

코러스2 다시 어쨌든!! 복학을 했는데, 은수는 여전히 혼자다!

진석과 은수, 동아리방에서 각자 할 일 하고 있는데, 여자 신입생 들어온다.

신입녀1 선배님들, 안녕하세요?

은수 아. 어서 와. 너희들이 이번 91학번 신입생들이구나.

신입녀2 예, 오늘 환영회 있다고 해서….

은수 그래? (다정하게) 들어와.

신입녀1 와, 동아리방 되게 좋네요. 아늑하고 뭔가 멋지네요.

신입녀2 근데 두 분은 몇 학번이세요?

은수 우린 87.

신입녀1 아, 오빠는 그렇게 안 보이세요.

진석 늙어 보이나?

신입녀2 아뇨. 완전 어려 보여서 신입생인지 알았어요. (까르르 넘어간다)

은수 (조금 불편하다)

진석 그래? 난 심진석이다.

신입녀1 저는 황미미입니다.

신입녀2 저는 정나나예요.

진석 그래, 밥은 먹었나?

신입녀1 (애교스럽게) 아직 못 먹었어요. 오빠, 밥 사 주셔요.

은수 조금 있다 환영회하면 배터지도록 먹을 건데.

진석 그래, 그때까지 기다리려면 우리 애기들 허기져서 안 돼. 학생식당 가서 후딱 먹고 오자. 은수야, 같이 가자.

은수 아니, (미소) 난 먹었어.

진석 진짜 안 먹어?

은수 (미소) 안 먹어.

진석 그래? 그럼….

신입녀2 오빠, 밥 먹고 아이스크림도 사 주셔요. 저는 베리베리 스트로베리.

신입녀1 저는 닐라닐라 바닐라.

같이 나간다.

진석, 신입녀들과 다시 들어온다.

진석 은수야, 거기 내 지갑 좀 던져줘.

신입녀2 (콧소리로) 오빠, 빨리 오세효.

은수 야!

신입녀1 예, 저희요, 언니?

은수 그래, 이리 와봐. 너희 신입이니까 호칭부터 제대로 배워야겠다. 연극 동아리에 선배면 선배지 오빠는 뭐야? 연애하러 왔어?

신입녀2 아니… 연애가 아니라, 저희는 그냥….

은수 어디서 말대답이야?

신입녀1 오빠가 그렇게 불러도 된다고….

진석 너희 잠깐 밖에서 기다려라. 잠깐만.

신입녀2 네. (나간다)

진석 은수야, 왜 그라노, 별일도 아닌 걸 가지고. 신입인데 그냥 귀엽

게 봐주라.

은수 귀여워? 니 엄마처럼 보이는데 뭐가 귀여워? 이러니까 동아리에 기강이 안 잡히는 거야. 선배를 우습게 보고 오빠 오빠 하는데 무슨 연습이 되고 무슨 공연을 올려? 너도 제발 어린애들이 살랑살랑 거린다고 침 흘리면서 따라다니고 그러지 마!

코러스7 라고 말하고 싶었지만.

코러스6 누가 봐도 질투하는 모습 보이기 싫은 여자의 마음인지라….

진석 (멍 때리고 있는 은수에게) 은수야!!

은수 어? 어.

진석 무슨 생각을 그래 하노?

은수 아… 아니 뭐. 글발이 갑자기….

진석 니 사실 밥 안 먹었재? 같이 먹으러 가자.

진석이 은수 손목 잡는데, 은수 심장이 쿵덕쿵덕 뛴다.

은수 (놀라서) 왜 이래? 놔.

진석 그렇다고 소릴 질러?

은수 미안해. 아무튼 난 됐으니까 너나 다녀와.

진석 가자. (다시 손목 잡으면)

은수 (쿵덕쿵덕) 놔.

진석 그래. 아 참. (진석 다이어리를 꺼낸다)

은수 뭐야, 이게?

진석 니 다이어리.

은수 내 다이어리가 왜 너한테 있냐고?

진석 막걸리 집에서 주웠어.

은수 그래서 봤어. 봤냐고?

진석 안 보고 어떻게 주인을 찾아주냐?

은수 다 읽었냐고!

진석 야, 지난 일인데 좀 읽으면 어때서? 그리고 넌 자존심도 없냐? 아니 그게 언제 이야긴데 남자 하나를 못 잊어서… 세상에 반이 남자다. 보는 눈도 없고 눈치도 없고….

은수 니가 뭘 아냐? (진석 머리를 때리고 나가버린다) 바보.

코러스1 바보 아냐?

코러스4 은수의 남자가 그 남자가 아닌 것 같은데….

코러스2 어쨌든 바로 화해했음 됐어!

코러스6 어떻게요?

진석 야, 왜 그래. 화났어?

은수 화 안 났어.

진석 화났는데 뭘.

은수 그래 화났다. 화났으면 네가 뭘 어쩔 건데?

진석 풀어줘야지.

은수 네가 무슨 수로?

진석 따라 와 봐. 화 푸는 덴 여기가

나이트클럽. 사람들 광란의 밤을 보낸다.

코러스7 나이트를 간 거예요?

코러스5 응. 거기서 더 이상 헤어나지 못할 은수의 늪에 빠지게 된다.

코러스2 은수가 춤을 추는데 좋은 향기가 나더라네. 비누 냄새 같기도 한… 처음에 무슨 향인지 몰랐는데.

코러스7 땀을 그렇게 흘렸는데 무슨 비누 냄새에요?

블루스 타임에 두 사람 손을 잡지만 은수가 어색하다는 듯 나간다.

은수 (떨며) 땀이 식으니까 춥네….

진석 추워? 내 옷이라도 입을래?

은수 옷 있어?

진석 응, 내 가방에. (옷을 꺼내 준다) 내 연습복이라서 땀 냄새 날 건데… 니 괜찮으면 입고.

은수는 싱긋 웃고는 옷을 받아 입고 진석은 그녀를 바라보기만 한다. 두 사람, 걷는다.

은수 우리 집에 다 왔네.

진석 잘 가.

두 사람. 은수의 집 앞에 다 왔다. 하룻밤의 이별이 아쉽기만 하다. 은수가 먼저 집으로 들어간다.

진석 (혼잣말) 은수야. 나 할 말이 있는데… (용기 내어) 은수야, 내 니 좋다. 니… 글이 참 좋다고. 이번에 새로 쓴 글… 근데 그날 밤… 니가 나한테….

은수, 나타나 진석을 바라보고 있다. 진석, 은수를 발견하고 크게 놀란다.

은수 무슨 밤?

진석 아니다 아니다. (가방에서 노트를 몇 권 꺼내서 준다) 이거 그 밤 이후 매일 쓴 일긴데… 니 생각하면서 편지 쓰듯이 쓴 거다.

가로등 아래에서 은수가 일기를 읽는다.

진석 내가 니 좋아해도 되나?

은수 그게 내가 허락하고 말고….

진석, 은수에게 키스한다.

진석 용기. 이게 내 용기다. 니가 앞으로 어디서 뭘 하고 있어도 내가 니한테 갈게. 무슨 일이 있어도… 내일 보자!

은수 (한참을 멍 때리다가)… 야, 이 새끼야! (혼잣말로) 하다 말고 가냐….

은수도 따라 나가고, 코러스4가 중앙무대로 나간다.

코러스4 그리고 우리는 급속도로 가까워졌다. 첫날밤을 보내던 그 여관. 우리는 말없이 방안에 들어서 서로의 몸을 느끼기 시작했다. 부끄럽다고 말하는 그녀를 위해 불을 끄고 나니 그녀의 붉은….

코러스1 붉은 브라자 이야기는 니 이야기 아니가?

코러스4 (사이) 하하하하하. 신기하게도 그녀는….

코러스1 윗옷은 다 안 벗고 팬티만 먼저 벗는다고?

코러스4 (사이) 하하하하하. 그게 좋았다. 그녀의….

코러스1 시작도 못하고 끝나버렸다면서.

코러스4 안 해, 안 해. 뭐 좀 이야기가 재미가 있어야지 말이야. 무슨 청소년 성장드라마도 아니고 기껏 한 게 뽀뽀, 키스 밖에 없냐. 이야기를 할라면 이런 좀 자극적인 이야기를 붙여줘야 사람들이 좋아한다 말이야. 봐… 뭔진 몰라도 이 공간 안의 집중력이 엄청나게 좋아졌잖아.

코러스7 주제와 상관없이 오로지 관심을 끌기 위해 자극적이고 선정적인 장면 삽입은 삼갑시다!!

코러스4 삽입?

코러스2 고마하라고….

코러스6 더러워요.

코러스2 어쨌든! 그날 이후 두 사람 눈뜨고는 못 봤다.

축제의 공간. 시끄러운 음악.

사회자 네, 다른 커플 없으십니까, 그럼 이제 게임 시작합니다.

은수 여기요, 여기.

진석 뭐, 뭔데… 이거?

은수 뭐긴, 커플 게임이지. (진석을 앞으로 민다)

사회자, 진석의 머리에 만보기를 붙인다.

사회자 자. 마지막 참가자가 결정되었습니다. 아시겠죠? 머리에 붙인 만보기에 숫자가 많이 올라가도록 무조건 흔드시면 됩니다. 숫자가 가장 많이 나온 분에게 상품, 상품 드리겠습니다.

은수 1등이 자전거야, 파이팅.

진석 내 이런 거 못하는데….

은수 이거 1등 못하면 남자 아니다. 진석아, 자전거!

사회자 시! 작!

진석 (두리번거리다 머리 흔들기 시작한다)

사회자 예예, 지금 올라가고 있습니다. 아, 이분, 속도가 장난 아닌데요?

진석, 죽기 살기로 흔든다.

사회자 그만! 그만, 이제 흔드시면 탈락입니다. 자, 1번, 162. 2번, 190, 그리고 마지막 분! 전원을 안 켜셨네요.

진석 (쓰러진다) 으악!!!!

사회자 다음은 내겐 너무 가벼운 그녀.

은수 하자 하자.

진석 그만하면 안 되나? 나 토할 거 같아서….

은수 와! 너 진짜 유리하겠다. 나 몸무게 정말 적게 나가잖아.

진석 진심이가?

은수 야, 저 여자들 덩치 봐. 우승은 따 놓은 당상이지!

사회자 예, 준비하시고… 시, 작!!

진석 은수야, 사랑한다.

은수 진석아, 나도 사랑해! 나 너한테 꼭 시집갈 거야!

진석 나도! 무슨 일이 있어도 너한테 갈게! 니가 어디 있어도!

진석은 악을 쓰며 버티고 그를 바라보던 은수, 진석의 입을 맞춘다.

코러스5 눈 뜨고는 못 보겠더라고.

코러스7 그런데 왜 결혼을 못하신 거예요? 혹시! 은수 선배 고향이 광주라서 결혼을 못 한 거예요? 합천의 아들과 광주의 딸… 이거 뭔가 불길한 조합이라는 게 처음부터….

코러스1 그것 때문은 아니고. 광주비엔날레 갔을 땐가? 은수네 식구들한테 인사는 했다고 안했나? 30대 진석, 등장한다.

이제부터는 코러스4가 진석의 역할을 한다.

4장. 광주에서

광주비엔날레. 은수에 비해 진석, 어딘지 모르게 어둡다.

은수 (리플릿을 보며) 이 무지개다리가 '경계를 넘어'를 상징한대. 주위 자연과 어울리는 빨강, 파랑, 흰색으로 단장한 세 개의 아치형 다리가 중앙 부분에서 하나로 겹치는 조형은 국가, 민족, 이념, 종교 등을 초월하여 마음의 벽을 허물고….

진석 ….

은수 진석 씨, 듣고 있어?

진석 응. 좋네.

은수 뭐가 좋아? (사이, 진석이 어두운 것을 눈치 채고 일부러) 뭐야? 지금 한눈 판 거야? 예쁜 여자 쳐다봤지?

진석 응! 너만 봤어.

은수 웃어야 되는 거야?

진석 은수야, 우리 잠깐 앉을까? 오늘 사람 진짜 많다.

은수 광주에서 이런 국제적인 문화예술축제는 처음이잖아. 배고프지? 우리 일단 밥부터 먹고 올까? 내가 광주에서 제일 좋은 레스토랑 알아뒀다.

진석 레스토랑은 뭐… 그냥 그냥 국밥이나 한 그릇 하자.

은수 우리 좋은 식당 가서 먹자. 여기 진짜 맛있대. 나 월급도 받았는데… 나 제일 맛있고 좋은 거 먹고 싶어.

진석 그래. 니 국밥 제일 좋아하잖아.

진석, 식당을 찾는다. 그런 진석을 바라보는 은수.
은수의 아버지, 삼촌, 어머니, 할머니, 이모를 만난다.

아버지 으미. 이것이 누군가. 우리 은수 아잉가.

은수 (당황해하며 그가 누구 역할을 하는지 모른다)

아버지 이것아 내가 니 애비랑게.

은수 아. 아버지… 아버지구나… (진석에게) 아버지랑게… 아니 아버지셔.

진석 아… 아버님 안녕하십니까.

코러스들, 진석과 은수에게 본인 소개를 한다. 어머니, 이모, 할머니, 삼촌….

어머니 그래. 이 친구가 그 영화감독 한다는 그 친군가?

이모 움마. 긍가 보구만.

진석 아니 그게 아니고 전….

은수 (진석을 찔러 말린다)

아버지 딱 생긴 것이 언젠간 거장이 될 상일세….

삼촌 그라제, 그라제. 이렇게 예술을 하니까 여그 (힘주어) 문화예술축제 광주비엔날레도 오고 그러는가 보구마잉.

아버지 그라제. 그라제. 자네 이름이.

진석 아, 예예. 심진석입니다.

어머니 그래. 식사들은 했는가?

진석 (자격지심에) 네. 지금 맛있는 거 사먹으려고….

이모 움마? 이 좋은데 와서 사 먹긴 뭘 사 먹어?

어머니 이렇게 좋은데 올 때는 밥을 싸 와야제. 은수야, 왜 이렇게 센스가 없냐.

은수 아니. 그게 아니고….

아버지 여보, 말은 그만 허고 자리 펴 보소.

어머니 소풍을 나왔으믄 김밥을 먹어야제. 소풍의 뽀인트는 김밥 아닌가! 자네 김밥 좋아하는가?

아버지 정녕 이것이 단가?

어머니 그냥 처먹어.

아버지 (할머니에게 자랑한다) 그라제, 그라제. 엄니, 이 사람이 바로 우리 은수하고 요즘 만나는 영화감독님이랑 게요. 지금은 공부 중이지만 나중에 허벌나게 유명해질 거랑게….

할머니 그랑가.

진석 아니… 감독은 아니고… 안녕하십니까….

할머니 그라제, 그라제. 상이 뚝배기 같은 것이 지긋한 맛이 있다.

어머니 우리 은수하고 6년을 교제했다고? 그럼 부부나 다름없지. 방구 텄제?

은수 엄마, 그만 좀 하랑게….

이모 니 엄마가 이렇게 주책이네이… 그래, 양친은 살아 계시고?

진석 예.

아버지 뭣 하시는가?

진석 농사지으십니다.

아버지 그라제, 그라제. 농사 짓는 사람이 제일로 양반이제잉. 농군 집안 자손들은 대대로 정직하고 성실하다고 안 했능가.

진석 감사합니다. 장인어른. 장인어른도 좀 드십시오.

삼촌 장인어른? 장인어른? 아직은 좀 이른 호칭이 아잉가 싶소마잉.

아버지 장인어른… 장인어른. 자네들도 들었는가? 엄니 들으셨죠잉. 장인어른이라고. 하하하….

모두들 한바탕 웃는다.

아버지 그래, 많이 들게. 글고 봉께 자네 참 인상이 좋네 그려. 둘이 같은 학교 나왔으니 말도 잘 통할 것이고.

삼촌 천생연분 아이요.

어머니 야가 얼마나 자랑을 허는지, 자네가 그렇게 속정이 깊고 잘해준다고….

이모 아이고, 지금 자들 눈에 뭐가 보이겄소? 마냥 좋제….

은수 이모, 그만해.

이모 이모, 그만해. 가이내. 내숭은.

왁자한 웃음.

삼촌 그래, 집이 어데라고?

진석 예, 합천입니더.

삼촌 그래 그래, 합천 좋지. 합천 해인사도 좋고잉… 합천? 합천!! 그 대머리 새끼, 전! 두! (뒷목 잡고 넘어간다)

아버지 (아버지가 대머리다. 삼촌에게) 대머리는 빼라잉. (진석에게) 이 처죽일 놈의 새끼!

진석 예? 왜… 이러십니까.

은수 삼촌! 사람들도 많이 있는데 여그서 왜 이라요!

어머니 그만 가드라고. 자네는 여기 올 사람이 아닝게.

진석 갑자기 왜들… 제가 뭐 잘못했습니꺼?

아버지 니 잘못은 그 잘못을 모르는 것이 잘못이랑게!!!

삼촌 이 대머리 새끼. 빨리 안 꺼지는가?

아버지 대머리는 빼랑게. 아주 다 여그 사람들한테 큰소리로 말해 볼까. 니가 여그 있을 놈인지?

은수 그만들 하랑게.

삼촌, 이단 옆차기하고 진석 피하고 난리법석.

진석 아니, 삼촌. 제가 뭘 잘못했습니까. 광주사태….

삼촌 민주화 항쟁이여, 씨벌 놈아.

진석 예, 민주화 항쟁….

삼촌 늣들은 몰라. 우리가 얼매나 드러내고 외칠라고 혔는지, 광주 아닌 것들은 다 몰러.

할머니 그만들 해라!

아버지 엄니.

할머니가 아직 흥분해 있는 삼촌을 지팡이로 때려서 말린다.

할머니 촌스럽게 이것이 뭣 하는 짓인가? 최소한의 예의는 지키랑게.

삼촌 엄니 경상도 합천 대머리의 자석이라는디 뭔 예의라요?

아버지 몇 번을 말해! 대머리는 빼드라고! 그냥 탈모여 탈모!! 그라고 대머리가 뭔 죄여!! 이 대한민국에 대머리가 700만이여. 700만의 대머리를 무시하는 언사는 하덜 말란 말이여!!

할머니 그만들 하랑게!! (할머니 또 지팡이를 든다. 꼼짝 못하는 삼촌. 아버지. 진석과 은수에게) 우들은 아파도 늦들은 아프면 안 되제. 이해해라잉.

기차소리와 함께 무대가 기차 안으로 바뀐다.

은수 오늘 많이 놀랬지?

진석 아… 아니… 놀랬다기보다 뭔가 생각지도 못한 걸 느꼈다고 할까….

은수 우리는 적어도 사람이니까… 내 이웃의 새끼들이 죽어나가는 걸 보고만 있을 순 없어서 나선 거야. 정치고 경제고 빨갱이고 아무것도 몰라. 그냥 내 새끼들, 내 친구들 지키러 나간 것뿐이야. 그러나 세상은 그렇게 알아주질 않더라. 세상은 진실이고 뭐고가 그렇게 중요한 것이 아니더라구… 그러니 우리 가족들 이해해줘. 진석씨… 왜 연극해?

진석 왜?

은수 궁금해. 왜 연극하는지.

진석 글쎄.

은수 말이 뭐가 그래.

진석 음, 니가 있으니까.

은수 또?

진석 그거면 됐지 뭐.

은수 내가 없으면 관둘 거? 봐, 아니잖아.

진석 세상이 엉망이잖아.

은수 ….

진석 진실을 이야기하고 싶어. 연극은 비록 허구지만 끝없이 진실을 찾잖아. 이렇게 계속하다 보면 최소한의 상식 정도는 통하는 세상이 오지 않을까? 연극을 보며 한 명 한 명 바뀌다 보면.

은수 그럴까?

진석 응, 나는 믿어. 분명, 아름다운 세상.

은수 아름다운 세상, 그래 좋네. 말은 이쁘다.

진석 왜, 넌 아닐 것 같아?

은수 … 아냐. 진석 씨라면 할 수 있을 거야. (은수, 진석의 어깨에 기대어 잠이 든다)

기차 안 손님으로 있던 코러스들이 진석의 마음속 울림의 소리가 되어.

코러스7 문득 나의 꿈과 이 여자의 행복을 동시에 가질 수 있을까, 아니 둘 중 하나라도 가질 수 있을까,

코러스5 하지만 나는 불안한 마음을 애써 눌렀다. 나는 청춘이었다. 그럴 수 있으리라 믿었다. 아니 확신했다. 아무래도 나는 청춘이었으니까.

코러스2 아무 생각 없이 대단한 예술 하는 마냥 겉멋만 들어서 폼 잡고 있던 그에게 갑자기 큰 울림의 질문이 들린 거야.

코러스3 목적 없이 청춘이라는 소중한 시간만 허비하다가 생산의 가치를 발견한다.

코러스5 기본적인 상식. 작은 몸짓.

코러스2 진실이 통하는 세상-

코러스5 너의 작업 하나가 한 사람의 운명을 바꿀 수 있어.

코러스3 · 7 운명을 바꿀 수 있어-

코러스2 운명을–

코러스5 운명을–

코러스7 바꿀 수 있어–

코러스2 바꿀 수 있어–

코러스5 그렇게 한 명 한 명 변할 수 있다면 분명 아름다운 세상을 만들 수 있을 것이다.

코러스7 · 3 아름다운 세상–

코러스2 가치 있는 작업–

코러스5 삶의 목표–

코러스7 · 3 나는 왜 연극을 하는가.

코러스2 청춘의 목적은 무엇인가.

코러스5 수 없이 많은 질문의 울림 속에서

코러스2 연극을 해야 할 목적을 찾는다!!

코러스7 그런데 이 작업과 이 여자의 행복을 동시에 가질 수 있을까. 이 여자도 마냥 기다려줄 수만은 없을 텐데….

은수, 침대에 누워 있는 아버지 식사 그릇 치우러 들어간다.

아버지 우리 귀한 딸래미가 고생이 많네잉.

은수 아녀 아빠. 매일 오는 것도 아닌디 뭘….

아버지 은수야. 그 친구, 진석이? 참 인상이 좋아 보이데. 눈매도 서글서글허니, 꿈도 많고 욕심도 많을 거 같더라. 영화감독이라 그런지 무엇보다도 똑똑해 보이고….

은수 아부지, 긍게 엄마 좀 말려줘요. 엄마는 하루 종일 선보라는 이야기만 혀요.

아버지 그라제, 그라제. 그날 우덜이 좀 심했제? 사실 이 아빠는 말이다잉. 그날 화는 좀 냈어도 우리 은수가 좋은 사람이면 아빠도 좋은 겨.

은수 근디 엄마가 아버지를 위해서라도… 빨리 결혼하라고 그랴.

아버지 뭔 말이여. 아빠가 뭐 당장 어디 가나? 걱정을 하덜 말어.
은수 네… (아픈 아버지의 말에 울컥해) 물 떠 올게요. (나간다)

은수 나가는데 엄마 듣고 있다가

어머니 은수야, 니 아부지 얼매 못 산다. 알제?
은수 엄마, 제발….
어머니 (사진 준다) 지발 한 번만 만나 봐라. 대기업 다닌디야.
은수 아빠는 괜찮다는디 엄마가 왜 이랴.
어머니 이 철없는 것아. 니 아버지가 진짜 괜찮아서 괜찮다고 하시는 겨? 정말 니 아버지 맴을 몰라서 그러는가? 그라지 말고 지발 한 번 만나 봐.
은수 엄마.
어머니 아버지 돌아가시고 나서 후회하덜 말고!!

은수, 나간다. 어머니 따라 나가고.
진석, 목장갑 끼고 조명장비 옮기고 있다.

은수 (음성메시지) 진석 씨, 나 사랑하는 사람 생겼어. 누구냐면… 우리 반 애들. 하하하. 첫 발령이라 그런지 학생들 보면 설레. 국어 교사로서 문학을 가르치는 것에 어떤 고민도 많고… 나 할 말 있으니까 토요일에 만나요.

작업반장 아, 빨리 빨리 해요!
진석 예, 다 됐습니다.
작업반장 비도 오고 하는데, 비 다 맞으면서 일했네. 총각, 목욕비 삼천 원 더 넣었어.
진석 감사합니다.

지폐 세어 보다가 주머니에서 얼마 더 꺼내어 반지를 사러 간다.

코러스6 그 돈으로 뭐했대요?
코러스5 반지 샀다.
코러스6 다이아반지?
코러스2 돈이 어디 있노? 은반지. 그것도 실반지 제일 싼 거. 하하하.

5장. 사랑이 지나가면

백사장에 앉은 두 사람.

진석 (반지를 꺼내려고 주머니에 손을 넣는다) 은수야. 나 할 말이 있는데, 내가 지금은 달리 직업이 있는 것도 아니고… 그렇지만….
은수 진석 씨, 저기… 내가 먼저 얘기할게. 요즘 아버지가 몸이 안 좋으셔.
진석 (반지를 다시 넣고) 아… 왜 말 안했어?
은수 그래서 나 요즘 선 보러 다닌다. 이러다 진짜 시집이라도 가게 되면 어쩌려고 지금 이렇게 여유를 부리셔?
진석 어쩔 수 없지 뭐.
은수 어쭈구리? 나 놓쳐도 돼? (장난으로) 뭐, 대기업 다닌다는 거 같던데?
진석 은수야, 나도 진짜 영화감독 할까?
은수 진석 씨. 그건… 내가 진석 씨가 부끄러워서 거짓말한 건 아냐.
진석 안다. (한숨)
은수 전에 내가 말한 거 생각해 봤어?
진석 응.

은수 지금 공무원 시험 준비해도 늦지 않을 거야. 연극 얘기 못한 건 내가 미안하고….

진석 내가 연극 계속하면 니는 평생 내 뒷바라지나 하면서 살 테고. 살겠재?

은수 그러니까 시험 준비해. 진석 씨는 머리도 좋고….

진석 취직하라고, 지금이라도?

은수 집에다가 잘 이야기할게. 연극도 아니고 영화한다고 말했는데….

진석 연극이 어때서?

은수 연극은 아무 죄 없지. 하지만 그걸 뜯어 먹고 살 순 없잖아.

진석 내가 지겨워졌으면 지겨워졌다고 말해. 도통 미래가 안 보이는 놈이랑은 불안해서 못 견디겠다고!

은수 진석 씨!

진석 예전에 너한테는 어떤 향기가 났다. 그런데 지금은 아냐. 그냥 아무 냄새도 안 나.

은수 그게 무슨 말이야?

진석 넌 변했거든.

은수 그래, 나 변했어. 그게 뭐 어때서. 진석 씨도 현실을 좀 봐.

진석 아니, 나 연극할 거야.

은수 내가 이렇게 부탁하는데도?

진석 그래.

은수 그게 뭔데. 도대체 그게 뭐라고….

진석 그만 하자.

은수 솔직히 진석 씨 연극에 소질 없어. 우리 이만큼 해봤으면 됐잖아. 그러니까 이제 꿈은 그만 꾸고….

진석 니 너무 솔직한 거 아니가. 그래, 나도 니까지 고생시킬 마음 없다. 니라도 편하게 살아야지. 그러니까 니는 그렇게 살아라.

은수 무슨 소리야.

진석 니 맘 편하자고 나한테 먼저 듣고 싶은가 본데. 그래 우리 그만 헤어지자. 가자. 계속 있을 거가? 그래 나 먼저 간다.

은수는 남고 진석은 떠난다.

코러스2 그게 사랑이라고 믿은 거지.

코러스5 아니. 그래도 말이 돼? 반지까지 준비해 놓고 그 선이니 결혼 이야기에 마음을 바꾼다는 게? 남자는 다 그런가?

코러스1 아니, 그럼 여자는? 남자가 자격지심 있는 걸 알면 그걸 다독여야지, 이러면 안 되는 거 아닌가?

코러스7 여기서 갑자기 남자, 여자 문제로 풀라카면 밤을 새야 하고… 진석 선배 이야기에 집중합시다.

코러스2 지금 당장 결혼한다면 우리가 행복해질 수 있을까? 이 결혼을 위해서 그동안 가져 왔던 모든 꿈을 버리고 평범한 삶을 살 수는 있을까?

코러스7 즉흥적인 마음인지, 자격지심이 쌓이고 쌓인 게 삐져나온 건진 모르겠지만… 한 가지 확실한 건 정말 잘못된 선택, 실수, 미쓰라는 거.

코러스5 그래, 큰 일로 헤어지는 게 아니야. 식당가서 메뉴 고르다가도 헤어지더라니까.

코러스들 그래 그래 맞다.

코러스6 그래서 어떻게 됐어요?

코러스2 어떻게 되긴… 끝났지.

코러스5 은수는 부산으로 시집가고….

코러스2 그렇게 첫사랑의 홍역이 끝난다. 아니 시작인가?

진석, 연습실에서 음성 메시지를 듣는다.

은수 진석아. 너, 내가 어디에 있더라도 나 찾아온다는 약속 안 잊었지? 나도 너한테 시집간다는 약속 안 잊을게.

음성 반복 청취는 1번 … (삐) 삭제되었습니다.

은수 하하하. 나 첫 월급 탔다. 자기 뭐 해줄까? 이제 자기는 아무 걱정하지 말고 연극만 해.

음성 (삐) 삭제되었습니다.

은수 진석 씨, 공연 끝났는데 방해될까봐 나 먼저 가. 당신은 대한민국 최고의 연출가입니다!

음성 (삐) 삭제되었습니다. (삐) 삭제되었습니다. (삐) 삭제되었습니다.

진석 수화기를 들고 운다.

코러스6 그럼 그 후로 연극을 그만두신 거예요?

코러스2 아니. 연극 계속 열심히 했다. 가끔 연습 마치고 술 마시면 진상을 피워서 그렇지. 참, 그 일도 있지 않았냐? 자살 시도.

코러스6 예? 자살 시도까지 했어요?

코러스2 뭐… 꼭 죽을라 캤던 건 아니고… 전에 산 반지. 그거 저 강물에 띄워 보낼 거라고 남강 다리에 섰단다.

진석, 남강 다리 위에 서서 강물을 바라보고 있다. 어느 누추한 남자가 옆에 선다. 식용유와 술병을 들고 울고 있다. 진석 돌아서서 가려고 하는데 뭔가 불안하다.

자살 남 경숙아… 경숙아…. (흐느껴 운다)

진석 저… 아저씨, 여기서 이러시면 사람들이 오해를 할 것 같은데… 위험하기도 하고….

자살 남 내가 가난하다고 여자한테 차였습니다. 이 가난이 내가 원해서 가진 가난도 아닌데 그렇게 여자한테 차였습니다.

진석 그렇죠. 그 가난이 우리가 가질라고 가진 게 아니죠.

자살 남 총각은 내 마음 이해합니까? 세상 사람들 다 내 맘 모를 거라고 생각했는데….

진석 이해합니다. 천 번 만 번이고 이해합니다. (두 사람 껴안고 운다)

자살남 이런 세상에 내가 살아서 뭐 하겠노. 고마 죽어 뻘란다.

진석 아저씨 이러시면 안 됩니다. 죽는다는 말 그렇게 쉽게 하는 거 아닙니다.

자살 남 아이다. 난 요오서 죽을 끼다… 경숙아! 경숙아!

진석 아뇨. 아저씨 우리 그냥 이렇게 힘들어도 같이 살아요.

남자의 행동이 격해지고 경찰과 방송국에서 사람들이 나온다.

경찰 1 진정하세요! 위험하니까 빨리 내려오세요! 원하는 게 뭡니까?

자살 남 경숙이 니 너무한 거 아니가? 내가 니랑 튀김 장사하면서 쌓은 정이 얼만데 이래 내를 버린단 말이고! 이 튀김 기름보고 다시 한 번 생각해봐라. 응? 경숙아!! 니 안 오모 나 요서 콱 뛰어 내리뿔끼다!!

진석 아녜요. 우리 그냥 살 거예요. 아무 일도 아닙니다. 내려갈 겁니다.

경찰2 왜 저런데?

경찰 1 옆에 있는 남자가 경숙인 것 같은데, 헤어지자고 했다네.

기 자 네, 지금 남강 다리에서 한 30대 남성이 자살을 시도하고 있는 현장입니다. 네. 지금 바람이 많이 불어 저 남성의 요구 사항은 들리지 않는데요. 뭐라고 하고 있습니까?

경찰 1 네. 지금 두 사람이 사랑의 감정으로 저러고 있는 것 같습니다. 뭐라고 하는지는 정확히 모르겠지만 우리 그냥 사랑하게 해주세요… 하는 것 보니까….

진석 뭐가 안 들리고, 사랑하게 해주세요야. 그냥 살게 해 달라고. 그냥 내려갈 거라고!!

경찰 1 특히 저 경숙이라는 이름의 남자가 헤어지자는 말을 해서 분신용 휘발유를 들고 있는 것으로 알고 있습니다.

진석 아니라고!! 내 이름은 심진석이라고!! 우리 그런 관계가 아니라고!! 내려갈게요. 내려간다구요.

경찰2 내려오면 안 됩니다. 위험합니다. 그대로 계십시오.

자살 남 경숙이 아직 안 왔나? 나 진짜 뛰어 내릴까? (자살 남, 뛰어내리려는 시늉하고 진석이 제지한다. 사람들 놀라고)

경찰2 아… 위험합니다. 119가 오면 구조를 해 드리겠습니다. 어떤 어려움이 있더라도 삶을 포기하지 말고 이 아름다운 세상을 함께 만들어 봐요.

진석 아, 미치겠네. 뭘 아름다운 세상을 만들어? 난 다 들리는데 당신들은 왜 안 들린다고 그래요!! 내려갈 거라고. (자살 남의 식용유를 들고) 이건 휘발유가 아니라 식용유라고요. 식용유!

기자 드디어 분신 시도가 시작된 것 같습니다. 경숙이로 알려진 남자가 휘발유를 몸에 붓고 있습니다.

진석 내가 언제 휘발유를 몸에 부었다고 그래요….

기자 동성애와 생활고를 비관하여 자살 시도를 하고 있는 이 긴급한 현장에서 본 기자는 용기를 내어 직접 다가가 대화를 시도해 보겠습니다. 여기는 국민의 알 권리와 볼거리를 위해서라면 지옥까지 쫓아가는 엠비에스 조진희 기자였습니다.

진석 다가오긴 뭘 다가와. 바로 앞에 있으면서. 거기서 이야기해도 다 보이고 다 들리잖아. 왜 그래 진짜. 나 그냥 내려 갈 거라니까!!!

진석, 다리에서 미끄러져 떨어지고 사람들 모두 놀라서 정지 동작. 잠시 어두워지면 무대 정리된다.

코러스6 어떻게 된 거예요?

코러스2 어떻게 되긴. 떨어졌지.

코러스6 그럼 강물에 떨어졌는데도 살았어요?

코러스2 응. 살았다. 다리 안쪽으로 떨어져서 오히려 경찰들한테 오지게 맞았다지. 사람 놀라게 했다고….

코러스6 이거 연극으로 만들면 진짜 대박이겠다.

코러스2 왜 우리는 만들고 있는 거 같지… 휴, 이게 뭐가 재미있냐. 다 뻔한 이야기지 뭐. 젊을 때 이런 사랑 안 해본 사람이 어디 있노. 그냥 가슴에 품고 사는 거지.

코러스1 그래. 그만 연습이나 합시다. 연출 와서 뭐라고 하기 전에….

코러스5 뭔 소리 하노? 아직 남았다 아이가.

코러스7 이제부터가 하이라이튼데 왜 그만하자 카노?

코러스2 됐다. 그냥 그만하자.

코러스들, 다시 거제도 연습 시작한다. 동작들을 맞추면서

코러스3 그런데 연출 샘 사랑 이야기만 있고 연극을 왜 그만뒀는지, 거제에는 왜 왔는지는 아직 못 들었는데요?

코러스1 그런 기 있다.

코러스3 에이. 이럴 거면 이야기 시작을 말든가. 괜히 더 궁금해지잖아요. 결국 다 얘기해 줄 거면서.

코러스5 다 진석이 지 잘못이라고 생각하더라.

코러스1 본인을 용서하지 말라고.

코러스3 왜들 그러세요? 뭐 진짜 막장 드라마처럼 그 여자 분이 연출님을 못 잊어서 뭐 죽기라도 한 거 아니면….

다들 정지.

코러스1 (한숨) 그래, 끝까지 해 보자.

은수, 화려하게 차려입고 들어온다.

은수 언니, 오랜만이야.

여선배2 얼굴 좋네. 잘 지내나?

은수 그럼. 건강하지?

여선배2 진석이 소식 묻는 거제?

은수 (멋쩍어) ….

여선배2 (끄덕) 서울에서 내려왔다.

은수 왜? 뭐가 잘 안 됐어?

여선배2 아니. 어디에서 연극하는 건 중요한 게 아니란다. 어떻게 하는지가 더 중요하다고. 어디서든 진심을 다하면 최고의 작품이 나온다고 에너지가 넘친다.

은수 잘 됐네. 이거…. (봉투 건넨다)

여선배2 후원금으로 넣을게. 고맙다. 번번이. (웃음) 나보고 주는 건 아니지만.

은수 자꾸 귀찮게 해서 미안해 언니.

여선배2 남편은 아나?

은수 당연히 알지.

여선배2 (사이) … 은수야… 니 진석이랑 헤어진 거 후회 안 하나?

은수 후회는 무슨… 다 지난 일인데. 그럼 다음에 봐. (은수 밝은 모습으로 떠난다)

코러스7 그래도 진석이 앞에 부끄럽지 않을 거라고, 진석이 신경 쓰이게 안 할 거라고 열심히 살았다. 그 사건이 터지기 전까지는….

코러스3 무슨 사건인데요?

코러스2 이자 많이 준다는 말에 속아서 사기를 당해 버린 거라. 같이 사는 아파트 사람들, 동네 사람들 사기 피해자가 한 둘이 아니란다. 그때는 뉴스에도 나고 제법 유명한 사건이었다… 모든 게 지

탓이려니 생각하니 우울증만 생기고. 그 와중에 남편은 바람을 피우고… 내가 말 안했어야 됐다. 진석이한테.

코러스3 그래서 자살을….

코러스2 아니, 잠적을 했다. 어디론가 숨어 버렸다. 물론 나한테는 연락이 왔다. 거제도에 있다고. 그래서 내가 내려갔는데 안 올라고 하더라. 두 사람 다 그대로 놔뒀으면 더 큰 일이 없었을 건데… 내 죄다.

거제도. 진석, 멸치 그물 털고 있는 은수를 발견한다. 아무 말 없이 멀리서 바라보고 있다.

코러스5 은수야… 니 여기서 뭐하는데….

코러스7 진석이 마음이 얼마나 아팠을까… 사랑하는 사람을 지켜주지도 못했는데 이 낯선 섬에서 평생을 고된 일 한번 안 했을 저 손이. 펜을 잡고 있어야 할 저 손이 세상을 피해 그물 속으로 숨어버렸구나….

일을 마친 듯 은수가 나오고 진석이 그 앞으로 선다.

코러스5 아무 말도 안 했단다.

코러스2 무슨 말이 필요하겠노. 무슨 일이 있어도 내가 널 찾겠다고 약속했는데….

코러스5 그렇게 찾아왔고….

코러스7 아직도 못 믿겠지만 정말 말 한 마디 안하고 은수 숙소에서 같이 밤새고 집에 바래다 줬단다.

구석에 같이 앉아 있던 두 사람 다시 걸어 나온다. 마치 세상 밖으로 나가듯이

코러스3 그럼 잘 해결된 것 아닌가요?

코러스1 그런 줄 알았는데, 그게 더 큰 화를 부를 거라고 왜 생각을 못했을까?

코러스5 싫은 자리에 다시 앉혀 놓으니 은수 우울증이 더 심해진 거라.

코러스7 은수의 전 남자가 다시 집에 데리고 왔다는 걸 안 남편은 아예 대놓고 바람을 피우고….

코러스2 내가 진석이한테 말을 안 했어야 하는데….

코러스1 누나가 말 안 했어도 어떻게든 알았을 낍니다.

전화를 받는 진석.

은수 진석 씨….

진석 응…. (어색한 침묵)

은수 잘… 지내요?

진석 잘 지내지 뭐…. (어색한 사이)

은수 연습은 잘 돼요? 바쁘죠?

진석 응. 항상 그렇지 뭐. 연습하고. 공연하고….

은수 한 번만 만나면 안 될까. 나 마지막으로 한 가지….

진석 (말을 끊고) 아니. 만나지 말자. 이제는 니 어디에 있어도 안 찾을 거다. 우리 그냥 뒤 돌아보지 말고 그렇게 살자. 잘 살아라. 진심으로 빌게.

은수 그래요. 내가 무슨 자격으로….

진석 사람들 모여서 전화 끊을게.

전화를 끊고 음향 콘솔 옆 연출의 자리에 앉는다.

코러스2 자기가 집에 데리고 들어갔다는 걸 은수 남편이 알고 더 불화가 심해졌다는 말을 어디서 들었는지, 더 이상 두 사람 사이에 끼어들지 말아야겠다는 두 번째 잘못된 판단을 한 거라.

코러스5 그렇게 서로를 그리워하면서 어떻게 말 한 번 제대로 못 전했을까. 그 진심을….

코러스6 그러게. 그냥 그만 헤어져라. 나 아직 혼자다. 나에게 돌아와라 하면 될 것 같구만.

코러스2 그렇게 시간만 지나고….

연극 '짬뽕' 연습 장면.

진석 자, 음향.

총소리 요란하게 들린다.

만식 니미럴! 개자식들! 가야겠어!

지나 안 돼! 가지 마!

작로 너 가믄 죽어, 임마!

만식 인생이 별 거요?

갑자기 후배 코러스가 뛰어 들어온다.

진석 야, 임마. 니가 거기서 뛰어 들어오면 어떡해!

후배1 선배….

무대 잠시 어두워지고 은수의 장례식장으로 변한다. 사람들 모여 앉아 있고 그 속에 진석, 국밥 먹고 있다.

코러스5 다들 진석이 눈치만 봤다 아이가. 지금은 남인데, 남의 장례식장에서 진석이가 소란을 피우면 어쩌나 하고. 근데 아무 말도 안하고 국밥만 먹고 있으니 보는 사람이 더 가슴 아픈 거라.

진석, 국밥 한 그릇 뚝딱 다 먹고 일어서더니 빈소의 남편 앞에 서서 한참을 쳐다보더니 나간다.
무대가 정리되고 나면 연습실. 진석, 짐 정리한다.

후배3 정신 차려라, 행님!!

진석 니나 정신 차려라. 지금 이 시대에 우리 같은 놈들이 연극하면 세상이 천지개벽 한다더나?

후배3 지금까지 연극으로 밥 먹고 산 사람이 어딜 간다고 그라노?

진석 밥? 언제 연극이 나한테 밥 먹여줬나?

선배2 니가 말하는 연극이 이런 거가? 이렇게 쉽게 끝낼 거면서 세상을 바꾸네 어쩌네 지랄했나?

진석 그래! 내가 세상을 바꿀 수 있을 줄 알았는데, 세상은 씨팔, 좆나 아름답더라. 누나 앞가림이나 잘 해라. (나가는데)

선배2 니 연극 시작한 거 은수 때문이잖아.

진석 그래! 그러니까 그만둘 이유 충분한 거 아니가. 연극할 이유가 없어졌다고! 죽었다고….

후배3 정신 차려라, 제발! 은수 누날 위해서라도, 행님 믿고 지금까지 작업하는 우리를 봐서라도….

진석 미안하다. 나… (가슴을 만지며) 여기가 너무 아파서 더이상 못 하겠다….

진석 나간다.

7장. 그 사람이 있었습니다

코러스2 한 몇 년, 부산 바닥을 구르고 댕기면서, 진짜 거지처럼 살았단다.

코러스5 40대 진석 등장한다.

코러스1. 40대 진석의 모습으로 등장.

코러스5 껄비는 대한민국에서 제일 잘 어울린다.

코러스6 맞아요!

지금부터는 코러스1이 진석의 역할을 한다. 진석, 바닥에 아무렇게나 앉는다. 사람들, 무관심하게 지나치다 간혹 동전 던져준다. 진석, 미동 없다.

코러스5 살아야 될 이유도 없고, 좇아야 될 가치도 없고. 더이상 바닥도 없더래. 아무 것도 없더래. 그런데 이상하재? 죽을 용기가 쉽게 안 생기는 기라. 그래서 일부러 사람들 많은 데만 찾아다니면서 쓰레기처럼 이리 채이고 저리 채이면서 굴렀단다.

코러스2 아무 것도 남은 기 없는데 내 삶을 붙잡고 있는 마지막 끈. 그기 뭔지를 모르겠는 기라. 그것만 없어지모 생에 아무 미련도 없이, 죽을 용기도 생길 끼다, 생각했단다.

거지 모습의 진석. 지나가는 여자들을 희롱하기도 하고. 여자들은 놀라며 피해간다. 사람들 하나 둘, 모여들기 시작한다. 손에 종이컵 촛불을 들고 있다. 사람들 작은 소리로 뭐라고 웅성거리기 시작한다. 조명이 어두워지고 사람들의 웅성거리는 소리는 점차 뚜렷해진다.

코러스들 (여러 사람의 목소리로, 몽환적인 소리) 목적 없는 청춘. 기본적인 상식. 작은 몸짓. 진실이 통하는 세상.

진석, 눈을 희번덕하게 뜨고 두리번거린다.

코러스들 (여러 사람의 목소리로, 몽환적인 소리, 울림이 있는 소리) 한 명 한 명 변할 수 있다면. 아름다운 세상을 만들 수 있다. 아름다운 세상을.

진석, 촛불집회의 단상을 비집고 올라간다.

진행자 (여러 사람의 시위하는 음성, 현실적인 소리) 누구를 위한 국가인가! 기본적인 상식! 민주주의는 실종됐다! 아름다운 세상! 대한민국을 돌려 달라!

진석, 은수를 닮은 촛불집회의 진행자에게 뛰어든다.

진석 은수야. 은수야. 니 맞제. 니 살아 있었던 것 맞제.

진행자 왜 이래요? 당신 뭐야? (사람들이 진석을 떼어 낸다)

진석 (은수가 아님을 확인하고) 아, 시발. 겁나게 닮았네. 야. 니 진짜 은수 아니가!!!

진행자 술을 많이 드신 것 같은데. 내려가 주세요.

진석 (말리는 사람들에게) 아, 이것 좀 놔봐! (진행자에게) 아가씨, 나름 잘 배우고 잘 큰 것 같은데 여기서 와 이라고 있어요? 길거리에서 당신에게 해 주는 거… 아무것도 없어요. 그냥 집에 가세요. 그리고 좋은데 시집가세요. 좋은 사람 만나고. 여기는 내가 알아서 할게. (진행자를 툭툭 밀어낸다)

군중 당신 뭐야. 왜 이래. (진석을 끌고 나간다)

진행자 누구를 위한 국가인가! 기본적인 상식! 민주주의는 실종됐다! 아름다운 세상! 대한민국을 돌려 달라!!!

진석이 신나 통을 들고 들어와 몸에 붓고 라이터를 들고 마이크를 달라고 손짓한다. 진행자가 마이크를 넘기고 군중들 물러선다.

진석 내가 이 아름다운 세상, 아름다운 세상 만들어 볼끼라고, 밥 굶어 가면서, 좋아하는 여자 꺼지라고 해 가면서 다 해 봤는데… 배만 고프고! 죽더라… 다 죽는다고! 너그들도 정신 차리라. 지금 이런다고 세상이 달라질 것 같제? 너그 같은 새끼들이 제일 비겁하고 나쁜 놈들이야. 너그는 죽을 용기도 없잖아. 내가 죽어 줄게. 내가. (몸에 다시 휘발유를 붓는다) 촛불 이거 수 만 개가 켜진다고 눈 하나 깜짝 할 것 같나. 하찮은 너그 한 놈 한 놈 따위가 할 수 있는 일은 하나도 없다고! 너그가 투표해서 만든 세상, 뭐가 그렇게 불만이 많냐.

군중 끌어내려!

시위대들 모두 달려들어 말리고 밀고 하며 몸싸움을 한다. 사이렌 소리 들리고. 사람들 나간다. 만신창이가 되어 쓰러져 있는 진석.
정적… 누워 있던 진석. 힘겹게 일어선다.

진석 (노래) 어디서 오는지 알 수는 없지만 사랑은….

진석, 은수가 그물 작업하던 그곳으로 가서 눕는다. 글을 써야 할 은수의 손이 그물 속으로 숨었듯 그의 몸을 그물 속으로 숨긴다.

코러스5 이제는 죽을 수 있겠다.
코러스7 그러고 거제도로 들어간다.
코러스2 은수를 마지막으로 만난 그곳에서 죽을 거라고.

고물영감 누워있는 진석을 발로 툭툭 찬다. 일어나는 진석.

진석 뭐꼬?
고물영감 거지가?

진석 예?

고물영감 거지냐고.

진석 와요?

고물영감 그래가 죽겠나?

진석 … 신경 끄소 마.

고물영감 배 안고프나?

진석 ….

고물영감 시래기 국이나 한 그릇 하고 가라.

코러스2 시래기 국이라는 말을 듣는데, 은수가 그렇게 좋아했던 시래기 국밥인데 하면서도 뜨끈한 걸 삼키고 싶다는 욕구가 치밀어 오르는 기라. 부끄럽지. 밥은 처먹을 마음이 남아 있으믄서, 그렇게 살고 싶었으면서 그걸 모른 척하고 죽을라 캤다는 기.

고물영감 따라 온나.

진석 말없이 고물영감을 따라 간다. 고물상.

고물딸 다녀오셨어요.

고물영감 밥상 채리라.

고물딸 (진석을 발견하고) 한동안 뜸하다 싶더만 또 시작이시네요. (진석 눈치 보며) 아버지. 이제 좀 그만 데리고 오세요. 이젠 소문이 나서 동네 거지들이 다 몰려온다니까요.

고물영감 (리어카 손질하러 나가며) 확!

고물딸 아예. 알았어요. 알았어요. 하여튼… 여기가 뭐 무료급식소도 아니고 말이야. (밥상을 차리면서 투덜투덜) 아니 그럼 자선 사업가로 대놓고 활동을 하시던가. 착한 척은 혼자 다 하시고 고생은 내가 다 하고… 그 돈 다 벌어서 뭐해. 이렇게 늙어서 시집도 못가는 딸년한테나 투자를 하지. 당신 딸도 못 챙기는 분이….

밥상을 다 차렸다. 진석을 바라보며 웃는다. 또 은수를 닮은 고물 딸을 바라보며 놀란다.

진석 저… 혹시….

고물딸 네?

진석 (은수가 아님을 확인하고) 아닙니다.

고물딸 드세요….

진석 네… 죄송합니다.

고물딸 (국밥을 먹는 진석을 보더니) 보자… 이번에는 무슨 사연일라나… 뭔가 분위기가 있어 보이는 게 그냥 바보나 거지는 아닌 것 같고… 사기? 횡령? 도주?

진석 그냥 죽을라고 굴러다니는 고물 덩어리입니다.

고물딸 우리도 고물 줍고 살아가는 팔자지만, 그래도 고물이 진짜 고물인 경우는 얼마 없는 거예요. 고철도 줍고 박스도 줍고, 빈병도 줍지만, 그게 뭐 진짜 고물이면 뭐하려고 줍고 뭐하려고 사가겠어요. 고물이 쓰레기는 아니죠. 무슨 일인지는 잘 모르겠지만 힘내세요.

진석 … (머리 박고 국밥 먹으며) 감사합니다.

고물딸 … 한 30년 됐어요.

진석 예?

고물딸 여기 거제 온 지 한 30년 됐다구요.

진석 예.

고물딸 저희 아버지 사업 실패하고 어머니 돌아가시고 충격 받아서 날 외갓집에 맡겨두고 여기 거제에 죽으려고 들어오셨대요. 바다에도 들어가고 산에 올라가 나무에 목도 매어보고… 죽는 일이 그리 쉽나요. 하나밖에 없는 딸년도 눈에 밟히고… 살아야겠다…

생각한 거죠. 객지에 들어 와서 할 것도 없고 길거리 박스 주워서 팔기 시작했대요. 그렇게 조금씩조금씩 모아서 여기 가게 내고, 집 사고… 살 만하다 싶으신지 언제부터인가 바닷가나 길거리 노숙자들을 데리고 오셔요. 뭐 별다른 거 해 주는 것도 없어요. 이렇게 국밥 한 그릇 먹여서 보내요. 아마도 당신 배고팠던 젊은 시절 생각나서 그러시는 거겠죠.

진석 네….

고물딸 식사하시는데 제가 말이 많죠.

진석 아닙니다. 잘 먹고 있습니다. 이거 너무 고마워서 어르신한테 인사라도….

고물딸 인사치레 같은 거 싫어하셔요.

진석 그래도 인사라도 드리고 가야….

고물딸 아버지! 고맙다고 인사하신다는데?

고물영감 (소리만) 고마 가라 캐라.

고물딸 부담 되시면 부담 가지고 앞으로라도 잘 살아요. 가끔 그런 분들 있어요. 고맙다고 찾아오거나 전화주시거나. 새 삶을 찾았다느니 열심히 살고 있다느니…. (갑자기 은수로 변하여) 신기하지. 진석아. 국밥 한 그릇 먹여서 보낸 것뿐인데 그 사람들은 인생이 달라졌다고 말하네. 이 지저분한 고물상에서 말아주는 국밥 한 그릇이 뭐라고… 진석아, 넌 왜 연극했어? (다시 고물딸로 변하여) 천천히 드세요. (고물영감이 있는 쪽으로 들어가며 소리친다) 아버지 나 진짜 이번에는 수술 시켜 달라니까… 진짜 나 시집 안 보낼 거야?

진석 …. (국밥 뚝배기를 잡고 운다)

세상의 모든 빛이 밝아졌다가 서서히 사라진다.

막.

어쩌다보니

- 퓨전사극, 작정하고 웃길 코미디 -

이선경 작

· **등장인물**

칠홍
만갑
시형
백정 처
설향
나라
주모
백정 등– 관객 현장 섭외

· **배경**

1713년, 숙종 39년
거제현

프롤로그

꽃을 든 만갑이 등장한다.

만갑 안녕하세요. 극단 예도의 퓨전사극, 작정하고 웃길 코미디. 공연장상주단체육성지원사업 창작초연 〈어쩌다보니〉를 찾아주신 관객 여러분들께 감사의 인사를 드립니다. 공연을 올리기 전 당부의 말씀을 드리기 위해 이렇게 나왔습니다. 먼저 모두가 다 아실, 가지고 계신 핸드폰은 반드시 꺼주시기 바랍니다. 물론 이 작품이 퓨전 사극이라 현대와 과거를 오가기는 하지만 그래도 시대적 배경은 조선시대인지라 더더욱 시대에 맞지 않는 핸드폰은 반드시 꺼주시기 바랍니다. 그리고 이 작품은 앞서 말했듯이 작정하고 웃기려고 만든 코미디입니다. 그런데 관객여러분들께서 이 자식들 한번 웃겨봐라 하고 째려보고 계신다면 저희가 많이 당황스러울 것입니다. 그래서 공연 전 먼저 큰소리로 웃는 연습을 해 보겠습니다. 그럼 다 같이 마음껏 큰소리로 웃어 봅시다. 하하하 (그 중 가장 큰소리로 잘 웃는 남자관객 – 가능하면 여자와 함께 온 관객을 골라) 정말 잘 웃으시네요. 즉석에서 배우로 섭외를 해 보겠습니다. 물론 출연료도 있습니다. 공연을 마치고 이 봉투와 꽃다발을 드리겠습니다. 함께 오신 여성분에게 드리세요. 물론 오디션에 합격을 하셔야 출연이 허가됩니다. 심사에는 칠홍 역과 시형 역의 두 분이 수고해 주시겠습니다. (칠홍과 시형이 나와 앉는다. 만갑은 관객에게 이름 등을 묻고 나서 쪽대본을 주며) 이걸 한 번 읽어 주시겠습니까?

관객 우리 조선은 유사 이래 끊임없이 외세의 침략을 받아왔다. 이로 인해 우리는 영토뿐만 아니라 생존권을 빼앗기고 행복을 잃었으며 그들에게 마구 짓밟히며 살아왔다.

만갑 좋습니다. (시형과 칠홍에게) 오디션 결과는요?
칠홍 당신의 꿈을
시형 당신의 재능을
같이 캐캐캐 캐스팅하겠습니다.
만갑 네! 캐스팅 되었습니다.

흥겨운 음악이 나오고 모두 춤을 춘다. 음악이 줄어들고 시형과 칠홍은 퇴장한다.

만갑 좋습니다. 그럼 본격적으로 공연을 시작하겠습니다. 성함이? (관객의 성을 따서) 김 배우님 큰소리로 천천히 읽어주시죠.

관객 때는 바야흐로 1712년 숙종 38년. 청나라는 조선과의 경계를 조사하여 양국의 국경을 확정하자는 요청을 하며 드디어 백두산에 대한 야욕을 드러낸다. 그런데 백두산 국경이 조선에게 유리하게 확정된 것에 앙심을 품은 청나라는 이를 빌미로 조선의 거제현을 침략한다… 는 가상의 설정으로 이 연극은 시작되는데….

배우가 관객의 가슴에 화살을 꽂음과 동시에 전쟁을 알리는 말발굽 소리와 함성 소리, 만갑과 뛰어 들어오는 칠홍이 화살을 맞아 쓰러진 관객을 번갈아 안으며.

만갑 우리는 항복할 수 없다.
칠홍 조정의 원병은 없느냐?
만갑 이미 조선이 버린 땅, 식량 부족과 한파로 백성들은 이렇게 지쳤습니다.
칠홍 버텨야 한다. 버텨야 한다! (관객에게) 이보게, 정신을 차리게.
만갑 더 이상은 버틸 수 없습니다. (관객에게) 계속 읽으시오.

관객 백성들의 저항으로 1년을 버티었으나 추위와 굶주림으로 고현성은 결국 함락되었다.

장엄하고 비장한 음악, 말발굽 소리, 백성들의 비명 소리. 청의 가면이 등장한다.
만갑과 칠홍은 관객을 객석으로 보내고 시형과 함께 청의 가면 앞에 엎드린다.

가면 아! 무지한 백성들의 명분 없는 저항! 너희들은 일 년간 우리의 군사력을 낭비하게 했다. 보라, 남은 것이 무엇인가?

가면이 검을 뽑아 관객들을 겨눈다.

가면 쓸 만한 것만 노예시장에서 거래하고, 나머지는 죽여라!

시형, 일어선다.

시형 거제 사람들에게 무슨 죄가 있습니까, 명분이 무엇입니까? 부디 관용을 베푸시오.

가면이 검을 뽑아 시형의 목에 댄다.

가면 명분! (사이) 너희들의 부질없는 저항으로 인해 우리 대국이 많은 피해를 입었다. 힘없는 나라의 힘없는 백성들아. 너희들의 나약한 조국을 원망하라. 관용이라는 것 또한, 가진 자의 몫이니….
만갑 (손을 들고) 저… 무슨 말인지 잘 모르겠는데 좀 쉽게 말씀을 해주시옵소서.
가면 그러니까… 그게….

칠홍 이런 무식한 놈!! 네가 어느 안전이라고 나서는 거냐!!

가면 그렇지. 그러니까….

시형 일 년간의 전쟁과 저항으로 인해 청나라 놈들이 피해가 크다고 하지 않는가. 패자인 우리가 그 책임을 져야 하고….

가면 내 말이….

칠홍 그러니까 우리들 다 죽이겠다는 것 아닌가. 이유는 그냥 힘없는 나라의 힘없는 백성이기 때문에.

가면 야. (차분하게) 나도 말 좀 하자… 그렇게 똑똑한 놈들이 왜 여기서 무릎 꿇고 있나… 저놈들의 목을 쳐라….

가면이 칼을 뽑아 칠홍의 목에 칼을 댄다.

칠홍 살려주십시오. 목숨만은 살려주십시오.

가면 (떨고 있는 칠홍과 만갑을 보고) 두려우냐.

세 사람 (아주 불쌍하게, 거의 우는 목소리로) 네.

가면 좋다. 가련한 것들에게 대국의 자비를 베풀겠다.

만갑 사또, 자비를 베푼다 하십니다. 감사합니다. 감사합니다.

가면 삼 일 후 내 다시 돌아올 때까지 이 자리에 목숨 셋을 내놓아라. 그렇다면 나머지 미물들의 목숨을 보장하지.

칠홍 목숨 셋만 내놓으면 모든 백성들을 살려 주신다고요? 거제의 백성들 모두를 살리는데 그 세 명 못 구하겠습니까? 당장이라도 내놓겠습니다.

가면 허나 어떠한 경우에라도 억지로 끌어들이지 말고 자발적인 희생이 있어야 함이니라. 그 희생만이 너희 백성들 모두를 살리는 길이다.

칠홍 자발적인 희생? 누가 이런 상황에 자발적으로 목숨을 내놓는다는 말씀이십니까?

가면 너희의 희생정신을 이 대국이 심판할 것이다. 그리고 오늘을 잊지 마라. 이 모든 불평등함은 너희의 무지와 나약함에서 시작된 것임을.

조명 어두워진다.

1. 영웅의 출현, 만갑

칠홍 누가 가겠는가? 누가! 응? 그것도 셋이나 자발적으로….

만갑 그걸 누가 자청하겠습니까?

칠홍 어떻게 좀 해 봐. 찾아 봐! 빨리!

만갑 어디서 누굴 찾는다는 말입니까?

칠홍 억지로 누굴 끌어들이면 민심이 가만있지 않을 거니까 누가 봐도 아쉽지 않을 놈. 희생 돼도 아무도 서운하지 않을 놈! 그런 놈을 찾으란 말이다.

만갑 그렇게 억울하게 죽을 놈이 어디 있습니까?

칠홍 억울한 놈! 그렇지! 이 고을에서 가장 억울하게 생긴 놈을 잡아들여라!!! 누가 봐도 재는 억울해서 죽겠다고 생긴 그런 놈을 잡아들이란 말이다!!!

만갑 네이!!! (가다가 돌아서며) 사또… 생각해보니 억울하게 생긴 자라면 굳이 잡으러 나가지 않아도 될 듯하옵니다.

칠홍 그래? 그럼 어디 있느냐?

만갑 사또….

칠홍 그래. 그 억울하게 생긴 자가 어디 있느냐.

만갑 사또. 억울하게 생긴 자라면 굳이 찾아 나서지…. (사또의 얼굴을 계속 본다)

칠홍 (본인 이야기라는 것을 알고) 야, 죽을래? 가서 안 잡아와? 그리고 다른 놈도 아니고 네가 나한테 억울하게 생겼다고 그러는 거 아냐 임마!! 하여튼 못 찾아오면 네놈을 제일 먼저 보낼 거니까 알아서 해!

만갑 아니 제가 왜 거길 자청하고 나가야 합니까? 제가 뭘 잘못했다고?

칠홍 여기 누가 뭘 잘못해야 잡아들이는 상황이냐? 그리고 말이야 바른 말이지, 네놈만큼 큰 잘못이 있는 놈이 누가 있느냐.

만갑 제가 또 무슨 잘못을 그렇게 했습니까? 말이야 바른 말이지 사또만큼 무능하고 나쁜 사또가 또 어디 있습니까?

칠홍 이놈이 누가 누굴 나무라는 거야? 개인적인 여자 문제로 애들 불러다 곤장치지, 뇌물 받아서 재산 축적하지. 그 뇌물 때문에 온갖 입찰 비리는 혼자 다 저지르지. 내가 네놈이 갖다 바치는 그 알량한 몇 푼 때문에 모르는 척하는 거지, 진짜 모르는 줄 알아? 그런 돈 모아서 이 고을 최고의 부자가 된 거 아냐? 닥치고 빨리 안 가?

만갑 (중얼대며) 하여튼 내가 더러워서 이 짓을 그만두든지 해야지. 배만 구하면 내가 자청해서 나간다. 친구라는 자식이 높은 자리 올랐다고 이렇게 사람을 굴려 먹어?

칠홍 뭐라고 중얼대는 거야? 빨리 안 가?

만갑 갑니다요. 갑니다. (객석을 향하며) 어디 보자. 어디서 억울하게, 누가 봐도 억울하게 생긴 자를….

만갑, 객석을 바라보고….

만갑 심봤다!! 사또! 여기 억울하게 생긴 자들이 모여서 살고 있사옵니다!!

만갑이 관객 중에 한 명을 일으키면

칠홍 아니야, 얘는 억울하긴 억울한데, 전체 조합이 좋다.

만갑 전체 조합이 좋다.

만갑, 또 다른 관객 일으키면

칠홍 아니, 아니. 얘는 광대가 좀 나왔는데, 인상이 좋아서 안 되겠는데?

만갑 인상도 더럽고, 전체 조합도 안 되는 놈이….

만갑, 다른 관객(제일 처음 해설을 했던)을 일으키면

칠홍 저놈을 당장 하옥하라!!!

만갑 당장 하옥하라신다.

만갑이 관객을 무대로 데리고 나와 앉히고 다른 쪽대본을 준다.

칠홍 (어이없어 웃고 있을 관객에게) 네놈이 뭘 잘했다고 실실 쪼개고 있느냐. 자, 이제 말하라. 네놈이 스스로 이 백성들을 위하여 목숨을 내놓겠다고. (쪽대본을 가리키며) 준 거 읽어라.

관객 (대본을 읽는다) 저는 억울합니다.

칠홍 (관객이 정확하게 말을 하지 못하면 만갑에게) 저놈이 뭐라고 하는 건가?

만갑 억울하다는데요?

칠홍 그래 억울한 놈을 찾은 거야. 이놈이 스스로 억울하게 생겼다고 자백을 하는구나. (관객에게) 다음 거 계속 읽어라.

관객 저는 지켜야 할 여인이 있습니다.

칠홍 또 뭐라는 거냐?

만갑 지켜야 할 여인이 있다고 하옵니다.

칠홍 뭐 그럼 우린 지켜야 할 게 없어서 이러고 있는 줄 아냐? 좋다. 그럼 어떤 놈을 보내야 하느냐. 니 생각을 말해 보거라. (대본을 가리키며) 여기, 여기 읽으라고….

관객 우리 마을에서 가장 무능한 자! 악랄하고 부도덕한 자!

칠홍 이것 참… 무능하다는 말에 왜 이리 찔리지… 이보게 형방. 자네도 악랄하고 부도덕이란 말에서 좀 찔리지 않나?

만갑 (혼잣말) 이래도 죽고 저래도 죽는다… 배만 구하면 된다. 배만… 그럼….

칠홍 어이! 형방!!

만갑 사또!! 죗값을 치러야 한다면 내가 가겠소!

칠홍 (소리 낮춰) 뭐라? 뭐 잘못 먹었니?

만갑 그렇습니다. 사또가 말했듯이 제가 이 고을 최고로 나쁜 놈입니다. 제가 죽어도 어느 한 사람 마음 아파할 사람 없으니 제가 바로 그 적격 아닙니까!!

칠홍 이 사람이 정의롭지 않게 생긴 얼굴로 어찌 이리 정의로운 말만 한단 말인가. 아까는 급해서 자네를 보낸다고 한 것이지 진심은 아니네. 이보게 형방, 아니 만갑. 어찌 이렇게 귀한 목숨을 함부로 포기한단 말인가. 기분 풀게. 우리 친구 아닌가.

만갑 이럴 때 목숨 하나 못 내어 놓으면 그게 사내대장부겠습니까?

칠홍 지랄.

만갑 백성들 위해, 이 나라 위해 목숨쯤은 아깝지 않습니다.

칠홍 (안타까운 듯 시선을 돌린다) 뭐지… 이 찝찝한 기분… 알았네. 내 자네의 마음이 진심인지 아닌지 잘은 모르겠지만 그게 중요한 게 아니니 일단 자네를 보내겠네… 나의 친구… 그럼 또 한 사람은 누가 가면 좋겠는가?

유생 (소리) 내가 가겠소!!!

젊은 유생(여배우) 하나 들어온다.

유생 한낱 학식이 부족한 유생이지만 큰 조국을 위해 작은 목숨 하나 기꺼이 바치라고 내 스승에게 배웠소.

칠홍 모두 거제현의 영웅이오. 오… 장하다. 자네 스승의 존함이 어찌 되는가?

유생 정, 시자, 형자를 쓰시는 대스승이십니다.

칠홍 오… 정 시자 형자. 정시… 정시형이? 뭐야 이 자식은. 죽으려면 지가 죽지. 어찌 저 어리고 예쁜 제자를 보낸다 말인가… 표리부동한 놈… 하지만… 이 또한 내가 상관할 바는 아니지. 오히려 지가 목숨을 내놓겠다고 그러면 내가 더 부끄러워지니까… 오우케이!!! (고을에 알리는 목소리) 삼 일 후, 저 세 명이 목숨을 바치고 거제를 구할 것이다. 모두 자진해서 이렇게 나온 바, 도주의 우려가 없다고 보고 모두 불구속으로 집행할 것이니 돌아들 가게나. 사흘 후에 보세.

만갑 사또. (관객을 가리키며) 이 자는 억울하게 생겨서 들어 왔으니 자청했다고 보긴 어렵다고 아룁니다.

칠홍 그래… 영문도 모르고 여기 계속 있다간 우리도 그렇고 저자도 그렇고 모두가 뻘쭘해질 것 같구나. 그럼 어쩌면 좋단 말인가?

만갑 새로이 자청하는 자를 찾더라도 이만 돌려보내는 것이 좋다고 생각됩니다.

칠홍 좋다. 그럼 내 그대의 억울함을 가엾게 여겨 이만 풀어 주겠다. 진행상 한 번 더 나와야 할 것 같기도 하고… 대신.

만갑 대신?

칠홍 아까 지켜야 할 여인이 있다고 하던데… 이렇게 사람들 많은 곳에서 말할 기회가 많지도 않을 터, 그 여인에게 한마디 하거라.

만약 같이 온 관객이 연인이 아니면 우정으로라도 아님 어머니에게라도 한마디 하라고 한다. 만갑은 꽃다발을 전해 주고 프로포즈 이벤트를 진행한다. 만갑은 꽃을 전해줄 때 뽀뽀해!를 유도해도 좋다. 그리고 꽃다발은 다시 뺏으며.

만갑 공연장에 꽃다발은 반입 금지니 공연이 끝나고 주겠소.

그리고 다시 무대로 올라온다.

칠홍 그럼 나머지 한 놈을 어디서 구하지?

관아 조명 사라진다.

2. 못 배운 영웅, 백정?

시형의 거처 쪽 조명 밝아지면 시형 등장.

유생1 (소리) 스승님, 제가 가겠습니다.
유생2 (소리) 저도 가겠습니다.
시형 안 된다. 어찌 내가 너희들을 사지로 내몰겠는가? 가더라도 내가 가야지.

시형은 괴로워하며 나간다. 다시 관아로 조명 들어오면 칠홍 잠시 고민하다가

칠홍 옳지!! 잡아들여라!
만갑 누구 말이옵니까?

칠홍 못 배운 놈!

만갑 못 배운 놈?

칠홍 그렇다. 이 나라에서 못 배운 놈이 얼마나 살기가 힘든가? 못 배운 놈이면 굳이 살려고 발버둥치지도 않을 거다. 마을 어귀에 살고 있는 그 백정 놈을 잡아들여라! 당장!

만갑 잡아들여라! (나간다)

칠홍 (손 털며) 이렇게 쉬운 걸. 아이고, 이제 발 뻗고 자겠네. 머리 썼더니 피곤하다.

칠홍이 동헌 마루에 발 뻗고 눕기 무섭게

만갑 죄인 호송이요!!

겁먹은 표정의 백정(아까 그 관객-백정 가발 씌우고)을 데리고 들어온다.

칠홍 뭐가 이렇게 빨라.

백정 (겁에 질려 고개를 숙이고 있다가 슬쩍 든다)

칠홍 어허! 백정 놈이 어디라고 고개를 드느냐? 과연 만갑이로다! 까막눈이니 일자무식! 백정질하니 무학무식!

만갑 아까 그 억울하게 생긴 놈의 쌍둥이 동생이랍니다. 하하.

칠홍 잘했다. 이놈! 네가 청나라에 제물로 바쳐질 것이다. 하옥하라.

백정 처 뛰어 들어온다.

백정 처 아이고 여보!!! 죄도 없는 남의 서방을 뭐한다고 잡아가고 지랄들이요? 살다보니께 별 얼척 없는 일도 다 당하는구마이, 니가 사또여? 누가 사또여? 똑같이 못생겨가지고.

칠홍 척 보면 모르겠느냐. 내, 내가 사또다.

백정 처 아따 이게 무슨 노무 경우요? 아, 사또가 죽을라고 하니까 아쉬운가부요이? 그랴서 대신 죽을 사람 찾았소?

칠홍 뭐… 못 배운 놈이 무슨 쓸모가 있느냐?

백정 처 못 배운 것이 죄라고 혔소?

칠홍 천한 핏줄을 타고났기 때문에 못 배운 것 아니냐. 천한 핏줄, 그게 죄가 되지.

백정 처 핏줄이 먼 노무 죄요?

칠홍 어허, 더러운 핏줄만한 죄가 있느냐? 그래서 너희는 숨어 살지 않느냐.

백정 처 지랄하고 자빠졌네. 죄 없는 백성을 숨어 살게 하는 법이 없는 죄를 맹글지 않소?

만갑 천한 년이 어디서 숭고한 법을 논하느냐?

칠홍 (만갑을 저지하고 가까이 다가와) 너희 백정들은 소와 돼지를 도살하지 않느냐? 천한 핏줄에, 천한 일을 하니, 이보다 큰 죄가 어디 있느냐? 죽어 마땅하다.

백정 처 뭔 개소리여? 대체 소, 돼지를 처 묵는 주둥이가 누구 주둥인데? 앞에서는 소 돼지 못 잡으라고 단속 허믄서, 뒤로는 눈 벌겋게 뜨고 침 질질 흘려가면서 처 묵는 놈들이 네놈 양반들 아니여? (관객에게) 여보 당신도 한마디 하랑게.

관객에게 칠홍과 만갑을 혼내라고 유도한다.

만갑 그래, 이놈아. 여인네 뒤에 숨어서 웃고 있지만 말고 한마디 해보거라!

관객이 한마디 한다.

칠홍 뭐라고? 이 오만방자한 연놈들을 당장 하옥하라.

백정 처 하옥? 헛소리하고 자빠졌네. 오냐, 가둬라! 가둬!

백정 처, 품에서 낫 꺼내 든다.

백정 처 내 몸에 손끝 하나라도 대면, 그 손모가지 다 끊어 버릴랑게.

칠홍과 만갑 두 손 들고 도망 다니다.

만갑 이보게. 왜 그러는가? 그냥 보상금 줄 테니까 그것 받아서 살림에 보태게. 자네들이 평생 벌 수 없는 돈, 돈이면 다 되는 거 아닌가? 그러다 자네 죽어!

백정 처 어차피 죽은 목숨이여. 모르는가? 넛들은 한 번 물면 놓지를 않는 놈들이여. 내 남자 목숨 구할라면 이 수밖에 없응게. 이리와 이 나쁜 놈들아. 다 같이 죽어 불자!

백정 처, 낫을 들고 두 사람을 쫓아가고 만갑과 칠홍은 도망간다.
한쪽 구석에서 정지.
관아 조명 어두워지면 무대 한쪽에서 정시형이 등장하고.

시형 나의 부덕으로 어린 제자가 살신성인하여 차디찬 옥방에서 죽음을 기다리고 있다. 나약한 국가의 운명보다도 내 어린 제자를 위해 할 수 있는 일이 아무것도 없다는 것이 더욱 구곡간장을 녹이는 듯하구나. 차라리 내가….

유생들 (소리) 스승님!!

유생들이 들어온다. 유생들은 출연진의 수에 따라 인형으로도 가능하다.

유생2 스승님. 그렇다고 스승님이 들어가는 것은 아니 되옵니다.

시형 내가 죽음을 택하려고 한다는 것이 아니고….

유생1 스승님, 스승님을 이렇게 허무하게 보낼 순 없습니다.

시형 그게 내가 간다는 말이….

유생2 간다고 하시면 안 됩니다. 절대 안 됩니다!

시형 내 뜻은 말이네….

유생1 (버럭) 뜻이 뭐가 그리 중요합니까. 스승님이 안 계시면 이 고을의 기강과 뜻은 하루아침에 무너집니다. 스승님, 생각을 바꾸십시오.

시형 아니, 내 생각에 나는 안 가는 게 더 나을 것 같은데….

유생2 안 가시는 게 더 낫다니요? 댁으로 안 가시는 게 더 낫다는 겁니까. 이리 쉽게 가정을 버리십니까?

유생1 스승님, 차라리 제가 가겠습니다.

유생2 안 되네 친구여, 거기가 어디라고 자네가 간단 말인가? 그 쓰디쓴 사약을 한 바가지나 드링킹해야 한다지 않는가?

유생1 뭐라고? 한 사발만 마셔도 식도가 녹아 내려 오장육부의 점막을 할퀴고 지나가며 그 식도가 항문 밖으로 튀어 나오면서 피가 블러드 블러드하게 흘러내려 치질보다 수치스럽고 고통스럽게 죽는다는 그 사약을 마시려 한다고? 그런 데를 스승님을 보낸단 말인가.

유생2 그런 데를 스승님 말고는 누가 갈 수 있겠는가? 우리같이 하찮은 유생이.

유생1 그만하게. 우리가 어찌 스승님의 뜻을 꺾는단 말인가. 그냥 스승님을 보내드리세. 스승님 감사합니다.

유생2 그러지요. 스승님이 대신 나간다는 것을 세상에 알리겠습니다. 스승님, 감사합니다.

유생1.2 퇴장.

시형 (떠난 유생들을 바라보며, 처량하게) 이 개새끼들아….

시형 퇴장하고 다시 관아로 조명 들어오면 시형을 구경하던 백정 처가 다시 낫을 들고 들어오고 철홍과 만갑은 도망을 간다.

백정 처 어차피 이래 죽으나 저래 죽으나 죽는 것은 매한가지잉게 내 니 놈들 목이나 따고 같이 죽을란다.

칠홍 알았다 알았다. 내 일단 너희를 풀어줄 테니 그냥 집에 가거라.

백정 처 뭣이라? 이따위 일인 시위 하나에도 못 견디는 것이 고로코롬 말도 안 되는 법을 만들고 집행했던 것이여?

만갑 그건 아니고… 뭐랄까… 이 정치라는 게 여론을 수렴해야 하는 것이니까….

칠홍 시끄럽다. 너희같이 무식하고 천한 것들이 뭘 안다고 정치를 논하고 일인 시위를 입에 담는 것이냐. 용서해줄 때 썩 꺼지거라. 그렇지 않으면 진짜 이 관아에서 피를 보아야 할 것이야!!

백정 처 내 일단 오늘은 물러간다. 하지만 내 반드시 우리 백성들을 위하여 주민소환….

칠홍 그냥 가. 뭘 그렇게 할 말이 많냐. 그리고 니 남편이라는 놈 맘에는 다른 여자가 있어. 정신 차려. (백정 처와 관객이 따로 나가면)

만갑 봐, 어차피 가는 길도 다르잖아. 이 남자는 잊어.

칠홍 그나저나 나머지 한 명은 누가 가냐? 정시형이 그놈 조용하다?

만갑 제가 정시형의 동태를 살피고 오겠습니다. (만갑 나간다)

칠홍 이거 미치겠네… 그냥 놔두자니 모두가 죽을 것이고 내가 나서자니 내 목숨이 억울하고… 아 미치겠다.

칠홍의 공간에 빛이 사라지고.

3. 배운 영웅, 정시형

정시형의 방. 정화수를 떠서 빌고 있는데 그의 딸 설향이 사약을 마신다고 착각을 하고 뛰어 들어온다.

설향 아버지, 왜 이러십니까.

시형 왜 이러느냐. 이건 그게 아니라….

설향 아닙니다. 소녀도 다 알고 있습니다. 한 사발만 마셔도 식도가 녹아 내려 오장육부의 점막을 할퀴고 지나가 그 식도가 항문 밖으로 튀어 나오면서 피가 블러드 블러드하게 흘러내려 치질보다 수치스럽고 고통스럽게 죽는다는 그 사약이 아닙니까?

시형 (물을 뒤집어쓴다) 물이다 물! 정화수. 우물물, 또는 냉수!

설향 아… 정화수….

시형 선비는 은인자중하고 멸사봉공하며 힘이나 재물이나 어떤 유혹에도 흔들리지 않고, 자기가 옳다고 생각하는 것을 하고야 마는 사람이다. 그런데 하물며 한 사발만 마셔도 식도가 녹아 내려 오장육부의 점막을 할퀴고 지나가 그 식도가 항문 밖으로 튀어 나오면서 피가 블러드 블러드하게 흘러내려 치질보다 수치스럽고 고통스럽게 죽는다는 그 사약 때문에 감히 선비의 큰 뜻을 버리겠느냐?

설향 아버지, 목숨은 하늘이 내신 것입니다. 어찌 함부로 하십니까.

시형 하늘이 낸 것은 하늘의 뜻에 맡겨야 하지 않겠느냐?

설향 하늘의 뜻이 아니라, 아버지의 위신 때문이 아닙니까. 유생들이 우러러보는 고매한 인품의 선비이신 줄 아옵니다. 그렇지만 이 일은….

시형 (화를 내며) 내 고작 너에게 그렇게밖에 보이지 않았느냐? 내가 지금까지 너에게 지도편달한 게 무엇이더냐?

설향 위신과 명예 때문이 아니라면, 도대체 무엇 때문에 여식을 버리시면서 이 일을 무릅쓰신단 말입니까. 아버지의 일이 아닙니다. 나라의 일 아닙니까?

시형 아니다, 백성의 일이다. 그리고 나 역시 이 나라 백성이다.

설향 장례도 치르지 못하는 여식의 마음은 안중에도 없으십니까?

시형 선비의 큰 뜻, 경천애인을 그르칠 수 있는 건 아무것도 없다. 그만 물러가거라.

설향 나가면 시형 찌질하게 운다.

시형 내가 어쩌다가… 아이고, 억울해라, 억울해!

설향 아빠!

시형 아, 깜짝이야!

설향 진짜 왜 그래? 누구 속 터져 죽는 꼴 보고 싶어?

시형 ….

설향 아빠 죽고 나면 나 어떻게 해? 말 같은 소리를 해! 뭐 때매 그래? 응? 속 시원히 말이나 해 봐. 진짜 죽고 싶어? 죽고 싶냐고!

시형 야, 죽고 싶은 사람이 어디 있어? 설향아, 나 어떻게 하냐? 응? 무서워 죽겠다. (발을 동동 구르며) 에이, 나 못 가, 안 가!

설향 이제 어쩔 거야, 에이, 아빠 바보!

설향이 나가고 시형이 따라 나간다.

유생 (피켓 시위하고 있다) 사약반대! 세명철폐! 스승님의 목숨을 책임져라. 책임져라. 사또가 책임지고 니가 가라. 니가 가라. (관객들에게 구호를 유도한다)

칠홍 그만해 이것들아!! 니들 밥은 먹고 다니냐? 서당은 공부하는 곳이지 이렇게 시위하고 다니는 곳이 아니야. 내가 뭐 니들 위해서 여기까지 올라왔는 줄 알아? 니가 가라? 내가 왜 니들 때문에 목숨을 바쳐야 하는데? 너희 스승이 선택한 걸 왜 나한테 와서 책임지라 말라 그래. 가. 빨리 안 가? 니들 참지식인 스승한테 가서 책임을 지든 포기를 하든 알아서 하라고 그래! 아주 그냥 물대포를 쏴 버릴까 보다.

유생 계속 구호를 외치며 나간다.

칠홍 어린 것들이 공부나 할 것이지 뭘 안다고 나서, 나서길. (고민) 그나저나 만갑이 저놈이 왜 자청해서 간다고 그러지? 무슨 속셈으로 목숨을 거는 걸까… 저놈이 애국심이 있는 놈이 아닌데.

만갑 사또!

칠홍 왜? 왜? 또 무슨 일인데?

만갑 정시형이 어린 유생을 대신해서 간다고 다른 유생들이 상소를 올리겠다고 난리이옵니다. 피켓을 들고 막 이렇게 세명철폐….

칠홍 벌써 왔다 갔다 이놈아.

만갑 세명철폐, 사약반대….

칠홍 다 하고 갔다고! 아니 고을 형방이라는 게 어찌 이렇게도 정보눈이 어두울까? 뭐 하나 일이 터질 때마다 뒷북이네. 숨기는 거나 할 줄 알지.

만갑 그러니까요… 숨기는 건 잘 하는데….

칠홍 제깟 것들이 상소를 올려서 뭐 어쩌겠다고. 왕도 지가 눈감아 버린 일에 뭐라고 왈가왈부하겠어? 그놈이 가든 말든 난 관심 없어. 나머지 세 번째 목숨, 그게 나한테는 더 중요하다고. 그 백정놈 뭐하는지 살짝 보고 와.

만갑 백정은 죽었답니다.

칠홍 무슨 말이냐. 백정이 죽었다니? 왜 죽었는데?

만갑 단식투쟁하다가 죽었다고 합니다.

칠홍 야. 말이 되는 소리를 해라. 지 마누라하고 나간 지 몇 분 지났다고 단식투쟁을 하다가 죽어? 그리고 니가 시대배경을 착각하나 본데, 지금은 그 단식이라는 거 안 해도 숱하게 굶어 죽는 시대야. 이게 말이냐? 글이냐?

만갑 어쨌든 죽었다고 합니다. 그러니까 백정은 왜 잡아오라고 해서요.

칠홍 너 대신 가게 하려고 그런 것 아냐? 남의 속도 모르고. 식솔들한테 돈푼이나 쥐여서 보내. 몽룡이 하고 심청이 하고 불륜이라더라. 그거 언론에 슬쩍 흘려서 여론 무마하고… 동영상도 띄우고….

만갑 네…. (나간다)

칠홍 마치고 연락하게. 자네 요즘 얼굴이 말이 아니야. 내 술 한잔 살게. 춘자네에 죽이는 춤꾼이 왔단다.

만갑이 좋아하며 나간다.
칠홍, 객석을 바라보고 곧게 서서.

칠홍 가자. 춘자 주막으로.

그 자리에서 한 바퀴 돌고.

칠홍 왔다, 춘자 주막!

4. 우리도 영웅이나 돼 볼까? 칠홍과 만갑

주모가 가발을 들고 나온다.

주모 에리카. 에리카. (계속 나오는 관객을 바라보고) 에리카. 여기서 뭐 하는 거니. 일해야지? (관객을 데리고 무대로 나와 화려한 가발을 씌우고 자세를 취하게 한다) 에리카. 받은 것도 있고 하니 좀 열심히 해줘야 해. 그래야 우리 가게가 먹고 살지?

주모는 나가고 관객은 포즈를 취하고 있다. 칠홍이 다가온다.

칠홍 아니, 그대는 우리 고을 모든 남정네들의 마음을 훔쳤다는 전설의 댄싱머신 에리카? 그래, 이제 나의 마음도 훔쳐보아라. 하하하. 뮤직 큐….

칠홍과 에리카가 음악에 맞춰 섹시댄스를 춘다.
만갑이 들어와서 같이 춤춘다. 에리카의 실체를 보고 화들짝 놀란 만갑이 가발을 벗기고 관객을 들여보내고 칠홍을 말린다.

만갑 많이 취하셨습니다.
칠홍 야, 사석에선 말 까. 뭘 친구끼리.
만갑 그래, 임마.
칠홍 임마? 그래 그래. 그럼 되지. 그나저나 너 왜 죽겠다고 나서는 거야. 아무리 네가 비리가 많아도 돈 좀 풀고 여론 조성하고 그러면 넘어갈 일인데.
만갑 정말 내 생각해서 그런 거였나?
칠홍 우리 친구 아닌가. 말해 보게. 정말 죽을 생각인 건가?
만갑 이 좋은 시절에 죽기는 왜 죽나. 모아 놓은 재산이 얼만데. (소리 낮춰) 그래서 말인데 배 한 척만 띄워 주게.
칠홍 배야 뭐. 근데 어디 가려고?
만갑 필리핀.
칠홍 고향으로 돌아가려는 건가? 무슨 소린지 자세히 좀 해 봐.
만갑 지난주에 바닷가에 시체 한 구 밀려 왔다는 이야기 들었나?
칠홍 들었지.

만갑 자주 있는 일이야. 달포에 한 구씩은 심심찮지.

칠홍 시체로 뭘 하려고?

만갑 내 대신 그 시체를 매달고.

칠홍 떠나겠다?

만갑 어차피 조선에선 더 이상 살 길이 없어. 나라에는 역병이 돌지, 청나라든 왜구든 심지어는 서양 놈들까지 들어와 군사작전권을 내 놓으라고 하지… 더 이상 조선은 우리의 조선이 아니야.

칠홍 군사작전권? 무슨 시대착오적인 이상한 말인가?

만갑 무식한 놈… 어쨌든 나는 방법이 있으니까 자네 걱정이나 하게.

칠홍 내 걱정? 내가 뭘? 나 아주 잘 먹고 잘 살고 있는데? 하하하하 (만갑이 한심한 듯 바라보니) 그래서 자네가 하고 싶은 이야기가 뭔가?

만갑 이렇게 한치 앞도 못 보는 게 고을 현령이라고 앉아 있으니… 그저 처먹고 살만 띠룩띠룩 찌면 되는지 알지… 하여튼 정치하는 놈들이란….

칠홍 이게 진짜….

만갑 (칠홍의 말을 잘라먹으며) 드디어 시형이 죽겠다고 나섰지?

칠홍 그렇지.

만갑 시형이 가겠다면 온 마을이 떠들썩할 거야. 영웅이 되는 거라고. 그리고 누가 되든 셋이 처형되고 나면….

칠홍 처형되고 나면?

만갑 마을 백성들은 살겠지.

칠홍 그들 셋을 생각하면 가슴 아프겠지만 마을 사람은 기뻐하겠지. 곧 잊어버릴 테고.

만갑 이 자식은 이 머리로 어떻게 행정고시를 패스했지? 야이 돌대가리야 생각 좀 해라.

칠홍 이 자식이 또….

만갑 (칠홍의 말을 다시 잘라먹으며) 살아남은 사람들은 잊지 않아. 아무것도 안 하고 힘 없는 백성들만 죽음으로 내몬 고을 사또를 인정

할까?

칠홍 도망친 현령을 비웃겠지.

만갑 그때부터 레임덕은 오는 거야. 무능하니, 무책임하니, 아몰랑 사또니… 온 세상에 놀림거리가 되는 거야. 돌이나 안 맞아 죽으면 다행이고.

칠홍 이보게 만갑. 아니 나의 벗! 그럼 난 어떡하면 좋겠는가.

만갑 시체 두 구 싣고 오기는 식은 죽 먹기지. 배만 띄워주게 친구. 그럼 내 자네도 영웅으로 만들어 주지.

칠홍 어떻게?

만갑 실크로드를 타고 구라파에서 왔다는 약이 있어. 이 실크로드를 타고 구라파에서 왔다는 약은 처음 마셨을 때는 죽은 자와 똑같이 숨을 쉬지 않아. 그러나 사흘 후에 언제 그랬냐는 듯이 다시 일어난다고 하더군. 서양 어디에선가 젊은 남자가 그 실크로드를 타고 구라파에서 왔다는 약을 먹고 죽은 척을 하고 있었는데 여자가 그걸 모르고 지 서방이 죽었다고 생각하고 바로 자결해 버린 바로 그 실크로드를 타고 구라파에서 왔다는 약일세.

칠홍 아… 실크로드를 타고 김구라도 탔다는… 나도 들은 것 같네. 그 노미온가 주리핸가 하는 남녀들의 이야기가 아닌가.

만갑 이름까지는 모르지만 어쨌든 그런 약이 있어. 그 약만 먹으면 되는 걸세. 우리의 희생에 모든 백성들이 감동 받을 거네, 그리고 사흘 후 청나라 놈들이 떠나고 나면 자네는 관에서 다시 일어나는 걸세. 약이라고 모두에게 잘 받는 건 아니지 않나? 사약도 약이야. 누가 물어보면 '글쎄, 그 사약이 나한테는 안 받는가 보구려' 하고 모른 척 하면 되지 않는가? 하하하….

칠홍 하하하… 그러고는?

만갑 자네는 시형을 능가하는 만인의 스승, 만인의 추앙을 받는 현령이 되는 거지.

칠홍 그리고 너는 죽은 척하고 필리핀으로 가서 신분 세탁하고 그 동안 모은 돈으로 떵떵거리며 살고?

만갑 자네와 나, 모두에게 원원이지.

칠홍 세상에 공표한다. 거제를 위하여 목숨을 바쳐 희생할 세 사람이 정해졌다. 백성을 사랑하고 나라를 생각하는 리더인 현령 칠홍, 공명정대하게 이 고을의 질서를 바로 잡는 의로운 형방 만갑, 그리고 이 시대의 참지식인 시형.

달빛은 밝고, 풍악은 울리고, 둘은 술잔을 주거니 받거니 즐겁다.

5. 오마의 갓, 모략

동헌 마당에 들어와 청나라 사신, 서신을 들고 가면을 쓰고 읽는다.

가면 죄인들, 아니 영웅들은 들으라. 이것은 고대로부터 전해오는 전설의 갓이다. 중국의 장수 사마의 동생 오마는 이 갓을 쓰고 전쟁을 승리로 이끌었다. 진실만을 말하는 전설의 갓, 오! 마에 갓! 이 갓은 내일 그대들의 진실한 충성심을 확인할 것이다. 만일 한 사람이라도 진실로 나라를 위해 희생하고자 한다면 모두가 살 것이나, 그 반대의 경우에는 몰살을 면치 못할 것이다.

칠홍 하하하. 그게 말이 되는 말이요. 지금 세상이 어떤 세상인데 그런 말도 안 되는 갓 이야기를 믿으란 말이요. 지나가던 애들이 웃겠소. 왜 우리에게 착한 사람들에게만 보이는 옷도 만들었다고 하지. 임금님 귀가 당나귀 귀라든지 (하며 칠홍이 써본다. 칠홍이 괴상한 소리로) 말이야 바른 말이지 내가 죽긴 왜 죽어. 내가 여기까지 어떻게 올라왔는데 말이야. 그동안 선거한다고 뿌린 돈이 얼만데 회수도 못하고 바로 죽어야 하냔 말이야. 이리 죽는다고 뭐 알아줄 사람 있는 것도 아니고… 나도 방법이 다 있어. 저기 저기 대마도에서 떠내려 오는 시체가….

만갑 사또! 정신 차리십시오!! (급하게 칠홍을 때려서 갓을 벗긴다)

칠홍 뭐지? 내가 뭐랬나? 기억이 안 나네?

만갑 (칠홍의 흉내를 내며) 이거 내가 왜 이래? 이러면서 이상한 소리를….

칠홍 그러게 분명 이 갓 한 번 썼을 뿐인데 (갓을 다시 써본다. 또 변한다) 이 형방 이놈이 아주 나쁜 놈이야. 그동안 받은 뇌물로 아주, 수월에 땅 사놓고 조선 경기 좋아지니까 땅값 올랐다고 그 땅 다 팔고 필리핀으로 도망간단다. 어떻게 살아서 가냐고? 구라파를 타고 실크로드를 건너온 약이 있대요. 노미오와 주리….

만갑 오! 마에 갓! (날라차기해서 갓을 벗긴다)

가면 보았느냐. 진실한 희생만이 필요할 뿐이다. 내가, 우리 청이 너희의 가난한 애국심조차도 심판할 것이다. (떠난다)

칠홍 내가 뭐랬지? 이게, 이게 아닌데. 만갑!

만갑 진실만을 말하는 갓. 오마의 갓?

칠홍 그러니까 우리가 진실로 조선을, 거제를 위하는 마음이 아니면 모두 죽이겠다고? 어쩌지?

만갑 어쩌다가?

칠홍 어쩌다보니.

같이 아이고!

만갑 저, 저게 뭐라고?

같이 오! 마에 갓!

칠홍 시형, 그래. 시형이라면 진실로 백성들을 위해서 나섰을 거야. 시형을 만나야 한다!

칠홍 뛰어 나가면 만갑도 따라 나가고 무대 한편에서 정화수 앞에서 달님에게 비는, 자태 고운 설향이 나온다.

설향 비나이다 비나이다. 저희 아버님을 살려주십시오. 평생을 옳은 길과 참된 선, 그리고 높은 덕을 숭상하시며 어린 학생들과 참교육을 위해 희생하신 분입니다. 하지만 아버지가 사지로 가는 모습을 자식으로서 차마 볼 수가 없습니다.

뛰어 들어와 시형을 찾던 칠홍, 설향의 기도를 듣는다.

칠홍 아비를 생각하는 마음이 저렇게도 곱다니. 어찌 시형 같은 놈에게서 저렇게 수려한 여식이 나왔을까… 세상 참 불공평하네….

설향 사또 나리 아니시옵니까?

칠홍 (근엄하고 멋있게) 그래, 자네 부친은 안에 계시는가?

설향 아버님은 출타중이시옵니다. 어인 일로 찾으십니까. 혹 저의 아버님을 잡으러 오신 건가요?

칠홍 어찌 내 신분에 직접 체포를 하러 온단 말인가. 그건 만갑 같은 아랫놈들이 할 일이고… 내 다만 세월이 하수상하고 민심이 흉흉하여 자네 부친과 상의하고자 이렇게 찾아왔네.

설향 그럼 저의 부친과 잘 상의해 보십시오. (나가려 하는데)

칠홍 자네도 알다시피 나는 이 고을의 안위를 걱정해 단 하루도, 단 한시도 잠을 편히 잔 적이 없는 그런 사또 아닌가?

설향 그런 말은 처음 듣사옵니다.

칠홍 그, 그렇지… 내 뭐라고 그런 걸 자랑이라고 떠들고 다니겠는가?

설향 제가 들은 바로는 술과 여자 없이는 단 하루도, 단 한시도 잠을 이루지 못하는….

칠홍 됐고….

설향 가끔 노름도 하신다는.

칠홍 그만하라고… 됐다고… 사내들의 응어리진 마음을 자네가 어찌 다 알겠는가?

설향 네. 저는 모르지요. 어쨌든 아버님께서는 춘자 주막에 계십니다.

그곳으로 가 보시지요. (설향 돌아가려는데)

칠홍 이보게 설향. (설향 멈추면) 아직도 내가 자네에게 다가갈 수는 없는 건가?

설향 무슨 말씀이신지.

칠홍 정말 내 마음을 모르고 그러는 건가? 내 자네를 생각하며 항상 이렇게 시조를 읊는다네. (진지하게) 우유빛깔 정설향. 사모해요 정설향. 개미허리 정설향. 하고 싶다 정설향.

설향 그만하시지요. 더럽습니다.

설향 사또. 올해 춘추가 어찌 되시옵니까.

칠홍 나이는 숫자에 불과한 것이네….

설향 오십이 다 되지 않으셨습니까?

칠홍 어허, 무슨 말인가? 오십이라니. 아직은 사십 댈세. 그리고 만으로 하면 더 젊다네.

설향 소녀 아직 스물도 넘지 않았습니다.

칠홍 참… 볼 때마다 그게 신기하네… 서른은 족히 되어 보이네만… 아직 스물을 넘지 않았다니.

설향 (칠홍의 뺨을 때리고) 그만 돌아가시지요. 밤길이 어둡습니다. 저희 아버님 잘 부탁드립니다. (설향 나간다)

칠홍 그 참… 우유빛깔… 사모해요… 참 좋은 시인데 말이야. 가자! 춘자 주막으로!

칠홍 퇴장하면 주막 평상에 시형, 주모 들어온다.

주모 경제가 살아야 물장사도 잘 될 거 아냐? 에휴, 파리만 날리네. (관객에게 다가가) 아이고, 어서 오시오. 이쯤 되면 알아서 나올 때도 됐을 텐데. 빨리 안 올라오고 뭐 해요?

관객 올라오고 주모가 삿갓을 씌운 뒤, 술상 내준다.

시형 뉘신지….

주모 1번 읽어요.

삿갓 술은 만백성의 피요. 촛농 떨어질 때 백성들의 눈물 떨어지고 노래 소리 높은 곳에 백성들의 원성은 더 높구나….

시형 아니 그럼… 이몽룡?

주모 2번.

삿갓 아니오. 변학도라고 하오.

주모 그럼 아까 고백한 여인은 춘향이냐?

칠홍, 부리나케 뛰어 들어온다.

칠홍 (다가가며) 이보게 시형! 시형!!

시형 어허. 점잖은 양반께서 어찌 이리 경거난동인가? 경거망동인가?

주모 (잔을 가지고 들어오며) 점잖은 양반 좋아하네. 지 목숨밖에 모르는 놈인데.

시형 그게 무슨 소린가.

주모 이야기 못 들었소? 오만가 뭔 갓을 쓰고 헛소리를 빽빽 해대더라고 온 고을에 소문이 파다한데.

칠홍 그게 뭐라고 벌써 소문이 여기까지 나? 그나저나 좀 조용히 하게, (관객을 턱으로 가리키며) 다 듣겠네. 근데 누군가?

주모 1번 다시 읽어.

삿갓 술은 만백성의 피요. 촛농 떨어질 때 백성들의 눈물 떨어지고 노래 소리 높은 곳에 백성들의 원성은 더 높구나.

칠홍 아니 그럼… 이몽룡?

주모 2번.

삿갓 아니오. 변학도라고 하오.

시형 반복된 대사를 통해 웃음을 유발하려는 아주 올드한 연출방법이지… 어쨌든 저자는 신경 쓰지 말고 하던 말 계속해 보게.

칠홍 어디까지 했더라. 그래, 오마에 갓!

시형 갓?

칠홍 갓!

시형 (가리키며) 저런 거?

칠홍 갓!

시형 저게 왜?

칠홍 이거 어디부터 설명을 해야 되지? 그러니까 갓이 하나 있는데, 그 갓을 쓰면 진실만을 말하게 되는데 난 진실이 아니라서 목숨이 날아가게 생겼거등?

시형 뭔 말인가.

주모 사내자식들이 목숨 하나 버리는 게 그렇게 두려우냐? 맨날 주먹질이나 하고 당파 싸움이나 하는 것들, 그것도 지겨우면 술이나 퍼 마시고 기생이나 끼고 놀고, 이게 배운 놈들, 가진 놈들, 잘난 놈들이 하는 짓거리냐? 한심하다 한심해. 그런 것도 목숨이랍시고 누가 누구를 구하고 누가 나라를 구하냐? 구질구질하고 구차하다.

칠홍 어허, 이년이 어느 안전이라고.

주모 목숨이 붙어 있으니 입은 잘 나불거리는구만, 그 알량한 목숨 대신, 이 천박하고 가진 것 없는 년 목숨은 어떠냐? 내가 죽어주랴?

칠홍 너 같은 아래 것들이 논할 이야기가 아니다. 당장 물러나거라.

주모 지랄하고 자빠졌네.

칠홍 진실한 희생을 위해 이토록 애를 쓰는 것이다. 알지도 못하면서 나서지 마라.

주모 진실? 세상에 진실이 존재하기는 해? 이보쇼. 학도 씨 한마디 해보쇼. 3번 읽어요.

삿갓 부정부패가 판을 치고 눈 가리고 아웅하는 이 시대에 진실은 개뿔. 개나 줘버리시오. 목숨을 바치라고? 힘없는 나라의 힘없는

백성이라고 목숨을 바쳐? 이미 목숨 바쳐 살고 있잖소? (여기부터 랩으로. 시형, 칠홍 비트박스)
하루하루 목구멍에 풀칠
최저임금 받으면서 망치
불안하게 흔들리는 명치
언제든지 잘라버려 풍치
언제든지 무너진다 정치
목숨 바쳐 눈물 바쳐 입에 풀칠

이때 만갑 들어온다.

만갑 이보게, 칠홍, 시형. 오마이… (삿갓을 보고) 아니 이자는… 백정….

주모 1번.

삿갓 술은 만백성의 피요. 촛농 떨어질 때 백성들의 눈물 떨어지고 노래 소리 높은 곳에 백성들의 원성은 더 높구나….

칠홍 아니 그럼….

주모 아니오. 변학도랍니다. (삿갓에게) 이제 그만했으면 됐소. 그만 돌아가시오.

만갑 됐으니 주모 자네도 들어가게.

만갑이 밀어내니 관객과 주모 각자의 방향으로 들어간다.

만갑 우리 하던 이야기나 계속하세.

칠홍 하던 이야기? 무슨 이야기 하고 있었지?

만갑 오마의 갓!

칠홍 참 그렇지. 오마의 갓! 그 갓을 누가 쓸 수 있냐는 말이지.

시형 무슨 갓?

칠홍 아, 답답도 하네. 오마. 진실. 갓. 거짓. 몰살. 진짜 죽을 생각 있냐고!

시형 목숨이 경각에 달렸어도 곡학아세 할 순 없지 않은가.

칠홍 자네가 쓰면 아무 문제없네.

시형 (화들짝 놀라며) 내가?

만갑 그래. 자네는 진실된 마음으로 백성을 위하여 나서는 것이지 않나. 빨리 그렇다고 대답하게.

칠홍 그래, 어서, 어서.

시형 나는 이 시대의 진정한 지식인으로서

같이 (간절히) 응.

시형 항상 성인들의 고매한 인품을 우러러보며 그 고귀한 정신을 가다듬어

같이 응.

시형 학업에 정진하면서도 학식을 자랑하지 않고

같이 응.

시형 제자들을 사랑하고 존중하지만

만갑 야!! 그냥 우리가 묻는 말에만 대답하라고. 넌 그 갓을 써도 된다고!

시형 못 쓴다고!

칠홍 뭐? 그럼 너 왜 간다고 한 거야.

시형 애새끼들이 떠밀더라고!

같이 오 마이 갓!

칠홍이 시형을 위로한다.

칠홍 머리를 써야 해, 머리를!

만갑 시체 한 구에 돈을 얼마나 줬는데.

칠홍 응?

만갑 한 구에 두 냥씩 쳐줬는데 이제 그것도 못 쓰고….

칠홍 바꿔치기….

만갑 이제 수포로 돌아갔네.

칠홍 방법이 있네. 방법이 있어!!

시형 무슨 방법?

칠홍 만갑은 내 생명을 구해주는 은인이니 방법을 알려 줄 수 있지만 자네는 나에게 뭘 줄 수 있나?

시형 가난한 참지식인이 자네 같은 권력자에게 줄 수 있는 게 무엇이 있단 말인가.

칠홍 있지 않나?

시형 있다니?

칠홍 설향.

시형 이 개자식아.

칠홍 싫으면 말고.

시형 에라이! 여식을 담보로 목숨을 건사하란 말인가?

칠홍 여식이 아니라 백성들의 목숨이네.

시형 ….

칠홍 어차피 내가 아니라도 어린 처자들은 청나라 놈들의 노비로 끌려갈 것이고….

시형 그래도 자네와 나이 차이가….

칠홍 자네가 내 마음을 알아? 내 사랑을 알아? 속타는 내 가슴을 알아? 우유빛깔 정설향. 사모해요 정설향. 개미허리.

시형 내 어찌 아비된 도리로… 차마….

칠홍 자네는 빠지게.

시형 박 서방… 왜 이러는가….

칠홍 (씨익) 좋은 방법이 있네. 바꿔치기!

만갑/시형 응?

시형 (울다가 무릎을 치며) 오마의 갓을 바꿔치기 하자는 건가?

만갑 갓을 훔치러 가자고? 어떻게?

칠홍 난 그 갓이 어디 있는지 알고 있네.

시형 그렇다고 그렇게 쉽게 갓을 바꿀 수 있는 건가?

칠홍 있어. 청나라 병사들이라곤 하지만 사람이 없어서 경비가 허접하다고 소문이 났어. 걱정하지 말게. 나만 믿게.

만갑 자네를 어찌 믿나?

칠홍 나를 믿어. 난 천하의 도둑놈이야. 우리 어린 시절 고을 빨래터에 여인들의 속곳이 갑자기 다 사라져 난리가 난 적이 있지 않는가?

시형 그랬지.

칠홍 우리 아버지가 해금강에서 발견했다는 불로초, 진시황에게 바치려고 아버지가 관아에 숨겨둔 불로초가 사라진 사건 기억나나?

만갑 그래. 중국 사신이 그걸 가지러 왔다가 없어져서 난리가 났지. 우리 아버진 그 일로 잘릴 뻔하고.

칠홍 나 행정고시 패스할 때 시험 문제 유출로 재시험을 치니 마니 한 적도 있지.

시형/만갑 (기뻐하며) 이런 천하의 도둑놈!

시형 그 모든 일이 다 자네가 저지른 일이라고?

만갑 (칠홍을 툭툭 치며) 이런 천하의 도둑놈!

칠홍 조용하게….

시형 증거 하나 없이, 흔적도 없이 물건만 사라진다는 그 모든 일들이 다 자네라고?

만갑 (칠홍을 툭툭 치며) 이런 천하의 도둑놈!!!

칠홍 그만하라고! 앉아. 일어서. 앉아. 뒤로 취침. 앞으로 취침.

만갑 아니 그게 아니라… 너무 기뻐서… 사석에선 말을 까라고 하셔서요….

칠홍 아무리 사석에서 편하게 지내라고 해도 내가 지금 네놈 친구….

시형 어허, 박 서방… 그만하게!

칠홍 친구지. 친구지. 장인어른. 우린 모두 친구 아닙니까… 하하. 만갑아. 우린 친구 아이가!

세 사람 하하하하하… (어깨동무하고 노래 부른다) 나는 한 마리 나는 새가 되어 그대 곁으로 날아가리라….

세 사람 손을 잡고 기뻐하다가 갑자기 서로의 모습을 보며 뻘쭘해진다.

칠홍 우리… 어린 시절 생각나는구만.

시형 그래, 정말 좋았지. 신분을 떠나 우린 정말 관포지교이며 지란지교이고 죽마고우이지 않았던가.

칠홍 그러게. 그런데 우리… 너무 멀리 와 버렸지?

만갑 우리가 왜 이렇게 됐을까? 나라… 나라 때문이지.

칠홍 그 이야긴 꺼내지 말게!!

시형 그래. 그 이야긴 그만하세. 지금 우리가 지켜야 할 것은 과거의 추억이 아니라 지금 이 나라의 일들이라네….

칠홍 됐고!!!! (서로의 눈빛을 한 번씩 교환하고) 지금 당장 가세!!!

6. 침입

청나라 사신 집에 들어간다.

어둠 속의 세 그림자. 초 하나씩을 들고 이리저리 헤매고 다닌다.

시형 정말 그 오마 놈의 갓이라는 게 있긴 한 건가?

칠홍 있어. 낮에 어떤 놈이 들고 들어오는 걸 본 사람이 있어. 귀중한 거니까 분명 깊숙이 숨겨 두었을 거야.

객석의 관객들 속을 뒤지기도 하고 왔다 갔다 하면서 은밀하고 분주하게 움직인다.

그 어둠 속에 하얀 그림자 하나가 지나간다. 갓을 찾던 만갑이 본다.

만갑 여보게들. 나 뭘 본 것 같은데….

칠홍 뭐? 찾았다고? 어디 어디?

만갑 아니. 그 갓이 아니고….

시형 갓이 아니라니. 무슨 말인가….

만갑 나라….

시형 나라….

칠홍 나라?

시형 무슨 말인가? 무슨 나라?

만갑 우리 어린 시절 그 나라….

칠홍 이 자식이 이제 미쳤나… 우리 어린 시절 나라가 왜 여기서 나와?

만갑 우리가 지키지 못했던 그 나라….

시형 언어유희가 장난 아니게 촌스럽네. 말장난 그만하고 갓이나 찾으세….

그러는 중에 하얀 그림자(나라의 혼령)가 그들 앞에 나타난다.

시형 이보게들. 나도 뭔가를 본 것 같은데….

칠홍 바본가… 우리 앞에 서 있는데… 다 보이지….

만갑 맞지. 맞지? 내가 헛것을 본 게 아니지. 얘가 그 옛날 죽었던 바로 그 나라 맞잖아!

하고 그녀를 보니 미치고 환장할 영락없는 귀신의 모습.

세 사람 으아아아악!!!!!

나라, 그들에게 다가가 오마의 갓을 내민다.
시형이 그것을 받아 들고는….

시형 나라….
칠홍 나라….
만갑 나…. (하는데 사이렌 소리 들린다)
세 사람 튀어라!!!

조명 어두워졌다 다시 밝아지면 과거로 돌아간다.

7. 그들의 나라

세 사람. 신분의 높고 낮음이 없이 절친한 벗으로 동문수학하던 시절.

세 사람 (노래) 나는 한 마리 나는 새가 되어 그대 곁으로 날아가리라. 하늘 천 따 지 검을 현 누를 황
칠홍 (독백) 우리 함께 있을 땐 두려울 것이 없던 시절이었지.
만갑 칠홍아, 시형아. 이순신하고 물개하고 수영하면 누가 이길 것 같노?
시형 당연히 이순신 장군이 이기지.
만갑 무슨 소리고. 이순신은 거북선을 만들었지만 수영은 잘 못한다는 이야기가 있다.
시형 칠홍아, 니 생각은 어떤데?
칠홍 글쎄… 우리 너무 오래 어깨동무하고 있는 것 아니가?

나라가 들어온다. 모두 나라에게 반한 눈빛.

나라 훈장님께서 여러분에게 물어보라 하십니다.

시형 동백꽃 뚝뚝 떨어지던 어느 날, 훈장님의 먼 친척이라는 나라 낭자에게 제 마음을 빼앗겨버렸습니다.

만갑 (독백) 내가 조금 더 빨리 반했습니다.

나라 듣고 있습니까? 훈장님이 물어보십니다. 여러분의 꿈은 무엇이냐고.

칠홍 제가 먼저 말하겠습니다. 저는 조선을 이끌어가는 정치가가 될 것입니다. 백성의 백성에 의한 백성을 위한 그런 정치를 하고 싶습니다.

만갑 저는 조선 제일의 사업가가 될 것입니다. 모두에게 일자리를 제공하고 최저 임금을 보장하여 모든 노동자들이 부자가 되고 모두가 행복한 나라의 기업가가 되고 싶습니다.

시형 저는 조선 최고의 교육자가 될 것입니다. 입시 위주의 교육에서 벗어나 더 나은 세상을 꿈꾸는 어린 인재들을 발굴하고 육성하여 아름다운 조선의 중심이 되도록 하겠습니다. 지금 조선의 교육은 모순투성이입니다.

칠홍 저는 시형의 잘난 척을 안 보는 것이 꿈입니다.

만갑 저도 갑자기 꿈이 바뀌었습니다. 지금 수업을 째고 낭자와 봄나들이를 가는 것이 저의 꿈입니다.

모두 하하하….

나라 그러지요. 훈장님께 여쭈어 보겠습니다. (나라 나가고)

칠홍 이보게들. 나 저 나라 낭자랑 혼인 해야겠네. 모두 나를 도와주게.

시형 (관객에게) 남자의 어설픈 우정이라는 것이 나의 마음을 묶어 버렸습니다.

만갑 가문 좋고 재력있고… 모든 것이 우리보다 나은 칠홍과 혼인하도록 두는 것이 나라 낭자를 위하는 일이라고 생각했지만 쉽게 포기할 수가 없었습니다.

나라 (다시 돌아와서) 훈장님께서 잠시 쉬어도 좋다고 하십니다.

모두들 웃으며 나가는데 뒤에서 나라와 시형 애틋하게 손을 잡는다.
시간이 멈춘 듯, 두 사람 아련히 바라본다.
천둥이 울리고 나라父(칠홍)가 들어오고 시형은 떠난다.

나라父 어허! 이 무슨 해괴망측한 일이냐! 집안 망신을 시켜도 유분수지….

나라 아버님. 인생은 무상하고 생이란 한 조각 뜬 구름이라 하였습니다. 한번 나고서는 죽고 말 몸뚱이인데 어찌 평생을 맘에 없는 지아비를 모시란 말씀이옵니까? 마음 없는 정혼은 소녀를 더욱 불행하게 할 뿐이옵니다. 부디 소녀의 청을 들어 주시옵소서.

나라父 말도 안 되는 소리 그만하거라. 네 어미도, 네 동생들도 생각해야 하지 않겠느냐. 만일 네가 조금이라도 딴 생각을 하고 허튼 행동을 한다면 이 애비는 그 자리에서 목숨을 끊고 말 것이야! 유모! 이 아이를 잘 감시하게.

나라 울면서 나간다.
만갑이 들어온다.

만갑 나리. 아주 안골 천갑의 자식, 만갑이라고 하옵니다.

나라父 관아 형방의 아들이 아니더냐. 무슨 일인가?

만갑 나라 낭자와 나리의 이야기를 본의 아니게 듣게 되었습니다.

나라父 아무리 극중이라고 하지만 부녀간의 대화를 참도 쉽게 들었구먼. 그래 무슨 일인가?

만갑 나리의 상황은 아버님을 통해 잘 알고 있습니다. 제 아버님이 나리를 도와주실 수 있다고 전하시옵니다.

나라父 정말인가?

만갑 그렇사옵니다.

나라父 듣던 중 반가운 소식일세.

만갑 허나 청이 하나 있사옵니다.

나라父 그래? 말해보게 무슨 청인가?

만갑 저는 오래 전부터 나라낭자를 마음에 두고….

나라父 그만하게. 우리 나라 이야기라면 그만하고 썩 물러가라!

만갑 그게 아니오라….

나라父 네 이놈!!! 네 놈이 어느 안전이라고 양반 댁 규수를 논한단 말이더냐. 당장 그 입을 찢어놓기 전에 그만 두지 못할까!!

만갑 나리. 이 소인의 말씀도 들어주십시오. 따님만 제게 주신다면 어떤 수단과 방법을 가리지 않고 나리 가문의 부귀영화와 나라 낭자의 행복을 위해 목숨을 바치겠습니다.

나라父 네놈이 무슨 수로 우리에게 부귀영화를 줄 수 있단 말이더냐. 네놈의 집안은 평생 고을 형방이나 하면서 자손대대로 그렇게 살아야 할 신분이거늘 어찌 분수도 모르고 날뛴단 말이냐.

만갑 돈을 벌어 드리겠습니다. 언젠가는 자본이 신분을 넘어서는 세상이 올 것입니다. 그때는 양반도, 상놈도, 천민도 필요 없이 돈이 나라님을, 양반을 만드는 세상이 올 것입니다. 먼 훗날을 바라보시어….

나라父 썩 꺼지지 못할까! 어디 그 천한 입으로 우리 가문의 부귀영화를 입에 올린단 말이냐. 여봐라! 게 아무도 없느냐… 유모! 한 대만 맞아도 대가리에 피도 안 마른 것들의 피를 말려 연모의 정을 지우고 나라를 잊을 수 있는 그 몽둥이 좀 가져오게. (만갑을 때리고 나간다)

만갑 (서서 비장하게) 보여 드리지요. 돈이 세상을 움직인다는 것을 보여 드리지요!

만갑 나가고 한쪽에 나라 들어온다.

시형 낭자… 이러시면 안 됩니다. 당신은 이미 정혼한 몸. 어찌 지아비를 두고 이런 놈을 찾아오신단 말이오.

나라 시형. 그런 말 마세요. 소녀를 지켜주겠다고 하지 않았습니까. 저의 몸도, 이 심약한 마음도 당신이 지켜주세요. 저는 당신만이 필요합니다.

시형 이러시면 안 됩니다. 정혼한 줄 모르고 내 마음을 이야기 한 것뿐이오. 난 나의 벗 칠홍을 배신할 수 없소. 부탁이오. 제발 돌아가 주시오.

나라 정혼한 줄 모르고 사랑을 알게 된 것이 정혼을 했다고 마음이 정혼을 한 줄 알고 바뀐다고 정혼하기 전의 마음을 어찌… (헷갈린다) 어쨌든 사랑이 어찌 변할 수 있나요? 마음에 없는 말씀을 거두어 주세요. 부디 저를 안아 주세요. 시형… 나를 사랑하지 않나요?

시형 정혼한 줄 모르고 연모한 것이라 하지 않았소. 정혼이 된 마음을 사모하는 것이 아니라 정혼이 될 것도 같지만, 정혼이 된 것이 아니기에, 정혼의 정혼을 위한… 어쨌든… 사랑하지… 않소… 그러니 이만삼만사만 떠나주시오.

나라 포기하지 않겠습니다.

시형 포기하시오.

나라 한 포기도 두 포기도 세 포기도 어떠한 포기도 하지 않겠습니다. 오늘밤 저를 데리러 와 주세요. (나간다)

시형 아… 조선시대에 저토록 아름다운 언어유희를 뽐내다니… 센스쟁이… 나라. 나라! 부디 행복하시오….

장면 바뀌면 칠홍과 나라.

칠홍　그래서….
나라　하오니….
칠홍　보내 달라….
나라　죄송합니다….
칠홍　언제부터….
나라　처음부터….
칠홍　나에겐… 단 한 번도 마음이 없었소?
나라　….
칠홍　단 한 번도 당신 마음속에 있었던 적이 없었소?
나라　있었지요….
칠홍　있었다….
나라　잠시 있었지요… 허나.
칠홍　허나.
나라　시형이 들어 온 후 더 이상 당신을 생각할 수 없었습니다.
칠홍　다행이네요. 잠시라지만 그래도 당신이 나를 바라본 시간이 있었다는 것이… 고맙소….
나라　부디 이 일로 저희 아버님과 가문에 불이익이 생기지 않도록….
칠홍　그만하시오! 내가 얼마나 비참해져야 그만할 겁니까?
나라　죄송합니다.
칠홍　죄송합니다. 미안합니다. 그런 말도 하지 마세요. 그냥… 가세요.
나라　네?
칠홍　시형 그 친구 좋은 사람입니다. 지금은 가난해도 뿌리 깊은 선함이 있기에 먼 훗날 많은 사람들에게 존경받고 사랑받을 것입니다. 적어도 당신을 고생시키지는 않을 것입니다. 당신의 가족 또한 걱정 마시고….
나라　(칠홍의 말을 끊고 나가며) 유모! 거기 유모 있는가?

노래와 함께 세 사람 의상을 갈아입고 주막으로 모인다. 오마의 갓을 앞에 두고.

만갑 그런데 나라 낭자가 왜 우리 앞에 나타난 걸까?
칠홍 우리한테 복수하려고 나타난 건 아닐까?
시형 복수를 하려면 진즉에 나타나야지… 왜 다 죽게 생겼는데 이제 나타났겠는가?
만갑 그러게. 복수를 하지 않아도 우린 충분히 벌을 받고 살지 않았는가?
주모 아이고, 이 어리석은 놈들아. 정말 몰라서 묻는 거냐?
세 사람 응.
주모 (칠홍에게) 너 어릴 적 꿈이 뭐라고 했냐?
칠홍 ….
주모 백성을 위한 정치가가 된다고 하지 않았냐?
칠홍 (끄덕)
주모 (시형에게) 너는? 인재를 양성하는 참지식인이 되겠다고 하지 않았냐?
시형 (끄덕)
주모 (만갑에게) 모두가 행복한 나라의 기업가 되겠다고?
만갑 (끄덕)
주모 그런데 지금 너희들은 어떻게 살고 있냐? 어느 한 놈 올바르게 그 꿈을 펼치며 사는 사람이 있냐? 그저 자리에, 돈에, 위신에 급급한 기형아들만 여기 있는 거 아녀? 정신들 차려. 지금 그 갓을 바꿔서 백성들을 살리는 게 중요한 게 아니라 그 백성들이 앞으로 어떻게 살아갈지를 고민하셔. 그게 진정한 노블리스 오블….
칠홍 어느 안전이라고! 어찌 그리 말을 함부로 하나… 그만하고 술이나 좀 더 가져 오게
시형 그러게. 무슨 말인지는 아니까… 좋은 말도 자꾸 하면 잔소리가

되는 법일세. 좀 가르치려 들지 말게나….

만갑 그래. 우리도 그 정도면 충분히 이 극이 뭘 원하는지 아니까 그만 들어가게나!

주모 아이고, 알긴 뭘 안다는 건지. 이놈들아, 여기서 이러고 술이나 찾을 시간에….

만갑 안다고. 다 알았다고. 나도 이제 이 생활 지겹다고. 곧 죽을 각오가 되어 있다고! 나라가 정말 극적으로 나타나서 우리한테 잊었던 뭔가를 찾아 줬다고… 됐어. 들어가. 안 들어가?!

유모 나가면 시형과 칠홍은 주모에게 유독 큰소리를 치는 만갑을 의아하게 바라본다.

시형 아니, 만갑. 저 주모는 자네와 무슨 관계인데 저렇게 자네에게만 약한 모습을 보이나?

칠홍 그러게. 무슨 일인가?

만갑 원래 여자는 나쁜 남자. 마초 같은 강한 남자에게 약한 법이지….

시형과 칠홍, 만갑의 말을 무시한다.

칠홍 이놈의 갓이 뭐라고….

시형 그러게… 이게 뭐라고.

만갑 야. 니들이 물어 보고 화제를 돌리면 어떡해? 내가 그런 남자라고….

칠홍 저놈의 갓이 뭐라고.

만갑 나 그런 남자 맞잖아.

칠홍, 만갑의 뺨을 때린다.

칠홍 (만갑에게) 닥쳐라….

시형 전등갓처럼 생겨서… (갓을 써본다. 시형도 변한다) 우리가 왜 청나라 놈들한테 목숨을 구걸하면서까지 살아야 하는데… 죽는 한이 있더라고 끝까지 맞서 싸워야지… 그래도 우리 설향이는 어쩌지? 설향아. 나 없더라도 밥 잘 챙겨먹고… 그리고 칠홍이 저 새끼는 절대 안 된다. 천하의 도둑놈이다. 내 눈에 흙이 들어가기 전에는 안 된다. 아, 흙이 들어간 후에도 안 된다.

칠홍, 갓을 벗긴다.

칠홍 뭐, 이 자식아! 아까 한 약속은 어쩌고!

시형 잉? 내가 뭐라고 했는데?

칠홍 니 눈에 흙이 들어가기 전에 아니 들어가도 안 된다고….

만갑 잠깐… 시형 자네도 목숨을 구걸하지 않겠다고?

시형 그러고 보니 만갑. 자네도 우리 세대에서 끝낼 거라고 말한 건….

칠홍 야… 왜들 이래? 하긴 그렇지 않으면 우리만 죽는 게 아니라 우리 고을 백성들이 다 죽는다니까….

시형 어찌 백성들 걱정을 다 하는가? 배 타고 필리핀으로 도망친다고 한 사람이?

칠홍 아, 필리핀은 만갑이고….

만갑 그러면 갑자기 백성들을 위하는 책임감이 생긴 자네가 조국을 위해서 죽는다고 거짓말을 하게나.

칠홍 조국을 위해서는 아니지만 적어도 백성을 위해서는 해야 될 것 같은 이 마음은 뭐지?

시형 잊었던 젊은 날 정치가의 꿈이 다시 생겼나 보군.

칠홍 어쩌다보니 우리가 청의 심판을 받게 되고

만갑 어쩌다보니 지켜야 할 자존심을 버리고….

시형 어쩌다보니 나라 낭자가 우리 앞에 나타났고….

사이.

칠홍 만에 하나 말일세.
시형 만에 하나?
만갑 만에 하나?
칠홍 설혹 우리가 산다면 말일세.
만갑 산다면?
시형 산다면?
칠홍 시형, 자네 딴 마음 먹으면 절대 안 되네. 그 약조.
시형 약조?
만갑 무슨 약조?
칠홍 설향을 내게 준다는.
시형 이 미친놈이 돌았나… 나라도 모자라서 이제는 내 딸도 뺏으려 해?
만갑 그만하게 친구들.

만갑 두 사람의 싸움에 새우등 터지듯이 왔다 갔다 한다.

칠홍 아니 뺏긴 뭘 뺏어? 자네가 아니 장인어른께서 약조를 하지 않으셨나?
시형 그 나라든 이 나라든 나라도 백성이라도 아무것도 양보 못해!
칠홍 이런 나쁜 자식을 봤나. 그러니까 네가 표리부동 하다는 거야!
시형 뭐라고 이 자식아. 세상에 딸을 내놓으라는 너 같은 변태 늙은이한테 화내는 게 뭐가 표리부동하다는 거야? 난 겉이나 속이나 다 니가 싫거든?
만갑 그만해라, 이 자식들아. 그만하고 저 갓이나 갖다 두고 와!

칠홍 누구한테 명령이냐. 네놈이 갖다 두고 오너라.

만갑 이게 아직도 내가 지 아랫것으로 보이나.

시형 그만들 하게.

만갑 그럼 네가 갖다 두고 오든가.

시형 어허, 거길 내가 왜 가나. 처음 가자고 했던 칠홍이 가야지.

칠홍 이것들이 미쳤나….

시형 미를 치긴… 도도 치고 레도 치고….

만갑 파도도 치고, 공도 치고, 종도 치고….

간만의 어린 시절 그 친구들로 돌아가 왁자지껄 웃으면 장난치고 논다.
암전.

8. 어쩌다보니, 선언서

세 사람 앉아 있고, 가면의 소리만 들린다.

가면 모두 모였는가. 드디어 오마의 갓으로 너희의 진실된 희생정신을 심판하는 날이다.

만갑 잠깐!

가면 왜?

만갑 죽을 때 죽더라도.

칠홍 우리의 입장, 우리의 선언서는 발표하겠다.

가면 선언서? 뭐, 좋다.

시형 (앞서 나온 관객에게) 이보게, (관객의 성을 따서) 김 배우. 우리는 이제 떠날 몸이니 자네가 우리의 마음을 전해주게.

관객 나온다.

관객 선언서 (宣言書)
우리 조선은 유사 이래 끊임없이 외세의 침략을 받아왔다. 이로 인해 우리는 영토뿐만 아니라 생존권을 빼앗기고 행복을 잃었으며 그들에게 마구 짓밟히며 살아왔다. 짓밟히면서도 짓밟힌 줄 모르고, 빼앗기면서도 빼앗긴 줄을 몰랐다. 그러나 더 이상 가여운 이 땅의 아들딸들에게 지금의 부끄러운 현실을 물려주지 않으려 한다. 이제 우리 자손들도 독자적 생존의 정당한 권리를 누릴 수 있게 하겠다. 힘없는 나라의 백성이라는 이 무기력함과 모멸감, 끝없는 고통과 수치스러움은 우리가 안고 죽겠다.

만갑 이놈들아. 너희가 우리의 희생과 애국심을 시험하겠다 했느냐?

칠홍 우리가 너희에게 목숨을 구걸할 것 같은가?

시형 우리를 심판할 수 있는 것은 너희가 아니다. 오직 백성만이 우리를 심판할 것이다.

주모 백성들이여, 우리를 심판하고 더 큰 힘으로 똘똘 뭉쳐 일어나라.

설향/나라 무능과 비굴함의 부끄러운 역사를 우리 아이들에게 대물림하겠는가!

모두 백성들이여! 일어나라! 죽음을 두려워 말라!
용맹스럽고 과감한 행동으로 과거의 잘못을 확인하고 끝까지 맞서 싸우자!

막.

나르는 원더우먼

이선경

★★ 2019 공연장상주단체 육성지원사업 레퍼토리 공연★★
★★제 82회 극단예도 정기공연(창단 30주년 기념공연 II) ★★
★★2019년 문예회관과 함께 하는 방방곡곡 문화공감 사업 선정작 ★★
나르는
원더우먼
5월 29일~30일 저녁8시
거제문화예술회관 소극장
공연문의: 010,2580,7223

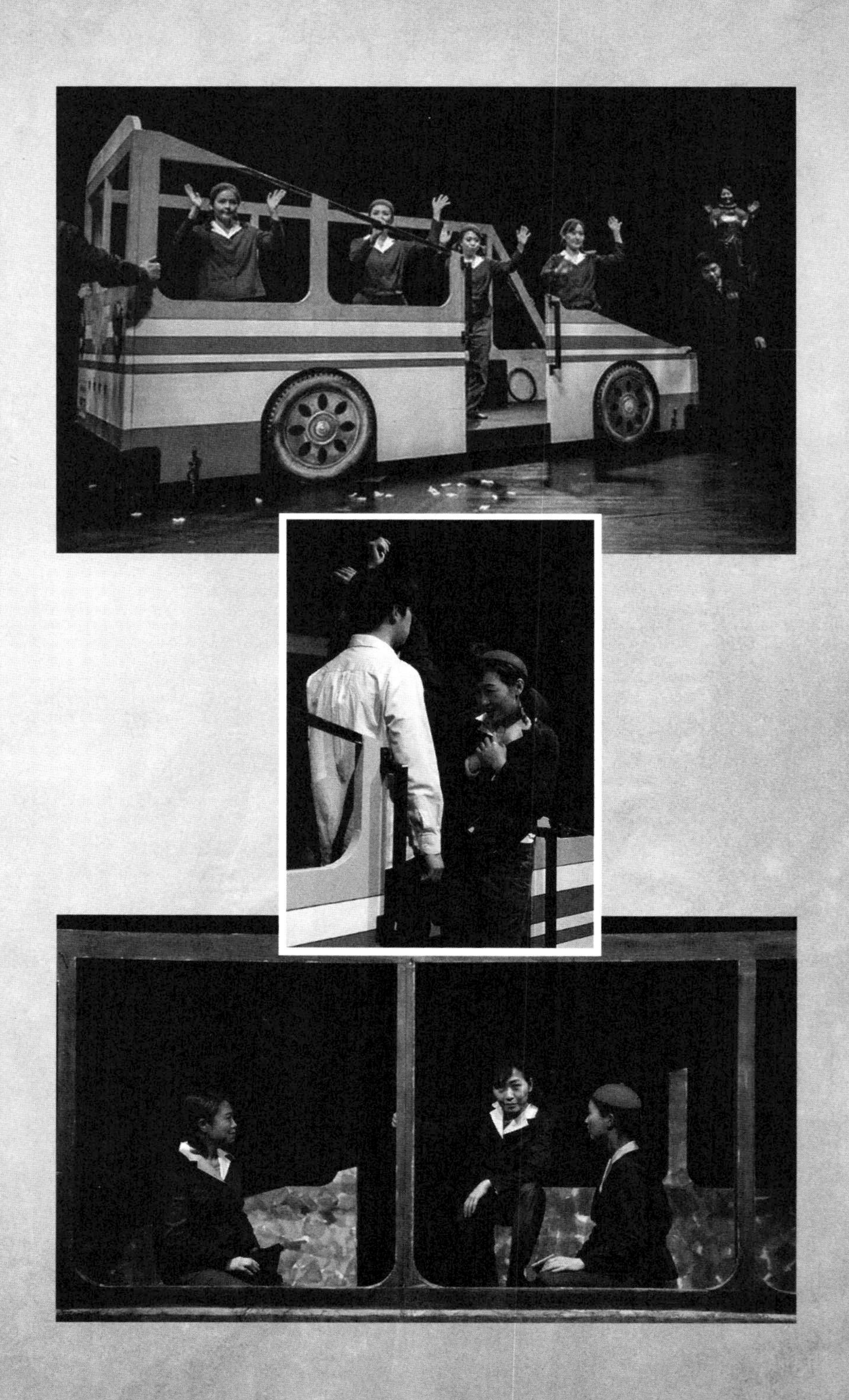

· 등장인물

중년 희숙 : 49세. 2008년의 송희숙
송희숙 : 19세. 버스 기사가 되고 싶은 소녀
김경자 : 21세. 정의롭고 평등한 세상을 꿈꾸는 소녀
이선옥 : 17세. 고등학교에 가고 싶은 소녀
고미자 : 19세. 그저 세끼 따순 밥 먹고 싶은 소녀
대학생
사장
반장
총무부장
날라리
기사
마트 점장
마트 직원
손님 등

· 때

1978년 2월부터 2008년 2월 25일

· 장소 및 무대

네모반듯한 긴 박스가 무대 한가운데 있다. 버스 내부가 되기도 하고, 소녀들의 숙소가 되기도 한다.

프롤로그. 친구들

어두운 가운데 중년 희숙의 목소리가 들린다.

중년 희숙 제가 고향을 떠나 처음 가진 직업은 식모였습니다. 남의 집에 들어가서 밥 해주고 청소도 해주고… 식모… 그때 서울 웬만한 집에는 식모들이 다 있었습니다. 하루 종일 청소하고 빨래하고 애들 뒤치다꺼리하다가 밥때 되면 시장 봐서 밥상 차려 올리고 남들 다 자고 나믄 이제 머리 붙일라 하는데 새벽부터 밥상 차리라고 또 깨우고… 그래도 배는 안 곯았으니 참을 만은 했습니다. 주인아저씨만 아니었어도… 좀 있다 보니 주인아줌마한테 맞아 죽든 아저씨한테 피하다가 지쳐 죽든 둘 중 하나겠다 싶어서 몰래 다른 일을 찾아 봤습니다. 그때 신문에 부산에서 큰 버스 회사가 생기는데 여차장을 구한다는 거라예. 산업역군 버스 여차장. 여차장이라는 이름이 멋있어서, 그라고 나중에 버스 기사가 될 거라고 야반도주를 했습니다. 부산으로 내려왔지요.

희숙이 천천히 걸어 나와 거울을 보듯이 자주색 차장 제복을 고쳐 입는다.

중년 희숙 그래서 내 나이 열아홉에 버스 차장이 되었습니다. 삼순이라 카데예. 식순이, 공순이, 차순이. 식순이는 해봤고, 하루 종일 자욱한 먼지를 마시는 공순이보다는 베레모 쓴 당당한 여차장이 되고 싶었습니다. 그냥 차순이가 아닌 오라이를 시원하게 외치는 여차장 말입니다. 그리고 거기서 그 친구들을 만났습니다.

여차장들 오라이!

소녀들 서로의 이름을 부르며 나와서 버스에 올라탄다.

노래 버스는 도시를 달리네.
꿈꾸는 새벽 도시를 달리네.
오늘도 우리는 외치네.
올라잇 올라잇.

버스는 도시를 달리네.
서글픈 회색 도시를 달리네.
오늘도 우리는 외치네.
오라이 오라이.

1장. 원더우먼이 되다

신입 차장 교육장. 희숙, 미자, 경자, 선옥이 서 있다.

반장 우리 대방여객은! 여러분들이 열심히 일하기만 하면 여차장들의 복리후생을 위해 최선을 다할 겁니다. 그러니까 여러분도 나 하나쯤이야 생각하지 말고 이 대방여객이 바로 '나의 회사다' 라고 생각하고 최선을 다해 승객들을 모시기 바랍니다. 아시겠죠?
전체 예.
반장 자자. 그럼 사장님을 모시고 올 테니 정숙한 가운데 대기해 주시기 바랍니다.

반장이 나가고.

미자 복리가 뭐라카노? 말이 너무 어려워 가꼬 뭔 소린지… (주위를 둘러보며) 보니까 이제 요래 같이 일할 낀가 본데, 미리 인사라도 할까요?

경자 그럽시다. 저는 스물한 살 김경자라고 합니다. 반갑구만요.

희숙 저보다 언니시네요. 저는 송희숙이고요. 열아홉 먹었어요.

미자 그라모 희숙 씨 내랑 갑장이네. 안 믿기겠지만 내도 열아홉이거든. 그면 내 말 놓을게. 반갑데이. 경자 언니도 반갑습니다. 저는 고미자라고 해요.

선옥 저는 이선옥이라고 합니다. 열일곱 살이고요. 제가 막내네요. 잘 부탁드립니다.

경자 다들 반가워요. 우리 앞으로 잘 지내봐요.

반장 사장과 함께 들어온다.

반장 다들 조용! 대방여객 사장님이 신입 차장들에게 한 말씀하시겠습니다. 박수!

사장 반갑습니다. 우리 정 반장이 저를 사장으로 소개했지만 저는 그렇게 생각하지 않습니다. 우리는 가족입니다. 여러분 모두들 고향을 떠나 이렇게 새로운 꿈을 향해 객지에 나와 있는데 누가 여러분의 보호자가 되겠습니까. 맞습니다. 저는 여러분의 사장이 아니라 보호자입니다. 그러니까 여러분의 아버지라고 생각하시면 됩니다.

선옥 사장님이 참 좋으신 분 같아요.

미자 그러게. 말씀도 잘하시고 뭔가… 젠… 제…?

경자 젠틀맨?

미자 그래, 그거요. 제트맨. 하하하….

사장 여러분은 오늘부터 대방여객의 여차장! 더 나아가서는 이 시대, 이 나라의 산업역군이라는 자부심을 가져야 합니다.

희숙 산업역군?

미자 (큰소리로) 아버지. 우리가 산업역군이라고예?

소녀들도 웃고 사장도 웃는다.

사장 하하하. 맞습니다. 산업역군! 왜냐! 여러분도 알다시피 1970년대 들어서부터 우리나라 경제가 엄청나게 성장을 하고 있지요.

경자 수출이 많아지면서 공장들이 바빠지다 보니까 그 공장으로 출근하는 사람 수도 엄청나게 늘어났습니다.

희숙 그런데 그 많은 사람들을 집에서 공장으로, 다시 공장에서 집으로 데려다 놓는 걸 누가 합니까!

사장 두말하면 잔소리!

소녀들 우리가 합니다!

미자 우리가 한 명이라도 더 태우려고 밀어 넣고! 버스 문도 안 닫히는데 온몸으로 막아주고!

선옥 우리 아니면 출근시간 안에

소녀들 절! 대! 로!

선옥 그 많은 사람들 회사에 다 못 데려다 놓습니다.

사장 그렇겠지요? 그러니까 이렇게 꽃 같은 여러분들이! 산업역군 맞습니까, 아닙니까?

소녀들 (밝게) 맞아요!

모두가 첫 시작의 설렘으로 얼굴이 환하다.

중년 희숙 그렇게 꽃 같은 우리들의 시절이 시작되었습니다. 꽃 같이, 꽃잎 같이….

2장. 원더우먼의 하루

기사 출발하자.

희숙 예. 버스 출발합니다!

희숙이 많은 승객들과 함께 들어와 하나둘씩 태운다.

중년 희숙 버스는 우째 그리 많이 태워지는지… 신기하게도 그렇게 태워도 다 들어가더라고요.

희숙 이렇게 사람들이 한꺼번에 밀려오면 차비 받는 것도 버거운데. 빨리 타요, 안으로 더 들어가요! 하나, 두울, 셋! 오라이!

차가 출발하고 희숙이 버스에 매달린다.

중년 희숙 이 기술 이름이 뭐냐? 이게 개문발차라는 겁니다!

목소리 야! 그만 좀 태워라, 사람 죽겠다!

중년 희숙 기사는 안으로 더 들어가라고 소리, 소리 지르고 그러다가 일부러 끽, 급정거를 해서는 사람들을 안으로, 안으로 밀어 넣고요, 지옥이 따로 없어예. 그래도 사람이 또 타고 그래서 버스문은 안 닫히고 출발합니다. 그라모 우리 빠스 차장들이 문이 되는 거지예.

버스가 선다. 손님들 내리고, 타고

희숙 내리시는 분 없으면 오라이!

대학생 버스!

희숙 (남자 대학생을 보고) 스돕! 스돕!

뛰어 들어오는 남자 대학생, 주머니를 급히 뒤지는데 차비가 없는 듯 난감해 한다.

희숙 저… 그냥 타세요.

희숙이 만원 버스 안 사람들을 더 밀어 넣는다.

손님들 (짜증스러운 중저음) 에이….

대학생 수줍은 듯 가볍게 고마움의 인사를 하고 버스를 탄다.
만원 버스 문가에 대학생과 마주 보고 선 희숙.
시간이 멈춘다.

희숙 오라이….

중년 희숙 그 사람이 앞에 서 있는데, 손잡이는 잡아야겠지, 손잡이는 그 사람 뒤에 있지. 얼마나 떨렸는지, 심장소리가 내 귀에만 들리는 건지 계속 쿵덕 쿵덕 쿵덕… 그런데 있죠. 그기… 너무 좋았습니다.

꽃잎 날린다.
사람들 사이를 비집고 다니며 희숙과 대학생 사랑의 왈츠를 춘다.

목소리 송 차장! (사이) 송 차장아!
희숙 예?
목소리 다 됐냐고?

대학생과 희숙 다시 버스 안으로 들어온다.

희숙 예예, 다 됐습니다. (버스 탕탕 치며) 오라이-!

중년 희숙 그 순간이 너무 좋아서… 그 사람의 냄새가 좋아서… (사이) 어쨌든! 출근길에는 이렇게 꾸역꾸역 밀어 넣는다고 사람들한테 욕을 듣던 원더우먼이, 막차에선 꾸벅꾸벅 졸다가 기사한테 또 욕지거리를 듣곤 했지요. 그래도 한 달에 한 번 오는 월급날이 있어서 온갖 꿈을 다 꿀 수 있었습니다.

3장. 월급날, 나르는 원더우먼

희숙, 경자, 선옥 꿈꾸는 표정으로 가슴엔 월급봉투를 들고 앉아 있다.

희숙 우리 내일 짜장면 먹으러 갈까?
경자 그래, 묵자! 그 뭣이라고.
희숙 그라모, 이백 원이모 껌값이다.
경자 선옥아, 니는 월급 모아서 뭐 하고 싶노?
선옥 언니야, 나는 이쁜 교복 살 끼다.
희숙 (호들갑) 니 교복 입으모 너무 이쁘겠다.

그런 선옥을 경자, 짠하게 바라본다.

선옥 언니는 학교 안 가고 싶나?
희숙 난 학교보다는 돈을 벌고 싶다.
선옥 돈 벌어서 뭐 할라고?
희숙 나는 큰 뻐-쓰 사서 뻐-쓰 기사 될 끼다.
선옥 에이, 여자 기사가 어디 있노?

경자 왜 없냐. 야는 원더우먼처럼 버스를 들 수도 있을 것인디.

희숙 맞다! 내는 원더우먼처럼 될 끼다! 그라모 언니는 뭐하고 싶노?

경자 나는… (사이) 미국 가는 비행기 티켓 살 것이다.

희숙 미국? 역시 언니는 다르다. 미국에는 뭐가 있는데?

경자 자유의 여신상.

희숙 그기 뭔데?

경자, 일어서서 자유의 여신상처럼 한쪽 팔을 든다.

경자 (진지하게) 모든 사람은 평등하게 태어났고 모든 인간에게는 생명과 자유와 행복의 추구라는 권리가 있다. 미국이라는 나라는 이 평등, 자유, 그라고 (힘주어) 행복 추구권이 있는 나라다. 이 행복 추구권이 뭔가 하면 바로….

미자 씨팔.

경자 씨팔이지….

소녀들 풉… 키키키….

미자 씩씩거리며 들어온다.

희숙 와, 또?

미자 미치겄다. 내가 무슨 삥땅을 했다고 그카노?

경자 수금액이 또 안 맞었냐?

미자 이 고미자가 삥땅할 머리나 있나?

경자 얼마나 빵꾸났어?

미자 팔백 원.

선옥 옴마야, 팔백 원?

희숙 팔백 원이모 짜장면이 네 그릇인데.

경자 그려서 어쨌는가?

미자 뭘 우째? 지랄을 하고 또 팰라 카지.

선옥 언니, 또 맞았나?

미자 안 맞았다. 오늘 월급에서 팔백 원 까고 주데. 내가 삥땅 한 기 아이고… 그기 산수를 잘 못하는 기지.

희숙 산수 쫌 배아라.

경자 잊어버리고 그냥 우리 짜장면 한 그릇 씩 사줬다 생각혀.

미자 내가 와 사줄 낀데?

경자 뭐 어때? 고미자, 그 정도 통도 안 되는가.

미자 알았다. 까짓 거 사주께. 보자. 경자 언니는 시골에 아부지 약 값하랴 동생들 뒷바라지하랴 힘든 가장이니까 힘내라꼬 짜장면 한 그릇 사준다. 우리 막내 선옥이는 요새 맨날 밥맛도 없고 기운 없다 카니까 간짜장 한 그릇! 희숙이 니는… 기분이다! 짬뽕 한 그릇 사준다. 영 억울하게 생겼으니까. (다들 웃는다)

희숙 이 가스나가!

미자 다 묵었으모 우리 희숙이 노래 한 곡 해봐라.

희숙 야밤에 무슨 노래고. (바로) 작게 하께, 잘 들어라.
(노래) 나르는 나르는 원더우먼
땅에서 솟아났나 원더우먼
하늘에서 내려왔나 원더우먼.

다들 웃는다.

경자 (노래) 나르는 원더우먼, 사람 실어 나르는 원더우먼!

희숙 그라모, 만원 버스에 사람 밀어 넣어가 문도 안 닫고 발차해도 우리가 버스에 매달려서 승객들 다 싣고 가는데 원더우먼 맞지!

미자 다음 달 월급 안 까이모 내가 희숙이 니 원더빤쓰 하나 사주께.

경자 원더우먼이모 황금 부라자가 있어야지.

미자 알았다, 그라모 언니야, 내 산수 좀 가르쳐 도.

경자 그기 뭐 어렵나. 우리 똑똑이 선옥이도 있고.

선옥 그럼 언니, 중학생 버스요금이 25원이잖아? 백 원 내면 얼마 거슬러 줘야 돼?

미자 85원.

선옥 언니, 중학생 버스비는 25원이다.

미자 그라니까 85원.

희숙 고마 내 빤쓰는 내가 사 입으께.

다들 웃는다.

경자 자자. 새벽 네 시부터 운행인데 빨리 자야지.

미자 다들 꿈속에서 배불리 드셔! 지옥 버스 탈라모 든든히 먹어 둬야 힘 쓴다!

선옥 언니, 잘 먹을게. (하품한다)

모두 잠을 청한다. 바로 잠드는 소녀들.
경자 다시 일어나 책을 꺼내 읽는다.

희숙 언니, 안 자?

경자 깜짝이야, 왜 안 자고 그려?

희숙 언니 공부해?

경자 그냥 봐야 될 책이 있어서. 많이 알아야 큰소리도 치지, 모르면 무시당하고 밟힌다.

희숙 맞다. 못 배우면 막 할 말도 못하고 몸도 움츠러들고 목소리도 안 나오고 그런다.

경자 왜, 뭔 일 있었어?

희숙 (일어나 앉으며) 낮에 교복 입은 계집애 셋이서 열 장을 열한 장으로 자른 승차권을 냈는데 내가 아무 말도 못했다. 교복 입은 계집애들이 막 따지고 들 것 같고 지들끼리 깔깔거리는데 날 비웃는 것 같기도 하고, 괜히 혼자 얼굴이 화끈해서 혼났어.

경자 희숙아, 그걸 열등감이라고 하는 거야.

희숙 열등감?

경자 자기가 남들보다 못하고 아무것도 잘하는 게 없고 아무 가치도 없다고 생각하는 거. 근데 우리가 정말 그래? 우리가 못하는 게 뭐야? 우리가 왜 가치가 없어?

희숙 언니, 사실 난 어떻게 살아야 할지 모르겠어.

경자 (희숙을 말없이 안아준다) 내 동생도 너랑 닮았는데… (사진을 꺼내 주며) 내 여동생 경희.

희숙 와, 예쁘다. 언니. 언니랑 하나도 안 닮았어.

경자 이제 겨우 열두 살인데 나는 야를 보면 너무 두려워. 야도 나처럼 살게 되면 어쩌나, 이렇게 이쁜 얼굴로 술 따르고 웃음 팔고 아님 우리 같은 차순이, 식순이, 공순이… 그렇게 사는 건 아닌지, 밸밸 걱정이 다 든다. 그런 것도 다 내 열등감이여.

희숙 절대 그렇게 안 돼. 이렇게 똑똑한 언니가 있는데. (경자의 무릎에 머리를 대고 눕는다)

경자 희숙아, 우리 힘들어도 포기하지 말고 이 악물고 배워 불자. 보란 듯이 공부해서 똑똑하게 큰소리 치는겨. 서러워 말고, 울지도 말고. 응? (희숙 어깨를 두드려준다) 너 자는 겨?

중년 희숙 그날은 경자 언니가 무슨 말 하는지 하나도 몰랐습니다. 열등감이고 뭐고 간에 잠이 쏟아지는 거라. 그래도 하루 꼬박 열일곱 시간을 일하면서도, 함께라서, 함께 있어서 그럭저럭 견딜 만 했습니다.

4장. 지옥 버스, 버티는 원더우먼

다시 반복되는 이른 아침. 소녀 하나둘씩, 일하러 나간다.

기사 (목소리) 내가 사무실에 이야기하면 니 삥땅치는 거도 끝인 거 알제? 아니지. 죽도록 두들겨 맞고 쫓겨나겠지. 그라니까 나한테도 꼬박꼬박 잘 넣으란 말이다. 담배도 제때 사 넣고.

사장 (목소리) 내 말만 잘 들으면 너뿐만 아니라 너희 숙소에 있는 다른 애들한테도 다 보너스 챙겨줄 거니까 걱정하지 마.

경자도 출근하다가 숙소 창에 철조망을 달고 있는 총무부장에게 다가간다.

경자 저… 총무부장님.

총무부장 아, 김경자 씨 . 무슨 일로?

경자 혹시 가불 좀 할 수 있을까요?

총무부장 아, 김경자 씨. 가불은 원칙적으로 안 하는데.

경자 고향에 아부지가 위독하셔서 약을 좀 써야 되는디요.

총무부장 그런 개인 사정 다 봐주자면 끝이 없지.

경자 내가 안 받을 돈도 아니고 내가 도망갈 것도 아닌데 한 달 가불해 준다고 뭐 큰일난디요?

총무부장 이봐. 뭘 단단히 착각하고 있는데 회사는 개인을 위해서 존재하는 게 아니야. 밥벌이하게 해 주는 것만도 감사하라고.

경자 정말 어려워서 그라는디 방법이 없을까요?

총무부장 회사 규정이 가불 금지라니까. 정 필요하면 사장님 허락을 받아 오든가.

경자 사장님 허락 받으면 가불이 되는 거 맞습니까?

총무부장 어허… 사장님이 그런 이야기 들어줄 정도로 한가한 분이 아니에요. 그냥 가세요. 경자 씨 차 출발 안 하나?

총무부장은 그대로 가 버린다. 경자 한숨만 나온다.
사무실에선 반장이 선옥을 부른다.

반장 야. 이선옥!

선옥 (사무실로 들어오며) 예?

반장 너 바보야? 내가 승차권 잘린 거 잘 보라 했지? 이거 열 장을 열 한 장으로 자른 거 아냐. 무효.

선옥 예? 뭐가요?

반장 뭐가요? 너 저번에도 이런 일 있었지. 요즘 입금액도 점점 적어져서 내가 지켜보고 있는데. 사장 믿고 까불다가 큰코 다치는 수가 있어.

선옥 (놀라며) 아, 죄, 죄송합니다.

반장 너희 같은 버스차장들은 다 내 손바닥 안에 있다는 거 명심해.

선옥 예.

미자가 들어온다.

반장 미자 씨 어서 와요. 선옥 씨는 들어가 봐요. 수고했어요.

선옥은 반장에게 인사하고 미자와 잠시의 눈인사를 하고 나간다.

반장 (미자에게 친절하게 의자를 가리키며) 앉아요. 야단치려고 부른 거 아니니까. 하하하….

미자 아… 네… (의자에 앉는다) 무슨….

반장 아… 별건 아니고. 회사에서 전체 여차장님들을 대상으로 근무 환경에 대한 조사를 실시하고 있습니다. 어떤 불이익을 당하고 있는 건 없는지… 뭐… 기본적으로 기사들이 우리 여차장들에게 돈을 요구한다는 건 잘 알고 있습니다. 그래서 지금 피해액과 폭행에 관련해서는 형사 처벌을 준비하고 있구요.

미자 아… 피해액… 형사 처벌이 무슨 말인지….

반장 (미자의 말을 가로채며) 미자 씨, 힘든 거 다 압니다. 일 잘하는 것도 소문 다 났구요.

미자 고맙습니다.

반장 미자 씨도 열심히 해서 돈 많이 벌고 싶죠.

미자 아… 네.

반장 제가 사장님한테 이야기 잘 해서 미자 씨를 사무직으로 옮기도록 해 보겠습니다. 우리 회사는 진정 가족과 같이 믿을 수 있는 사람, 사무실의 금고를 언제든지 맡길 수 있는 사람, 그런 사람이 필요합니다.

미자 전에 저 삥땅친다고 혼내셨는데….

반장 (사이) 그건… 미자 씨가 100에서 25를 뺐는데 그게 85라고 고집부리니까… 제가 화가 나서….

미자 75인 거 압니다. 그때는 제가 당황해서….

반장 하하하. 당연히 미자 씨가 알고 있다는 거, 저도 압니다. 네, 압니다. 그래서 미자 씨를 더 믿는 거구요….

미자 네… 고맙습니다. 믿어주셔서….

반장 그래서 하는 말인데.

미자 네.

반장 같은 숙소에 김경자 씨 있죠.

미자 네. 경자 언니.

반장 경자 씨가 다른 여차장들 몰래 데모하러 다닌다는 이야기가 있는데.

미자 네? 데모요?

반장 네. 대청여객에서 여차장이 개문발차하다가 사망한 사건이 있었는데 그걸 회사 탓으로 돌리면서 지역의 민심을 흐리는 빨갱이들하고 어울린다고….

미자 (놀라서) 빨갱이요?

반장 네, 빨갱이요. 미자 씨도 알겠지만 지금 국가에서 간첩들 어마어마하게 잡아들이고 있습니다. 그 사람들하고 말만 같이 해도 잡혀갑니다. 그러니 미자 씨도 조심해야 합니다. 아시겠죠?

미자 네….

반장 그러니까 수시로 제 방으로 오셔서 경자 씨가 뭔가를 준비한다 싶으면, 아니 조금이라도 이상한 낌새가 있다 싶으면 알려주세요. 아시겠죠?

미자 아… 네.

반장 제가 미자 씨를 믿는 만큼 특별히 키워드리겠습니다. 참… 대청여객에서는 지난 주 여차장들을 대상으로 알몸 검사를 실시했다고 합니다.

미자 네? 알몸 검사요?

반장 맞습니다. 여차장들 삥땅이 너무 심하다고 회사에서 판단해서 여차장들 옷을 다 벗기고 삥땅 검사를 했다고 합니다. 내가 미자 씨를 믿는 만큼 특별히 알려드리는 거니까 미자 씨도 안 걸리게 조심하세요.

미자 네… 감사합니다… 반장님.

반장 반장은 무슨… 그냥 오빠라고 하면 되지….

반장이 묘한 표정으로 미자에게 다가간다. 미자는 딴생각으로 반장이 다가오는 걸 모른다. 사장이 들어온다.

반장 사장님 오셨습니까? 미자 씨 나가봐요….

사장 누구?

반장 아… 고미자 씨라고 우리 여차장들 중에 가장 열심히 하는 친구입니다.

사장 아… 그래?

미자가 나간다. 사장 흘끔거린다.

사장 별일은 없었나?

반장 예, 오늘도 삥땅 검사 철저하게 해서 마감했습니다.

사장 기숙사 창문 막으라는 건?

반장 그것도 지시하신 대로 완벽하게 쇠창살로 다 막아놨습니다. 이제부터는 낮 시간에 기숙사 창문으로 몰래 드나들면서 삥땅치는 것들 절대 못할 겁니다.

사장 그걸로 뒷말 나오게 하지 말고.

반장 애들한테는 겨울이라 외풍 막는다고 잘 둘러대 놨습니다.

사장 겨울 다 지나고 외풍이라… 하하하, 좋아, 아주 좋아! 역시 우리 정 반장이 잘해!! 이제와 말인데 버스 차장들을 죄다 여자애들로 바꾼 건 내가 이 회사를 만든 이래로 최고로 잘한 일이야. 인건비 싸지, 말 고분고분 잘 듣지. 보기에도 좋고 말이야!

반장 확실히 남자 조수들보다 나은 것 같습니다.

사장 아이고 말도 말아요. 그놈들은 인건비만 문제가 아니라 허구한 날 그렇게 손님들하고 쌈박질을 해대서 얼마나 골치가 아팠던지… 요즘은 딱 좋아. 아주 좋아! 어쨌든 우리 정 반장이 수고가 많아. 내가 알아서 신경쓸 테니 더 열심히 해주길 바라네. 그리고 그… 김경자라고 했나. 그 친구 좀 열심히 보라고. 요즘 대외활동을 한다던데 말이야.

반장 알고 있습니다. 지난번에 화성 운수 여차장들이 들고 일어났을 때도 데모를 주도했다고 들었습니다.

사장 김경자 그 친구. 위장 취업한 대학생 아냐?

반장 아닙니다. 확인해 봤는데 국민학교도 제대로 졸업 안 했답니다.

고민스러운 경자가 숙소로 돌아오는데 숙소 창문에서 소녀들이 째려보고 있다.

경자 뭐여?

미자 해도 해도 너무하다!

선옥 가족 같이 생각하랄 땐 언제고!

희숙 혼자만 잘 살면 다냐!

경자 뭘 혼자 잘 산다고 그려.

소녀들이 숙소 밖으로 나온다.

미자 내가 이야기 다 들었다. 언니 요즘 데모하러 다닌다며. 그 빨… 아니… 어쨌든… 내가 다 들었다.

선옥 가족 같이 생각하랄 땐 언제고!

희숙 혼자만 잘 살면 다냐!

미자 언니 니한테 하는 얘기다! 그렇게 밤낮없이 투쟁하러 다니면서 우찌 우리한테는 비밀로 하노?

경자 쉿. 조용히 혀. 늦들까지 찍히면 더 힘들다.

선옥 아니다 언니. 지난번에 개문발차 사고로 사망한 차장 사건으로 이번 주 토요일에 집회 있다면서? 우리도 언니하고 같이 갈 끼다.

경자 늦들 지금 충분히 힘든 거 안다. 더 힘들어지면 버틸 수 있을 거 같어?

미자 이 언니가 혼자서 좋은 거, 멋진 거는 다 할라 하네. 이 무식한 고미자도 다 안다. 그 위험한 곳에 언니만 보낸다는 게 얼마나 의리가 없는 건지….

희숙 나도, 아니 우리도 같이 할 거다. 그자 선옥아?

선옥 응. 난 언니들 있는 곳은 어디든 갈 거다.

경자 늣들… 정말 괜찮것냐? 할 수 있것어?

소녀 셋 (서로 눈빛 교환 하더니) 오라이!

경자 쉿! 들어가서 이야기하자.

소녀들은 숙소로 들어간다.

중년 희숙 사실 데모가 뭔지도, 투쟁이 뭔지도, 아무 것도 몰랐습니다. 그래도 함께해야 한다, 나만 숨어 있으면 너무 의리 없는 거 아니가? 그런 생각뿐이었습니다.

사장 무슨 오지랖이 그리도 넓은지, 정의가 어떠니 세상이 변해야 하니 떠들어대는 그런 것들 목적은 매한가지야. 우릴 번거롭게 해서 지들 이익 챙기고 배불리는 거 아냐, 사사건건 요구는 또 뭐 그리 많은지… 번거로워지지 않게 각별히 살피고, 나는 번거로운 게 제일 싫어. 그리고 가까이… (귓속말) 아까 걔… 그 선… 뭐지 선희?

반장 선옥이요?

사장 그래, 선옥이. 숙소로 연락해서 내 방으로 좀 오라고 그래요. 급하게 할 이야기가 좀 있다고.

반장이 숙소로 가서 선옥을 부른다.
소녀들은 반장의 소리에 긴장한다.

반장 이선옥.

선옥이 사장의 방으로 간다.
선옥과 사장의 공간에만 빛이 남고 옷을 벗는 선옥의 뒷모습 실루엣.

불이 꺼진다.

중년 희숙 밤마다 선옥이가 사무실에 불려 가는데 왜 아무런 의심을 하지 못했을까요. 지금 생각해 보면 선옥이는 그렇게 당하고 와서도 우리에게 내색 한번 하지 않았습니다.

다시 선옥과 사장의 공간에만 불빛. 선옥이 옷을 입으며.

선옥 사장님. 저는 언제까지 오라면 오고 가라면 가야합니까.

사장 무슨 소리야.

선옥 사장님이 주신다는 우리 차장들 보너스는 언제 받을 수 있는 겁니까.

사장 응. 걱정 말아요. 다 챙겨두고 있으니까.

선옥 네.

선옥은 다시 숙소로 향하고 숙소로 들어가기 전 심호흡 한번 하고 밝은 얼굴로 들어간다. 언니들은 시위 준비하다 웃으며 선옥을 맞이한다.

중년 희숙 그렇게 매일 반복되는 일상을 살았습니다. 새벽같이 일어나서 사무실에 출근하면 반장한테 혼나고 출차하러 가면 기사들한테 혼나고 일하다보면 손님한테 혼나고 또 돌아오면 수금액 안 맞다고 총무한테 혼나고… 그래도… 그래도 숙소만 오면 뭐가 그렇게 즐거운지….

5장. 결의, 비장한 원더우먼

소녀들 시위 연습중이다.

경자 (작게) 백 원!

같이 일급 백 원 올려 달라!

경자 열여섯 시간!

같이 열여섯 시간만 일하게 해라!

경자 때리지 마라!

같이 매질하는 감독 내보내라!

경자 식사시간 늘려라!

미자 (크게) 반찬 세 가지는 달라!

소녀들 (미자에게) 쉿! 쫌!

미자 아… 미안….

소녀들 (그런 우리가 우습다. 소리죽여) 히히히.

경자 희숙이, 오늘 전단지 다 나눠줬지?

희숙 응.

경자 선옥이, 여차창들 참여는?

선옥 40명 전부, 내일 새벽 출근 안하고 여덟 시에 시청 앞에 모이기로 했다.

희숙 근데 우리 진짜 이래도 되나.

미자 막상 하려니까 막 무섭고 떨리고… 언니, 그냥 하지 말까?

경자 선옥이, 니는?

선옥 무섭고 떨리기는 하지만 (사이) 그래도 난 할 거다. 언니들이 있잖아.

경자 그래, 두려워도 우리 목소리를 내야 되는 겨.

미자 개 맞듯이 맞으모 우짜노.

경자 미자야, 매 맞는 거 무섭재?

미자 (끄덕)

경자 근데 우리는 왜 매를 맞아야 할까? 우리가 뭘 잘못해서 매를 맞는 거지?

미자 산수를 못하니까. 무식하니까.

경자 아니다. 맞아도 아무 소리 안하고 있기 때문에 또 맞는 거다. 옳지 않은 것에 대해서는 우리 목소리를 내야 돼. 그럼 당장은 아니더라도 조금씩 바뀐다. 맞고도 가만히 있으면….

선옥 쉿! 누가 온다, 언니.

다들 정리하고 자는 척, 문 두드리는 소리!

반장 김경자, 김경자!

모두 긴장한다.

경자 네. (나간다) 반장님, 웬일이세요?

반장 너 내일….

경자 내일… 뭐요?

반장 하루 쉬란다.

경자 예?

반장 사장한테 니 사정 말했더니 가불도 해주고 고향 갔다 오란다. (봉투 내민다) 니가 회사에서 오래 일하고 일 잘한다고 포상 휴가도 주고 이라네.

경자 예.

반장 봐라. 아닌 것 같아도 회사에서 다 직원들 생각하잖아.

경자 ….

반장 (가려다가 다시) 그러니까 너도 좀 조용히 살고. 괜히 아무 것도 모르는 애들 선동하고 그러지 마. 알았어?

경자 예.

반장이 돌아가고 숙소에서 소녀들이 나온다.

희숙 언니야, 내일 새벽 차 타고 가라. 여긴 우리가 알아서 할게.

경자 안 돼. 내가 있어야제.

선옥 언니, 시골에 무슨 일 있나?

희숙 아부지가 좀 위독하시단다.

선옥 언니, 가는 기 낫겠다. 언니 새벽 차 안 타면 괜히 더 의심한다.

미자 나는 언니 없으모 못한다.

경자 (사이) 하루만 미루자. 나가 내일 저녁에 올랑게.

미자 그라모 내가 지금 연락하까.

경자 아니여, 내가 새벽에 나가면서 저 쪽에 연락할게.

희숙, 접은 돈을 꺼내준다.

희숙 이거 얼마 안 된다. 언니야, 도움이 못 돼서 미안하다.

경자, 희숙의 손을 꼭 잡는다. 선옥과 미자도 접은 돈을 준다.

경자 고맙다. 진짜. 내 다음에 꼭.

미자 갚아야 된다.

소녀들 웃는다.

6장. 수색, 알몸의 원더우먼

상상의 공간. 디스코 음악.
희숙, 버스에서 사람들과 함께 정신없이 디스코를 추고 있다.
장발의 날라리, 희숙 앞에서 춤을 춘다.

날라리 안녕? 매일 아침, 버스에서 마주치는 그대.
미자/선옥 (호들갑) 어머머머. 그 사람이가?
희숙 미안하지만 당신 같은 날라리, 전 관심 없는 걸요.
날라리 도도한 척하긴. 나중에 생각 있으면 연락해. (명함 건넨다)
희숙 흥! (명함 받아서 날린다)
미자/선옥 (야단법석) 그럼 누구야?

혼자 책을 보고 있는 대학생에게 빛이 떨어진다.

미자 어머머머. 세상에!
선옥 대학생?
미자 왜 얘기 안 했어? 앙큼한 년!
희숙 눈부시게 하얀 얼굴, 지적인 눈빛, 어두운 고뇌. 그 사람은 내 인생에 단 하나의 빛이었다. 매일 아침 네 시에 기상해서 승객들에 치이고 기사들한테 무시당하고 지분지분 짓밟히면서도 이 사람이 있어서 나는 견딜 수 있었다.
선옥 언니, 부럽다!
미자 어떻게 만났는데, 대학생을?
희숙 내가 꼬셨지.
미자 거짓말치지 마라. 니가 무슨?
희숙 버스 출발합니다!

뛰어 들어 오는 남자 대학생, 차비가 없는 듯 난감해 한다.

희숙 저… 그냥 타세요.

대학생 수줍은 듯 가볍게 고마움의 인사를 하고 버스를 탄다.
만원 버스 문가에 대학생과 마주 보고 선 희숙.
시간이 멈춘다.
점점 커지는 희숙의 심장 소리.

선옥 전에 데모 중에 언니가 태웠다던 그 사람?
중년 희숙 데모 그런 건 모르겠고 그냥 잘생겼더라. 몇 번 차비가 없어가 쭈볏거리던데 그래가 차비도 안 받았다.
선옥 그래서 매번 차비를 안 받고 태웠다고?
미자 상습범 아이가.
중년 희숙 아이다!
미자 히야, 또 센터 까일라꼬. 계수량 안 맞으모 난리날 건데.
중년 희숙 뭐 어때.
미자 얘 봐라. 눈에 뵈는 게 없나 보네.
선옥 언니, 원래 사랑은 눈이 머는 거다.

대학생이 희숙에게 편지를 전하고 떠난다.

중년 희숙 너그 이런 거 받아 봤나?
미자/선옥 연,애,편,지?
중년 희숙 (끄덕)
미자 뒷바라지한 보람 있네. 보자.
중년 희숙 안 된다.
선옥 뭐라고 썼어? 읽어줘, 언니.

다시 현실, 소녀들의 숙소다.

희숙 예쁘고 큰 눈이 꼭 내 여동생을 닮았어요.

미자 다른 사람한테 쓴 거 아이가?

희숙 (눈 흘기고) 지금은 비가 오고 바람이 불고 안개 자욱하고 눈이 날리더라도 언제까지 이렇지는 않겠지요. 이 시간이 다 지나고 따스한 새봄이 오면 우리, 우리….

미자/선옥 우리…. (침 꼴깍)

희숙 꼭 한번 만나요.

미자/선옥 꺅!

희숙 근데 이게 마지막 편지야.

선옥 에?

희숙 주소랑 전화번호가 있긴 한데.

선옥 데모한다면서, 잡힌 거 아냐?

희숙 아냐.

미자 군대 간 거 아냐? 니 고무신 거꾸로 신을까봐.

희숙 야.

소녀들 깔깔 웃는다.

중년 희숙 그때 사정없이 문을 두드리는 소리가 났습니다.

희숙 경자 언니가?

문 열자 곤봉 들고 들이닥치는 남자들.

반장 송희숙, 고미자, 이선옥! 다 나와.

소녀들 밖으로 나간다.

희숙 이 밤에 무슨 일입니꺼?
반장 진짜 몰라서 묻나?
희숙 예?

반장, 희숙의 목덜미를 잡고 쓰러뜨린 뒤 사정없이 희숙을 내리친다.

미자 희숙아!
선옥 언니야!
반장 너희들이 버스 차비를 상습적으로 공공연히 삥땅하고 숙소에 돈을 숨긴다는 제보가 들어왔다. 지금부터 숙소를 수색한다.

남자들 여기저기 뒤진다.

반장 다 벗어!
선옥 예?
반장 다 벗으라니까!
미자 반장님. 저한테 이런 말 없었잖아요. 알몸 검사 하게 되면 저한테 알려주신다고 했잖아요. 저 일 잘하고 가족 같은 믿음 있는 고미잡니다.
반장 아… 고미자. 그래 고미자… 나한테 무슨 믿음을 줬을까? 내가 이야기했지. 수시로 찾아 와서 보고하라고. 근데 뭘 보고 했냐고!

미자를 때린다. 선옥이 막아선다. 그런 선옥도 때리고 나서

반장 (선옥의 턱 밑에 곤봉을 대고) 사장 믿고 까불지 말라고 했지. 술집에 앉아 있어야 할 년이 왜 여기서 이러고 있어? 다 안 벗어?

미자 버, 벗을게요!

미자, 먼저 옷을 벗는다. 선옥, 희숙 서로 얼굴을 바라보다가 겁에 질린 채 옷을 벗는다. 흰 브래지어와 팬티만 남는다. 어깨가 덜덜 떨린다.

반장 모두 꿇어!

셋, 꿇어앉는다.

반장 삥땅!
희숙 그런 적 없습니다.

반장, 희숙 때린다.

미자 그만, 그만하세요! 죄송합니다! 죄송합니다!
반장 죄송해? 그렇지. 니들이 삥땅친 거 맞지?
희숙 그런 적 없다니까요!
반장 얼마나 해 먹었어?

남자들, 뒤에 서서 곤봉 들고 때린다. 정지 동작.

중년 희숙 얼마나 해 먹었을까예? 하루 일당이 구백 원에서 천 원, 한 달 내내 일해 봐야 이만 사천 원. 쌀 한 가마니가 삼만 오천 원인데 우리는 이 돈을 고향에도 보내고 동생들 학비도 냈습니다. 그래, 그래서 어쩌다 사백 원, 오백 원씩 삥땅할 때도 있었습니다. 그래예, 우린 다 도둑년이지예.

남자들 다시 움직이며.

반장 송희숙 이년이 제일 의심스럽다. 다 벗겨!

미자가 남자들을 밀치고 몸으로 희숙을 안으며.

미자 안 돼!
반장 넌 비켜!
미자 제발 그만하세요. 제가 훔쳤습니다.
반장 이제야 실토하는구만. 이 도둑년들!
희숙 우리는 안 훔쳤어요! 삥땅친 거 없어요!
반장 (눈을 번득이며 숙소 안으로 끌고 들어가며) 너 이리와!

반장, 희숙을 숙소 안에서 폭행하고 다른 남자들은 미자와 선옥을 잡고 있다.
무대 한쪽에 사장의 모습이 보인다.

사장 우리는 가족입니다. 여러분 모두들 고향을 떠나 이렇게 새로운 꿈을 향해 객지에 나와 있는데 누가 여러분의 보호자가 되겠습니까. 맞습니다. 저는 여러분의 사장이 아니라 바로 보호자입니다. 저는 여러분의 아버지라고 생각하시면 됩니다.

소녀들의 비명소리를 뒤로 하고 걸어 나오는 반장.

반장 이정도 해 뒀으면 딴 생각은 못 할 겁니다.

한쪽에서 흐뭇하게 웃고 있는 사장.
남자들은 떠나고 미자와 선옥이가 희숙이 있는 숙소로 들어간다.
아무것도 모르는 경자가 선물인지 뭔지 보따리를 들고 들어온다.

7장. 치욕, 원더우먼의 갈등

경자 망연자실하여 소녀들 앞에 서 있다. 미자, 선옥은 주저앉아 있고 희숙 이불 쓰고 누워있다.

경자 미안하다.

모두 ….

경자 내가 미안하다.

미자 무섭다. 너무 무서워. 우리 집단 탈출, 그딴 거 하지 말자. 나는 못한다. 아니 안 할란다.

경자 아니여. 이럴수록 우리가 당한 억울한 일, 세상에 다 알려야 된다니까.

미자 우리가 당한 억울한 일? 희숙이한테 생긴 일을 세상에 다 알린다고? 제정신으로 하는 말이가? 우리는? 우리는 또 어떻고? 부끄러워서 입에 올리도 못할 일을 어디 가서 떠든단 말이고.

경자 미자야, 우리는 하나도 부끄러울 거 없어. 우리가 뭘 했다고 그려? 우리가 뭘 잘못했냐? 우리가 왜 이런 일을 당했는지 진짜 모르겠냐? 부끄러워해야 할 죄지은 놈들은 따로 있는 겨.

선옥 언니야, 우리가 뭘 할 수 있는데?

경자 신문 기자라도 만나야 되겄어.

미자 기자는 오데서 만나는데?

경자 ….

미자 만나면 뭐라꼬 써 달라칼낀데. 대방여객 여차장들이 요금 삥땅 치다가 센터 까이면서 벌거벗겨져서 개처럼 두들겨 맞았다. 그라고 그 중에 한 명은… 아, 씨팔. 우리가 우리 얼굴 팔고 이름 팔고 세상에 우사 당할라꼬 용을 쓰잔 말이가. 인자 됐다. 이것만 해도 됐다. 고만하자.

경자 여기서 끝내자고? 니는 억울하지도 않냐? 이 좁은 방구석 벗어나 보자고, (철창을 두드리며) 감옥 같은 이런 곳 벗어나자고 니들 입으로 말 안했냐?

미자 우리 할머니가 그랬다. 송충이는 솔잎을 먹고 살아야 된다꼬. 맞다. 벌레는 벌레처럼 썩은 이파리나 갉아 묵고 살아야 된다.

경자 (사이) 미자야, 우리가 벌레여?

미자 안 그람 뭔데?

경자 ….

미자 하루 종일 버스에서 밟히고 치이고 무시당하다 보니까 내가 사람인지도 잊어버렸네. 언니 말대로 집단으로 숙소 탈출해 가꼬 시청 앞에서 고함 좀 지르모 뭐가 달라지노? 회사에서 '그래 너무 많이 일 시켜서 미안하다' 카면서 휴식 시간도 주고 월급도 막 올려주고 그라나?

경자 한 번에 달라지지 않아도 하나하나 밟아 나가는 데 의미가 있어.

미자 의미? 나는 무식해서 그 의미라 카는 게 뭔지 잘 모르겠는데, 그기 이러면서도 찾아야 되는 기가? 희숙아, 니도 말 좀 해봐라.

경자 언제까지 입 다물고 있을래? 평생 그렇게 벙어리처럼….

미자 그래! 나는 입 다물고 고마 조용히 살란다. 솔직히 까놓고 말해서 이게 다 누구 때문인 거 같노. 센터 까이는 거 종종 있어도 이렇게까지는 안 했다. 이게 다 언니 니 때문이다!

선옥 언니야, 그만해라!

미자 그만하긴 뭘 그만해! 내가 무식하다고 이런 것도 모를 줄 아나! 집단 탈출한다는 거를 그 새끼들이 다 알아채고 미리 조져놓은 거 아이가. 언니가 그 잘난 권리가 어쩌고 자유가 어쩌고 하는 개소리만 안 했어도 이런 일 안 당했다. 아나?

선옥 아니다. 요새 삥땅한다고 회사에서 의심도 많이 했고… 경자 언니 때문이 아니다.

미자 니도 내 무식하다고 무시하나. 언니 니는 노동 운동이니 뭐니 우리

중에서는 쫌 똑똑하고 귀찮으니까 휴가 보내고 벌레 같은 우리만 이런 일을 당했다 아이가. 입이 있으모 말을 해 봐라.

경자 미안하다.

미자 참 쉽네. 그냥 미안하면 되는 일이가. 그렇게 바보같이 미안하다 소리만 할 거면서 뭐 하러 일은 크게 벌였노. 언니 니가 감당 못 할 일을 왜 벌였노. 가만히 있으면 될 거를 차장들 들쑤시고 다니고 선동하고! 내가 모르는 줄 아나. 사람들이 다 언니를 빨갱이라고 한다!

경자 빨갱이? 너는 빨갱이가 뭔 줄 알고나 말하나? 빨갱이가 멋인데? 멋이 빨갱인데! 그래! 니는 평생 그렇게 살아라! 사람 대우도 못 받고 개돼지만도 못하게, 잠도 못 자고 밥도 제대로 못 먹고, 욕지거리 듣고, 매 맞고!

미자 언니도 어차피 국민학교밖에 못 배웠으면서 괜히 책 몇 권 읽었다고 배운 사람 흉내 내지 마라. 언니나 우리나 밟히면 한번 꿈틀대지도 못하고 터지는 지렁이다.

희숙이 천천히 일어난다.

희숙 그만해라. 다들 그만해라. 언니야 그냥 그렇게 사는 기 나을지도 모른다. 언니가 맨날 말하는 행복 추구권. 그런 게 우리한테 있나. 지금 여기 행복한 사람이 누가 있노. 언니는 모른다. 우리 마음 모른다. 그래도 저놈들은 언니 같이 센 사람은 안 건드린다. 선옥이가 왜 사장실에 불려가고 미자가 왜 기사들한테 매 맞고 내가 왜… 내가 왜… 언니는 모른다고….

경자 (사이) 그래, 맞다. 미안허다. 내가 암 것도 모르는 것 같다….

경자 나간다.

미자 (눈물을 닦으며) 다들 자자. 조금 있으면 바로 출차다. 그래도 일은 해야지. 선옥아, 불 꺼라. 경자 언니도 좀 있으면 들어 올 거다. 괜찮겠지, 우리 괜찮겠재….

미자와 선옥, 이불 쓰고 눕는다. 희숙 일어나 멍하게 앞을 응시한다. 그리고 편지를 쓴다.

중년 희숙 희망. 당신이 처음 주신 편지지에 쓰인 단어였지요. 삶에 대한 절망 없이는 희망도 없다. 절망 속에서도 희망을 노래하라고. (사이) 숨도 제대로 쉴 수 없고 울음도 나오지 않는 절망 앞에서 노래를 하라고 한다면 당신은 이런 고통을 당해보지 않은 사람이겠죠. 이제 당신을 지워야 할 것 같네요.

중년 희숙이 편지를 읽는 동안 희숙은 밖으로 나간다.
동네가 보이는 곳에서 경자를 만난다. 경자는 애써 희숙에게 눈물을 보이지 않으려고 돌아 앉는다.

중년 희숙 입김을 불어 촛불을 끄듯이 당신의 기억이 그렇게 사라져 버린다면 얼마나 좋을까요. 아파도 지울게요. 이제 당신 앞에 설 용기도 희망도 없어졌습니다. 꿈도 꾸지 않을 겁니다. 그냥 쥐 죽은 듯이 있는 듯 없는 듯 그렇게 살 겁니다. 당신도 저를 잊어 주세요.

희숙이 옆에 앉아 한참을 있다가

희숙 언니야….
경자 응.
희숙 나… 언니가 좋다. 항상 내가 생각 못하는 이야기도 해주고 더 잘 살아 보겠다고 열심히 살아가는 모습이 너무 좋다. 아까 한 말은 그냥 화가 나서 한 말이다. 마음에 담지 않았으면 좋겠다. 미안하다.

경자 아니여. 나가 미안허지….

희숙 언니야. 우리 그냥 아무 일 없었던 듯이 조용히 살면 안 될까? 언제 그랬냐는 듯이 다시 웃으면서 살면 안 될까? 그냥 아무 일 없는 듯이….

경자 그려. 아무 일 없었던 듯이 살면 되지 뭐… 니들이 싫으면 나도 이제 암 것도 안 할게… 그냥 죽은 듯이 살게….

희숙 미안하다, 언니야.

경자 내 친구 이야기 하나 해 줄까?

희숙 응?

경자 몇 년 전에 일이여. 내 친구가 서울에 방직공장을 다녔는디 그 짝은 여자들이 노조활동을 하면 빨갱이라고 부른다네. 희안허게 남자 노조원들한테는 안 그러면서 여자들한테는 빨갱이라고 부른댜. 노조 대의원회의를 하는데 다른 남자 노조원들이 회의장을 습격해서는 '똥이나 처먹어라' 하면서 여자들 옷이며 얼굴이며 입안에 똥칠을 해부렀단다. 그것도 같은 직원들이. 믿어지냐? 같은 노동자들끼리 힘을 모아서 열심히 도와가며 살아도 부족할 판에 여자들이 설친다고 똥칠을 해 부렀다는 것이? (사이) 빨갱이? 넌 빨갱이가 뭔지 아냐?

희숙 … 간첩들 보고 하는 소리 아니가?

경자 그럼 그 공장에 있던 똥칠 당하던 내 친구나 지금 여기서 빨갱이 소리 듣고 있는 나도 간첩인가? 배가 고파서 배가 고프다고, 돈이 없어서 일한 만큼 돈을 더 달라고, 때리지 말라고, 몸에 손대지 말라고 말하믄 왜 빨갱이가 되는 것이냐? 그런 바른 말 하는 사람은 다 빨갱이 인가?

희숙과 경자 말이 없다. 긴 침묵을 깨고 희숙이 말을 한다.

희숙 언니….

경자 응?

희숙 우리가 나이 먹고 엄마가 되면 그때도 빨갱이라는 말이 있을까?

경자 모르지.

희숙 하자.

경자 뭘?

희숙 우리가 하려던 거.

경자 하려던 거?

희숙 응. 배고프다고, 힘드니까 잠재우고 일 좀 적게 하게 해 달라고, 때리지 말라고, 몸에 손대지 말라고, 월급 올려달라고 이야기하자.

경자 희숙아….

희숙 난 적어도 언니가 간첩이 아니라는 거 아니까… 그래서 우리가 빨갱이 소릴 들어야 한다면 그건 우리 세대에 끝내자. 우리 애들은 빨갱이 소리 안 듣게 해야지.

경자 희숙아. 너… 괜찮겠냐?

희숙 응. 내가 미자한테도 선옥이한테도 말할게. 하기 싫다면 빠지라고 하고… 억지로 함께 하자고 하는 것도 아니잖아.

경자 희숙아…. (희숙을 빤히 쳐다보니 희숙이 경자에게 안긴다) 내가… 내가 니 아픈 거 다 몰라서 미안허다. 선옥이가 뭔 짓을 당하는지 미자가 누구헌티 맞고 다니는지… (사이) 너 자는 겨?

희숙 (빙긋 웃으며) 아니… 그냥….

경자 춥다. 인자 들어가자. 빨랑 자고 또 내일을 준비혀야지.

희숙 언니 먼저 들어갈래? 나 조금만 앉았다가 갈게.

경자 그려. 추우니까 언능 들어와.

희숙 응.

경자가 먼저 들어가고 한참을 앉았던 희숙이 품속에 있던 편지를 찢어서 하늘에 날린다. 밤이 깊어지고….

8장. 불, 원더우먼의 죽음

반장이 뛰어 나오며.

반장 사장님, 차장들 숙소에 불이 났습니다.
사장 뭐? 불이 왜 나?
반장 정확하진 않은데 전기 누전이나 난로에서 시작된 것 같습니다.

철창속의 소녀들이 보인다.

미자 내 너무 피곤해서 불이 났는지도 몰랐다. 불이 났다고 소리도 치고 깨웠을 낀데 나는 그 소리도 못 들었네. 근데 짜장면도 못 먹고 따순 밥도 못 먹고 이렇게 죽으모 안된다. 내가 산수를 못하지만 이렇게 죽기는 억울하다. 응?

사장 우리 버스는?
반장 버스는 괜찮은데 여자애들이 못 나왔답니다.
사장 여자애들이 왜 못 나와?

선옥 언니, 나 사실 언니한테 못한 말이 너무 많다. 이야기를 하고 싶은데 차마 못했던 그 이야기 하고 싶은데 뜨거운 이것 때문에 나갈 수가 없다. 학교도 가야 하는데… 언니, 나 좀 살려줘.

반장 방문 입구 난로에 불이 붙어 있어서 못 나오는데다가 창문은 철창으로 막아서….
사장 거참! 번거롭게! 그. 뭐야, 철창 언제 설치했다는 말 조사 과정에서 하지 말고. 알았지?

반장 예.

경자 숙소 창문에 이것만 없었더라도! 여차장들 삥땅 막겠다고 우리 기숙사 방을 감옥으로 만들지만 않았더라도! 우리가 쇠창살 안에서 죽어가진 않았을 것인디.

사장 김경자! 김경자가 나갔다 들어왔다고 그랬지?
반장 네!
사장 그래, 이건 김경자가 고의로 저지른 방화로 만들어.
반장 예? 그건 좀⋯.
사장 그건은 뭐가 그건이야!! 아님 우리가 같이 죽을래?!!!

희숙 아닙니다. 경자 언니가 불 지른 거 아닙니다.

중년 희숙 언니가 왜 불을 숙소에 지릅니까. 회사에 불만이 있으면 사무실에 질러야지 왜 숙소에 불을 지릅니까. 경자 언니는 그런 사람 아닙니다.

사장 정 반장! 정 반장!! (도망친다)

중년 희숙 너그가 사람이가. 그렇게 개, 돼지처럼 부려 먹더만 죽은 사람까지 이렇게 짓밟아야겠나.

희숙 살려내라. 미자, 경자 언니, 선옥이 살려내라. 제가 데모 다시 하자고 선동했습니다. 제가 잘못했습니다. 하라는 거 다 하겠습니다. 배고파도 되고 힘들어도 되고 잠 안자도 되니까 살려만 주이소. 때려도 됩니다. 몸에 손대도 되니까⋯ 입 다물고 아무 말 안하고 살겠습니다⋯. 제발 살려만 주이소⋯ 미자야. 경자 언니.

선옥아….

오열하는 희숙을 바라보는 중년 희숙.

영상 세월의 흐름을 알리는 영상이 나온다.

아나운서 잠시 후, 11시부터는 이명박 대통령 취임식 전 문화 공연이 라디오로 생중계 될 예정입니다. 식전 행사에서 가수 김장훈 씨의 축하 무대뿐 아니라 풍성한 볼거리가 준비되어 있구요. 행사의 하이라이트인 대통령 취임사에서는 '국민을 섬기는 정부'를 슬로건으로 내건 새 정부가 선진 일류국가를 건설하기 위한 비전과 철학을 전달할 것이라고 하니 국민 여러분 모두 귀 기울여 청취해주시면 감사하겠습니다. 지금까지 '라디오 희망의 새아침, 7080 이야기 속으로'를 청취해주신 여러분 감사합니다. 늘 행복한 날 되길 기원합니다.

9장. 2008년 원더우먼, 여전히

중년 희숙, 마트에서 만두 굽고 있다.

중년 희숙 고객님, 기찬식품에서 새로 출시한 만두 시식 행사하고 있습니다. 시식 한번 해보고 가세요. 맛있는 만두 시식 행사 중입니다!

손님 (쩝쩝거리며) 어, 맛있네.

중년 희숙 맛있지요? 이번에 새로 나온 만두예요. 밀가루 사용을 안 하고 감자전분으로만 만두피를 만들어서 쫀득한 맛이 느껴지실 거예요. 출시 기념으로 원 플러스 원 행사하고 있습니다. 고객님 생각해보시고 다시 오세요.

손님은 떠나고 점장 들어온다.

점장 상품 판촉은 잘되고 있습니까?

중년 희숙 아, 점장님.

점장 이 매장 전체에서 우리 상품이 제일 안 나가고 있는 거 알죠? (낮게) 이번 재고 다 팔아 치우지 못하면 희숙 씨 몸이라도 팔아야 할지도 몰라요… 푸하하하, 농담이에요. 농담.

중년 희숙 아, 예.

점장 부지런히 구워서 많이 먹이고 후딱 팔아치우고 접어요. 그런 얼굴로 계속 있으면 우리 만두 이미지도 희숙 씨 가슴처럼 처집니다. 축….

점장 떠나고 희숙 수치심에 어쩔 줄 몰라 하고 있는데, 마트 직원이 다가온다.

마트직원 아줌마! 오늘 마트 판촉 처음 왔어요?

중년 희숙 아니요, 처음은 아닌데… 와 그랍니까?

마트직원 왔으면 명찰 등록을 하고 시작해야지. 복장 상태는 이게 뭡니까? 여기가 무슨 시장 바닥입니까. 격 떨어지게.

중년 희숙 아… 여기 마트는 처음 와봐서 그렇게 해야 하는 걸 미처 몰랐네요. 지금 가서 바로 하고 오겠습니다. 어떻게 하면 명찰 등록이 됩니꺼?

마트직원 도대체가 업체들은 기본도 안 가르쳐 놓고 아무나 보내기만 하면 되는 줄 아나….

중년 희숙 죄송합니다. 그래도 방법을 좀….

마트직원 (말 자르며) 저도 제 일이 바빠서 가봐야 돼요. 사무실로 가 보세요!

중년 희숙 예. 고맙습니다. 많이 바쁘신데 가보이소. (혼잣말) 아이고, 이 큰 마트에서 사무실이라 카모 내가 우찌 알 끼고. 사무실이 한두 개가.

헤매다가 비상구 계단으로 간다. 계단에 앉아

중년 희숙 아이고, 몇 시간을 한자리에 서 있었더만 발바닥에서 불이 나는 거 같네. 이놈의 몸뚱아리는 몇 십 년이 흘러도 이 팔자네. 경자 언니야. 미자야. 선옥아. 내가 이리 산다….

중년 희숙 깜빡 잠이 든다.

10장. 원더우먼의 꿈

경자, 미자, 선옥이 보인다.

미자 희숙아, 우리 불렀나?
경자 됐어, 깨우지 마.
선옥 희숙 언니, 많이 힘든가보네
미자 희숙아!
중년 희숙 (꿈결인 듯) 경자 언니, 선옥아, 미자야!
미자 니는 우리보다 더 죽은 것 같노?
경자 희숙아, 나가자.
중년 희숙 어딜?
미자 어디긴 어디야. 버스 타러 가야지.
중년 희숙 나 일하는 중인데?
선옥 언니야. 언니 꿈은 이거 아니잖아. 버스 기사잖아.

미자 수다는 그만 떨고 빨리 나가자. 비상구에서 하루 종일 있을래? 비상구는 살 데 찾아가라고 있는 기다.

경자가 앞서고 선옥과 미자가 중년 희숙을 밀고 나간다.

중년 희숙 언니야, 선옥아, 미자야.
경자 잔말 말고 빨리 와.

나서는데 마트 직원이 다가 온다.

직원 아줌마. 아직도 명찰도 안 달고 뭐하고 돌아다니는 겁니까?
미자 아… 이 어린놈의 자석을 확. 싸가지 하고는….
선옥 언니야. 한마디 해 뿌라.
경자 그래 희숙아, 언제까지 입 다물고 살래. 그렇게 입 다물고 살면 평생을 무시 당하고 사는 거여. 할말은 혀야지.
직원 아줌마. 내 말이 안 들려요? 사람이 말을 하면 반응이 있어야지. 뭐 모자라는 사람이에요?
중년 희숙 그래, 모자라는 사람이다… 그래 모자라서 니같이 어린놈한테 무시나 당하고 산다. 니가 사람 같은 놈이면 더 친절하게 가르쳐 줄 수 없나? 니도 마트 직원 아니가? 같은 직원끼리 뭐가 위아래가 있어서 니는 차지도 않은 명찰을 나보고 차라고 그러노. 니 임마, 짜슥아, 니는 이름이 뭐꼬?
직원 나는 정식 직원….
중년 희숙 정식 같은 소리하고 있네. 니도 계약직인거 다 안다. 내가 진짜 병신으로 보이나? 같이 어려운 사람들끼리 서로 도와야지, 니가 좀 더 위에 있는 거 같다고 이래 사람을 무시하나? 어린놈이 벌써 못된 것만 처 배워가지고… 정신 차리라, 이 자석아.

직원 어쩔 줄 몰라 한다.

중년 희숙 자, 그럼 자칭 정식 직원님. 저는 이만 떠납니다. 열심히 사세요.

직원을 뒤로하고 소녀들과 중년 희숙 웃으며 뛰어 가는데, 점장을 만난다.

점장 아니, 희숙씨….
중년 희숙 조까!
소녀들 조까!!!

소녀들 통쾌한 듯 까르르 웃는다. 뛰어 나가던 중년 희숙이 다시 점장을 바라보며

중년 희숙 점장님.
점장 어?
중년 희숙 점장님 꽁알이 땅바닥까지 쳐져 있네요.
소녀들 축~~ 하하하하….

점장 고개를 숙이고 바라본다. 소녀들 계속 웃으며 마트를 나선다.
선옥이 버스 차장 자리에서 부른다.

선옥 오라이! 언니들, 오라이!
미자 선옥 차장님, 어디로 가십니까?
선옥 글쎄요.
미자 아무데나 정해.
선옥 네, 안드로메다로 가는 버스입니다. 희숙 언니, 언니 꿈이 버스 기사라면서. 언니가 모는 버스 한번 타 보자.
중년 희숙 그건 그냥 꿈이지. 내 운전도 못한다.

미자 이거 입으모 된다. 원더 브라자!

미자와 경자가 중년 희숙에게 원더우먼 옷을 입힌다.

노래 나르는 나르는 원더우먼
땅에서 솟아났나 원더우먼
하늘에서 내려왔나 원더우먼

중년 희숙 (원더우먼처럼 한 바퀴 돌고) 그런데 진짜 안드로메다로 가나.
선옥 우리 이야기가 안드로메다로 가는 거 같은데.
경자 아무렴 어떠냐. 인생은 오라이! 우리도 오라이!
미자 가자! 짜장면 집으로! 내 오늘 진짜 짜장면 한 그릇씩 쏜다.
중년 희숙 갑자기 짜장면 집?
경자 우리가 어디를 못 가겠냐. 오라이!
소녀들 오라이!

미자가 자장면을 한 그릇씩 나누어준다. 모두 자장면 그릇 받아 들고 먹지를 못한다.

미자 나 고백할 끼 있다.
경자 뭔데?
미자 나 사실 짜장면 처음 묵어본다.
선옥 나도!
경자 먹자! 우리 짜장면 먹는다!
미자 그래, 송충이가 짜장면 먹는 거 봤나!

신나게 자장면 먹는다.

미자 우리 선옥이는 간짜장 사줘야 하는데.

선옥 간짜장하고 그냥 짜장은 뭐가 다른데?

미자 맛이 간… 짜장?

모두 하하하하하….

중년 희숙 난 짬뽕 안 사주나?

미자 그래. 그때 내가 짬뽕을 안 사주가 아직도 이래 억울한 기가?

중년 희숙 이 가시나야! 끝까지 나하고 안 맞아요. 하하하하….

모두 하하하하….

경자 언능 먹어. 다 뿔겄다.

모두 다 먹고 나서

선옥 기사님! 저 가고 싶은 데 있어요!

중년 희숙 말씀만 하세요!

선옥 해수욕하러 가고 싶어요!

중년 희숙 해수욕? 해수욕장? 어디든 모시겠습니다! 오라이!

선옥 언니, 오라이는 내가 해요! 오라이!

소녀들 오라이!

노래 버스는 도시를 달리네
서글픈 회색 도시를 달리네
오늘도 우리는 외치네
올라잇 올라잇

선옥 희숙 언니! 이런 세상도 있었나?

중년 희숙 어떤 세상?

선옥 복잡한 생각도 없고 고단한 일도 없는 세상.

중년 희숙 그래, 이런 세상도 있네. 이런 세상이 올까?

선옥 우리는 모르지, 미래에는 복잡한 생각도, 고단한 일도 없을지.

경자 그래. 살고 싶었지만 살 수 없었지. 우린, 모두.

미자 우리 할머니가 개똥밭에 굴러도 이승이 좋단다.

중년 희숙 그건 할머니가 저승에서 하신 말씀이가.

미자 아니, 이승에서. 그라고 개똥밭에 안 굴러봐서 하신 말씀이지.

소녀들 하하하하….

경자 우리 하고 싶은 말 한 마디씩 속 시원히 외쳐 볼까?

선옥 엄마, 보고 싶어요!

미자 크림빵! 팥빵! 곰보빵!

경자 희숙이 너는?

중년 희숙 미안하다!!!

소녀들, 중년 희숙을 안아준다.

미자 언니는 안 하나?

경자 나? (크게) 백 원!

같이 최저 임금은 달라!

경자 열여섯 시간!

같이 여덟 시간만 일하게 해라!

경자 때리지 마라!

같이 좋게 말해라!

경자 식사시간 늘려라!

미자 (크게) 반찬 네 가지는 달라!

경자 오라이!

소녀들 오라이!

중년 희숙 (혼자 고독한 외침) 오라이. 오라이.

소녀들 까르르 웃는다.

경자, 나와서 버스 운전대를 잡는다.

경자 선옥아! 미자야! 빨리 타.

중년 희숙 언니, 같이 가자.

경자 희숙아, 원더우먼은 죽지 않는다.

중년 희숙 싫다. 내가 여기 왜 혼자 남아 있어야 하는지 모르겠다. 같이 가자.

선옥 언니. (사이) 그럼 우리 이야기는 누가 해줘?

미자 그럼 우리 이야기는 누가 기억해 줘?

경자 희숙아, 니가 해줘. 우릴 잊지 않는 것만으로도, 이 고단한 삶을 기억하는 것만으로도, 사람들에게 그렇게 우리 이야기를 해주는 것만으로도 우린 됐어.

중년 희숙 내가, 나 같은 기 이야기 한다고 뭐가 달라질까?

미자 그건 아무도 모르지. 누가 알까.

경자 모르니까 한번 살아봐. 어떤 내일이 있을지, 어떤 세상이 있을지.

중년 희숙 산다고 답을 다 아나….

선옥 언니는 알았으면 좋겠다.

하나둘 버스를 탄다.

중년 희숙 경자 언니. 미자야. 선옥아. 내가 기억 할게. 내가 이야기할게.

경자 참… 희숙아. 니 어린 시절 희숙이는 인자 보내 줘라.

버스 안에서 버스 차장 제복을 입고 있는 어린 시절 희숙이 내린다. 원더우먼 옷을 입고 있는 중년의 희숙과 버스차장 옷을 입은 어린 희숙이 마주보고 선다.

희숙 안녕.

중년 희숙 안녕.

희숙이 버스를 타고 운전석에 앉는다.

소녀들 오라이!

버스는 서서히 떠나고.

노래 버스는 도시를 달리네
서글픈 회색 도시를 달리네
오늘도 우리는 외치네
올라잇 올라잇

막.

꽃을 피게 하는 것은

이선경

· **등장인물**

김재훈

강민정

교무부장

진로부장

교장

교감

행정실장

진영

지은

체육

경준 모

기자

강사

· **시간**

2019년 3월

· **공간**

어느 사립 고등학교 교무실

프롤로그

아이들과의 인터뷰 영상- '학교란 무엇인가?'
아이들의 소리가 줄어들고 영상만이 보일 때 재훈이 책상에서 시를 읽는다.

재훈 언제나 슬픔은 몰려다닌다
비가 비에 미끄러져 운다
슬픔이 비에 씻겨
슬픔이 말갛다
투명한 슬픔이

현직 교사이자 시인인 이복규 선생님의 '슬픔이 투명하다' 라는 시의 일부입니다. 저도 국어교사입니다. 꿈은 시인이었죠. 하지만 저는 시를 쓰지 않습니다. 학생들에게는 꿈을 가지라고 조언을 하면서도, 저는 꿈을 꾸지 않습니다. 꿈을 꾸는 것은 용기 있는 자들의 특권이거든요. 세상을 바라보는 날카로운 시선과 삶에 대한 따스한 연민이 녹아 있는 아름다운 시 속에 빠져있다가도 어느새 그 시들은 제 마음속에서 아련한 흔적만 남긴 채 사라져 버리곤 합니다.

오늘 이 이야기가 끝날 즈음에 저도 이렇게 흔적만 남긴 채 사라집니다.

1. 관심이 필요한 거죠?

정규 수업이 끝난 오후, 교무부장, 민정 앉아 있고 진영이 들어온다.

진영 (무표정하게) 안녕하세요.

교무부장 그래. 진영이. 왜?

진영 핸드폰….

교무부장 아…. (핸드폰 수거함을 보며) 가지고 가라.

진영이 핸드폰 수거함을 들고 나간다. 들어오는 재훈과 마주친다.

진영 (웃으며) 샘, 안녕하세요.

재훈 어. 진영아. 잘 지내지?

진영 네. 선생님.

교무부장 어이. 진영이. 너 사람 차별하네. 나한테는 무섭게 인사하더니 재훈 샘한테는 빵긋빵긋 웃으며 인사하고. 잘 생각해라. 올해 담임은 나다.

진영 (웃으며 교무부장에게) 죄송합니다. 안녕히 계세요.

교무부장 뭐지? 이 급 마무리 인사는? 그냥 조용히 입 다물고 계시라고?

진영 그런 거 아닌데….

재훈 부장님, 그만 놀리세요. 진영아, 가봐.

진영 네. 안녕히 계세요.

진영이 교무실을 나가고.

재훈 왜 그러세요? 안 그래도 상처가 많은 앤데.

교무부장 상처가 많으니까 내가 풀어주려고 농담하고 그러는 거 아냐.

재훈 부담스러워 하잖아요.

교무부장 무슨 소리야. 내가 이런 농담해주면 애들이 얼마나 좋아하는데….

재훈 대놓고 아재개그 하지 말라고 하던데?

교무부장 … 그렇지. 요즘 애들 왜 이렇게 솔직하냐? 아… 내가 옛날에는 안 이랬는데.

민정 옛날에는 어떠셨는데요?

재훈 (반갑게) 옛날에? 아… 이거 내 입으로 이야기해야 하나?

민정 네. 궁금합니다.

교무부장 예전엔 학교가 안 이랬지. (경찰봉을 뽑는다) 내가 딱 떴다 하면 말이야….

재훈 (두 손 모으고 죽이는 리액션) 대단하셨죠. 크….

교무부장 (경찰봉을 가리키며) 이것 하나면 모든 것이 해결됐다. 교복을 발레복처럼 줄여 입고 다니는 아이들, 늘 지각하는 아이들, 감히 내 수업에 엎드려 자는 아이들, 심지어 학교폭력을 일삼는 아이들조차도 나의 칼을 피하지 못했다. 이 칼 하나면 이 학교 안에서 어떠한 일도 벌어지지 않았지. 나는 외로운 검투사. (사이) 그러나 지금은….

민정 지금은?

교무부장 애들이… 너무 무서워. (경찰봉을 가리키며) 이것도 그냥 폼이야.

민정 왜 그렇게 됐을까요?

교무부장 나도 모르지. 아니, 학부모가 더 무서워. 민원도 많고… 그래서 요즘은 별로 안 때려. 그러니까 학교가 너무 불편해. 그러니까 자네들도 얼른 승진하라고. 승진하면 애들 안 만나도 되잖아.

재훈 (여전히 리액션 중) 아… 새드 무비….

교무부장 하하하. 뭐 그 정도는 아니고. 아, 오늘 너무 많은 걸 알려줬나? 애들은 어때요?

민정 아직 잘 모르겠습니다.

교무부장 초반에 꽉 잡아야 돼. 이것들이 간을 본단 말이야. 강민정 샘처럼 연약해 보이는 여선생들은 빈틈을 보이면 안 돼. 특히 기간제는 귀신 같이 알거든. 좀 물렁하다 싶으면 그냥 확, 이렇게 기어오르고….

지은 들어온다.

민정 어, 너구나? 이름이…?

지은, 무슨 말을 하는데 작아서 잘 들리지 않는다.

민정 뭐라고?
지은 김지은이에요.
민정 그래, 지은아. 무슨 일이야?
지은 저 야자 못해요.
민정 왜?
지은 알바… 가요. 돈 벌어야 돼요.
민정 음, 매일?
지은 네.
민정 어… 무슨 알바….
지은 안녕히 계세요.
민정 그, 그래, 잘 가고. (다시 일한다)

지은 안 가고 서 있다.

지은 저, 선생님, (사이. 민정 바라보면) 일 년 동안 잘 부탁드립니다!

민정, 감동한 듯 지은을 바라보다가 다가가서 안아준다.

민정 나도 잘 부탁한다.

지은 (깜짝 놀라) … 감사합니다. 아, 안녕히 계세요.

지은 뒷걸음질치며 사라진다. 재훈과 교무부장 놀라 바라본다.

민정 왜 저렇게 놀라지? 내가 뭐, 잘못했어요?

교무부장 어허이, 요즘은 동성이라도 막 그렇게 껴안고 그럼 안 돼. 특히 저런 다문화 애들 잘못 건들면 큰일 나. 알죠? 뭔 일 있으면 사회적 약자니 뭐니 하면서 시끌시끌하다고.

민정 표정이 어둡네요.

교무부장 그냥 까매서 그런 거 아닌가.

재훈 부장님.

교무부장 농담이다 농담. 조크.

민정 … 괴롭힘을 당하는 것 같은데.

재훈 그게 보여요?

민정 전 눈칫밥을 많이 먹어서 표정만 봐도 대충은.

교무부장 하여간 문제가 있는 것 같으면 상담 잘하고 꼭 기록해 두라고. 그래야 교사가 안 다쳐. 그래서 그 반 야자 인원이 몇 명이라고?

민정 네 명요.

교무부장 네 명? 아, 참! 교감 샘이랑 면담하고 싶어요? 애들 빼달라는 대로 다 빼주면 어쩌나?

재훈 억지로 잡아 놓으면 뭐합니까. 나가서 뭘 해도 교실에서 퍼질러 자는 것보단 낫죠. 뭐 어차피 야자 없어지니 뭐니 하는데 왜 그렇게 신경을 쓰시는지.

교무부장 교감 샘이야, 안전제일주의 아니냐. 애들이 나가서 사고라도 나면 승진하시겠어? 그리고 애들한테 질질 끌려 다니면서 다 허용하는 거, 그게 꼭 맞는 것도 아니야. 교실에 몸이 앉아 있어야 마음도 생기는 거라고. 애들도 속으론 담임이 통제해 주기를 바란다니까. 나중에 한 번 보라고.

교무부장, 나간다.

민정 (재훈에게) 원래 저렇게 말이 많으세요?

재훈 (끄덕)

진로부장 들어온다.

진로부장 강민정 샘, 내 자리로 와요. 나이스 인증서 들고.
민정 예. 진로부장님.
진로부장 (시선도 마주치지 않고) 선생님 반에 한수연이라고 있지요? 얘 학교생활기록부는 제가 봐 드릴게요.
민정 예?
진로부장 (흘끔 보며) 특별반 학생들 생활기록부는 담임이 관리 안 합니다. 내가 합니다. 인증서 복사할게요. 비번은 내부 메신저로.

재훈 (창밖을 보며) 강 선생님은 이상하다고 생각했습니다. 정확히 '아… 여기도 생활기록부에 문제가 많은 학교구나.' 그래도 '튀지 말아야지. 조용히 지내야지…' 그렇게 결심하며 한숨을 크게 한 번 쉬고 지시에 따릅니다.

민정 (크게 한숨 쉬고) 네. 알겠습니다.
진로부장 (인증서를 복사하고 다시 돌려준다)
민정 저, 진로부장 선생님….
재훈 아하… 결심이 오래가지는 못할 것 같네요.
진로부장 네.

민정 한수연을 부장님께서 특별히 봐주시는 이유가….

진로부장 (말을 자르며) 업무 분장이 그래요. 샘은 그냥 수업 잘하고, 수학 자율 동아리 관리나 잘하세요.

민정 부장님. 생활기록부는 담임과 창체 담당, 교과 담당 교사가 관리하는 영역이 다 따로 있지 않습니까. 그런데 부장님이 관리한다는 건 아무래도 월권이 아닐까요….

진로부장 선생님, 내가 조언 하나 할까요? 아직 어려서 뭐든지 해보려는 마음은 알겠는데, 정해진 일 외엔 아무 것도 하지 마세요. 적어도 여기선. 다시 한 번 말하지만 특별반 학교생활기록부 관리는 내가 합니다.

재훈 (창밖을 보며) 여기서 잠깐. 학교생활기록부가 왜 이렇게 중요한가 하면, 서울 상위권 대학의 경우, 수시모집 그중에서도 내신과 학교생활기록부를 함께 보는 학생부종합전형에서 많은 인원을 선발하기 때문에 이 학교 생활기록부가 엄청나게 중요한 요소입니다. 그렇기 때문에 학생들과 학부모들이 학교생활기록부를 잘 관리 받기 위해 선생님들께 잘 보이려 애쓰는 것이죠. 어쨌든 이런 경우 보통 직장의 상사가 이 정도 푸시를 하면 '아, 네… 알겠습니다. 제가 아직 잘 몰라서요. 많이 가르쳐주십시오' 하며….

민정 정해진 일이요? 이게 정해진 일 아닌가요? 담임의 책무죠.

재훈 (창밖을 보며) 보통 선생님이 아닌 건 확실합니다.

진로부장 아니, 해도 표 안 나고 안 해도 표 안 나는 그런 것들만 하세요. 지금처럼 눈에 보이지 말고.

진로부장 나간다.

민정　뭘 보이지 말래. 내가 투명 인간이야?

재훈　(창밖을 보며) 동료교사의 조언이 필요한 타이밍입니다. 인생은 타이밍이죠.

민정　재훈 샘, 생활기록부를 왜….
재훈　선생님! 식사 하러 가시죠, 점심시간이에요.
민정　이 학교, 진짜 노잼이네요.
재훈　그럼 꿀잼인 줄 알았어요?
민정　아뇨, 핵꿀잼인 줄 알았어요.
재훈　헐.

2. 카누부는 왜 없어졌을까?

교무부장은 여기저기서 오는 전화를 받고 있다.

교무부장　(전화기에 대고) 네네… 카누부가… 네 확인하고 연락드리겠습니다.

체육이 교무부장을 부르며 들어온다.

체육　부장님, 카누부 해산! 해산이랍니다! 이게 말이 됩니까?
교무부장　그게….
체육　부장님은 알고 계셨어요?
교무부장　응.
체육　아니, 알면서 왜 저한테 말을 안 하신 거예요?
교무부장　말하려고….

체육 카누부가 왜 없어집니까. 담당교사도 모르게 학교에서 일방적으로 운동부를 해산하는 게 말이 됩니까.

교무부장 그러니까 내가….

체육 대체 이유가 뭐랍니까. 누가 결정한 건데요?

교무부장 아마….

체육 학교운영위원회 통과한 겁니까? 부장님이 저한테 이럴 수가 있습니까?

교무부장 아, 나도 말 좀 하자! 진짜 말 많네. 어떻게 나보다 말이 많냐. 내가 해결해 볼 테니까 걱정하지 말고 기다려.

교무실 복도에서 경준 모, 교장과 행정실장이 이야기를 나누고 있다.

경준 모 교장선생님께서 잘 정리해 주실 거라 믿습니다.

교장 제가 정리를 한다기보다는 운영위원장님께서 워낙 관심을 많이 가져주시니까 이렇게 학교 운영이 잘되고 있는 것 같습니다.

경준 모 우리 경준이 기 안 죽도록 다른 선생님들한테도 각별히 당부 부탁드립니다.

교장 선생님들도 경준이 아버지가 누군지 다 알기 때문에 기죽을 일은 없을 겁니다.

경준 모 교장선생님같이 든든한 분이 애 아빠 옆에 계신다는 게 정말 다행입니다.

교장 제가 영광이지요.

경준 모 그럼 이만.

경준 모가 떠나고.

교장 경준이, 특별반으로 올리는 거 문제 없지? 애들 말 안 나게 하고.

행정실장 네. 특별반 명단에 올리고 진로 부장이 윤경준 학생부 관리하기로 했습니다.

교장 의원님하고는?

행정실장 영문 독서 동아리회장으로 리더십 역량 만들고, 4월 중에 영어 스피치 교내 대회 개최하는 걸로 카누부 정리했습니다.

교장 마무리 잘해. 선거 자금이 한두 푼 드는 게 아니야.

행정실장 그것도 의원님께서 다 정리해 주기로 했으니 걱정 안 하셔도 됩니다.

교무부장, 교장실로 가다가 교장과 행정실장을 만난다.

교무부장 교장 선생님.

교장 아, 교무부장. 교감 선생님 계시나?

교무부장 교감 선생님 잠시 자리 비우신 것 같습니다. 교장 선생님, 마침 드릴 말씀이 있어서… 이리 좀….

모두 교무실로 들어간다.

교장 그래, 교무부장. 요즘 고생이 많죠.

교무부장 교장 선생님, 이건 아닌 것… 먼저 앉으시죠.

교장, 의자로 가 앉고 행정실장, 옆에 가 다리 꼬고 앉는다.

교무부장 행정실장님은 좀….

교장 왜, 왜 우리 행정실장이 있음 못할 말이야? 우리 행정실장이 뭐 우리 학교 살림을 다 도맡아 하는 안방마님인데, 들으면 안 되는 게 어딨나? 안 그래?

교무부장 예… 교장 선생님, 한마디 상의도 없이 카누부를 해산시키신 건 좀 그렇지 않습니까.

교장 아, 카누부? 그래, 그래. 그 카누부가 카누를 하긴 했나? 언제 전국체전 우승을 했어, 준우승을 했어?

교무부장 성과는 없었지만 우리 애들 열심히 했습니다.

교장 열심히? 언제 적 얘기야? 요즘 세상에 열심히만 하면 되나? 결과, 성과가 있어야 열심히 한 거지. 쯧쯧… 명문고 이미지 만들려고 카누를 교기로 해놨더니, 새끼들, 돈 값도 못하고.

교무부장 운동부 애들이 시끄럽습니다. 운동만 하던 애들이 운동 안 하면 갑자기 뭘 해야 됩니까.

교장 싫다는 놈들은 다 전학가라 그래. 주변에 좋은 학교 많잖아. 말이 나왔으니 말인데 작년 진학률 때문에 내가 아주 골치가 아파요. 인서울 숫자부터 인근 학교에 밀리고, 이 판국에 카누는 무슨 카누야! 교무부장, 학부모설명회나 신경 써서 준비해!

행정실장 근데 카누부 일을 왜 부장님이 신경을 쓰세요? 체육과 대변인이라도 되나 보죠? 아니면 요즘 교무부에 일이 없나 봐요?

교무부장 체육 샘이 경력이 없어서… 아니, 자기 일이 아니면 말도 하면 안 됩니까? 그리고 교장 선생님, 카누부, 윤경준이 아버지가 누굽니까. 카누부 해체하면 가만히 있겠습니까?

행정실장 그건 이미 이야기 다 됐어요. 특별반 넣는 조건으로.

교무부장 예? 그놈이 공부를 한다고요?

교장 참, 별의 별 걱정을 다 하네. 그걸 왜 교무부장이 걱정하나. 이진숙이가 다 알아서 만들 건데!

행정실장 그럼요, 이진숙 부장은 웬만한 사설 컨설턴트보다 훨씬 낫죠.

교무부장 생활기록부 손대는 것도 정도가 있지. 조작도 어느 정도….

교무실에 있는 선생님들 고개를 든다.

교장 아, 어디서 그런 소릴 입 밖에 내나, 이 신성한 교무실에서.

지은이 교무실에 들어서고. 교장, 놀라 지은을 본다.

재훈, 민정에게 손짓해서 민정, 지은을 보낸다.

교장 아니 저 애는 누구 반입니까?

민정 저희 반 학생입니다. 제가 불렀습니다.

교장 아니, 그… 강 선생님. 수업 시간에 학생을 왜 불러 내려요?

민정 급히 상담할 일이….

교장 수업 시간에 상담을 한다고요? (교무부장에게) 좀 제대로 가르치라고! 수업 시간에 학생을 상담하는 건 학생 수업권 침해라고! 상담은 남는 시간에 하라고!

민정 교장 선생님, 그게 아니라 제가 오늘 비는 시간이 지금밖에 없어서요. 좀 심각한 사안이….

교무부장, 민정을 제지한다. 민정은 교무실을 나간다.

행정실장 (교무부장에게) 그나저나 올해부터 교무부 살림살이가 빠듯하겠네요. 카누부 운영 예산이 싹 사라지니 말이에요.

교무부장 행정실장님, 말이 심한 거 아닙니까. 체육과 예산이랑 교무부 예산이 무슨 상관입니까.

행정실장 아니, 아님 말지, 왜 그리 언성을 높입니까. 뭐 체육 샘이 교무부라서 체육과 예산이 교무부에 편성돼 있다는 말인데, 왜 뭐 먹다가 들킨 사람처럼 놀래요?

교무부장 누가 뭘 먹었다고 그래요?

행정실장 왜 자꾸 소릴 지르고 그러세요. 누가 보면 우리 사이가 나쁜 줄 알겠어요, 교무부장님.

교장 그래, 좋은 게 좋은 거 아니야, 학교 안에서는 특히나 서로 가족처럼 위해주고.

행정실장 (교무부장에게 다가가) 그럼요. 가족끼리 이러면 안 되죠. 그럼 전 빠지겠습니다.

행정실장, 교무실 밖으로 나간다. 교장이 따라 나가며.

교장 교무부장. 카누부 일은 이제 신경 끄고 밑에 선생님들 관리에나 신경 좀 써. 교무실 분위기가 왜 이래?

교장과 행정실장 나가는데 복도에서 교감과 만난다.

교감 교장 선생님, 여기 계셨네요. 교장실에 안 계셔서 또 실장님이랑 뒷산에 등산 가신 줄….

교장 아, 왜 다들 미친개처럼 날뛰어? 오늘이 복날이야? 허허….

교감 식재료 공급 업체 선정은 공개경쟁 입찰해야죠.

교장 행정실장이 조달청 나라 장터에 급식 입찰 공고 안 올렸나?

행정실장 올렸죠. 어제 올렸는데 입찰에 나선 게 그린푸드 밖에 없었습니다.

교감 한나절 올렸다가 바로 공고 철회한 게 무슨 공정한 경쟁이에요? 그리고 작년에 그린푸드 식중독 사고 냈잖아요. 이러다가 우리 애들 식중독 사고라도 나면 누가 책임져요?

행정실장 아니 교감 선생님. 업체에서 실수할 수도 있죠, 한번 실수한 업체는 폐업해야 됩니까? 그리고 미세먼지 공기 청정기 관련 공문, 온 지가 언젠데 아직 접수 안 합니까. 그거 행정실 일이 아니라 교무실 일이라고 몇 번 말해요!

행정실장, 가버린다.

교장 행정실장 화내잖아! 그거 아직 처리 안했어? 교육청에서 전화 온 지가 언젠데! 그리고 넌 일어나지도 않은 일을 왜 미리 걱정해? 식중독이 꼭 식재료 때문이랄 수 있나? 영양 교사는 월급 받고 뭐해?

교감 오빠! (작게) 깨놓고 그린푸드는 행정실장 사촌 오빠 업체 아닙니까. 저런 여우랑 놀아나다가 교육감 선거고 뭐고 다 끝장나요!

교장 이 자식이 미쳤나! 학교에서 품위 없게… 너는 학교 평가나 신경 쓰고 선생들 관리나 잘 해! 미세먼지 공문이나 빨리 보고하라고! 다들 업무 제대로 하고, 학생들 관리 잘하라고!

교장 간다.

교감 아, 이 미세먼지, 이거 누구 공문이야?!

3. 선생님은 사람이 아니다

지은, 민정과 뭔가 이야기하고 있고 교무부장, 재훈, 컴퓨터 앞에서 씨름하고 있다.

민정 지은아, 널 괴롭히는 걸 본 애들이 있어.
지은 ….
민정 점심시간에 자꾸 어디 가는 거야?
지은 그냥… 실내화를 잃어버려서요. 제가 잃어버린 거예요. 그거 찾다보니까 수업에 못 들어간 거예요.
민정 어제 무단 조퇴는?
지은 ….
민정 혼내려는 게 아니야, 지은아.
지은 갑자기 치마가 찢어져서 수선하러… 의자에 못이 있어서 걸린 거예요.
민정 지은아, (손을 잡다가 흠칫, 지은 소매를 걷으며 놀란다) 이거….
지은 (소매를 내리며) 제가 한 거예요. 그림 그리는 거 좋아해요.

민정이 지은의 몸을 살핀다. 몸의 낙서를 발견하고 화가 나지만 크게 호흡 한 번 하고 다시 다가간다.

민정 이건 그림이 아니야, 낙서야.

지은 진짜 제가 한 거예요.

민정 지은아, 네가 말 안하면, 선생님이 도와줄 수가 없어. 네가 계속 숨기면 애들이 만만하게 보고 더 괴롭힌다. 누구니?

지은 저… 죄송합니다. 그만 가볼게요.

지은, 인사를 하고 나간다. 복도에서 들어오는 진영과 마주친다. 어색하게 서로 지나친다. 진영, 교무실로 들어서고

진영 안녕하세요.

교무부장 어, 진영이. 어쩐 일이야?

진영 강민정 선생님께 드릴 말씀이….

교무부장 내가 잘못 들었나? 이재수 선생님이 아니고 강민정 선생님한테 드릴 말씀이….

일어서는 교무부장을 재훈이 조용히 앉힌다.

교무부장 그… 그래. 강민정 선생님 저기 계시니까 이야기 잘 하고 가. 그래… 수학문제 풀려고 온 건가 보구나… 내가 수학….

재훈이 다시 눈치를 주니.

교무부장 보자… 오늘은 어떤 수업으로 학생들에게 감동을 줄 수 있을까.

진영이 민정에게 다가가고.

민정 그래. 진영아. 여기 앉아.

진영 네.

민정 할말이….

진영이 교무실 선생님들의 눈치를 보느라 소리가 안 들린다. 교무부장은 애를 써서 무슨 이야기하는지 들어보려 하지만 들리지 않는다.

교무부장 (재훈에게 조용히) 야… 뭐래니?

재훈 (창밖을 보며) 진영이는 들리지 않는 목소리로 조곤조곤 지은이의 상황에 대해서 강민정 선생님께 이야기를 했습니다. 지난 해 담임이라 제가 진영이와 지은이의 관계를 잘 압니다. 두 아이들은 한 동네에서 자란 둘도 없는 단짝입니다. 어릴 때에는 피부색이 달라도, 가정의 환경이 달라도 아무 경계 없이 친구가 되지만 아이들이 자라고 주위의 시선이 바뀌면 친구의 우정에도 금이 가기 시작하죠.

진영 다시 그 지옥으로 들어가는 게 무서워서 도와주고 싶어도 도와줄 수가 없어요. 그런데 지은이 너무 불쌍해요, 선생님.

재훈 (창밖을 보며) 사실 진영이도 작년까지 친구들에게 따돌림을 당해서 고생이 많았습니다. 지은이와 친하게 지낸다는 이유로. 자신이 살아야 하니까 자연스럽게 지은이와 멀어지게 되고….

진영 제가 어떻게든 도와줘야 하는데, 그럴 용기가 안 나요….

재훈 (창밖을 보며) 그 지옥 같은 곳에서 나오니 이번에는 지은이가 들어가 있는 거죠.

진영 애들이 옷 벗기고, 몸에다 낙서하고, 때리고….

민정이 울고 있는 진영을 말없이 안아준다.

교무부장 (재훈에게) 뭐랬는데 저래? (재훈의 반응이 없자) 이봐요. 강 선생. 학생들 지도 그렇게 하는 게 아니에요. 진영아, 선생님이 수학문제 풀어줄게. 선생님이….

진영 안녕히 계세요.

진영이 나가고 민정이 따라 나가려는데,
교감, 들어오며 민정을 부른다.

교감 (화난 목소리) 민정 샘, 나 좀 봅시다.

민정, 진영이를 달래서 돌려보내고 교감에게 간다.

교감 이 공문 왜 접수 안 합니까. 보고 기한 지났는데?

민정 예? 이건 학교 시설 공문인데요. 행정실에서 처리할 일입니다.

교감 아니, 미세먼지 대책 및 공기 청정기 관리는 강 선생 업무죠.

민정 교감 선생님. 학교 시설 관리는 행정실 소관 아닙니까.

교감 강 선생 업무가 뭐죠?

민정 학생 안전 관리, 안전 교육, 성교육, 보건 업무요.

교감 보건 업무니까 학생들 건강 관리, 미세먼지 대책 세우고 공기 청정기 설치, 관리 해야죠.

민정 미세 먼지, 공기 청정기를 제가 관리하라는 말씀이시죠?

교감 그렇죠. 먹는 물도 학생 안전과 관련된 업무니까 정수기 관리, 정화조 관리, 수질 검사, 그리고 학생 안전과 관련된 CCTV 설치 및 보수도 강 선생 일입니다.

민정 그럼 저는 언제 수업하고 언제 학생 상담합니까? 교재 연구는 집에 가서 합니까?

교감 그걸 왜 나한테 묻습니까. 그런 능력 없으면 학교를 나가야죠. 교사는 슈퍼맨 아니면 나르는 원더우먼이라도 돼야 될 거 아닙니까. 교사가 사람입니까, 밤낮없이 일해야죠!

민정 교사는 사람이 아닙니까? 사람이 아닌데 어떻게 사람을 가르칩니까.

교감 강 선생, 여기가 어디라고 때꾹때꾹 말대꾸를 합니까. 내가 이 학교 교감입니다! 강 선생이 관리자라 해도 그딴 소리 할 것 같아요? 내가 뭐 좋아서 이러는 줄 알아요?

재훈 (서서 창밖을 보며) 이후로도 투쟁은 계속되었습니다. 언제나 해왔던 일을 당연히 해나가는 것처럼, 익숙하고도 우아하며 차분한 투쟁, 무엇을 이기려는 투쟁이 아닌, 알에서 나오려는 아기 새처럼 고독하고 본능적인 투쟁 말입니다.

교장 (교감에게) 아니, 강 선생님은 학교 다닐 때 운동권이었나? 학생회를 맡겼더니 무슨 말 같잖은 핸드폰 소지 자율화로 회의를 시켜? 학생이 핸드폰 달라고 하면 수업 시간에도 다 줄 거야?

민정 학생들이 학교에서 자기 핸드폰을 쓰면 안 됩니까?

교감 지금 무슨 소리야, 수업 시간에 핸드폰 주면 수업이 됩니까? 요새 재미있는 게 얼마나 많아, 핸드폰보다 재미있게 수업할 자신 있어요? 대단한 강사들 뽑아서 하는 EBS 보고도 조는 게 학생들인데, 무슨 수업을 얼마나 재미있게 하는지 수업 참관 좀 합시다!

민정 수업 참관은 언제든지 하시고 조언해주시면 감사히 듣겠습니다. 하지만 감시는 사양합니다.

재훈 너의 눈빛은 여전히 대머리독수리처럼 날카롭다.

체육 핸드폰 주면 학부모들이 먼저 들고 일어납니다.

교감 그럼 그럼, 집에서 통제가 안 되니까 학교에서라도 걷어서 공부를 시켜야지!

교무부장 강 선생님, 괜히 핸드폰 줬다가 문제만 더 생깁니다. 일일이 찍고 감시하면 선생들도 피곤하고. 요즘 학교 폭력은 다 가상공간에서 벌어집니다. 싸울 수 있게 공터 마련해주는 격이죠.

민정 통제가 만병통치약이 아니죠. 핸드폰을 사용하면서 생기는 문제는 스스로 컨트롤하고, 필요하다면 학생 자치를 통해 규정을 만드는 과정도 민주 시민 교육의 일부라고 생각합니다.

교감 강민정 샘이 무슨 사회 샘이야? 그걸 왜 신경 써?

민정 그런 권리를 주는 게 학생들 인권을 존중하는 것 아닐까요.

교감 인권? 인간다워야 인권을 줄 거 아닙니까!

민정 그리고 요즘은 군대에서도 핸드폰을 풀어준다는데.

교장 어떻게 군대랑 비교를 하나. 군대는 성적이 안 나오잖아. 육군, 공군, 해군끼리 성적 비교해? 사단 별로 연대 별로 성적 비교해? 군대도 안 갔다 온 사람들이 뭘 군대 타령이야? 그렇지 않아도 학생 인권조례니 뭐니 하면서 나라가 다 시끄러운데 제발 그만 좀 해.

재훈 제발 그만 좀 할 줄 알았습니다. 장마철에도 소강 시기가 있고 겨울도 삼한사온 아닙니까. 하지만 이 선생님은 그저 여름이면 여름, 겨울이면 겨울이었습니다.

진로 강민정 선생님!! 아침 자습시간이지 아침 식사시간입니까? 교실에서 샌드위치랑 바나나 우유가 웬 말입니까.

민정 아침을 못 먹고 오는 학생들이 많아서, 소리와 냄새가 없는 음식만 부분적으로 허용하자는 학급 자치회의 의견을 따랐습니다.

교장 그놈의 자치, 자치! 학교에서 외부 음식물을 왜 먹게 해? 식중독 사고 나면 교감 네가 책임질 거야?

민정 편의점에서 산 음식을 학교에서 먹다가 식중독 사고가 나면 그게 왜 학교에서 책임질 일인가요? 아침에 산 음식을 길어봐야 10분 내에 먹는 건데요.

교감 학교에서 일어난 일은 다 학교 책임, 아니 담임 책임입니다!

재훈 책임, 책임, 그놈의 책임은 꼭 누가 져야 하는 모양입니다. 그런데 책임은 항상 그 일을 책임질 능력이 없는, 힘없는 사람이 져야 한다는 게 아이러니죠.

진로 그게 아니죠. 아침에 일찍 일어나서 먹고 와야죠. 지들이 게을러서 그런 걸, 아침 못 먹고 오는 것까지 봐줘야 돼? 그리고 정 먹고 싶으면 매점을 이용해야지.

민정 선생님, 학생들이 무엇을 지키도록 하는 규정이 그렇게 중요합니까. 학교의 교육 목표를 해치지 않는다면 모두의 의견 수렴을 거쳐 담임이 융통성 있게 허용할 수 있도록 해주시면 큰일 납니까.

교감 네, 큰일 납니다. 식중독 사고 납니다.

체육 민정 샘, 샘 반 학생들이 자꾸 간식을 먹으니까 우리 반 애들도 간식을 먹게 해달라고 해요.

민정 그러니까 학급 자치가 필요한 거예요.

교무부장 우리 학교 전체 규칙인데 그걸 그 반에서 자치로 정했다고 하면 그만인가? 그건 좀 아닌 것 같은데.

교감 남들 생각도 좀 하라고. 야자도 그래, 그 반만 그렇게 인원이 적으면 다른 반에서 원성 안 들리겠어?

민정 그런 것도 있겠네요. 그렇지만.

재훈 날개에 상처가 없는 새들은 날지 못한다. 상처를 입으면서도 계속 더 높이 날고자 하는 이 사람은 대체….

경준 모 교장 선생님. 학생의 캠페인이라 함은 학교폭력예방 캠페인, 뭐 이런 거지, 무슨 집회도 아니고 학생 요구 사항 생길 때마다 피켓을 들고 다니게 하면 어떻게 합니까.

민정 민주주의 사회에서 학생에게 의사 표현의 자유가 있지 않습니까.

재훈 이미 날개가 퇴화되어 날지 못하는 나를 보아라.

교감 애들 간만 키워서 사사건건 들고 일어나면, 데모 일어나면! 강 선생이 책임질 거야? 응? 내가 학생 교육을 위해 있는 사람이지 선생 교육 하려고 이 자리에 있는 줄 알아? 내가 교감이라고!

민정 교직윤리헌장!!! 우리의 다짐! 하나! 나는 학생을 사랑하고 학생의 인권과 인격을 존중하며, 하나! 나는 잘못된 제도와 관행을 개선하는 데 앞장서며, 교육적 가치를 우선하는 건전한 교직문화 형성에 적극 참여한다.

교감 뭐, 뭐야? 미쳤어?

재훈 (창밖을 보며) 이럴 땐 역시 동료 교사의 조언이 필요한 거죠. 인생은 타이밍….

교무부장 아… 교감 선생님… 조금 참으십시오. 제가 정리하겠습니다. 강 선생… 왜 이러시나. 교감 선생님께 이러면 안돼요. 교감 선생님이 어떤 분이신지 몰라서 그러는데 말이야… (민정을 데리고 나가며) 자자… 나가서 나하고 이야기 좀 합시다.

교무부장이 민정을 데리고 나간다.

재훈 이미 먹이에 길들여져 먹이사슬에 묶여 있는 나는 더 이상 날 수 없단다.

교감 김재훈!!!!

재훈 (교감에게 인사하며) 제가 교육시키고 오겠습니다!!!

재훈 뛰어 나간다. 교정의 벤치. 교무부장과 민정.

교무부장 강 선생님 많이 힘드시죠.

민정 아닙니다. 제가, 교감선생님께 이렇게 대들고 하면 안 되는 걸 아는데….

교무부장 강 선생님 마음 저도 잘 압니다.

민정 정말 잘하고 싶은데.

교무부장 좋은 선생님이 되고 싶은 거죠?

민정 네.

교무부장 그렇지만, 학교 안에 있는 사람이라는 걸 잊지 말아요. 학교라는 시스템 안에서 좋은 교사가 되고 싶은 거잖아? 그게 가능할까? 학교 조직에 문제가 있는데, 그 안에서 아무리 노력해봤자 민정샘이 원하는 이상적인 교사가 될 수 있나? 감옥이라는 시스템에서 죄수에게 좋은 간수가 있나?

민정 결론적으로 아무리 노력해도 학교 조직이 개선되지 않는 한 좋은 교사가 될 수 없다는 말씀이신가요? 이 시스템이 불투명하고 불합리하고 민주적이지 못하다면, 그래서 이 체제 안에서 좋은 교사가 될 수 없는 시스템이라면 그걸 우리가 바꿔야 하지 않을까요?

교무부장 강 선생님… 뜬금없지만… 혹시 축구 좋아해요?

민정 예.

교무부장 축구를 좋아한다고요?

민정 아니, 뜬금없으시다구요.

교무부장 (아랑곳하지 않고) 제가 어린 시절부터 축구를 좋아했어요. 아주 빨랐죠. 공을 한번 잡으면 패스를 안 합니다. 왜. 내가 빠르니까. 내가 충분히 골대 앞까지 볼을 가지고 가서 해결할 수 있으니까.

그런데 나이를 먹으니까 말이죠. 다른 젊은 친구들이 모두 저보다 빨라요. 내가 혼자 해결할 방법이 없어요. 그러니 주위를 둘러보게 되었어요. 내가 볼을 잡았을 때 다른 선수들이 어디서 어떻게 어디로 뛰고 있는지가 보이더군요. 그리고 패스가 골로 이어질 때의 환희! 아, 이게 축구의 재미구나!

민정 혼자 해결하려 하지 말라는 뜻인가요?

교무부장 아뇨, 인생은 축구가 아니더라고요. 혼자 앞만 보고 달리는 시간만큼이나 내 주위에는 아무도 없더라고요. 빨리 달리는 사이 혼자가 됐는데, 그걸 깨닫고 나니 누구도 곁에 없더라… 이미 늦은 거죠… (사이) 그렇다고 강 선생님 너무 기죽을 필요도 없고. 좀 식히고 들어오세요. (가다가 스스로 감동해서) 혼자 앞만 보고 달리는 시간만큼이나 내 주위에는… 크….

교무부장 가다가 재훈을 만난다.

교무부장 김재훈 선생. 왜 나왔어? 강 선생 걱정돼서 나온 거야? 이거 이거… 김재훈 선생 그렇게 안 봤는데… 이거 이거… 강민정 선생님을… 혼내고 그러면 안 돼. 내가 아주 따끔하게 지도를 했으니까 말이야.

재훈 아, 네. 제가 어떻게… 하하….

교무부장은 들어가고 재훈이 민정에게 다가간다.

재훈 안 피곤해요?

민정 네, 괜찮아요.

재훈 아니, 그렇게 뜨겁게 살면 안 피곤하냐고요.

민정 (웃으며) 늘 이렇게 살아서요. 죄송합니다. 저 때문에 교무실 분위기가….

재훈 아. 교무실 분위기는 걱정하지 마세요. 교감 선생님은 제가 말씀을 잘 드렸으니까….

민정 먼저 갈게요. (나간다)

재훈 반항하고 싶을 때 반항하는 것이 얼마나 아름다운가. 너의 눈빛은 여전히 대머리 독수리처럼. 대머리 독수리처럼.

4. 강민정 선생님, 너는 불씨

교무실.

교무부장 자, 오늘 자율학습 인원이 몇 명이야?

민정 세 명이요.

교무부장 왜 더 줄었어? 그 반은?

재훈 일곱 명입니다. 커피 한 잔 하세요.

교무부장, 민정, 재훈, 커피 타임.

민정 샘은 왜 이렇게 많이 보내줘요?

재훈 그 반은 세 명이라면서?

민정 우리 반은 다 이유가 있더라구요. 근데 재훈 샘은 이유도 안 물어보고 보내잖아요.

교무부장 무관심하니까, 귀찮으니까 그러지.

재훈 무의미하니까 그런 거죠.

교무부장 뭐가 무의미한데? 애들 야자 하라고 붙들어 놓는 거, 일일이 잔소리 하는 거, 그거 무의미한 거 아니다. 통제하고 관리하는 것

도 교사가 할 일이야. 내가 젊었을 때 말이야… (또 시작하려하면)

재훈 민정 샘, 교사가 학생을 어디까지 알아야 한다고 생각해요?

민정 다 알아야 하는 게 교사의 의무 아닐까요? 애들 마음을 읽으려면 최대한 많이 아는 게 좋지 않을까요?

교무부장 그게 좋은 건가. 요즘은 가정환경 조사서 같은 거 없잖아. 괜히 속속들이 알려고 하다가 인권 침해니 어쩌니 한다고. 적당한 게 좋은 거야.

재훈 네. 적당히 모르고, 적당히 불편하고, 그러면서 적당히 예의를 갖추고. 그게 서로 편하죠.

교무부장 예전에 말이야. 가정방문이라는 게 있을 때였지. 어느 날, 우리 반에서 제일 키 작은 여자 애 집에 가정방문을 가게 됐는데, 밤이라서 컴컴한데 온 집에 불도 안 켜고 있더라고. 이게 무슨 일인가 싶어 물으니, 아, 두 달 전에 일곱 살배기 남동생이 사고로 죽었대. 그애 모습이 떠올라서 누구하나 불도 못 켜고, 그애는 방에서 나오지도 못한다고 하더라고. 내가 어떻게 다독여 줄 수가 있었겠나. 그 사실을 알고 있는데도 어떤 위로도 어떤 도움도 줄 수가 없더라고.

민정 아마 따뜻한 시선으로 바라봐주신 것만으로도….

교무부장 그게 안 됐어. 동정이라고 생각할까봐 똑같이 대했어. 아직도 모르겠어. 어디까지 알아야하고 어디까지가 사랑이고 어디까지가 간섭인지를….

재훈 참 어렵네요.

교무부장 내가 젊었을 땐 말이야. (뭔가 또 시작하려하면)

지은, 들어온다.

지은 선생님.

민정 그래. 지은아. 잘 왔다.

지은 부르셨습니까?

민정　응. 불렀어. 지은이랑 이야기 좀 하려고.

재훈과 교무부장이 눈이 똥그래서 바라보고 있다.

민정　우리 나가서 이야기할까?
지은　아… 네.

지은과 민정이 밖으로 나간다.

재훈　확실히 문제가 있는 것 같아요.
교무부장　학교 폭력 신고 들어오면 처리해야지.
재훈　그때도 심증은 있었는데 물증이 없었잖아요. 지은이가 피해자인 것 같기는 한데 지은이가 입을 안 여니까.
교무부장　담임이 저렇게 열성이니 말하겠지. 이런 일은 좋은 게 좋은 게 아냐. 곪을 대로 곪아서 터지면 그땐 끝이라고.

지은과 민정, 교정의 벤치에 앉아서 한참을 말이 없다가.

민정　지은아, 선생님이 이 학교에 오기 전에 말이야.
지은　….
민정　우연히 졸업한 제자를 만났어.
지은　….
민정　반가워서 같이 밥도 먹고 술도 한 잔 했어. 시간 가는 줄도 모르고….
지은　….
민정　근데 그 친구가 술이 좀 들어가니까 막 우는 거야.
지은　….
민정　내가 몰랐어. 그렇게 학교생활이 힘들었는지. 죽도록 힘들었다고 하는데 몰랐어… 죽으려고 다리 위에 올라가서 신발까지 던져 봤다는데 난 몰랐어.

지은 ….

민정 말을 하지 않으니까….

지은 ….

민정 그래서 한동안 선생님 일을 못했다. 너무 미안하고… 아파서… 내가 어떻게든 알았어야 했는데….

지은 (울기 시작한다)

민정 지은아.

지은 선생님….

민정 말해야 해. 누가, 왜, 어떻게 괴롭히는지 말해야 해. 네가 말하지 않으면 너 말고 또 다른 누군가가 당하게 돼.

지은 … 애들이 동아리실로 오래요.

민정 누가. 어떤 애들?

진로부장이 갑자기 부른다.

진로부장 민정 샘, 잠깐 나 좀 봅시다.

민정 선생님, 죄송한데 지금 학생 상담 중인데 잠시 후 제가 찾아뵈면 안 될까요?

진로부장 나 좀 보자고. 잠깐이면 된다잖아요.

민정 부장님.

진로부장 상담 중인 거 압니다. 안다구요.

민정, 자존심 상한다.

민정 지은아, 잠시만 기다리고 있을래? 미안해, 샘이 좀 있다 부를게.

지은 네.

민정과 진로부장 교무실로 들어간다.

진영이가 나타나 지은에게 손수건을 전한다.

교무실. 진로부장과 민정 그리고 재훈이 있다.

진로부장 수학 시험 문제가 왜 이래요?

민정 뭐가 잘못 됐어요?

진로부장 난이도 조절하라고, 최대한 어렵게 출제하라고 했잖아! 이렇게!

민정 (시험지 보며) 이렇게 내면 표준 편차가 너무 크잖아요.

진로부장 커야지! 평균 50점 이하로 낮추라고!

민정 교과서 가지고 수업 시간에 가르친 걸 내야죠. 이렇게 어렵게 내면 중위권 애들은 공부하나 마나예요.

진로부장 아, 답답해. 진짜 몰라도 이렇게 모를까. 기간제라서 그런가? 강 선생, 지금 이 학교가 누굴 중심으로 돌아가는 것 같아? 특별반, 아니 까놓고 수연이 서울대 안 보낼 거야? 백 점이 4퍼센트 넘으면 어떻게 할 거야? 이렇게 내면 1등급 아무도 안 나와. 지금까지 수연이 올 1등급이라고!

민정 왜 그 애가 학교의 중심이에요? 행정실장 딸이라서요?

진로부장 지금 그 말, 나 무시하는 발언 아니야? 행정실장 딸이라고 내가 특별 과외를 해 준대, 아니면 시험 문제를 가르쳐 준대? 모두 똑같은 기회를 주는데 그게 차별이야, 뭐야?

민정 그렇죠, 부장님. 교육의 기회는 평등해야죠. 교육이 모든 아이들에게 똑같은 기회를 보장해야 한다는 기회 균등의 원칙, 아시잖아요?

진로부장 똑같은 수업 받고 개인의 노력에 따라 평가 받는데, 더 노력한 학생이 더 좋은 점수 받는 게 진정한 기회 균등 아닌가?

밖의 진영이와 지은.

진영 미안해….

지은 아니야. 고마워. 항상 고마워. 진짜 너무 고마워.

진영 내가 해줄 수 있는 게 없어.

지은 아냐. 내가 미안해. 나 때문에….

진영 아냐. 너 때문이 아냐… 내가… 내가….

지은 경준이랑 수연이가 또 보재.

진영 … 선생님한테 말했어?

지은 아직….

진영 지은아… 미안한데… 내가 민정 샘한테.

지은 알아. 네가 말한 거 다 알아. 고마워.

진영 민정 샘한테 이야기해야 해. 민정 샘은 도와주실 거야. 교무실에 한 번씩 가보면 항상 우리 입장에서 이야기 해. 믿어도 될 것 같아.

지은 방금도 나 때문에 혼나시는 것 같던데. 나 때문에 나쁜 일 생기면 안 되잖아. 나도 우리 선생님 좋으신 분인 건 안다.

진영 지은아. 네가 못하면 내가….

지은 내가 할게. 어떻게든 내가 해결해 볼게. 선생님하고도 의논하고. 고마워.

진영이 지은을 바라본다.
다시 교무실.

재훈 아니죠. 출발선이 다른 아이들이죠. 부모가 가난해서 사교육을 못 받는 애들은 학교 수업을 아무리 열심히 듣고 노력해도, 교과서에 안 나오는 어려운 문제 절대 못 풉니다.

진로부장 국어 샘은 가만히 계시죠?

재훈 예….

진로부장 그게 수학에서 적용이고 응용이라는 거예요.

민정 (시험지 진로에게 주며) 이건 응용이 안 되는 수준의 문제인 것, 아시잖아요.

진로부장 하. 진짜 말 안 통하네. 그냥 단독 출제 할게요.

민정 진로부장님, 평가 규정에 어긋납니다.

재훈 반항하고 싶을 때 반항하는 것이 얼마나 아름다운가.

진로부장 교육 경력 8년이 많은 것 같나?

민정 예?

진로부장 어떻게 그렇게 항상 확신에 차 있지? 샘을 보면 정말 신기해. 나도 저럴 때가 있었나 생각해 봤는데, 나는 그런 때가 없었거든.

민정 제가 뭘 잘못했습니까?

진로부장 학교는 누구에게나 만만한 곳인가 봐. 학교 안 다녀본 사람 없고, 그러니 내가 아는 그 학교가 지금의 학교라고 생각하지. 세상이 변하고 시대가 변해도 '내가 아는 학교가 지금의 그 학교다' 라고 생각해서 학부모인 사람도, 학부모가 아닌 사람도 다 안다는 듯 한마디씩 하지. 관리자도 그렇고 장학사들도 그래. 학교 현장에서 직접 아이들을 만나지도 않고 자기들 머릿속 학교만 그리고 앉아서 그게 학교네 하고 아는 체를 하지. 얼마나 편협한 시각이에요?

민정 그러니까 더더욱 교사가 최선을 다해….

진로부장 (말 끊으며) 아니, 최선을 다하지 말란 말이에요. 민정 샘이 가진 그 알량한 소신, 그 교육에 대한 철학이 얼마나 편협한지 본인은 모르지. 학생들에게 자율을 주는 것이 언제나 최우선인 것만 생각하지 학교 전체의 규칙과 분위기를 해친다는 건 못 보지?

민정 학교는 지금의 사회 변화를 못 따라가고 있어요….

진로부장 (말 끊으며) 들어! 내가 이야기하고 있잖아!

민정 ….

진로부장 선생님 눈에는 내가 그저 특별반 생활기록부 관리하면서 없는 스토리나 지어내는 사람으로 보일지 몰라도, 대입전형이 그렇게 생겨 먹었는데 우리가 별 수 있어? 이렇게 전략적으로 접근하지 않으면 실패할 수밖에 없잖아? 이 학교에서 내가 없으면 작년의 반도 인서울 못해. 그게 내가 이 학교에 있어야 하는 이유라고!!

민정 특별반 애들을 특별 대우하는 건, 반칙이 정당하다는 걸 가르치는 거예요.

진로부장 그래! 나는 그 일에 밤낮없이 최선을 다하고 있고 그게 내 소신이야. 다들 그렇게 하는데 대입에는 손 놓고 앉아서 너처럼 교사의 양심, 철학, 원칙 운운하면 무슨 소릴 듣는지 알아?

민정 ….

진로부장 아무것도 모르면 입 다물고 시키는 일이나 잘해요.

진로부장, 나가는데

민정 부장님, 그런데요. 수학과 예산은 십 원도 없는데, 자율 동아리 예산은 사백이나 있더라구요. 한수연이 회장인 자율 동아리가 수학 탐구 동아리, 화학 실험 동아리, 과학 관련 독서 토론 동아리, 세 개던데 혹시 이 예산 모두 그 애 혼자 쓰는 겁니까?

진로부장 (천천히 돌아서 민정을 바라보며) 내가 충고했지. 보이지 말라고.

진로부장 나간다.

재훈 이미 날개가 퇴화되어 날지 못하는… 나를 보아라.

민정 (재훈의 시를 끊으며) 제가… 너무 뜨거워서 이런 거겠죠?

재훈 나를 보… 예? 아, 예… (예의 의미를 알고) 예? 아뇨. 아닙니다.

민정 (쓴웃음) 먼저 들어가 보겠습니다. 말씀 거들어 주셔서 감사해요.

재훈 (창밖을 보며) 저렇게 힘들어할 때는 선배교사가 격려의 술 한 잔을 권하며….

민정 먼저 갈게요.
재훈 예. 들어가세요.
민정 (다시 들어오며) 재훈 샘, 술 한 잔 할래요?
재훈 아, 저요? (좋아서) 네.

두 사람 나가는데 교무부장이 들어오며.

교무부장 엇, 둘이 어디가, 둘이서, 수상한데, 이거 이거 이거… 야식 먹으러 가지? 치사하게, 같이 가자고. 내가 쏠게.

교무부장, 눈치 없이 따라 나간다. 민정 나가다가 지은이 생각이 난다.

민정 아… 지은이! (전화를 건다)

지은이 있던 곳으로 가지만 지은이 없다. 민정은 계속 전화를 건다.

5. 선생님은 꿈이 뭐예요?

재훈, 교무부장 호프집에 앉았다. 민정은 안절부절 못하며 계속 지은이에게 전화를 걸고 있다.

교무부장 강 선생. 뭘 그렇게 걱정 하나. 별일 없을 거야. 오늘 할 상담이 내일로 미뤄진다고 뭐가 달라지나. 그만 앉아요. 내가 불편해서 못 앉아 있겠잖아. 이럴 거면서 왜 같이 가자고 그랬어요?
재훈 같이 가자고 한 사람 없습니다.
교무부장 (못 들은 척하고) 내일 내가 그 아이 불러 줄 테니까 상담실에서 조용히 잘 이야기 해 봐. 술 마시고 학생한테 전화하는 것도 문제가 돼요, 요즘은.

재훈 (민정에게) 다른 애들 수소문해서 알아봐 드려요?

민정 아니에요. 죄송합니다. 신경 쓰이게 해서…. (앉는다)

교무부장 이 나이까지 살아보니 말이야, 사회에서 제일 멍청한 게 선생이에요. 세상 돌아가는 것도 모르고 사회가 어떻게 변하는지도 모르고 맨날 애들하고 씨름하고 있으니, 왜 그런 말 있지, 초등학교 선생은 딱 초딩 수준, 중학교 선생은 딱 중딩 수준, 고등학교 선생은 딱 고딩 수준이라고!

민정 안 그래도 지은이가….

교무부장 어허. 이제 그만 하라니까? 이제부터 지은이 이름 이야기하는 사람 벌주 마시기. 오케이? 영어 써도 원샷. 콜?

재훈 콜.

민정 네… 죄송합니다.

재훈 민정 샘, 그런 건 어디서 배워요?

민정 네? 뭘요?

재훈 아이들 얼굴만 보고 상황을 아는 거요. 애들 얼굴만 보고도 그날 학교에서 무슨 일이 있는지, 집에서 무슨 일이 있는지 잘 아시잖아요.

교무부장 그래. 한 큐에 다 알아보더라고.

재훈, 민정이 교무부장을 바라본다.

교무부장 왜?

재훈 영어… 한 큐….

민정이 재훈을 바라본다. 교무부장과 재훈이 말없이 술 마신다.

민정 살다보니 저절로 터득한 것 같아요. 사실 우리 아버지가 적은 돈을 엄청 힘들게 버셨거든요. 만날 지쳐서 들어오시는 아버지 눈치 보다 터득한 거죠.

교무부장 하여튼 민정 샘은 교직이 딱이야. 애들 감정도 잘 읽고 따뜻하고. 천직이네.

민정 원래 교사가 꿈이었으니까요. 부장님은 꿈이 뭐였어요?

교무부장 새삼스럽게. 꿈은 무슨… 난 싱어송라이터.

두 사람 교무부장을 다시 바라본다. 교무부장 말없이 술을 마신다.

민정 진짜요?

재훈 참 나.

교무부장 비웃냐? 응?

재훈 말이 되는 소리를 해야….

교무부장 짜식이. 내가 어? 대학가요제 나갈 때 이야기 안했어? 그때 말야, 내가 대학가요제 나간다고 하니까….

재훈 저도 교사요. 원래 교사였어요.

교무부장 들어보라니까!! 요즘 같을 줄 알았으면, 다시 생각했지. 옛날에야 선생이 좋았지… 그때는 그렇게 사명감에 불탔어요. 애들이 욕을 해도, 악역이라도! 나는 학교에 꼭 필요한 사람이었단 말이다. 그래서 그때가 행복했어요, 근데 지금은 아무 재미가 없다, 재미가.

교무부장의 장황한 안 물어보고 안 궁금한 이야기는 계속 된다.
시간이 흐르고, 그래도 끝나지 않는 교무부장의 끊임없는 자기 이야기.
민정, 재훈 조는 척한다.

교무부장 자냐? 너희도 재미가 없겠지. 그래, 나 꼰대다. 근데 내가 왜 자꾸 이런 옛날이야기를 하는 줄 아나? 이런 이야기라도 붙들고 있어야 내가 선생인 것 같단 말이다. 이 바보들아. 너희는 뭐 영원히 젊을 거 같냐? (비장하게) 나, 먼저 간다. 나는 이렇게 살지만, 너희들은! 제대로 제대로 살아라! 나처럼 살지 마, 나는 외로운 한 마리 대머리 독수리처럼 나의 길을 갈 테니 너희들도 너희의 길을 가라!

교무부장 간다.

재훈 선생님은 안 힘들어요?

민정 뭐가요?

재훈 길가에 핀 들꽃에도 다 말을 걸고, 잔잔한 호수에도 돌을 던지고, 젖은 나뭇가지에도 불을 지피는 일이요.

민정 힘들고 아파요. 남들이 된다고 하는 걸 안 된다고 할 때, 남들이 안 된다는 걸 된다고 할 때, 나도 무서워요. 관리자한테 미운 털 박히는 거, 감시당하는 거, 그리고 동료 교사와 학부모들의 시선이 나도 두려워요.

재훈 …. (민정을 빤히 본다)

민정 그런 눈으로 보지 마요. 나도 내가 싫으니까.

재훈 동물원에서 태어난 새끼 독수리 조련법 알아요? 새끼일 때부터 독수리 발목에 족쇄를 채운대요. 처음에는 그저 멀리 못 가도록, 나중에 쉽게 훈련시키려고. 그런데 그렇게 두 달이 지나면 이 독수리는 날아 보려는 시도를 안 한대요. 슬프지 않아요?

민정 그게 저예요?

재훈 아니, 내 이야기예요. 전 시인이 되고 싶었어요. 그런데 시인이 되고 싶다는 말, 입 밖에도 꺼내본 적 없어요. 형들은 다 의사인데 나는 의대도 못 갔고, 기가 죽어 스스로 숨어 지내는 패배자였어요. 새끼 독수리처럼 멀쩡한 날개를 가지고도 어디 쓰는 물건인지도 몰랐다고요. 그래서 엄마가 퇴화된 날개 대신 낙하산을 달아줬대요. 이야기 끝.

민정 싫으면 벗어버리면 되죠.

재훈 이게 얼마짜린지 알아요?

민정 얼만데요?

재훈 1년 이용료가 5천만 원씩, 4년 이용했으니까 계산 나오죠, 수학샘? 내년에 이 낙하산이 정식이 된답니다. 1년만 더 버티면요.

민정 되게 비싼 거구나. 근데 이사장의 외손자도 그런 거 내야해요. 그냥 해 주지 않나?

재훈 전 그냥 시키는 대로만….

민정 든든하지 않아요? 추락이 두렵지 않잖아요.

재훈 그 반대죠. 샘한테는 날개가 있지만 난 이거 잃으면 그대로 추락, 끝이라고요.

민정 그거 없으면 아무것도 아니다? 근데 그것 때문에 패배한 인생이다. 이 논리가 맞아요? 아니, 본인이 선택한 거 아니에요?

재훈 샘은 날개가 있으니까 어떤 말이든 할 수 있는 거야. 나는 이 낙하산 때문에 다 알면서도 말할 수가 없어.

민정 이사장 외손잔데 뭘 못해? 외삼촌이라고 할 말 못해요? 무슨 유교 사회야? 애들처럼 집안 핑계, 엄마 핑계, 아뇨. 샘은 원래 비굴한 거야.

재훈 그래! 끝까지 비굴한 게 내 인생이다. 그렇지만 샘도 그 집에 태어난 게 선택이 아니듯이, 이 집에 태어난 게 내 선택이 아니잖아. 사람이 왜 그리 꼬였어?

민정 그래, 가난한 집에서 태어나고 싶어서 태어난 것도 아닌데, 너는 노력도 없이 하기 싫은 선생 억지로 하고 있고 나는 죽어라 노력해도 선생도 못한다. 뭐가 기회 균등이고 누가 꼬였어? 맨날 남의 시나 읊고 있으면서.

민정 나가버린다.

재훈 가끔 내가 쓴 시도 있는데….

재훈, 한 잔 더 비운다.

6. 아이들은 동아리실에서 무엇을 했나?

진로부장, 행정실장이 복도에서 커피를 마시고 있다.

행정실장 과학 독서 토론 동아리의 토론 과정이 좀 더 정확히 드러나야 되지 않나요? 우리 수연이가 보기엔 칼 세이건의 『코스모스』는 너무 오래된 책인 것 같은데 다른 책 좀 추천해 주시고요, 토론 횟수도 주 2회는 돼야죠.

진로부장 과식하면 체합니다. 현실적으로 대한민국 고등학생이 할 수 있는 수준을 벗어나면 입사관들도 다 알아봐요. 그리고 이번 주에 화학 실험 동아리 활동한 걸로 할 테니 다음 주 토요일, 과학관에서 개최하는 청소년 주도 강연 주제는 수연이 보고 이 중에서 선택하도록 하세요.

행정실장 정말 생활기록부 컨설팅 업체와는 비교도 안 되네요. 역시 진로부장님입니다.

진로부장 수연이가 한 것처럼 준비는 해 두시고요.

행정실장 네, 부장님만 믿습니다. 내년 교무부장 자리는 교장 선생님에게 이미 말해 두었습니다.

진로부장 교무부장이 가만히 있을까요?

행정실장 토끼 사냥이 끝나면 사냥개는 삶아 먹는 게 당연한 이치 아닙니까?

진로부장 만만하게 보면 안 됩니다. 교무부장은 이 학교에서 20년 잔뼈가

굵은 사람이에요. 교감이야 별 것 아니지만, 이 학교 재정도 속속들이 알고 있는 상황에서 교장 선생님이 너무 내치면 어떻게 나올지 모릅니다. 고발이라도 하겠다고 하면.

행정실장 지 발등 찍는 격인데 고발을 어떻게 합니까. 카누부 푼돈이나마 쥐여 준 건 다 이유가 있죠.

진로부장 이런 말씀 어떨지 모르겠지만, 내년에 제가 교무부장 자리에 앉아도 그렇게 말씀하신 건가요?

행정실장 아, 그럴 리가 있습니까. (두 사람 같이 웃는다) 그런데 부장님, 수연이 담임, 강민정 선생요. 수연이 말로는 기간제가 애들한테 자치니 뭐니 하면서 학급 관리도 엉망이고, 수연이 보는 시선도 곱지가 않다던데. 생활기록부까지 손대는 건 아니겠죠?

행정과 진로, 복도를 떠나고 민정은 교무실로 들어온다.

민정 으으, 속 쓰려. 토할 것 같아… (지은이에게 계속 전화를 걸며) 얘는 왜 이렇게 전화를 안 받지. 아, 어제 내가 왜 화를 냈더라? 몰라 몰라, 그냥 기억 안 난다고 해야지.

재훈, 자리에서 벌떡 일어난다.

재훈 하나의 문이 닫히면 하나의 문이 열린다.

민정 악! 뭐예요, 사람 놀래키고. 여기서 잤어요?

재훈 출근 못 할까봐 난 바로 이리 왔는데.

민정 세수는 좀 해요.

재훈 어둠이 선명할수록 달빛은 희망이 된다. 어둠이 선명할수록 달빛은….

재훈 일어서서 화장실로 간다.

민정 술이 덜 깼나?

교무부장, 들어온다.

교무부장 어제 잘 들어갔나? 어, 둘이 어제 나만 보내고 자기들은 안 들어가고 이거 이거… 둘이… 술꾼들이야. 말술이야, 말술, 허허허!

체육, 급히 들어온다.

체육 교무부장 샘! 부장 샘!
민정 안녕하세요.
체육 선생님, 학교가 발칵 뒤집혔어요, 이거 어떻게 해요?
민정 왜 그러세요?

체육, 핸드폰을 보여준다.

민정 (경직) 이거 어디에요? 동아리실?
체육 이게 다 퍼졌어요. 남자 애 얼굴은 안 보이고, 여자 애는 걔 맞죠. 걔….
민정 지은이… 이거 어디서 받으신 거예요?
체육 누가 익명으로 보냈는데 이미 학교에 다 퍼진 것 같아요.
교무부장 빨리 불러서 조사해야 되는 거 아냐? 당장 여자 애부터 불러.
민정 잠깐만요. 부장님, 애… 지은이가 피해자라고요!
교무부장 아무리 피해자라 해도 바로 조사해야지. (체육에게) 가서 불러 와. 어서!
민정 피해자 보호가 우선이라고요! 성폭력 피해자 보호 원칙 모르세요?

체육 나가고 교감과 재훈이 들어온다.

교감 강샘, 강샘! (핸드폰 보여주며) 이거, 이거 어쩔 거야? 이렇게 학교 망신을 시키나? 내가 학급 관리, 애들 단속 잘하라고 그렇게 이야기를 해도 자율 자율 하더니, 교실에서 섹… 섹… 섹… 이제 어쩔 거야!

교무부장 제가 책임을 지고 조사를….

교감 교무부장이 어떻게 책임을 져? 담임이 일차적인 책임을 져야지! 그동안 애들 상담 안하고 뭐했어? 학교 놀러 와? 빨리 애들 불러서 조사하고 교무부장은 성폭력대책자치위원회 열고 빨리 빨리 처리하라고!

교무부장 네.

교감 (민정에게) 그 다음엔 징계위원회 열어서 당신 잘라버릴 거야, 알았어?

민정 다시 영상을 본다.

민정 윤경준.

교무부장 뭐?

민정 가해자가 윤경준이라고요.

교무부장 확실해?

민정 네.

교무부장 윤경준이 이 자식, 운동부 해산했다고 할 짓이 없나, 뭐 이런 짓거리를 해?

민정 대책위원회 열기 전에 먼저 경찰에 신고하고 교육청에 보고해야 돼요. (수화기 든다)

재훈 잠깐만, 근데 이 현장에 한 명 더 있었어요. 이 영상을 찍은 애가 누군지 알면….

교감 영상을 찍은 애고 뭐고 간에 교육청에 빨리 보고 넣어! 그리고 윤경준이 아버지가 누군지나 알아! 아빠가 국회의원이고 엄마가 운영위원장이야, 어떻게 할 거야? 여자 애가 꼬리친 거 아니야?

재훈 민정 샘, 이 일은 덮어야 돼요.

민정 뭐라고요?

재훈 이 일 감당할 수 있어요? 지은이가 피해자든 아니든, 결국 여자 애가 2차, 3차 피해만 더 입는다고. 그리고 윤경준이 부모가 어떤 사람인지 내가 잘 알아. 뭣보다 샘이 다쳐, 그러니까 지은이만 잘 설득하면.

민정 지금 뭐라는 거예요?

재훈 정신 차려! 모두 다쳐, 그냥 애들 간의 사고로 넘기면 돼.

교감 그래, 그렇게 무마하면 내가 당신은 살려 줄게.

민정 미쳤습니까?!!!!

진영 뛰어 들어온다.

진영 (울면서) 선생님, 소문 다 났어요. 아니잖아요. 지은이 잘못 아니에요. 선생님이 말 좀 해주세요. 애들이 지은이한테 어떻게 했는지 선생님이 아시잖아요.

재훈 진영아. 지금은….

진영 강민정 선생님은 다 알았잖아요! 알면서 왜 아무 것도 안 해 주신 건데요! 이 일이 있기 전에 강민정 선생님은 다 알았으면서!

민정 미안해, 나한테 말을 안 하니까….

진영 영상 찍은 것도 걔들이, 걔들이 한 거라고요, 한수연이요!

교무부장 한, 한수연?!

진영 지은이가… 담임이 자기 때문에 잘릴까봐, 선생님이 기간제니까, 기간제라서… 그래서….

옥상에서 바닥으로 떨어지는 소리.

모두들 창밖을 바라보고 지은이가 떨어졌다. 체육이 뛰어 들어온다.

체육 선생님. 지은이가 옥상에서.

진영 지은아….

민정, 털썩 주저앉는다. 앰뷸런스 소리.

7. 수습

교무실.

교감 피해자 엄마가 제정신이 아니라 얘기가 안 된답니다.

교장 가해자는 윤경준이 확실해?

교감 강 샘이 그렇다고….

교장 차라리 잘됐네. 윤경준이 아버지가 국회의원인데 다문화 하나 수습 못하겠나? 알아서 처리하겠지 뭐. 이 자식아! 문제는 학교 명예라고! 내가 선생 관리 잘하라고 했어, 안했어? 언론이 시끄러울 테니 일단 강민정부터 짜르는 액션 취하고. 그리고 경찰 조사 들어오면, 어떻게 하는지 알지?

경준 모가 교무실 문을 발로 차고 들어온다.

경준 모 교장 어디 있어! 교장이 뭐하는 사람이야? 선생 교육 똑바로 시켜! (교장을 밀치고) 누가 강민정이야!!

민정이 손을 든다.

경준 모 너야? 네가 봤어? 우리 애라는 걸 네가 어떻게 알아? 이리 와, 이년아!

경준 모, 달려들어 민정의 멱살을 잡고 교무부장, 재훈 경준 모를 말린다.

교무부장 위원장님. 이러시면 안 됩니다. 참으세요. 고정하세요.

경준 모 넌 뭐야. 안 비켜? 선생 따위가 뭘 믿고 나대? (강민정에게) 어디 선생 나부랭이가 터진 입이라고 함부로 놀려? 저런 것들 싹 다 무고죄로, 명예훼손으로 잡아넣어야 돼, 콩밥 먹어봐야 돼! 감히 네가 우리 경준이를 건드려? 어디 함부로 지껄이고 있어. 얼굴을 못 들고 다니게 입을 확 찢어버릴까.

교무부장, 경준 모를 말린다.

교무부장 이러시면 안 됩니다. 어머님.

경준 모 어머님? 어머님? 너 내가 진짜 누군 줄 몰라?

경준 모가 교무부장을 때리려고 하자.

재훈 당신이 누군데요! 학부모 아닙니까! 여기 학굡니다. 학부모가 학교에서, 교무실에서 이렇게 행패를 부리면 됩니까? 학교가 그렇게 우습게 보입니까! (교무부장이 재훈을 말리고) 민정 샘 선생님 일어나요!!! 민정 샘이 왜 무릎을 꿇어요!! 선생님 잘못 없어요!!! 일어나요!!

경준 모 이 자식은 뭐야. 교장선생님. 저 자식, 저 자식부터 자르고, 저 년도 잘라 버려! 이대로 보고만 있을 거야?!!!

교장과 교감이 경준 모를 데리고 나간다.

민정 지은일 죽게 한 것은 나야, 내가 널 죽인 거야. 나는 선생도 아니야. 네가 잘 부탁한다고 했는데, 네가 마지막으로 손을 내밀었는데, 네가 도와달라고 그렇게 부르짖었는데 내가 뿌리친 거야. 어떻게 해, 널 어떻게 해…. (흐느낀다)

8. 꽃을 피게 하는 것은

복도에 교장과 재훈이 창밖을 바라보며 서 있다.

교장 너도 알겠지만 학교도 전쟁터다. 거기서 살아남지 못하면 죽는 야생의 세계란 말이다. 네가 내 조카라고 감싸고돌면 사람들이 욕을 한단 말이야.

재훈 예.

교장 너를 내년에 재임용하는 것도 다 내 짐이란 말이다.

재훈 예.

교장 그래도 사람 인정이라는 게 어디 그러냐. 그동안 네가 한 사람 몫을 제대로 못해낸다고 해도….

재훈 멍청한 놈은 입을 다물고.

교장 측은지심으루다 그리고 너희 엄마를 생각해서 너를 거둔 은혜를 알 거라고 생각한다.

재훈 달아준 낙하산에 감사하며.

교장 세상에는 드러내야 할 일과 숨겨야 할 일이 있다. 이 일은 후자다.

재훈 아무것도 하지 마라.

교장 한수연이 행정실장 딸인 것도 알 거고, 걔가 전교 1등인 것도 알

거고, 행정실장이 내 교육감 선거 후원자라는 것도 알지? 작은 일에 매여서 큰일을 망치는 우를 범하진 않겠지?

재훈 … 예.

교감 징계 위원회 들어가실 시간입니다.

교장 가봐라.

재훈 외삼촌… 강 선생님 말인데요….

교감 너는 니 일에만 신경 써라.

교장과 교감은 떠난다.

재훈 그래, 나는 원래 비굴한 놈이다. 끝까지 비굴한 게 내 인생이다.

재훈의 앞에 지은의 모습이 보인다.

재훈 지은아….

징계위원회가 열리는 회의실.
행정실장 서 있고, 교장, 교감, 진로부장, 경준 모, 교무부장 앉아 있다.
그리고 떨어진 곳에 민정 서 있다.

행정실장 지금부터 학교 교원 징계 위원회를 개최하겠습니다. 교사 강민정은 직무 태만, 학생 보호 의무 소홀 등을 이유로 징계 위원회에 회부되었습니다.

교감 김지은 학생이 학교폭력을 당한다는 사실을 알았습니까.

민정 네.

교감 상담 몇 번 했습니까. 상담 일지 있으면 제출하세요.

민정 없습니다.

교감 상담 일지 실적이 없는데 무슨 할 말이 있습니까! 상담을 했는지 안했는지 우리가 어떻게 압니까, 교사는 실적으로 이야기합니다! 직무 유기 아닙니까! 할 말 있으면 하세요!

민정 질문 하나 하겠습니다. 지금 윤경준 학생은 학교폭력 및 성폭행 사건의 가해자인데 지금 가해 학생의 어머니가 운영위원장의 자격으로 교원징계위원회 위원으로 앉아 있습니다. 이게 말이 됩니까?

교장 지금 강 선생이 저지른 일은 말이 되나? 무슨 일을 저질렀는지 알아?

진로부장 그렇게 원칙을 따지는 사람이 학생이 상담을 요청하는데 술을 마시러 갔다는 제보가 있습니다. 사고가 나던 그날 밤 어디에서 뭘 했습니까?

교무부장 아니, 그건 엄연히 퇴근 시간 후 아닙니까. 교사는 24시간 대기해야 됩니까.

교감 학생이 상담을 요청했다고 안 합니까! 그리고 학생 지도에 밤낮이 어디 있습니까! 교사의 품위를 손상시키고 동네에 어느 학부형이 볼지도 모르는 공간에서 술을 마시는 게 원칙입니까?

교장 일을 만들고, 일을 키우고, 일을 방관해서 이렇게 만들어 놓고 입이 열 개라도 할 말이 있나? 당신이 오고 나서 우리 행복학교 명예가 바닥에 떨어졌어!

행정실장 교실 내 공기청정기와 정수기 관리를 제대로 못했습니다. 특히 정수기 관리 소홀로 학생들이 집단 식중독을 일으킬 뻔했습니다.

경준 모 아직 조사도 안 된 상황을 가지고 선량한 학생을 가해자로 만들고 타 학교에 온갖 루머가 돌도록 떠들고 다니면서 학교의 위신을 깎아 내리는 행동은 이 학교의 백년대계를 위해서라도 합당한 징계를 내려야 합니다.

진로부장 조직을 우습게 아는 선생입니다. 학교의 시스템도 파악하지 못하면서 사사건건 불만과 불평을 늘어놓으면서 교무실의 분위기를 훼손하였지요.

교무부장 강민정 선생님. 하실 말씀 있으면 해 보시죠.

민정 나는 잘못된 제도와 관행을 개선하는 데 앞장서지 못했고, 학부모로부터 사적이익을 취하고 외부업체와 부당하게 타협하는 것을 방관했습니다. 나는 학생의 성적을 조작하는 것을 제지하지 못했습니다. 무엇보다 약자를 세심하게 배려하지 못했습니다. 나는 학생을 진정으로 사랑하지 못했습니다. 선생님이 행복해야 학생들도 행복하다. 행복, 행복, 행복하자.

행정실장 하실 말씀 충분히 하신 것 같은데… 우리 징계 위원회 결정은….

민정 나간다.

교장 저. 저. 저. 아직도 정신을 못 차렸어. 행정실장이 해임처리하고 교육청에 공문 보내고 마무리해요. 다른 선생님들은 애들 입 단속 하고.

선생님들 네.

복도에서 민정과 재훈이 만난다. 재훈, 민정을 애틋하게 바라본다. 한참, 그렇게

민정 축하해주세요. 저 방금 잘렸어요.

재훈 잘 됐네요.

민정 너무한 거 아니에요? 최선을 다했다, 좋은 선생님이었다, 그런 말이라도 해 줘야죠.

재훈 진짜 좋은 선생님이었어요?

민정 더 눈물 나게 하네요.

재훈 좋은 선생님이란 게 있어요?

민정 없죠. 샘 말이 맞네요. 잘된 일이에요.

두 사람. 어색한 웃음.

민정 선생님은 괜찮아요?
재훈 지금 누굴 걱정하는 겁니까?
민정 그래도 저 때문에….
재훈 걱정하지 마세요. 아시잖아요, 낙하산.
민정 저, 잘 잘렸죠.
재훈 … 네.
민정 네?
재훈 … 네. 잘린 게 잘 됐다고요.
민정 (울컥한다) 안녕히 계세요.

민정 나가는데.

재훈 이렇게 쉽게 물러나는 거예요?
민정 먼저 해야 할 일이 있어요.
재훈 투쟁을 위한 일보 후퇴라는 거죠?
민정 그게 아니라… 지은이… 용서를 구하는 게 먼저일 것 같아요. 지은이에게.
재훈 (사이) 네, 그러네요. 지은이….
민정 갈게요.
재훈 악수나 해요.
민정 쫓겨나면서 악수는… 그래요. 악수해요….

악수하고 헤어진다. 돌아서 가는 재훈을 바라보는 민정.

민정 꽃을 피게 하는 것은

재훈이 돌아 선다.

재훈 꽃을 피게 하는 것은
민정 햇빛도 물도 아니다
재훈 죽음을 무릅쓰고
민정 그 틈으로 뛰어드는 용기 때문이다

민정/재훈 그 틈 사이로 뛰어드는 용기는
꽃의 꽃들의 오랜 명령

민정 선생님, 이제 선생님의 시를 쓰세요.

민정, 나간다.

재훈 (전화를 건다) 여보세요. 방송국이죠?

9. 반란, 아니 반역

교무실.

교무부장 그래도 원리 원칙이 살아 있어야 학교 아니겠나. (서류 건네며) 내가 알고 있는 건 여기까지다.
재훈 이거면 됐습니다. 나머지 재정 비리는 제가 밝힐 게요.
교무부장 내가 나서지 못해서 미안하고. 진짜 인터뷰 다 한 거야?
재훈 네. 다음 주 방송에 나온다고 합니다. 교육청에서도 조사가 나올 거구요.

행정실장 들어온다.

행정실장 김재훈 선생님, 잠시 저 좀 봅시다. 교무부장님, 잠깐 실례하겠습니다.

교무부장 나간다.

행정실장 그거, 우리 애 아니에요. 우리 수연이 아니라고. 확실한 증거 있어요?

재훈 조사는 경찰이 합니다.

행정실장 그러니까 김재훈 샘이 아니라고 말만 한마디 해주면….

재훈 저는 모르는 일입니다. 학생들이 제보한 일이고요.

행정실장 진영이라는 아이, 평소에 재훈 샘을 잘 따른다고 들었어요. (봉투 두 개 꺼낸다) 하나는 넣으시고, 하나는 그 아이에게 전해주세요.

재훈 (아무 움직임이 없다)

행정실장 당신, 윤경준이 덮으려고 했다면서? 윤경준은 덮고, 수연이는 까발리겠다? 왜, 국회의원 아들이라서? 내가 어떤 사람인지 보여줘? 교장 때문에 그냥 뒀더니 어디서 설쳐! 조용히 살아. 낙하산은 낙하산답게.

재훈 더 하실 말씀 없으시면 나가주세요.

행정실장 네가 우리 수연이 털끝 하나라도 건드릴 수 있을 줄 알아? 너부터 교원불법임용감사부터 받아야 될 걸?

재훈 알겠습니다.

재훈 나가려한다.

행정실장 (재훈의 다리를 잡고 매달린다) 미안, 아니 죄송합니다. 선생님, 내가 너무 정신이 없어서 경우가 아닌 소릴 했습니다. 제가 이렇게 무릎 꿇을게요.

재훈 왜 이러세요.

행정실장 한 번만 한 번만 우리 수연이 살려주면 안 돼요? 나를 봐서, 아니 수연이를 봐서, 그애가 친구를 잘못 만나서, 아니 철이 없어서 어쩌다 그런 일에 휘말리게 됐지, 본심이 그런 애는 아니에요. 제발….

재훈 경찰은 사건을 조사하는 거지 본심을 조사하려는 게 아닙니다.

행정실장 수연이한테 내 모든 인생을 바쳤어. 수연이뿐 아니라 내 인생도 다! 이 일로 잘못되면 모든 게 끝장난다고. 나 아빠도 없이 재 혼자 키웠어요. 팔자 센 년이 딸 팔자도 망친다는 말 듣기 싫어서 내 전부를 그 애한테 다 쏟아 부었다고. 한 순간의 실수로 모든 게 망가지는 건 너무하잖아요.

재훈 다 하셨습니까? 지은이는요. 지은이는 왜 뛰어내렸는데요. 그 실수로 지은이가 죽은 건 괜찮아요?

행정실장 진짜 이렇게 나올 거야? 나도 가만 안 있을 거야!

재훈에게 달려드는 행정실장. 밖에서 지켜보다 들어와 말리는 교무부장. 교장, 복도에서 기자들에게 쫓겨 교무실로 향한다.

기자1 다문화 학생 자살 사건 은폐 및 축소 의혹, 인정하십니까?

기자2 리베이트 수수 비리에 대해 한 말씀….

기자들 한 말씀 해 주십시오.

교장 죄송합니다. 필요하다면 성실히 조사에 임하겠습니다.

교장, 교무실로 들어온다.

김재훈 교장 선생님, 피하지 말고 인터뷰를 하시는 게….

교장 (김재훈 뺨을 친다) 일어나, 이 자식아, 네가 은혜를 원수로 갚아! 이건 반역이야, 넌 내부 고발자야, 이 자식아!

또 뺨을 치려하는 것을 교무부장이 떼낸다. 경준 모, 교감, 진로부장 등도 교무실로 들어온다.

교무부장 교장 선생님, 내부 고발이라고 하시면 다 인정하는 게 됩니다. 카메라에 다 찍히고 있습니다. 이러시면 안 됩니다.

재훈 태어나서 처음으로 맞았다. 아, 맞으면 정말 기분 더럽구나.

교무부장 김 선생, 빨리 죄송하다고 해! 어서!

교감 네가 뭘 안다고 도교육청 홈페이지에 학교 급식 리베이트가 어쩌구 수수 비리가 어쩌구 하면서 허위사실을 유포해? 국가공무원법 제 63조 공무원 품위 유지 의무 위반이야!!

진로부장 개인의 학교생활기록부를 방송국에 무단 유출한건 비밀엄수 의무 위반입니다!

행정실장 학생 관리, 교실 위생관리도, 상담 업무도 제대로 이행하지 못하고 직무 태만! 성실 의무 위반입니다.

경준 모 어디서 낙하산을 타고 내려와서 복에 겨운 줄도 모르고. 저거 제대로 처리 못하면 교장선생님 각오하세요!!

교장 넌 학교 명예를 실추시켰어! 넌 해임이야, 이 자식아!

교감 아니, 무슨 수를 써서라도 파면시켜 버릴 거야!!

행정실장 파면 이후에라도 내가, 내가 널 이 사회에서 매장시켜 버릴 거야.

재훈이 들고 있던 자료 봉투를 떨어뜨리고 신발을 벗고, 양말을 벗는다.

교장 저 자식. 왜 저래?

재훈, 맨발이 된다.

재훈 내가 걸어왔던가
나의 두 발로 여기까지 걸어왔던가

처음으로 바라본다, 내가 걸어온 눈길을

아니다. 나는 걷지 않았다
누구에겐가 무엇에겐가 이끌려
나는 이곳에 서 있다

경준 모 가지가지 한다. (나간다)
교장 저… 미친놈…. (경준모를 따라 나간다)

교감, 행정실장, 진로부장도 나간다.

흰 눈이 내리는 밤이다
내가 서 있는 것인지
내 두 다리가 억지로 나를 지탱하는 것인지
곧 주저앉을 것 같은 두려움이
다시 지친 나를 지탱한다

돌아서는 재훈이 자신을 바라보고 있는 교무부장을 본다.

교무부장 계속해. 잘하네.

교무부장은 교무실을 나가고 재훈은 교무부장의 지시봉을 든다.

재훈 이곳은 너의 성역
나는 너의 성역에 맨발로 섰다
나의 무기는 오직 이 칼 한 자루
너의 목을 겨누면
너는 스러진다. 스러지는 너의 그림자, 일말의 양심, 옹색한 변명

소리 없이 죽어라
너는 스러진다. 스러지는 너의 과오, 어그러진 이상, 치졸한 비겁

이제 나의 가슴을 겨눈다
나는 무엇을 하려고 이 성역에 들어섰는가
깊은 밤, 이 공간에는 산소가 없다
무중력의 공간은 오로지 그의 법칙만 따라왔다

정의와 사랑과 자유와 평화와 정직과 생명과 신뢰는 죽었다
부패와 쾌락과 방탕과 무질서와 변명과 패배와 좌절만이 살아남아
모르는 것에는 더욱 눈을 감고
아는 것에도 굳게 입을 닫았던 시간
좋은 것이 좋은 것이라 눈을 감고
나쁜 것도 좋은 것이라고 입을 열었던 시간

오- 나의 발이 젖어 있었구나
왼발은 불의에 젖고
오른발은 모욕에 젖어
교실 바닥에 더러운 발자국을 내고
복도에 저벅저벅 발소리를 내었다
젖은 발로 아이들 앞에서 서성였던가
마른 눈으로 아이들 앞에서 무수한 거짓말을 했던가

나는 아이들을 위해 뛰지 않았다
나는 아이들을 사랑하지 않았다
나는 이 싸움에서 패배할 것을 알고 있는
녹슨 칼을 들고 있는 맨발의 기사

바람이 분다

바람은 끝끝내 통곡 소리를 낸다
모두 귀를 기울여 나의 통곡을 들으라
그리고 그대들도 같이 목청을 높여라
어린 젖먹이의 울음까지 기억해 저 깊은 곳의 울음을 울어라

나에게 이 울음을 허하라
나에게 이 노래를 허하라
아이들에게 이 햇빛을 허하라
아이들에게 산소를 허하고 무중력의 생명을 허하라!

불빛은 사라지고.

에필로그

교무실. 교무부장과 체육이 이야기하고 있다.

교무부장 남 선생, 애들 지도 그렇게 하는 거 아니야. 교사가 교육에 대한 소신이 있고 철학이 있어야지, 그래야 애들도 믿고 따라온다고.

체육 그렇죠, 소신과 철학… 그런데 부장님, 김재훈 샘 안 옵니까?

교무부장 그러게 말이야. 학교를 들쑤셔 놓고 사라지더니 두 달 반이나 아무 연락이 없냐. 앞으로 2주 후면 법정 휴직 기간도 끝나고 아주 잘리는데 말이야. 전화도 안 받고, 진짜 자살이라도 당한 거야, 뭐야?

체육 무슨 그런 끔찍한 말을 하세요? 애들 표현으로는 실종이라던데.

교무부장 실종… 실종 맞지.

체육 부장님은 뭣 좀 아시죠?

교무부장 내가?

체육 뭔가 아시는 것 같은데.

교무부장 어디 있는지, 살았는지 죽었는지는 모르지만, 왜 사라졌는지는 알겠다.

체육 하긴 그렇게 죽기 살기로 대들었는데, 여기 어떻게 발붙이겠어요?

교무부장 김재훈이 학교 안에서 할 수 있는 건 그 정도인 거야. 학교 안에서는 또다시 꿈만 꿔야겠지. 끝없이 싸우면서도 완전히 바꿀 순 없다고. 더 큰 변혁을 꿈꾼다면 그는 나가야지. 지금은 실종이지만, 언젠간 나타날 거라고 믿어. 김재훈의 실종, 교육의 실종인가. 크… 기막힌 비유, 넌 비유를 모른다. 교육의 실종….

교감, 새로 부임한 교사를 데리고 들어온다. 진로부장도 함께 들어온다.

교감 자, 자, 선생님들, 잠시만 하던 일 멈추시고 주목, 오늘부터 근무하실 기간제 강사 샘을 소개합니다. 인사하시죠.

강사 안녕하세요, 이현진이라고 합니다.

같이 반갑습니다.

교감 이현진 선생님은 그… 다 아시다시피 자리가 비어서 당분간 계실 훌륭한 강사 선생님입니다. 근무 경력이 없어 선생님들이 많이들 도와주셔야 할 겁니다. 우리 학교 분위기가 안 그래도 좋은데 새로 오신 강사 샘 덕분에 더 좋아질 것 같네요. 자, 그럼 다 같이 구호 외칠까요?

같이 선생님이 행복해야, 학생들도 행복하다, 행복, 행복, 행복하자!

종이 울린다. 선생님들 흩어진다.

교무부장 아, 선생님, 이리 앉으시죠. 교재는 여기 책꽂이에 있을 건데…

뭐 보시고 쓸 만한 것 쓰시면 됩니다. 언제든지 어려운 게 있으면 저에게 물어보시고….

강사, 어색하게 인사하고 재훈의 자리에 앉는다. 무심코 책꽂이에서 종이 한 장을 꺼내 시를 읽는다.

강사 내가 걸어왔던가
나의 두 발로 여기까지 걸어왔던가
처음으로 바라본다, 내가 걸어온 눈길을

바람이 분다

바람은 끝끝내 통곡 소리를 낸다
모두 귀를 기울여 나의 통곡을 들으라
그리고 그대들도 같이 목청을 높여라
어린 젖먹이의 울음까지 기억해 저 깊은 곳의 울음을 울어라

나에게 이 울음을 허하라.
나에게 이 노래를 허하라.
아이들에게 이 햇빛을 허하라.
아이들에게 산소를 허하고 무중력의 생명을 허하라!

강사, 창밖을 바라본다. 오랫동안.

막.

연극 〈꽃을 피게 하는 것은〉

여태전(남해 상주중 교장)

지난 8일부터 23일까지 사천에서 제37회 경상남도연극제가 열렸다. 경남지역 14개 극단의 작품이 무대에 올랐다. 23일 저녁 시상식에서 거제의 '극단 예도' 가 〈꽃을 피게 하는 것은〉으로 대상을 받았다. 극단 예도는 작년에 이어 2년 연속 '경남 대표' 자격으로 오는 6월 서울에서 열리는 제4회 대한민국 연극제에 참여하게 된다.

지난 18일 저녁 사천시문화예술회관 대공연장에서 이 작품을 관람했다. 관객을 웃겼다 울렸다하는 감동의 무대였다. 연극을 보는 내내 교사로서의 내 삶을 성찰하는 시간이었다. 동료 선생님들에게 적극적으로 홍보해서 함께 관람하지 못한 게 많이 아쉬웠다. 기회가 된다면 많은 선생님들이 이 연극을 꼭 함께 관람했으면 좋겠다. "이 이야기를 통해서 선생님들의 고뇌들이 상처가 아닌 위로가 되길" 바란다는 연출 의도를 생각하면서.

대본은 창원 양곡중학교 국어교사 이선경 작가가 썼다. 이번 경남연극제에서 희곡상을 받은 훌륭한 작품이다. 그날 연극이 끝난 뒤 작가와 인사를 나누고 대본 전체를 메일로 받아 다시 읽어보았다.

"(민정) 교감 선생님. 학교 시설 관리는 행정실 소관 아닙니까. (교감) 강 선생 업무가 뭐죠? (민정) 학생 안전관리, 안전교육, 성교육, 보건업무요. (교감) 보건업무니까 학생들 건강관리, 미세먼지 대책 세우고 공기 청정기 설치, 관리 해야죠. (교무부장) 쯧쯧쯧 (재훈에게) 결국 또 행정실장한테 밀렸구만. 무슨 교사 업무가 이리 많냐. (민정) 미세 먼지, 공기 청정기를 제가 관리하라는 말씀이시죠? (교감) 그렇죠. 먹는 물도 학생 안전과 관련된 업무니까 정수기 관리, 정화조 관리, 수질 검사, 그리고 학생 안전과 관련된 CCTV 설치 및 보수도 강 선생 일입니다. (민정) 그럼 저는 언제 수업하고 언제 학생 상담합니까? 교재 연구는 집에 가서 합니까?"

매년 학교 현장에서 업무 분장을 놓고 벌어지는 교무실의 한 장면이다. 이 연극은 현장 교사들의 고충과 고뇌를 있는 그대로 잘 드러내고 있다. 강민정은 어느 사립 고등학교 수학과 기간제 교사다. 교육경력 8년차로 능력은 뛰어나지만 문제교사로 낙인찍힌 민정은 학교를 옮겨 다닐 수밖에 없다. 이번 학교에서만은 오래, 조용히 잘 지내기로 스스로 결심한다. 하지만 결국 또 그 '뜨거운' 성격을 잠재우지 못하고 학교 현장의 불합리한 모습에 문제제기를 하고 만다. 그런데 상담을 놓친 한 학생이 자살을 하고 민정은 해고된다.

학교는 과연 교육을 하는 곳인가? 교육의 본래 목적은 무엇인가? 교사는 과연 전문직인가? 철옹성 같은 관료주의와 권위주의의 덫에 갇힌 학교 사회. 이런 상황에서 '좋은 교사'란 있을 수 없다. 책상머리에서 문서 몇 장으로 서로 책임을 전가하며 감사대비에 철저한 일상의 업무들. 학생 수는 줄어도 교육행정 직원은 늘고 교육청 규모는 커졌다. 그런데도 업무진행은 느리고 교사들의 행정잡무는 줄어들지 않는다. 말로만 '지원'이지 실제는 '관리와 통제'로 어깨에 힘이 들어간 교육행정. 교권보호의 첫걸음은 교사에게 전가하는 행정잡무부터 줄이는 일이다.

거제고등학교 국어교사 이복규 시인은 "꽃을 피게 하는 것은/ 햇빛도 물도 아니다/ 죽음을 무릅쓰고/ 그 틈으로 뛰어드는 용기 때문이다"고 노래한다.

그렇다. 죽음을 무릅쓰고 '이것은 교육이 아니다!' 라고 외칠 수 있는 용기! 바로 이런 용기가 꽃을 피우게 하고 세상을 아름답게 한다. 부디 올봄엔 우리 선생님들의 가슴에 꽃을 피우게 하는 용기가 샘솟기를 빈다.

극단 '예도' 정기 공연 연보

	작품명	작가	연출	공연일자	장소
제1회	일요일의 불청객	이근삼	정효영	91.4.13~14	옥포극장
제2회	광인들의 축제	이근삼	정효영	91.11.16~17	옥포극장
제3회	칠수와 만수	오종우	정효영	92.2.29~31	장승포농협
제4회	결혼	이강백	최태황	92.5.6~21	장승포농협
제5회	방황하는 별들	윤대성	정효영	92.6.20~21	옥포극장
제6회	언챙이 곡마단	김상열	정효영	93.3.13~14	옥포극장
제7회	용감한 사형수	홀워디 홀	최태황	93.5.6~9	옥포농협중앙회
제8회	언챙이 곡마단	김상열	정효영	93.7.10~11	옥포극장
제9회	등신과 머저리	김상열	정효영	93.12.11~12	옥포극장
제10회	등신과 머저리	김상열	정효영	94.1.22	고현복지회관
제11회	토끼와 포수	박조열	김대윤	94.7.20~30	예도소극장
제12회	칠수와 만수	오종우	김대윤	94.11.1~15	예도소극장
제13회	신의 아그네스	존필미어	정효영	94.12.11~24	예도소극장
제14회	7×7=49	윤일광	최태황	95.6.3~4	대우다목적홀
제15회	누가 누구?	까몰레티	공동연출	95.10.14~10.25	예도소극장
제16회	누가 누구?	까몰레티	공동연출	95.12.16~24	예도소극장
제17회	돼지와 오토바이	이만희	이육선	96.6.20~29	예도소극장
제18회	내가 날씨에 따라 변할 사람 같소?	이강백	최태황	96.7.20~21	대우다목적홀
제19회	단 한번 거짓말속의 영원한 진실	엘빈실바누스	최태황	96.10.17~22	예도소극장
제20회	자살에 관하여	이강백	진애숙	96.12.14~22	예도소극장
제21회	광인들의 축제	이근삼	정효영	97.3.1	대우다목적홀
제22회	서툰사람들	장진	김대윤	97.6.10~14	예도소극장
제23회	여자는 무엇으로 사는가!	주찬옥	진애숙	97.9.27~10.2	예도소극장
제24회	맨하탄 일번지	윤영선	진애숙	97.12.21~27	예도소극장
제25회	아바돈을 위한 조곡	오은희	이육선	98.4.4	통영문화회관
제26회	돌아서서 떠나라	이만희	김대윤	98.6.16~21	예도소극장

第27회	도덕적 도둑	다리오 포	최태황	98.9.26~10.1	예도소극장
第28회	작은할매	엄인희	이삼우	99.3.19~21	예도소극장
第29회	작은할매	엄인희	이삼우	99.5.17~21	옥포극장
第30회	안내놔! 못내놔!	다리오 포	오창도	99.10.3~14	옥포극장
第31회	결혼	이강백	최태황	2000.3.21~26	옥포극장
第32회	돼지와 오토바이	이만희	고현주	2000.6.17~24	옥포극장
第33회	용띠 개띠	이만희	이삼우	2000.9.30~10.8	옥포극장
第34회	용띠 개띠	이만희	이삼우	2000.12.24~28	옥포극장
第35회	달빛 속으로 가다	장성희	이삼우	2001.6.16~23	옥포극장
第36회	배비장전	김상열	이삼우	2001.10.11~21	옥포극장
第37회	가시고기	조창인	정효영	2002.3.22~30	옥포극장
第38회	누가 누구?	까몰레티	이삼우	2002.7.6~13	옥포극장
第39회	누가 누구?	까몰레티	이삼우	2002.9.27~10.13	옥포극장
第40회	파라독스	김민기	이삼우	2002.11.8~12	옥포극장
第41회	2002 배비장전	김상열	이삼우	2002.12.7	거제시실내체육관
第42회	달님은 이쁘기도 하셔라	이노우에 히사시	이삼우	2003.4.3~4	대우다목적홀
第43회	똥꿈(원제 : 아비)	김동기	이삼우	2003.6.17~21	옥포극장
第44회	옷벗는 여자	김정숙	이삼우	2004.6.18~26	옥포극장
第45회	짬뽕	윤정환	이삼우	2004.10.9~12	거제문화예술회관 소극장
第46회	오유란전(원제 : 눈먼도미)	문정희	이삼우	2004.12.17~18	거제문화예술회관 대극장
第47회	짬뽕	윤정환	이삼우	2005.6.11~18	옥포극장
第48회	폐왕성	양말복, 전혜윤	심봉석	2005.10.19~21	거제문화예술회관 대극장
第49회	용띠 위에 개띠	이만희	이삼우	2005.12.16~24	옥포극장
第50회	가시고기	조창인	이삼우	2006.5.9~13	거제문화예술회관 소극장
第51회	흉가에 볕들어라	이해제	이삼우	2006.9.27~30	거제문화예술회관 소극장
第52회	라이방	송민호	심봉석	2007.10.16~20	거제문화예술회관 소극장
第53회	9년만의 여름	전혜윤	이삼우	2007.12.27~29	거제문화예술회관 소극장
第54회	거제도	손영목	이삼우	2008.10.7~10	거제문화예술회관 소극장
第55회	아일랜드	아톨 후가드	심봉석	2008.12.29~31	거제문화예술회관 소극장
第56회	바람이 멈춘 마을	공동창작	심봉석	2009.12.3	거제문화예술회관 소극장
第57회	짬뽕	윤정환	이삼우	2009.12.24~26	거제문화예술회관 소극장
第58회	주.인.공(酒.人.空)	전혜윤	이삼우	2010.6.12	거제문화예술회관 대극장

第59회	배비장전	김상열	이삼우	2011.10.7	거제시 실내체육관
第60회	블루 아일랜드	손영목	이삼우	2011.12.14~17	거제문화예술회관 소극장
第61회	선녀씨 이야기	이삼우	이삼우	2012.5.23~25	거제문화예술회관 소극장
第62회	배비장 LOVE 人 거제	김상열	이삼우	2012.10.9	거제문화예술회관 대극장
第63회	블루 아일랜드	손영목	이삼우	2012.12.27~28	거제문화예술회관 소극장
第64회	선녀씨 이야기	이삼우	이삼우	2013.4.16~17	거제문화예술회관 소극장
第65회	사랑은 룸바를 타고	이선경	이삼우	2013.6.18~19	거제문화예술회관 소극장
第66회	갯골의 여자들	김광탁	김진홍	2013.10.7	거제문화예술회관 소극장
第67회	그 사람이 있었습니다	이선경	이삼우	2014.5.29~31	거제문화예술회관 소극장
第68회	갯골의 여자들	김광탁	김진홍	2014.10.9~10	거제문화예술회관 소극장
第69회	갯골의 여자들	김광탁	김진홍	2015.3.24~25	거제문화예술회관 소극장
第70회	선녀씨 이야기	이삼우	이삼우	2015.5.8~9	거제문화예술회관 소극장
第71회	거제도	손영목	이삼우	2015.6.19~20	거제문화예술회관 소극장
第72회	어쩌다보니	이선경	이삼우	2015.7.16~17	거제문화예술회관 소극장
第73회	피고인봉희철	게오르그 뷔히너	심봉석	2015.9.10~11	거제문화예술회관 소극장
第74회	그 사람이 있었습니다	이선경	이삼우	2015.10.6~7	거제문화예술회관 소극장
第75회	어쩌다보니	이선경	이삼우	2016.10.18	거제문화예술회관 소극장
第76회	거제도	손영목	이삼우	2016.11.12~13	거제문화예술회관 소극장
第77회	나르는 원더우먼	이선경	이삼우	2018.4.24~25	거제문화예술회관 소극장
第78회	선녀씨 이야기	이삼우	이삼우	2018.5.16~17	거제문화예술회관 소극장
第79회	어쩌다보니	이선경	이삼우	2018.6.26	거제문화예술회관 소극장
第80회	아비	김광탁	이삼우	2018.10.22~24	거제문화예술회관 소극장
第81회	꽃을 피게 하는 것은	이선경	이삼우	2019.04.23~24	거제문화예술회관 소극장
第82회	나르는 원더우먼	이선경	이삼우	2019.05.29~30	거제문화예술회관 소극장
第83회	흥가에 볕들어라	이해제	이삼우	2019.09.20~21	거제문화예술회관 소극장

· 이 희곡집은 경남문화예술진흥원, 경상남도한국문화예술위원회의
지원금을 보조받아 발간되었습니다.
· 2019년 공연장 상주단체육성지원사업 퍼블릭 프로그램 "야스락 야스락" 희곡 읽기

극단 〈예도〉 창단30주년 기념 창작희곡집

하늘로 가지 못한
선녀씨 이야기

초판 1판 1쇄 인쇄일 2019년 7월 30일
초판 1판 1쇄 발행일 2019년 8월 6일

지 은 이 양말복 · 이삼우 · 이선경 · 전혜윤
만 든 이 이정옥
만 든 곳 평민사
서울시 은평구 수색로 340 [202호]
전화: (02)375-8571(代)
팩스: (02)375-8573

평민사 모든 자료를 한눈에 –
http://blog.naver.com/pyung1976
이메일: pyung1976@naver.com

등록번호 제251-2015-000102호

ISBN 978-89-7115-709-1 03800

정 가 23,000원